KB231271

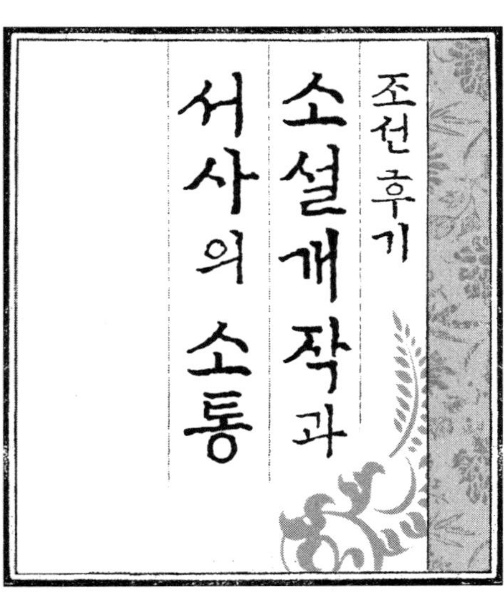

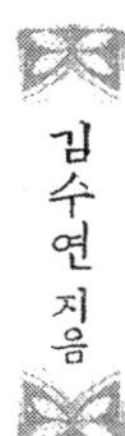

김수연 지음

보고사

머리글

　　조선후기 고전소설의 창작과 향유 양상을 살펴보면 연작과 파생작 및 개작 등의 속서가 두드러짐을 알 수 있다. 특히 국문장편소설의 경우는 초기작품인 <소현성록>부터 연작의 형태를 띠고 있어, 이후 속서가 보편적 창작방식으로 자리잡는 데 기여하였다. 장편소설의 대표적 속서를 살펴보면 다음과 같다.

『소현성록』-『소씨삼대록』

『현몽쌍룡기』-『조씨삼대록』

『성현공숙렬기』-『임씨삼대록』

『유효공선행록』-『유씨삼대록』

『옥원재합기연』-『옥원전해』

『명주보월빙』-『윤하정삼문취록』-『엄씨효문청행록』

『창선감의록』-『화씨충효록』-『제호연록』

『옥련몽』-『옥루몽』

『보은기우록』-『명행정의록』

『사씨남정기』-『속사씨남정기』

『적성의전』-『육미당기』

『취미삼선록』-『옥환기봉』-『한조삼선기봉』

『몽옥쌍봉연록』-『곽장양문록』

『천수석』-『화산선계록』

『투색지연의』-『여와전』-『황릉몽환기』

『벽허담관제언록』-『하씨선행후대록』

『쌍천기봉』 - 『이씨세대록』
『창난호연록』 - 『옥난기연』
『현씨양웅쌍린기』 - 『명주기봉』 - 『명주옥연기합록』
『임화정연』 - 『쌍성봉효록』

　속서는 전대 작품에 기대어 그 다음 이야기를 이어가는 방식이다. 앞시대 작품의 인기에 힘 입고 있다는 점에서, 속서 창작은 다분히 상업적 의도를 담고 있다. 그러나 속서의 성격이 모두 같은 것은 아니다. 연작은 전작에 등장하는 가문이나 주인공의 후손 이야기를 주로 다룬다. 파생작은 전작에 나왔던 인물 가운데 하나를 따로 떼어내어 방계의 새로운 이야기를 전개한다. 개작은 전작의 전체 서사를 그대로 수용하되, 그 지향은 다르게 하는 경우가 많다.

　속서 가운데 주목할 것은 개작이다. 개작은 일종의 비판적 다시쓰기이다. 개작의 경우, 제목에서부터 전작과 친밀한 관계에 있음을 공공연히 드러내기 때문에 표면적으로는 전작에 대한 절대적 지지자인 듯 보인다. 그러나 기실 그 반대의 경우가 많다. 개작은 전작에서 작가가 긍정적으로 묘사한 인물을 부정하기 위해 쓰이기도 하고, 지향하는 주제를 반박하기 위해 쓰이기도 한다. 또는 비극적 결말을 바꾸기 위해서도 개작이 만들어진다. 이처럼 소설의 개작은 단순히 상업적 목적 때문만이 아니라 전작에 대한 뚜렷한 문제의식과 구체적 창작의도에 의해 행해지는 특수한 작품 향유방식이다.

　한국고전소설의 대표작을 꼽으라면 서슴없이 <구운몽>과 <창선감의록>을 이야기한다. 고전소설이 비판 받고 배척당하던 시대에도 이 두 작품은 어머니를 위해 쓰였다는 창작배경과 더불어 서포의 뛰어난 문장력과 졸수재의 철저한 규범의식 등으로 호평을 받았다. 수많은 이본들이 이들의 인기를 증명한다. 사람들은 <구운몽>을 베끼며 한바탕 꿈같은 인생을 누리거나, <창선감의록>을 낭독하며 충효의 규범을 학습하였다. 소설이 지탄받던 시대에도 이 작품들을 비판하는 자는 별로 없었다. 그런데 누군가는 이 작품들이 지향

하는 세계가 마음에 들지 않았던 모양이다. '증선악화복 창선감의록'이라는
부제를 붙이고 심지어 제목에 <창선감의록>이라 써놓고는 그 안에 <창선감
의록>이 아니라 <창선감의록>을 비판하는 <화씨충효록>을 숨겨놓았으니
말이다. 이 작품은 <창선감의록>을 읽으려 하는 독자들에게 자신이 그 작품
의 이본인 양 다가가서는, 돌연 얼굴을 바꾸어 자기가 진짜로 들려주고 싶었
던 이야기를 한다. <구운기> 또한 마찬가지이다. 제목에서부터 <구운몽>과
의 친연성이 물씬 풍기지만, 사실 이 작품은 <구운몽>을 가지고 <구운몽>을
비판하고 있다. 이들 개작작가는 <창선감의록>과 <구운몽>의 독자이기도
하다. 단 그들은 작품을 읽고 난 후의 감상을 개작의 방식으로 드러내고 있는
것이다. 이처럼 개작은 전작에 대한 반응이며 전작의 적극적 향유방식이다.
또한 그것은 작품과 작품이 서로의 입장을 작품을 통해 이야기하는 서사의
소통의 방법이다. 서사 간 소통은 국경과 장르도 뛰어넘는다. 중국의 양축
설화를 소설로 개작한 <양산백전>이 그러한 정황을 잘 보여준다.

　본서는 비판적 다시쓰기로서의 '개작'에 관심을 두고 서사 간 대화에 귀
기울이고 있다. 서사의 전범에 감히 딴지를 걸어 보는 하룻강아지일지 모르
지만, 이러한 개작소설들을 통해 조선 후기 우리나라에서 읽혀진 소설들의
다양한 목소리를 들을 수 있을 것이다. 그 처음은 규방소설 혹은 규범소설의
대표작인 <창선감의록>에서 일탈해보려고 했던 <화씨충효록>으로 시작하
였다. 부끄럽게도 이 글은 필자의 학위논문이다. 학위논문을 작업하면서 촉
발된 개작소설에 대한 관심이 <구운몽>의 자유분방함이 못내 마땅치 않았
던 <구운기>를 들쳐보게 하였다. 또한 국경을 넘어온 중국의 전통 고사를
우리 독자의 기호에 맞게 바꿔본 <양산백전>도 같은 맥락에서 새롭게 볼
수 있었다. <양산백전>의 개작을 살피는 과정에서 '양축' 설화의 구체적 유
입시기를 밝힌 것은 문헌학 측면에서도 의미있는 수확이다. 또 한중 양국 간
서사의 전승양상을 비교 고찰하면서, 중국에서는 수용적 계승이 이루어진 반
면 우리나라에서는 설화적 계승과 소설적 계승이 분화되는 양상을 포착할

수 있었다. 이처럼 조선후기 소설의 개작은 전작과의 대화를 추구하는 서사의 소통방식이며, 무엇보다도 적극적인 작품 향유방식이라는 점에서 그 의미가 더욱 크다 하겠다.

앞서 말했듯 본서는 필자의 학위논문을 근간으로 하고 있다. 논문구상 초기 단순한 작품론에 머물렀던 연구자의 제한된 시각을 넓혀주신 정하영 선생님, 이윤석 선생님, 강진옥 선생님, 임치균 선생님, 신선희 선생님께 그동안 배운 어휘로는 표현할 수 없는 감사를 드린다. 사실 본서가 논문을 더욱 심화했어야 하나 그렇지 못했기에 부끄러움과 송구함이 앞선다. 그리고 <양축> 관련 자료의 소재를 일러주신 임형택 선생님과 자료를 제공해주신 신익철 선생님께 다시한번 진심으로 감사드린다. 현재 필자는 중국 북경대학교에 방문학자로 초청을 받아 북경에 체류 중이다. 혼자 있는 시간이 많아서인지 소중한 분들에 대한 감사와 그리움이 더욱 간절하다. 그 간절함을 보답하는 길은 묵묵히 주어진 자리에서 겸손하게 정진하는 것이라 생각한다. 무엇을 해야 할지는 아직도 모르겠지만 어떻게 해야 할지는 조금씩 느끼고 있다. 성실하고 겸손하게.. 다시한번 필자를 길러주시는 선생님들께 매일매일 하루만큼씩 자라나는 감사를 드린다. 끝으로 인문학의 위기가 운위되는 요즘, 연구자들 못지않게 어쩌면 더 큰 사명감으로 인문학술서를 기쁘고 예쁘게 만들어주시는 보고사 김흥국 사장님, 박현정 편집장님, 이유나 선생님께 진심으로 감사드린다.

2011년 하풍荷風이 부는 계절에
북경의 중관신원(中關新園)에서 삼가 저자가 쓰다.

차 례

I

남성·가문·규범에 대한 일탈의 목소리

-〈창선감의록〉의 개작소설 〈화씨충효록〉

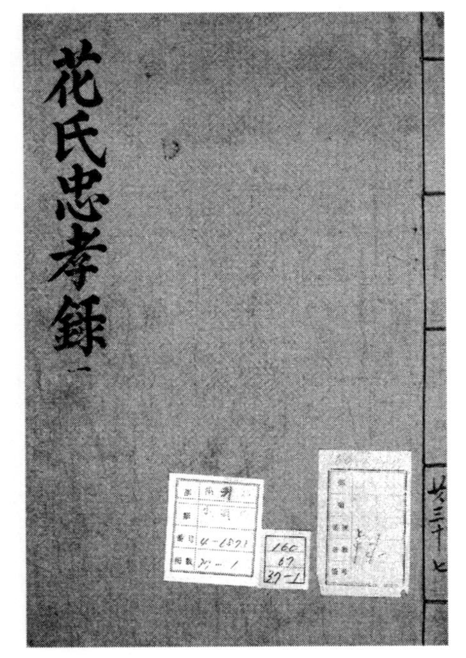

Ⅰ. 남성·가문·규범에 대한 일탈의 목소리

1. 서론

1) 연구의 목적 및 의의

국문 장편소설은 17세기 중반 이후부터 20세기 초까지 지속적으로 향유된 조선조의 대표적인 문학양식이다. 1960년대 낙선재에 소장된 소설 목록이 학계에 발표된 이후부터, 국적·작가·미적 특질·장편화 방식·향유층·연작 관계·출현 배경·사적(史的) 전개·시기별 특성 등 다양한 방면에서 연구의 결과가 축적되었다.[1] 이러한 연구를 바탕으로

---

[1] 정병욱, 「낙선재문고의 목록 및 해제」, 『국어국문학』44·45합집, 국어국문학회, 1969 ; 조희웅, 「낙선재본 번역소설 연구」, 『국어국문학』62·63합집, 국어국문학회, 1973 ; 김진세, 「낙선재본 소설의 국적문제」, 『한국문학사의 쟁점』, 집문당, 1986 ; 이상택, 「조선조 대하소설의 작자층에 대한 연구」, 『고전문학연구』3집, 한국고전문학회, 1986 ; 한길연, 「<백계양문선행록>의 작가와 그 주변」, 『고전문학연구』27집, 한국고전문학회, 2005 ; 이상택, 「<명주보월빙>연구 -그 구조와 존재론적 특징」, 서울대 박사논문, 1980 ; 송성욱, 『조선시대 대하소설의 서사문법과 창작의식』, 태학사, 2003 ; 박영희, 「장편가문소설의 향유집단 연구」, 한국고전문학회 편, 『문학과 사회집단』, 집문당, 1995 ; 한길연, 「대하소설의 의식성향과 향유층위에 관한 연구」, 서울대 박사논문, 2005 ; 임치균, 「연작형 삼대록 소설연구」, 서울대 박사논문, 1992 ; 정길수, 『한국 고전장편소설의 형성 과정』, 돌베개, 2005 ; 장효현, 「장편가문소설의 성립과 존재 양태」, 『정신문화연구』44집, 한국정신문화연구원, 1991 ; 최길용, 「가문소설계

최근에는 하나의 작품을 대상으로 심도 깊은 접근을 시도하면서,[2] 국문 장편소설에 대한 논의는 거시적인 측면과 미시적인 측면에서 동시에 깊이를 더하고 있다.

연구 초기에는 가문의식을 중심으로 작품군의 공통적 특성을 밝히려는 시도가 주류를 이루다가, 근래에 와서는 소재와 표현의 측면에 천착하면서 개별 작품에 나타난 미적 특성을 탐색하는 데 주력하고 있다. 향유층의 의식도 세분화하여 접근하려는 경향도 보인다. 이러한 연구 성과로 국문 장편소설은 그 편폭이 가문의식을 중심으로 하는 단선적인 서사구조에 국한되지 않고 다양한 스팩트럼을 지니고 있음이 드러나고 있다. 초월계와 현실세계가 존재하는 이원론적 세계관에 입각한 작품, 일상과 세속적 욕망이 지배하는 작품, 영웅소설적 특성을 담지하는 작품까지 국문 장편소설의 내적 세계는 분량만큼이나 방대하다.

기존 연구에서 드러나는 문제점은 대부분의 연구들이 17세기와 18세기에 창작되었을 것으로 추정되는 작품들에 집중되어 있다는 것이다. 국문 장편소설의 향유기간이 17세기 중반 이후에서 20세기 초까지 거의 300년에 가깝다는 점을 감안한다면, 연구의 대상으로 주목받는 작품들은 주로 전반기에 창작된 작품들인 셈이다. 이는 창작 연대가 분명하지 않은 작품들을 논하는 것이 매우 조심스러운 일이기 때문이다. 그런 이유로 창작시기가 19세기로 추정되는 작품들의 가치는 적지 않다.

장편소설의 형성과 전개」, 연거제신동익박사 정년기념논총간행위원회 편, 『국어국문학연구』, 1995 ; 정병설, 「조선후기 장편소설사의 전개」, 양포이상택교수 환력기념논총간행위원회 편, 『한국고전소설과 서사문학(上)』, 집문당, 1998 ; 최기숙, 「17세기 장편소설 연구」, 연세대 박사논문, 1998 ; 송성욱, 「18세기 장편소설의 전형적 성격」, 『한국문학연구』4호, 고려대 민족문화연구원 한국문화연구소, 2003.
 2) 『한국고전연구』12집, 13집, 2006, <소현성록> 기획 특집 I, II.

19세기의 독자층은 최상위 계층에서 하급 무관과 일반 백성, 심지어 상인층과 하층의 비복까지 대폭 확대되었다.[3] 이러한 상황에서 그 수요를 충당하기 위해 작가층도 수적으로 증가했을 것이다. 또한 상업적 유통망인 세책점이 경쟁 관계를 이루면서 성업을 이루면서,[4] 독자의 기호를 반영하는 소설들이 등장했을 것이며 소설의 편폭도 넓어졌을 것이다. 그 결과 기존 작품에서 등장했던 갈등 양상과 인물 유형을 수용하면서도 한편으로는 한시(漢詩)를 삽입하거나 지리서(地理書)·도학서(道學書) 등의 전문 서적을 활용하여 작품의 면모를 새롭게 하고 품격을 높이려는 시도가 이루어지기도 했으며, 역사적 사실을 강조하여 소재적 원천을 설득력 있게 제시하려한 작품도 상당수 등장하였다.[5] 뿐만 아니라 하층소설로 인식된 영웅소설과 유사한 작품, 시정의 인심과 욕망을 반영한 작품도 창작되었다.[6] 이렇게 보면 19세기 국문 장편소설은 전대에 비해 쇠퇴하거나 반복적 재생산만을 한 것이 아니라 비판적 고민과 고려가 작품 세계에 반영되었을 가능성이 높다.

이런 의미에서 본고는 19세기 중반 이후에 집중적으로 향유 기록을 남기고 있는 <화씨충효록>을 논의의 대상으로 삼았다. 이 작품의 창작 연대는 분명하지 않지만, 지금까지 알려진 정황을 고려해 볼 때 창작 시기는 18세기 말경인 것으로 추정된다. 그리고 이 작품이 주로 향유된 시기는 18세기 말에서 19세기를 거쳐 20세기 초반까지 한 세기를

---

3) 정명기, 「세책본소설의 유통양상-동양문고 소장 세책본소설에 나타난 세책장부를 중심으로」, 『고소설연구』16집, 2003, 84~89면.

4) 이다원, 「<현씨양웅쌍린기>연구-연대본 <현씨양웅쌍린기>를 중심으로」, 연세대 석사논문, 2000.

5) 전자는 <명행정의록>, 후자는 <옥환기봉> 등이 대표작이다.

6) 전자는 <몽옥쌍봉연록>, 후자는 <낙천등운> 등이 대표작이다.

넘는 것으로 보인다.

<화씨충효록>이 19세기에 향유되었다는 사실은 '병진ㅎ사월'의 간기(刊記)를 지닌 이본과 1894년에서 1901년 사이에 작성된 모리스 꾸랑의 서목(書目),7) 1909년 이전에 작성된 세책(貰冊) 장부와 동양문고에 소장되어 있는 세책본 <창선감의록>의 말미 기록 등에서 확인할 수 있다.8)

<화씨충효록>의 창작 시기와 관련한 또 다른 자료로 <여와전>이 있다. <여와전>의 이본 가운데 20세기 초반의 필사기를 가지고 있는 사재동 소장본 <녀와낭낭셩회연>에는 다른 이본에서 볼 수 없는 '윤옥화와 남채봉'이라는 인물이 등장한다. <여와전>은 소설 속의 여성 인물을 등장시키고 위차(位次)를 정함으로써 그 인물이 나오는 작품을 평가하고 있는 작품이다. 대부분의 이본은 추천 명부(命婦)를 4명으로 하는데 <녀와낭낭셩회연>의 작가는 2명을 더 추가했다. 그 추가된 인물이 윤옥화와 남채봉이다. 지연숙은 <녀와낭낭셩회연>이 오자와 낙자가 적으며 생략과 변이를 통해 자연스런 문맥을 만들어내고, 인물의 이름과 주석을 정확하게 표기하였기 때문에 이 이본의 작가는 소설에 대해 상당한 지식을 가진 인물이라고 추정하였다.9) 소설에 대해 정확하고 전문적인 이본의 작가가 직접 새롭게 추가한 인물이라면 평소 애정이 남다른 작품의 인물일 것이다.

<녀와낭낭셩회연>의 작가는 윤옥화와 남채봉을 다음과 같이 묘

---

7) 丙辰을 선행연구에서는 1856년으로 추정했다. 그러나 1916년으로 보더라도 19세기에 주로 향유되었다는 논의에 큰 차이가 없다. 모리스 꾸랑, 이희재 역, 『한국서지』, 일조각, 1994.

8) 이다원, 앞의 논문, 2000. <창선감의록>, 동양문고 소장 세책, 10권. 이 자료는 연세대 유춘동 선생님의 도움으로 확인할 수 있었다.

9) 지연숙, 「<여와전> 연작의 소설비평 연구」, 고려대 박사논문, 2001.

사하였다.

> "남은 이위 명부는 종치 다람화 두 송이 금게의 빗겻는 듯 유한 뎡뎡ᄒ
> 미 안노의 느타나 골격이 소싱 쳥빙을 묽게 씨손 듯 ᄌ티 만광이며 아질
> 기 혼갈갓ᄐ여 비환 고효을 가초 격그디 ᄆ음을 동치 아냐 효을 힘쓰며
> 동녈을 화우ᄒ여 쵸악혼 존고을 감동케 혼 지니 이 명 가졍년간의 승샹
> 화딘의 두 부인 윤옥화 남치봉이라."[10]

윤옥화와 남채봉이라는 인물이 동렬로 등장하는 작품은 현재 <화씨충
효록> 뿐이다. 뿐만 아니라 <화씨충효록>은 이들을 묘사하면서 외양은
그 '종채'가 다람화'같고 골격은 '소상청빙'에 맑게 씻은 듯하며, '동렬에
화우'한다는 표현을 사용하고 있다. 선행연구는 '윤옥화'를 <창선감의
록>에 나오는 '윤화옥'의 오기(誤記)로 보고, '쵸악한 존고를 감동케 혼'
것은 화진의 일을 들어 두 인물의 공을 과장한 것이라고 하였다. ①<창선
감의록>만 보고 말한다면 이러한 해석도 타당하다. 그러나 <화씨충효
록>의 존재를 알고난 후에는 재고할 여지가 있다. <화씨충효록>은 남자
주인공 화진보다는 윤옥화와 남채봉의 역경을 부각시킨 작품이기 때문이
다. 그렇기에 독자는 윤옥화와 남채봉을 중심으로 작품을 이해하게 된다.
<녀와낭낭셩회연>의 기록은 작가가 윤화옥과 남채봉의 역할이 강화된
<화씨충효록>을 읽고 쓴 것으로 보아야 타당하다.
　<녀와낭낭셩회연>은 <여와전>의 이본 가운데 후대의 것이다. 이것
은 <녀와낭낭셩회연>의 필사시기가 1926년인 것과 <여와전>에 없는
인물을 새롭게 추가한 것으로 짐작할 수 있다. <여와전>의 창작 방식은

---

10) 사재동 본, <녀와낭낭셩회연>.

인물의 위차를 재조정함으로써 작품에 대한 불만을 드러내는 것이다. <여와전>의 명부(命婦) 명단에 대한 불만의 표시로 새로운 인물을 추가한 것은 <여와전>이 두루 읽혀진 이후에 가능하다. 그러므로 <녀와낭낭성회연>은 <여와전>이 창작된 18세기 후반11) 이후에 나왔을 것이다. 그리고 <여와전>의 다른 이본들에서는 보이지 않은 <화씨충효록>의 인물이 <녀와낭낭성회연>에 등장하는 것을 보면 <화씨충효록>을 <여와전>과 <녀와낭낭성회연>의 사이인 19세기에 나온 작품으로 보는 것이 타당할 것이다.

<화씨충효록>은 국문 장편소설 가운데에서 인기 있는 독서물이었다. 이는 현재 확인된 이본이 13종이나 된다는 점으로 미루어 짐작할 수 있다. 궁중에서까지 명성을 얻었다는 <완월회맹연>의 이본이 3종, <옥원재합기연>이 4종, <소현성록>이 10종 등으로, 국문 장편소설은 대개 이본수가 많지 않다. 이로 본다면 13종의 이본이 확인된다는 것은 그만큼 독자층에게 인정을 받은 작품이라는 의미이다. 또한 후속작인 <제호연록>과 <수제월암록>이 쿠랑의 서목에 나타나는 것으로 보아 <화씨충효록>의 대중적 인기를 어느 정도 가늠할 수 있다.

본 연구는 19세기의 국문 장편소설이 다양한 작품 세계를 추구하였을 것이라는 전제 하에 당시 활발하게 읽혀진 <화씨충효록>을 대상으로 19세기에 향유된 국문 장편소설의 향방을 모색하고자 한다. 이것을 통해 작품에 대한 보다 깊은 이해는 물론 아직 온전한 위상을 평가받지 못한 소설사의 한 시기를 재조명할 수 있을 것이라 생각한다. 대본은 13

---

11) <여와전>은 1786년부터 1790년에 필사된 <옥원재합기연> 권14 서목에 기록되어 있으나, 등장인물들이 주로 <유씨삼대록>의 인물이라는 점으로 인해 그 창작시기가 <유씨삼대록>을 넘지 않는다. 따라서 18세기 중반 이전에 지어진 작품으로 보기에는 무리가 있다.

종의 이본 가운데 유일하게 완질의 형태를 보존하고 있는 한국정신문화
연구원 소장본 <화씨충효록(花氏忠孝錄)> 37권 37책이다.[12]

2) 연구의 방향과 연구 방법

<화씨충효록>은 국문 장편소설 혹은 낙선재본 소설을 논하는 자리에
서 단편적으로 언급되다가[13] 엄기주와 진경환이 <창선감의록>을 다루
면서 특색 있는 이본으로 논하였다.[14] 물론 이들은 <화씨충효록>의 독
자적 성격을 주목하지 않았고 단지 <창선감의록>의 이본 가운데 분량
면에서 조금 특이하나 전반적으로 동일한 작품이라 평가했다. 그 후 김
수연은 본격적인 작품론을 통해 이본상황, 창작연대 추정, 기본 갈등 구
조, 장편화 방식, 내적 의미 지향을 살폈다.[15] 그 과정에서 <화씨충효
록>의 서사내용을 <창선감의록>과 상세히 비교하여, 심화된 논의를 위
한 토대를 마련하였다. 특히 이본 상황에 대한 고찰을 통해 기존에 <창
선감의록>의 이본으로 함께 논의되었던 작품들을 낙선재본 <화씨충효
록>군, <창선감의록>의 국문이본군, 기타 국문 장편소설군으로 분류하
였다. 이는 차후에 나온 <창선감의록> 이본 연구나[16] <화씨팔대충효

---

12) <花氏忠孝錄>은 2004년 한국정신문화연구원 한국학자료총서 시리즈 중 『낙선재본
 고전소설 자료집』으로 영인되었다. 총 5권이다. 본고에 표시된 면수는 영인본을 기준
 으로 한 것이다.
13) 김태준, 『증보조선소설사』, 학예사, 1939, 161면 ; 최남선, 「조선의 가정문학」, 『육당
 최남선전집』9, 현암사, 1938, 440면 ; 정병욱, 앞의 논문, 62면 ; 조희웅, 앞의 논문,
 259면.
14) 엄기주, 「<창선감의록>연구」, 성균관대 석사논문, 1984, 63~71면 ; 진경환, 「<창선
 감의록>의 작품구조와 소설사적 위상」, 고려대 박사논문, 1992, 217~220면.
15) 김수연, 「<화씨충효록>연구」, 이화여대 석사논문, 1998.
16) 이지영, 「<창선감의록>의 이본변이 양상과 독차층의 상관관계」, 서울대 박사논문,
 2003.

록> 연구의17) 바탕이 되었다. 그리고 <화씨충효록>의 연작으로 <수제월암록>의 존재 사실을 확인하였으나, <수제월암록>의 실체는 아직 확인되지 않은 상태이다. 그 후 차충환은 <화씨충효록>의 또 다른 연작인 <제호연록>을 학계에 소개하여 <화씨충효록>의 소설사적 위상과 가치를 공고히 하는 데 기여하였다.18)

기존의 연구를 통해 <화씨충효록>은 <창선감의록>의 개작형 연작이며, 남성 사대부 취향의 창작관습과 화소를 삭제하고 규방화소와 흥미소가 강화되었으며, 주제의식 측면에서도 '혈통중심주의에 입각한 종통의 확립과 가문의 안정과 유지'를 지향하고 있음이 드러났다. 그러나 이는 <창선감의록>과의 서사 비교를 통해 드러난 표면적 차이에 기반한 것이다. 따라서 <화씨충효록>이 <창선감의록>을 개작 대상으로 하여 이러한 차이를 만든 원인과 의미에 대한 논의 및 규방화소나 흥미소가 강화되는 배경에 대해서는 심화된 논의가 필요하다. 더구나 후속작인 <제호연록>이 발견되면서 17세기 후반에 창작된 작품을 개작하고 또 다시 연작으로 이어가는 작품군에 대한 논의가 가능한 시점에 와 있다.

본고는 선행연구를 바탕으로 일차적으로 <화씨충효록>에 대한 심도 있는 작품론을 목적으로 하며, 더 나아가 <창선감의록>에서 <화씨충효록>, 그리고 <제호연록>으로 이어지는 연작의 양상을 살피고, 그 결과를 바탕으로 지금까지 논의가 미약했던 19세기 국문 장편소설사의 구체적 실상을 파악해보고자 한다.

<창선감의록>은 현재 한문본 43종과 국문본 80종 정도가 확인되었

---

17) 지연숙, 「<소현성록>의 주변과 그 자장」, 『한국문학연구』4, 고려대학교 민족문화연구원 한국문학연구소, 2003, 29~63면.

18) 차충환, 「<화씨충효록>과 <제호연록>의 연작관계 고찰」, 『어문연구』33권 3호, 2005, 가을.

다.[19] 그 가운데 한문본은 국립도서관본이 선본으로 논의되었으나, 고려대 만송본이나 현토본 등 동일 계열 작품들과 큰 차이가 없다. <화씨충효록>의 경우는 현재 13종의 이본이 남아 있고 한국정신문화연구원에서 영인한 낙선재본이 유일한 완질본이다. <제호연록>은 남아있는 이본이 모두 낙질이다. 선행연구에 의해 보고된 <제호연록>의 이본은 4종이다.[20] 최근 필자가 추가로 발견한 연대본(A)[21]와 연대본(B)[22]를 포함하여 6종의 이본을 권별 순차에 따라 정리하면 한중연A-a(권1)[23] → 국도본(권2) → 단대본(권3) → 한중연A-b(권8) → 연대본A(권12) → 연대본B(권13) → 한중연B(권 미상) 순이 된다. 새로 발견한 연대본은 권8에 해당하는 한중연A-a본까지에서 확인할 수 없었던 새로운 갈등이 고조되는 부분을 담고 있다. 이로 본다면 <제호연록>의 분량도 적지 않음을 추측할 수 있다.

<화씨충효록>은 창작 과정에서 국문 장편소설의 전통과 중국의 세정소설, 그리고 당대 사회의 다양한 모습들을 수용하고 있다. <화씨충효록>은 국문 장편소설의 형식 안에 당대의 사회상을 담아냄으로써 세정소설적 면모를 보인다. 이것은 규범성이 강조되던 국문 장편소설이 후대로 가면서 사실적인 인정물태가 강화되며, 통속적인 문예물의 성격이 부각되고 있음을 보여준다. 이러한 현상은 소설이 상층의 사치품이나 교양

---

19) 이지영, 앞의 논문, 부록.
20) 한국학중앙연구원 소장본 (A), 청구기호 D7B60, 1책 51장.
　　한국학중앙연구원소장본(B), 청구기호 D7B60A 1책 82장.
　　국립중앙도서관본, 청구기호 古3636-88, 1책 84장.
　　단국대 율곡도서관 소장본, 청구기호 : 고853.5제653권3 1책 77장.
21) 청구기호 : 고서(I) 811.36 제호연 필-가, 1권1책, 116면.
22) 청구기호 : 고서(I) 811.36 제호연 필-나, 1책 157면.
23) 한중연본(A)는 권1로 시작되다가 중간에 필사가 끊기고 권8로 이어진다.

물에서 상업적인 독서물로 변화하면서 대중화를 지향하게 되는 것과 관련이 깊다. <화씨충효록>을 <창선감의록>의 개작형 연작이라는 측면에서 고찰하는 것은 한 세기 이상 걸친 소설 변화의 양상을 구체적으로 확인하는 작업이 될 것이다. 이를 통해 조선 후기 국문 장편소설이 꾀하는 갈래 변화의 양상의 일단을 살필 수 있을 것이라 생각한다.

2. <화씨충효록>의 형성 배경과 창작 과정

<화씨충효록>이 19세기에 집중적으로 향유되었음을 앞 장에서 살펴보았다. 특히 19세기 후반기에 집중적으로 나타나는 향유기록은 작품의 창작시기도 19세기일 것이라는 가능성을 뒷받침한다. 19세기에 창작된 국문 장편소설들은 대부분 17세기 이후로 축적되어 온 장편소설 창작 전통의 영향 하에 있다. 이들은 전대 작품들에서 화소나 이야기 구조를 차용하여 반복하거나 변화를 꾀하는 방식으로 이루어진다. <화씨충효록> 역시 전대 소설 전통 안에서 작품을 형성해 가고 있다. 뿐만 아니라 17세기 이후 적극적으로 유입되어 읽혀지던 중국의 소설류 가운데 세정소설(世情小說)의 영향이 두드러지는데, 이것 또한 <화씨충효록>을 형성하는 중요한 배경으로 작용하고 있다. 본 장에서는 <화씨충효록>이 이루어지는 과정을 전대 소설전통과 중국 세정소설과의 관련 하에서 구체적으로 살펴보겠다.

1) 전대(前代) 국문(國文) 장편소설(長篇小說) 전통의 수용 과 재구성

<화씨충효록>에는 국문 장편소설의 독자들에게 친숙한 장면들이 자주 나온다. 이는 <화씨충효록>이 적극적으로 전대의 작품을 수용하고 있다는 사실을 보여준다. 본 장에서는 <화씨충효록>이 창작 과정에서 관심 갖고 활용한 작품들을 살펴보겠다. 작가가 자신의 작품을 어떤 성향의 작품들에 기대고 있는가를 살펴보는 것도 작품의 성격을 파악하는 데 도움이 되기 때문이다.

1. 〈사씨남정기〉

<화씨충효록>의 1대 가장 화욱은 임종을 앞두고 누이 성부인과 장자 경옥, 그리고 며느리 임씨에게 유언을 한다.

> 챠셜 화공이 셩부인의게 탁고왈 슉질의 간격을 두지 마르시고 다스리기를 니 이슬젹갓치 ᄒ소셔 도라 경옥을 경계 왈 니 죽으미 종스의 즁ᄒ미 네게 잇ᄂ니 삼가고 됴심ᄒ여 동싱을 스랑ᄒ며 고모를 날과 갓치 셤기며 님현부의 극간을 조ᄎ 화시 문호를 욕멱이지 말나 만일 일호나 츠오ᄒ미 잇슨즉 노뷔 지하의셔 죄를 용스치 아니ᄒ리라 님시를 나아오라 ᄒ여 왈 현부의 덕은 다시 경계홀 거시 업스나 모로미 불효ᄒᆫ 가부와 불명ᄒᆫ 싀고를 졍도로 간ᄒ여 니 아희로 ᄒ여곰 죄의 ᄶ러지지 아니면 고고 오륜의 죄를 면케ᄒᆫ 즉 현부의 덕이라 송공ᄒ리라 노부의 말을 져버리지 말나 … 다만 경옥이 일호망극ᄒ여 ᄒ미 업고 공의 유병ᄒᆯ믈 부터 츠공조와 셩싱은 주야 탕약의 분쥬ᄒ미 불효 경옥은 승가ᄒ여 교시 츳기를 참익ᄒ고 좌하의 시측ᄒ미 업스니 공이 혀츠고 탄식ᄒ며 간간이 칙ᄒ는고로 경옥이 원망홀 쑨이며 부친의 계칙을 드르면 낫츨 붉혀 문을 미

이 닷고 나아가니 공이 불승통히ᄒ여 ᄌ긔 ᄉ병이 잇고 진의 졍셩을 두려 노를 춤고 병심을 번뇌ᄒ여 미양 졀치왈 니 ᄉ라 불효ᄌ의 죄를 듕히 다ᄉ리리라 ᄒ니 경옥(은) 공의 죽기를 원ᄒ던지라 금일 유언을 드론즉 다 듯기 홀[슬]혼 말이오 어디로조ᄎ 망극ᄒ미 잇스리오 좌우인인 여 시녀 ᄎ환의 쥐라 아니 뉴쳬ᄒ리 업스니 ᄎ마 안안치 못(하나) 거줏 눈셥을 씽긔고 한슘지어 슬허ᄒᄂᆫ 쳬흔들 졍의 업손 눈물을 어디로조ᄎ 나리오 졔인은 망극ᄒ여 압히 어두온지라 어니 결을의 긔식을 ᄎ리리오 다만 공이 눈을 드러 경옥을 니슥히 보다가 손으로 병풍을 쳐 크게 소리ᄒ여 왈 슬프다 화시 망ᄒ고 나의 혈식이 터망ᄒ리로다 지하의 도라가 어니 면목으로 조종을 뵈오리오 져져와 질ᄋᄂᆫ ᄉ표로 ᄒ여곰 찍글의 뭇치게 말나 언파의 두어 승 피를 토ᄒ고 망ᄒ니 쉬 ᄉ십구셰라[24]

화욱은 먼저 집안 살림을 관장하는 누이 성부인에게 자손을 부탁한다. 그리고 장자인 경옥(화예의 자)에게 종사의 책임을 부여하며 문호를 더럽히지 않도록 힘쓰라고 경계한다. 그리고 바로 뒤 이어 며느리 임씨를 불러 현숙함을 칭찬하고 더 이상 경계할 것이 없다고 하면서, 부족한 남편 경옥과 어리석은 시어머니 심씨가 잘못을 할 때 바른 도를 아뢰라고만 할 뿐이다. 경옥이 불의(不義)에 떨어지지 않기 위해서는 임씨의 말을 들어야한다는 것이다. 그리고 뒤를 이어 둘째 아들 형옥과 딸 태강, 첫째 부인 심씨에게 유언을 남긴다. <화씨충효록>의 임종 장면은 <사씨남정기> 유현의 임종 장면과 유사하다.

그럭저럭 서너 해가 흘러갔다. 마침내 즐거움은 떠나가고 슬픈 일이 찾아왔다. 소사가 병을 얻어 증세가 위중하였다. 한림 부부는 밤낮으로 곁에서 시중하였다. 의대도 벗지 아니한 채 의약에 힘을 기울였다. 그리고

---

24) 권3, 1~6면.

정성을 다해 기도도 올렸으나 아무런 효험을 볼 수 없었다. 소사는 자신이 다시 일어날 수 없으리라는 것을 알고 두 사람에게 말했다. "내가 이제 천수를 다하였구나!" 이어 두부인을 불렀다. "나는 이제 누이와 영결하려 하네. 누이도 역시 연로하니 지나치게 슬퍼하지 말고 천망 보중하게. 연수는 아직 나이가 어리지. 무릇 과실을 범하거든 반드시 꾸짖으며 가르침을 베풀도록 하게." 한림에게 말했다. "길이 先祀를 받들되 家聲을 추락하게 하지 말아라. 이는 네 한 몸에 달린 일이니라. 충효를 다하고 학문에 힘써 부모를 현양하게 하거라. 네 고모의 말씀을 듣되 마치 내 말을 듣는 것처럼 하거라. 범사에 모름지기 신부와 상의하거라. 네 아내는 덕행과 식견이 범상한 사람이 아니다. 필시 너를 그른 길로 인도하지는 않을 것이니라." 사씨에게도 말했다. "신부의 어진 품성은 내가 경복하는 바이다. 지금 특별히 부탁할 말이 없구나. 오직 잘 지내기만을 바랄 따름이다." 세 사람은 눈물을 흘리며 遺命을 받았다. 그날 소사는 세상을 떠났다.[25]

인용문은 <사씨남정기>에 나오는 유현의 임종 장면이다. 유현은 임종을 앞두고 집안을 관장하는 현철한 누이 두부인에게 총체적인 부탁을 한다. 그리고 아들 유연수에게는 자질이 부인 사씨를 따를 수 없음을 말하고 어려운 일이 있을 때 사씨의 조언을 따르라고 경계한다. 그리고 사씨를 향해서는 현숙하여 더 이상 경계할 것이 없다고 한다. 장면의 구성과 유언의 말하기 방식을 볼 때 두 작품의 친연성은 쉽게 확인할 수 있다.

---

25) <사씨남정기>, 237면. "荏苒三四年 樂往哀來 少師得病漸危 翰林夫婦 晝夜侍側 衣不解帶 竭力醫藥 盡誠祈禱 而不見效 少師自知其不起 謂兩人曰 吾今天壽盡矣 邀杜夫人曰 吾今永訣吾妹矣 妹亦年老 勿爲過哀 千萬保重 延壽年少 凡有過失 須加誨責 謂翰林曰 永奉先祀 勿墜家聲 在汝一身 竭忠孝 勉學問 以顯父母 聽汝姑母之言 如聽吾言 凡事 須議於新婦也 汝妻 德行見識 非尋常人 必不以非義導汝矣 又謂謝氏曰 新婦之賢 吾所敬服 今無可勉 惟好在也 三人流涕受命 是日 少師捐館."

또 하나 <사씨남정기>의 영향을 느낄 수 있는 부분이 있다.

유디경이 가시 가쟝 풍족ᄒᆞ여 젼농으로 싱계ᄒᆞ고 부요히 지니나 〃히 삼십이 되도록 ᄋᆞ들이 업고 셜낭이 뿐이니 슴퓌 권ᄒᆞ여 한낫 잉〃을 어더 ᄋᆞ들 ᄂᆞᄒᆞᄆᆞᆯ 보라ᄒᆞ디 듯지 아니ᄒᆞ더니 혹ᄉᆞ의 유모 계홰 심시의게 니치ᄆᆞᆯ 만나 젼〃 걸식ᄒᆞ더니 일〃은 유가의 가 밥을 어더 긔갈을 면코 져 드러가니 유이슉이 ᄂᆞ가고 슴퓌 모녜 잇ᄃᆞ가 노파의 빌 믈 보고 불샹이 넉여 쳥ᄒᆞ여 드러가 조혼 밥과 고기로써 후히 먹이며 그 용뫼 슈려ᄒᆞ고 비록 쳥의〃 의복이 남누ᄒᆞ나 쵼가 샹오시 아니라 반ᄃᆞ시 지샹가 양낭의 복식이며 ᄯᅩ 나히 졈고 표치 이시ᄆᆞᆯ 보고 … 이러구러 셔너 달니 되미 ᄌᆞ연 친밀ᄒᆞ여 희음업시 져의 셜움과 공ᄌᆞ의 부〃의 만단 고초와 위험ᄒᆞᄆᆞᆯ 니ᄅᆞ며 눈물을 홀니〃 삼파 모녜 들을 격ᄆᆞᄃᆞ 분히ᄒᆞ고 슬프ᄆᆞᆯ 니긔지 못ᄒᆞ며 소져를 더옥 불샹이 넉여 이슉ᄃᆞ려 이런 말을 니ᄅᆞ면 이슉이 탄왈 화샹셔는 공신묘녜오 후빅지샹으로 현명디관니러니 그 ᄌᆞ졔 이럿트 ᄆᆞ도무힝홀 줄 엇지 알니오 츳셕ᄒᆞᄆᆞᆯ ᄆᆞ지 아니ᄒᆞ더라 삼파 모녜 파를 ᄉᆞ랑ᄒᆞ고 불샹이 넉여 갈ᄉᆞ록 후디ᄒᆞ며 이슉을 권ᄒᆞ여 졀노 더브러 부뷔 되어 요힝 ᄋᆞ들 나ᄒᆞ면 이만 경시 업ᄉᆞ리라 ᄒᆞ니 유디경이 크게 깃거ᄒᆞ나 계홰 헛치아니ᄒᆞ더니 슉과 삼퓌 감언미어로 ᄃᆞ리며 션낭이 지셩으로 권ᄒᆞ니 계홰 유디경의 나히 졈고 풍신이 유〃ᄒᆞ며 어질고 의긔로오믈 보고 ᄇᆞ야ᄒᆞ로 허ᄒᆞ여 부뷔 되니 디경이 깃거 십분 권연ᄒᆞ며 삼퓌 모녜 졍의 각별ᄒᆞ여 츳후 더옥 후디ᄒᆞ더니 오러지 아냐 홰 잉티ᄒᆞ여 ᄋᆞ들을 나ᄒᆞ니 디경과 삼퓌 불승과망ᄒᆞ여 희힝ᄒᆞ여 계화를 더옥 귀히 넉이며 ᄌᆞ식을 ᄉᆞ랑ᄒᆞ여 계극화동ᄒᆞ며 션이 크게 깃거 계화 친이ᄒᆞ미 친모의 감치 아니ᄒᆞ며 ᄋᆞ를 익즁ᄒᆞ니 닌니 디경의 ᄋᆞ들 어드믈 치하ᄒᆞ고 삼파의 화동ᄒᆞᄆᆞᆯ 칭션ᄒᆞ믈 츄존ᄒᆞ더라[26]

---

26) 권13, 444~451면.

유대경은 화진의 고향인 양주에 사는 양민이자 부농이다. 그에게는 처 팽삼파와 13세의 여아 설낭아가 있는데, 팽삼파가 나이 33세가 되도록 아들이 없자 유대경에게 후실을 얻어 아들을 볼 것을 권한다. 그러나 유대경은 그 말을 듣지 않는다. 이러던 차에 심씨에게 쫓겨나 거리를 떠돌던 화진의 유모 계화가 유대경의 집에 밥을 구걸하러 온다. 팽삼파는 계화의 용모가 수려하고 의복이 남루하지 않음을 보고 후대한다. 설낭아는 계화가 문자(文字)와 수선(修繕)에 뛰어나다는 것을 알고 자신의 문자 수선을 돕고 모친 팽삼파의 말벗이 되기를 청하며 집에 머물게 한다. 삼파 모녀는 계화가 겪은 일을 듣고는 불쌍하게 여기고 그 재주와 덕성을 사랑하여 날이 갈수록 후대하다가 결국에는 유대경에게 후실로 삼을 것을 권한다. 유대경은 허락했으나 계화가 허락하지 않자 삼파 모녀는 계화를 정성으로 권하여 결국 유대경과 계화는 부부가 된다. 유대경은 계화를 통해 화부의 가란(家亂)과 화진이 조카 성홍의 살인죄로 무고를 당하여 옥에 갇혀 있음을 알게 되고 화진을 구호한다.

후사를 얻기 위해 첩 들일 것을 권하는 내용은 <사씨남정기>의 대표적 화소이다. 사씨는 혼인한 지 10년이 다 되어도 후사가 없자 남편 유한림에게 첩을 들여 후사를 보라고 권한다. 유한림은 사씨의 나이가 아직 젊고 첩을 들이는 것은 재앙의 씨앗이라고 하면서 거절한다. 그러나 사씨는 직접 매파를 놓아 유한림의 첩을 널리 구한다. 고모 두부인은 사씨가 매파를 놓았다는 말을 듣고 놀라 찾아와 만류한다. 두부인이 첩을 두는 것은 가화(家禍)의 시작이라는 것을 재차 강조하나, 사씨는 자신은 결코 투기를 하지 않을 것이라고 하면서 끝까지 고집을 꺾지 않는다. 그러자 두부인도 할 수 없이 그 뜻을 따른다. 얼마 후 사씨는 교씨의 미색과 가문에 대한 이야기를 듣고 직접 혼인을 추진한다.

사씨와 팽삼파 모두 나이가 늦도록 아들을 두지 못하는데, 아들이 없다는 것은 집안의 대를 잇지 못하는 절사(絶嗣)를 의미한다. 그래서 평소에 그 남편에게 후실을 두라고 권한다. 그러나 유한림이나 유대경 모두 첩 두는 것을 달갑게 여기지 않는다. 그러다가 사씨는 교씨를, 팽삼파는 계화를 직접 구하여 천거한다. 결국 가부인 유한림과 유대경은 아내의 권유를 따라 후실을 맞이하게 된다.

2. 〈소현성록〉

초기 국문 장편소설의 대표작인 〈소현성록〉에는 여러 화소가 나온다. 그 중 개용단은 후대의 많은 작품들에 영향을 미친 대표적 화소이다. 〈소현성록〉의 여씨는 개용단을 먹고 석씨의 모습으로 변하여 음란한 행동을 함으로써 석씨를 모함한다. 결국 석씨는 소현성에게 출거당하는 처지에 놓인다. 〈화씨충효록〉에도 유사한 사건이 나온다. 유성희의 총희 취란이 시비 춘악에게 개용단을 먹여 양아공주의 모습으로 변하게 한 뒤 유성희의 외구인 취생 부부를 때리게 한다. 이 때문에 유성희와 양아공주의 갈등이 최고조에 이르고 마침내 양아공주가 출가하게 된다.

〈화씨충효록〉은 개용단 화소를 처첩 갈등 외에도 좀 더 폭넓게 사용하고 있다. 화진은 군공을 이루고 난 후, 억울하게 죽은 조카 성홍의 장례를 치르고 숙모를 모셔오기 위해 고향인 양주로 내려간다. 고향으로 가던 도중 산동성에 이르렀을 때 경옥이 병이 나 며칠 머물게 된다. 그 때 본관이 마을에 괴이한 송사가 있음을 아뢰며 그 처결을 부탁한다. 마을 백성 가운데 안삼낭이란 자가 장사를 하고 돌아와 보니 또 하나의 안삼낭이 자기의 부인과 함께 살고 있더라는 것이다. 두 안삼낭은 서로를 간부라고 지목하면서 다투는데, 친척과 마음 사람들 중 그 누구도 진가(眞假)를 구별할 수 없어서 처결을 내리지 못하고 있는 상태이다. 화진은 그날 밤 늦도록 잠을 이루지 못하고 배회하다가, 담 밖에서 두 명의 도인이 요약에 대해 이야기 하는 것을 듣는다. 결국 도인을 잡아 개용단과 회면단을 판 사실을 자백받고, 진가(眞假) 소송을 해결한다. 가짜 안삼낭은 바로 범한과 함께 경옥을 부추겨 화부(花府)의 가란(家亂)을 일으켰던 장평으로, 안삼낭의 부인을 탐하여 그를 취하고자 개용단을 사용한 것이다.

3. 〈소문록〉

소졔 실셩통곡기를 마지 아니ᄒ거눌 이비 권ᄒ여 긋치게 ᄒ고 왈 쳔샹과 인간이 표연ᄒ고 젼싱과 금셰 일을 본디 누셜ᄒ염죽지 아니나 연이나 왕모낭낭 젼지를 밧ᄌ와 금일 젼싱ᄉ와 금셰일을 디강 젼ᄒᄂ니 샹션은 월궁 소ᄋ션으로 본디 옥쳥궁 반도회의 참녜ᄒ여실졔 티을진군이 유졍ᄒ나 쳔샹 법[법]이 삼엄ᄒ고로 감히 졍을 발뵈지 못ᄒ더니 연회의 슐을 취ᄒ고 소ᄋ를 만나니 방ᄌᄒ 마음을 참지 못ᄒ여 ᄌ못 눈으로 졍을 보니니 옥졔 미안이 너기시더니 훗터질 ᄡ 진군이 소ᄋ를 ᄯ라 월궁의 니르러 회롱ᄒᄂ 미친 거동이 측 업ᄉ디 소이 쥰졀이 믈니치지 못ᄒ여 옥익을 권ᄒ며 쳔화를 쥬어 화답ᄒ니 옥졔 진노ᄒ샤 각각 인간의 귀향보니실ᄉ 진군 부인 셜셜티 가만니 옥졔와 황ᄋ의게 원망ᄒ고 진군을 조ᄎ 인간의 가기를 ᄇ라더니 옥졔 그릇 여기시나 소원을 조ᄎ ᄒ 가지로 격강ᄒ여 부뷔 되게 ᄒ여시나 죄악이 듕타ᄒ샤 무궁ᄒ 고초를 격게 ᄒ시고 진군은 화가의 남지 되게 ᄒ시고 옥화부인은 윤가의 녀지 되고 소ᄋᄂ 남가의 환싱ᄒ게 ᄒ시나 소ᄋ의 실체ᄒ 죄 크다ᄒ샤 ᄉ오년 ᄉ화를 지니고 곡경을 지니되 가지록 덕을 닥고 션을 힘써 어질진디 지앙이 소멸ᄒ고 부뷔 댱원ᄒ며 ᄌ손이 번셩ᄒ리니 엇지 하날명을 역ᄒ여 죄를 더으리오 옥화부인이 소ᄋ션으로 더브러 쳔샹의 잇슬졔 지극던고로 금싱의 형졔지의와

동녈지졍으로 일싱 영욕을 흔가지로 홀 거시오 시랑 윤현도 연분과 은혜
잇눈고로 남가 혈식이 윤가의 은양을 힘입어 부녀지졍이 지극홀 거시니
이다 하날 뜻이라 소ᅌᅥ션이 격강홀 졔 관음대스긔 발원흔 일이 잇스니
디스의 불샹을 뫼셔 삼년 공을 드리고 부녀 부뷔 완취ᄒᆞ리니 샹션은 모ᄅ
미 윤시랑을 ᄎᆞᄌ 화가의 빅셰인연을 일우고 쳔연을 역지 말나[27]

남채봉은 8세의 나이에 부친 남어사가 엄숭의 참소로 유배를 가게 된
다. 유배지로 가는 도중 수적(水賊)을 만나, 남어사 부부는 물에 빠져 죽고
남채봉과 시비 계영은 물가에 버려진다. 이 때 이비(二妃)가 남채봉의
꿈에 나타나 전생과 앞으로 겪을 일을 알려준다. 남채봉은 원래 월궁 소아
선으로 태을진군과 옥청궁 반도회에서 만난다. 술 취한 태을진군은 반도
회가 끝나고 소아선을 쫓아 월궁에 가서 희롱하는 거동을 보이지만 소아
선은 준절하게 물리치지 못한다. 결국 진노한 옥제는 이들을 각각 인간
세상에 귀양보내는데, 태을진군의 부인인 설설태가 태을진군을 쫓아 인
간 세상에 가기를 옥제에게 청한다. 옥제는 이들을 모두 적강하게 하여
태을진군은 화가의 남자가 되게 하고 설설태는 윤가의 옥화 부인이 되게
한다. 또한 소아선은 실체한 죄가 크다고 하여서 사오 년 사화를 겪게
한다. 그리고 소아선과 설설태가 하늘에 있을 때 지극한 관계였기 때문에
인간 세상에서도 평생을 동렬지정으로 지내며 일생의 영욕을 함께 하게
한다. 또 소아선이 적강할 때 관음에게 발원한 일이 있기 때문에 관음
대사를 3년간 모시고 공을 들인 후 부녀와 부부가 완취하도록 한다.

<화씨충효록>에 나오는 남채봉의 전생담은 어디에 근거를 두고 창작
된 것일까. <화씨충효록> 보다 앞선 시기에 창작되었을 것으로 추정되

---

27) 권4, 271~274면.

는 국문 장편소설 가운에 유사한 전생담을 가지고 있는 이야기가 있다. 18세기 초반 작품으로 알려진 <소문록>이 그것이다. <소문록>의 윤씨는 소현과 조씨의 박대를 받아 10년 간 심한 고난을 겪는데, 꿈에 남해 관음보살이 나타나 전생과 미래를 알려준다. 전생에 소현은 정원이라는 인물이었고 윤씨는 정원의 조강지처 됴계랑이었으며 조씨는 정원의 첩 초선이었다. 현몽한 선계 인물이 이비(二妃)가 아닌 관음이라는 설정은 다르지만 전생에 세 남녀 주인공이 삼각관계였으며 전생의 첫째 부인이 후세에도 원비가 된다는 점이 유사하다. <화씨충효록>의 남채봉은 첩은 아니지만 정혼의 순서로 볼 때 윤씨가 먼저 정혼하고 난 뒤 남씨의 정혼이 이루어진다. 더구나 후에 남채봉은 범한과 장평의 계교로 소실로 강등되고 후에 정부인 첩지를 다시 받게 되는데 이런 점에서 볼 때 위차에 있어서는 윤씨가 위라고 할 수 있다. <소문록>의 윤씨와 조씨는 전생에 갈등관계가 있었기에 후세에서도 같은 관계가 반복된다. <화씨충효록>의 윤씨와 남씨는 전생의 지극한 관계가 있었기 때문에 후세에도 동렬지정으로 평생을 함께 하게 된다.

이외에도 <소문록>의 소현이 장하미인(최씨)을 보고 스스로 중매하는 과정이 <화씨충효록>의 윤여옥이 장하미인(백씨)을 보고 스스로 중매하는 장면과 흡사하다.

후원의 이르러 경물을 완상홀시 난초는 쏫다온 거술 토ᄒ고 계화는 향긔을 비아타니 왕〃의 머리를 두로혀미 먼 뫼 츄식이 더욱 아름다온디라 밋 눈을 들미 고디광각이 취운의 걸넛ᄂ디 쥬함곡ᄂ을 의지ᄒ여 일디 미인이 웅장을 성히ᄒ고 소리를 묽게ᄒ여 당시 일편을 쳥아이 읇ᄒ니 옥셩이 ᄇ람의 ᄶ러지ᄂ지라 싱이 경아ᄒ야 눈을 쏘아 ᄌ시 보(니) 언연ᄒ ᄌ티와 풍셩ᄒ 긔질이 족히 양왕의 꿈을 놀니니 스스로 견권ᄒ여 ᄇ라보디 글의 춤축ㅎ여 스람의 여러 보믈 아지 못ㅎ고 음영ㅎ다 옥슈로셔 딤을 드러 칙을 누르고 침실노 드러가니 소싱이 실망ㅎ여 손의 쥐엿던 보비를 일흔듯 경보든 홍이 스라져 밧비 등당의 이르러 가시 마즈 왈 형이 원듕 경치를 보시니 몰근 홍이 엇더ㅎ뇨 상셔 답왈 경의 아름다오미 족히 금곡 과 양천의 감치 아니커눌 더욱 긔특흔 바는 구츄상노 가온디 일지 옥해 피여시니 슐탐ㅎ는 호졉은 곳친가 의심ㅎ느니 이 금분을 어드로 조차 옴 겻느뇨 가시 놀나 닐오디 형의 말이 빗느거니와 풍유는 너모 허랑ㅎ이다 상셔 답왈 싱은 잇는 쳐첩도 줄 어긔치 못ㅎ거든 엇지 후문 소져를 브라 리오 다만 싱의 일기 붕위 이셔 계후 관정이 막역지기라 소년지ㅈ로 풍뉴 편쳔ㅎ며 의마의 지죄 임의 셤궁의 월계을 밧드러 부귀 번화ㅎ며 낭친과 형데 번셩ㅎ여 그 영화ㅎ미 득의ㅎ미 미쳐시되 다만 시로 금현이 단절ㅎ 여 하쥐 슉녀을 구ㅎ드니 현미의 소고 쵀시 아름다온 규쉬라 셩화을 익이 듯고 날노써 부가되믈 보칠시 오늘날 일으믄 특별이 이을 위ㅎ미라 가시 쳥파의 닐오디 이 녀ㅈ는 과연 쵀시미라 소미 쥬장ㅎ미 되여시디 문회 쇠미ㅎ여 아름다온 짝을 만ㄴ지 못ㅎ니 이졔 형이 이르는 말 것틀진디 엇지 스양ㅎ리오마는 혼인은 인간 디시라 셩명과 거주를 모로고 엇지 용 이히 허ㅎ리오 싱이 웃고 닐오디 무스 일 셩명 거쥐 업스리오 셩은 소요 명은 현이니 시년이 이십여셰니 벼술은 니부통지오 머믈기는 날노 더부 러 흔가지로 잇는이라 가시 박소왈 형의 허랑흔 말을 가지로 짜지 아녓도 다 브야흐로 견권ㅎ는 부인이 좌우의 버러시니 쵀시의 길흉을 미리 졈복 지 못ㅎ며 부인니 원망을 엇지 드르리오 상셔 웃고 왈 본디 둘아리와 둣 압히셔 언약ㅎ미 업시 우연이 원경을 인연ㅎ여 흔번 보미 무음이 취ㅎ이 고 뜻지 낙쳔의 무로녹으니 엇지 상여의 탁시을 도도며 댱싱의 잉을 다리 미리오 다만 조홰 이랑을 인ㅎ여 두릉의 이르미라 슉셰 가연이 하늘이 명ㅎ시믈 알니 〃 미랑은 쾌히 허락ㅎ라 흔조각 귤피을 먹어도 동졍호을 잇지 아니커든 니 엇지 현미의 홍은을 이즈리오 윤시 심궁의 거졀ㅎ고 댱시 죽으니 디쟝뷔 엇지 흔 녀ㅈ로 늘그리오 부뫼 바야흐로 유환흔 슉녀 을 구ㅎ시니 현미는 다른 넘녜 말고 흔 말의 결ㅎ라28)

인용문은 <소문록>의 소현이 후원에서 우연히 최씨를 보고 반하는 장면이다. 소현은 표매 가씨를 찾아 갔다가 후원에서 최씨를 발견한다. 그러나 그 자취를 놓치고는 아쉽고 급한 마음에 가씨에게 그에 대해 묻는다. 가씨가 소현의 호방함을 비웃자 소현은 '자신은 집안에 있는 아내들도 다스리지 못하는데 또 다른 소저를 생각하겠느냐'며 의뭉을 떨고는 자신이 아닌 친구를 위해 주선하고자 한다고 말한다. 그러면서 넌지시 가씨의 소고 최씨인가 하고 짐작하자 가씨는 최씨가 맞다고 하고 친구의 이름을 묻는다. 최씨의 정체를 확인한 소현은 비로소 자신이 그 사람임을 털어놓는다.

일〃은 화계의 잉성이 아람다오믈 보고 니러 비회ᄒ며 원근 동산의 빅홰 만발ᄒ고 호졉이 분비ᄒ거눌 원듕의 올나 좌우로 쳠망ᄒ더니 동녁 분쟝 밧긔 일좌 디간의 가시 잇고 누디 화려ᄒ여 원듕 경기 졀승ᄒ거눌 담 밋히 나아가 보더니 믄득 화목을 헤치고 일위 미인이 단쟝을 초〃히 ᄒ고 운빈 졍졔히 ᄒ여 연보를 가바야이 ᄒ여 셔녁 화계로 드러가니 빅셜 갓흔 면모와 연화갓흔 냥협이며 쥬슌호치와 취미운환이며 셤요봉익이 표〃히 낭원 션지라 팔ᄌ 츈산의 미〃흔 우음을 먹음어시니 소담 ᄌ약ᄒ고 쳥월 쇄락ᄒ미 엇지 엄시의 도화갓흔 용안의 비기리오 진소져의 모란 갓흔 티도와 비길 것시로디 미인은 더옥 쟉약ᄒ고 진소져는 풍영화슌ᄒ여 품격이 갓지 아니ᄒ고 얼프시 양미 남소져와 방불ᄒ거눌 흔번 보고 놀나며 긔특이 여겨 칭찬 왈 진짓 졀셰미인이로다 니 진소져를 ᄋ시로브터 흠션ᄒ여 ᄉ셩의 져버리지 아닐 뜻이 잇더니 블힝ᄒ여 실산ᄒ고 소년 공방을 감심ᄒ여 타인을 싱각지 아냣더니 쳔만 뜻밧긔 〃괴흔 가온디 엄시를 보니 져의 요됴 염미ᄒ미 회한흔 녀지라 남ᄌ 풍졍이 무심치 못ᄒ여 졀노 더브러 동금동셕의 졍을 이어 후회를 밍셰ᄒ엿더니 금일 졍하

---

28) <소문록>, 권3, 195~199면.

미인은 더옥 긔특ᄒ니 제 엇더훈 ᄉ람의 ᄯᆞᆯ니뇨 진소져와 져 녀ᄌ를 규각 니샹을 삼고 엄시로 긔실 총회를 삼아 반싱힝낙ᄒ므로 쌍친을 시봉ᄒ면 디쟝부의 쾌ᄉ 아니리오 … 방듕의 드러와 셔동다려 문왈 원듕 동쟝 밋히 일좌 디개 이스니 엇던 지샹의 퇴샹니뇨 셔동이 디왈 녜부 됴노야 턱이니이다 싱이 문왈 됴노애 나히 졈으냐 디왈 오십이나 ᄒ니이다 ᄌ녜 몃치나 ᄒ뇨 디왈 일남이녀를 취혼ᄒ여 됴가 샹공은 젼년의 급졔ᄒ여 니부쥬ᄉ를 ᄒ여 계시니이다 싱 왈 이졔 취가 아닌 ᄯᆞᆯ이 잇ᄂ냐 디왈 됴소져는 쥬ᄉ의 맛민ᄌ로 몬져 취가ᄒ여 ᄌ녜 갓다 ᄒ디 다른 소졔 잇단 말 업스니 요ᄉ이 됴노야의 누의이 빅흑ᄉ의 부인이러니 원방으로셔 갓 와셔 고턱을 슈리ᄒ시노라 됴부의 머므르시고 게는 여러 공지 이스니 혹 소졔 계신동 마을 ᄉ람이야 어이 알니잇가 빅노야의 쟝공지 됴쥬ᄉ와 동방 급졔ᄒ여 계시민 일개 다 셔울 왓다ᄒ더이다 싱 왈 빅노애 어너 ᄯ히 셔 왓ᄂ뇨 디 왈 어더셔 온동 모로ᄂ이다 싱이 동쟝하 미인을 ᄉ모ᄒ여 공명을 일워 빅한님을 ᄉ괴여 구혼ᄒ기를 졍훌지언졍 져 미인이 ᄌ가를 위ᄒ여 슈졀ᄒ여 함원훈 빅시 션빙인줄 아지 못ᄒ고 속졀업시 ᄉ모ᄒ니 부뷔 됴히 맛나 금슬쌍유를 법다이 홀거시어늘 조믈이 흙셩구져 괴히훈 흉심으로 ᄉ시 츠라ᄒ여 빅시 삼년 박명을 ᄭ치고 윤싱이 심규의 한을 일위니 가히 탄ᄒ염즉 ᄒ더라[29]

위의 인용문은 윤여옥이 장하미인을 만나는 장면이다. 후원을 거닐며 경치를 완상하던 윤여옥은 동쪽 담장 건너편으로 초초하게 단장한 아름다운 여인을 발견한다. 진채경과 견줄 만한 장하미인의 모습을 보며 정실로 삼을 결심을 한 윤여옥은 그 미인의 정체를 알고 싶은 마음에 서동에게 동장(東牆) 옆 대가집에 대해 묻는다. 서동은 그 집이 예부 조노야 댁이라는 것과 조노야의 누이가 백학사의 부인이라는 것을 알려준다. 그

---

29) 권17, 217~221면.

말을 들은 윤여옥은 그 미녀가 자신에게 퇴혼당하고도 자신을 위해 수절하는 백선빙임을 모르고 백한림을 사귀여 구혼할 결심을 한다.

스인이 문왈 왕년의 소졔 슉부 〃중의 잇실졔 드르니 현형의 미랑이 〃셔 방셩이 멀니 들니더니 이졔 뭇춤 소졔를 권ᄒ여 구친ᄒᄂ니 〃시니 형미 셩가ᄒᄂ니잇ᄂ냐 됴한님이 소왈 소졔ᄂ 다만 님미 뿐으로 소미ᄂ 셩가ᄒ연지 오리고 다ᄅ 미ᄂ 업스니 뉘 니런 허망ᄒ 말을 ᄒ더뇨 윤한님이 소왈 니런즉 소졔 그릇 듯고 실언ᄒ도다 졍언간의 빅한님이 드러오니 도한님으로 표종지간이라 … 윤스인이 됴빅 냥인의 말을 드르미 소져의 아롬ᄃ오미 범연치 아닌가 시브되 젼일 그 흉상은 어닌 녀지런고 쟝하미인이 만일 빅소졔면 평싱 소원 니로되 진가를 아지 못ᄒ리로다 〃만 됴빅 이인은 졍직ᄒ 위인이라 부언은 아니리니 나의 젼일 본 녀지 빅시런가 이럿틋 혜아려 침음 양구의 갈오더 빅형의 칙언을 드르니 심히 참괴ᄒ나 왕스은 닐너 무익ᄒ지라 다만 노션싱 셩노를 고간ᄒ여 슈이 셩친ᄒ믈 브라노라 빅한님니 더왈 소졔 능간ᄒ여 더인긔 알외리니 쟝원은 다시 변괴를 너지 말나 됴한님이 더왈 쟝원이 표미를 맛ᄂ즉 스오년 졀혼ᄒ엿던 줄 뉘웃쳐 ᄒ리라 소졔 그쩌의 희비를 참녜ᄒ여 금일 님년ᄒ 공을 진식ᄒ여 바드리라 셜파의 삼인이 셔로 웃고 한담홀시 빅한님이 무심코 니르더 너게 ᄒ 표미 잇셔 안식이 무덤갓고 긔질이 둔탁ᄒ니 우리 샹히 희롱ᄒ여 방용누의라 ᄒ고 … 윤스인니 젼일 즈긔 본 녀지 필연 이 녀지로다 ᄒ미 이의 웃고 왈 댱부인니 비록 용뫼 보기 슬흔나 셩덕이 놉하 댱부인의 심복ᄒ믈 어덧도다 빅한님니 소왈 표미 질품이 영오ᄒ든 못ᄒ나 슌직ᄒ고 조심이 업셔 넘나든 아니 〃라 ᄒ더라 윤한님니 빅소져의 향명을 즈시 드르니 분명ᄒ 조부 쟝하미인 〃줄 알고 심신이 착급ᄒ여 빅한님을 더ᄒ여 슈이 셩친ᄒ믈 쥬션ᄒ라 ᄒ고[30]

---

30) 권21, 475~483면.

위의 인용문은 윤여옥이 한 번 보고 반하여 마음에 두고 있던 장하미인의 정체를 알게 되는 부분이다. 윤여옥은 앞서 숙부 윤사공 댁에서 과거를 준비하다가 우연히 건넛집 담 너머 후원을 거니는 미인을 보게 된다. 그 뒤로 그 여인을 잊지 못해 오매불망하나 정체를 알 수 없어 늘 근심한다. 그러다가 그 집이 조한림의 집이라는 것을 알고 그 여인에 대한 정보를 얻기 위해 조한림을 찾아가 그에게 누이가 있는지를 넌지시 떠본다. 윤여옥은 마치 다른 사람을 위해 중매를 서는 것인양, 조한림의 누이가 아름답다는 말을 듣고 자기에게 주선해달라고 부탁하는 사람이 있다고 하면서 조한림에게 누이가 혼인을 했냐고 묻는다. 조한림은 자기 누이는 이미 혼인한 지 오래고 다른 누이는 없다고 한다. 그러다가 조한림의 표형제인 백한림이 들어오고 조한림과 백한림의 대화 내용으로 윤여옥은 비로소 그 장하미인이 다른 사람이 아니라 자신이 박색이라 생각하여 퇴혼한 백소저이고, 그 박색 소저는 사실 백한림의 표매라는 사실을 알게 된다. 장하미인의 정체를 안 순간 윤여옥은 급한 마음으로 백한림에게 빨리 혼인을 주선하라고 재촉한다.

중심 인물의 구체화된 전생과 남자가 자신을 위해 중매하는 화소 외에도 <소문록>이 <화씨충효록>에 영향을 미쳤을 것이라고 짐작되는 요소로는 여성 인물의 캐릭터가 있다. <소문록>에서 가장 정대하고 현숙한 인물로 그려지는 윤씨는 둘째 부인인 조씨와 뉴보모의 핍박을 받으면서도 뉴보모보다는 박정한 남편에게 근본적인 문제가 있다고 여긴다. 그래서 남편이 회심한 후에도 윤씨는 십 년 동안 박대당한 일을 끊임없이 들춰내어 남편을 부끄럽게 만든다.[31]

윤씨의 캐릭터는 <화씨충효록>에서 새롭게 부각되는 여인들 속에서

---

31) 김지연, 「<소문록>연구」, 고려대 석사논문, 2002.

유사한 형태로 드러난다. 임씨는 작품 내내 가장 현숙한 여인이라는 평가를 받는 인물이다 그럼에도 불구하고 남편에 대해서는 끊임없이 원망하며, 제가(齊家)가 이루어지지 않는 원인을 남편에게서 찾고 있다. 또한 남편의 지난 잘못을 곱씹으며 결국은 남편을 아내 앞에서 큰 소리를 치지 못하는 공처가로 만든다.

> 네 부친이 픠륜 낭샹ᄒᆞ미 고금의 업거놀 니 젼일 너 경계ᄒᆞ미 슌〃ᄒᆞ지라 엇지 슬피지 아니ᄒᆞ고 말을 경히 ᄒᆞ여 녀부의 흉험ᄒᆞ미 반다시 네 목슘을 히홀 거시오 져의 픠륜 난샹ᄒᆞ미 황쳔긔 득죄ᄒᆞ미 만ᄒᆞ니 무슴 덕으로 너ᄀᆞᆺᄒᆞᆫ 아들을 진이리오 니 쥬야 두려ᄒᆞ문 네 앗가온 일신이 앙얼을 닙을가 두려ᄒᆞ노라 ᄎᆞ후 모로미 십 쓴 삼가 언필찰ᄒᆞ여 힝신을 독경이 ᄒᆞ여 독슈의 희를 닙지 말나 네 슉뷔 일시 곤익ᄒᆞ시나 풍운의 길시 머지 아니리니 하날이 어진 ᄉᆞ롬을 도으시고 불인을 쩌리ᄂᆞ니 엇지 써 호구의 오리 곤ᄒᆞ리오 네 아뷔 거동을 술피이 졸연이 남시를 ᄀᆞ가이 두고 불시의 후디ᄒᆞ니 흉험ᄒᆞᆫ 의시라 쩌져리고 ᄆᆞᆷ이 셔늘ᄒᆞ여 ᄒᆞ문 일노조츠 집이 망ᄒᆞ리로다 노모와 ᄋᆞ의 여화를 닙을가 슬허ᄒᆞ미라 연이나 슉〃의 인ᄌᆞ효졔ᄒᆞ미 벅〃이 화시를 홍케ᄒᆞᆯ믈 밋ᄂᆞᆫ지라 니 ᄋᆞ희 조심ᄒᆞ여 몸을 보젼ᄒᆞ라[32]

경옥이 화진과 성홍이 자신을 원망한다는 참소를 믿고 아들과 동생을 때리며 질책하자, 임씨는 성홍을 처소로 데려온다. 그리고는 10세의 어린 아들에게 '너의 부친은 고금에 없는 패륜난상'이라고 하며, '네 아비의 흉험함이 반드시 네 목숨을 해할 것'이라는 말을 한다. 또한 경옥이 숙모 남씨에게 음흉한 의사를 두고 있음을 말하면서 집안을 망하게 할

---

32) 권10, 217~218면.

것이라는 말도 서슴지 않는다. 아무리 패악한 부친이라 하더라도 어린 아들에게 그 아비의 불호(不好)한 점을 일일이 들추어내며 이간하는 것은 현숙한 부인의 모습이라 하기 어렵다. 이러한 임씨의 모습은 유모 설고마저도 그 지나침을 경계할 정도이다.

> 셩흥의 두 번 니르던 셜화를 ㅈ시 니르고 오열 운졀ᄒ니 셜괴 크게 신긔이 넉여 왈 소공ㅈ 싱시의 총명 특달ᄒ시고 긔이ᄒ시미 튜류와 드르시더니 ᄯᅩ 사후의 녕빅이 별이ᄒ샤 명 〃 ᄒ시미 니러틋 ᄒ여 붉히 가르치시니 엇지 허탄ᄒ미 이시리잇고 공ㅈ의 참ᄉᄒ시미 이 다 하날이 졍흔 쉬면 이역의 밋지 못ᄒ리니 구타여 샹공의 죄도 아니라 이졔 보지 못흔 즁 흔 말노 지목ᄒ미도 가치 아니ᄒ고 소졔 샹공의 비필이라 가뷔 디역부도지시 이실지라도 구외의 나타너지 못ᄒ시려든 현츌흔 일이 업시 녀지 엇지 몬져 가부의 악ᄉ를 발언ᄒ리오 소져는 ᄎ후 이런 듕난흔 말ᄉᆷ을 무르소셔[33]

아들 성흥이 죽자 남편 경옥이 죽였다고 통곡하다가 혼절한 임씨는 꿈에 성흥을 만난다. 성흥은 자신의 죽음은 다 하늘이 정한 운수라고 하면서 후에 다시 만날 것을 예고한다. 이 말을 들은 유모 설고는 '성흥의 죽음이 하늘이 정한 수(數)라면 상공(경옥)의 죄도 아니고, 더구나 직접 보지 않은 상황에서 단정 지어 지목하는 것은 불가하며, 또한 임씨는 경옥의 배필로 만약 가부(家夫)가 대역부도한 일을 저질렀다 하더라도 부인이라면 입 밖으로 그 일을 발설해서는 안 되는데, 드러난 증거도 없는 일로 여자가 먼저 가부(家夫)의 악사(惡事)를 발언하느냐며 앞으로는 이러한 말은 하지 말라'고 경계한다. 이렇게 <화씨충효록>은 전대 작품에서 사건 화소뿐만 아니라 인물 형상의 방법까지도 활용하고 있다.

---

33) 권13, 437~438면.

4. 〈완월회맹연〉

빅한님 일기 죄[피]셔ᄒ여 댱원각의 와 미쳐 도라가지 못ᄒ여셔 윤공의 쳥으로 외헌을 빌여시나 ᄂ원의 일가를 거ᄂ려 잇고 그 족질녀 쉬[취]란을 거ᄂ려 잇던지라 빅공의 ᄎ녀 션빙은 옥모화티 ᄲᅢ혀ᄂ고 녀공지질이 긔이ᄒ니 부뫼 과이ᄒ여 갓흔 ᄲᅡᆼ을 구ᄒ더니 윤공ᄌ의 ᄲᅢ혀나믈 듯고 구친ᄒ여 납폐를 ᄇ닷더니 윤싱이 손을 ᄃ리고 외쳥의 니ᄅᄆ를 듯고 여ᄋ와 슉부ᄂ 본부로 보ᄂ고 부인은 쉬란으로 더브러 디츄ᄒ여 힝ᄂ를 거두어 도라가려ᄒ더니 일이 공교ᄒ여 일 〃 은 셩화 냥싱이 방즁의셔 글을 닑더니 윤싱이 심시 울 〃 ᄒ여 혼ᄌ 신을 ᄭ으을고 두로 비회ᄒ더니 졈 〃 깁히 드러가니 ᄂ원 동산 아리 ᄉᄅᆷ 말소리 들니거ᄂᆯ 싱각ᄒ디 ᄂ거시 빅공 집 쟝원각이어ᄂᆯ 안히 엇던 ᄉᄅ이 잇ᄂ고 ᄒ여 언덕의 오르니 담이 ᄂᄌ 안히 뵈ᄂ지라 두어 시녜 한가히 안ᄌ 말ᄒ여 왈 명일은 부인 소졔 도라가실지라 우리도 그 일 맛게 ᄒ여시니 오날은 한가히 노다가 도라가리라 ᄒᆫ 시녜 왈 부인이 피화ᄒ여 계시나 울벗긔 손이 계시니 ᄂ일 도라가시ᄂᄂ니 우리게 불힝이로다 ᄒ고 말ᄒ더(니) 싱이 냥뉴를 희롱ᄒ더니 문득 누 우ᄒ로셔 ᄒᆫ 녀지 홍샹 취삼으로 지분을 낭ᄌ히 칠ᄒ고 단쟝을 화려히 ᄒ여 ᄂ려오며 왈 너희ᄂ 엇지 한가히 안잣ᄂ뇨 시녀 디왈 더우니 ᄇᄅᆷ 쏘이려 ᄒᄂ니다 그 녀지 왈 부인이 ᄎᄌ시니 슈이 드러가라 ᄒ니 싱이 눈을 드러보미 그 녀지 비록 홍분을 치레ᄒ여시나 퍼진 허리와 져른 킈오 가증ᄒᆫ 면목의 코히 낫고 눈이 크며 머리 누러ᄒ며 봉두 귀면이라 싱이 ᄒᆫ번 보고 디경실식 왈 쳔하의 흉험ᄒᆫ 귀형도 잇도다 볼을 굴너 왈 빅공의 ᄯᆞᆯ이오 졍친ᄒᆫ 녀지라 빅공이 다만 두 ᄯᆞᆯ노 맛ᄌᆫ 셩가ᄒ엿고 며ᄂ리 다 어룬일거시니 그 녀지 아니오 뉘리오 ᄂ 졀셰가인을 일코 져런 츄물을 어더 샹디ᄒ미 증염ᄒ여 엇지 견디리오 결단코 취치 못ᄒ리로다 긔운이 분 〃 ᄒ여 셔당의 도라오니 화셩 냥싱이 윤싱의 긔식이 ᄃᄅ믈 고히 〃 여기더라 윤싱이 그 녀ᄌ를 본 후 증염ᄒ미 일신의 병이 되어 진소져의 앗기ᄂ ᄆᆞ음이 더욱 간졀ᄒ여 밍셰ᄒ여 빅시 취홀 뜻이 업ᄉ니

날호여 부모긔 고ᄒᆞ고 퇴혼ᄒᆞ려ᄒᆞ더라[34]

윤여옥이 백학사의 족질녀 취란[35]을 정혼한 백소저로 알고 혼사를 물릴 결심을 한다. 원래 윤여옥은 어려서 진제독의 딸 채경과 정혼하였는데 채경과의 소식이 돈절되자 부친의 권유로 백소저와 정혼한 상태였다. 그러다 추한 외모의 취란을 보고 백소저로 오해하여 자신을 속여 추한 딸을 시집보내려 한다며 백공을 증염하고 진소저를 취할 뜻을 더욱 공고히 한다. 또한 시부모가 될 윤공부부도 외모가 흉하다면 맞이할 수 없다는 아들의 철없는 말에 동의한다.

<완월회맹연> 중 대략 10여권에 걸쳐 수용된 삽화 '여씨'의 이야기는[36] 바로 추한 여인이 외모 때문에 남성에게 증오와 멸시를 받는 내용이다. 천자의 장인이었던 여형수의 큰 아들 여원홍의 딸인 여씨는 권세 있는 집안에서 태어났으나 외모가 매우 거칠고 못생겼으며 태도도 대단히 흉물스럽다. 그녀는 장헌의 아들 장세린과 혼인하게 되는데, 이는 장헌이 국구의 손녀라는 권세에 매료되어 자식의 의사를 묻지 않고 정혼했기 때문이다. 첫날 밤 여씨의 흉한 모습을 본 장세린은 마음으로부터 반감이 치밀어 올라 당장에 죽으면 죽었지 부부의를 맺을 수 없다고 하며 외모 때문에 여씨를 증오한다. 첫날밤 신방을 뛰쳐나온 그는 신세를 한탄하면서 여씨 집안을 원망하고, 미인도를 통해 반한 정성염에 대한 마음은 더욱 간절해진다.[37] 장세린뿐 아니라 혼인을 원했던 장헌 부부

---

34) 권6, 436~440면.

35) 뒤에 나오는 유성희의 총희 취란과 동명이인이다.

36) <玩月會盟宴>, 권48에서 권51, 권162, 167에서 권173까지. 정창권, 「장편여성소설연구」, 고대 박사논문, 1999, 132면.

37) <玩月會盟宴>, 4책 48권 94~95면.

도 막상 혼인을 한 뒤에는 외모를 이유를 여씨를 구박한다.

이상 <화씨충효록>이 전대 소설의 화소를 적극적으로 수용하고 있음을 살펴보았다. 그러나 <화씨충효록>은 전대 작품의 화소를 수용하되, 구체적 상황 속에서 재구성하고 있다. <화씨충효록>은 <사씨남정기>의 유언 장면을 원작과 전혀 다른 상황 속에서 활용한다. 그 결과 종사를 이어갈 아들과 며느리의 자질을 비교하고, 며느리의 자질을 우위에 놓는 시아버지의 유언은 두 가지 기능을 하게된다. 첫째는 며느리의 도덕성을 부각하는 것이고 둘째는 아들의 입지를 흔드는 것이다. <사씨남정기>는 사씨의 부덕을 강조하려는 의도가 강한 작품으로 첫째 기능을 위해 유언 화소를 사용하였다. <화씨충효록>은 장자인 경옥의 입지를 흔듦으로써 그가 부친에게 반발하고 외부의 무뢰배를 사귀게 되는 개연성을 부여하기 위해 유언 화소를 사용하고 있다.

첩을 권하는 화소 또한 기본 내용은 같지만 그것이 활용되는 상황과 방향은 다르다. 투기하지 않는 부인임을 자부했던 사씨는 교씨의 음악을 듣고 못마땅한 부분을 지적하여 교씨와의 관계가 서어해진다. 이에 원망을 품은 교씨가 자신의 아이를 죽여가면서까지 사씨를 모함하여 결국은 교씨를 천거한 사씨 자신뿐 아니라 대를 이어 보존하려고 했던 집안까지도 멸문의 위기에 몰아넣게 된다. 이와는 반대로 삼파는 유대경과 계화가 부부가 됨으로써 사실상 계화와 처첩관계가 되지만 오히려 혼인 후에 계화를 더욱 후대한다. 심지어 계화가 아들을 낳자 삼파 모녀는 계화를 더욱 귀하게 여기고 그 아들을 사랑하며 낭아는 계화를 친모처럼 따른다. 삼파가 계화와 동화되어 친하게 지내는 모습은 마을 사람들이 칭선하고 추존할 정도에 이른다.

개용단 화소는 주로 악인이 선인을 모략하는 수단으로 사용된다. <화씨충효록>은 독자들에게 좀 더 친근하게 접근하고자 국문 장편소설에서 흔히 사용하는 개용단 화소를 차용했다. 그러나 선악 갈등이나 처첩갈등에 개용단 화소를 사용하는 것은 친근함과 동시에 식상함을 가져올 수 있다. 따라서 <화씨충효록>의 작가는 개용단 화소를 진가쟁송(眞假爭訟)의 모티프와 연결시켜서 그 식상함을 제거하고 새로운 흥미소를 창출한 것이다.

후원을 거닐다 이름 모를 미인을 보고 반한 남자 주인공이 미인의 정체를 확인하기 위해 타인을 가탁하여 스스로 중매를 서는 계교와 정체를 확인하는 순간 성혼을 재촉하는 <소문록>의 이야기는 독특하고 유쾌한 화소이다. <화씨충효록>의 작가는 이렇게 흥미로운 화소를 끌어다가 좀 더 호기심을 증폭시키는 구조로 재창조했다. 즉 <소문록>에는 한 장면 안에 그 과정에 짧게 서술되어 있는 것을 <화씨충효록>은 몇 회에 걸쳐 독자와 인물의 애를 태운 후에야 정체를 확인하게 하였다.[38] 또 부덕을 갖춘 여인이 남편에 대해서만큼은 감정적인 태도를 보이는 화소도 상황과 감정을 좀 더 사실적으로 구체화시켜 보여주고 있다.

이렇듯 <화씨충효록>은 국문 장편소설의 다양한 화소를 수용하여 작품 전반에 삽입함으로써 독자들로 하여금 친근감을 느끼게 하는 동시에, 자연스럽게 작품의 장편화를 꾀하고 있다. 또 독자들에게 친숙한 화소를 이용하되, 새로운 상황과 결합시키는 방식을 통해 흥미를 배가 시킨다. 즉, <화씨충효록>은 국문 장편소설의 전통적 화소를 창작과정에 수용

---

38) 이는 작품 분량이 길어졌기 때문에 가능한 것이기도 하다. <소문록>은 14권인데 반해 <화씨충효록>은 37권이므로 이러한 호기심을 증폭시키는 구조를 만들 수 있었을 것이다.

하면서, 좀 더 구체화된 상황을 창출하여 새롭게 변형시켜 보여주고 있는 것이다.

2) 중국 세정소설(世情小說) 화소와 기법의 원용

17세기 이후 <삼국지연의>·<서주연의>·<수당연의>·<수호지> 등의 강사연의류(講史演義類)가 국내에 유입되면서 소설의 장편화에 영향을 미쳤으며 국문 장편소설의 발생과도 밀접한 관련을 맺게 되었다. 이러한 소설류가 적어도 16세기 말에서 17세기 초에는 유입되었다는 것과 17세기 후반에 이르면 대중적으로 커다란 인기를 얻었다는 것은 허균(1569~1618)과 김만중(1637~1692)의 기록을 통해서 알 수 있다.

내가 허가(虛家)의 소설 수십 종을 얻었는데 그 중에서 <삼국지연의>와 <수당연의>를 제외하면, <양한연의>는 사실에 어긋나며 <제위연의>는 서툴고, <오대잔당연의>는 거칠며, <북송연의>는 간략하고 <수호지>는 간사하게 속이고 교활하게 꾸며 모두 족히 훈계할 만하지 못하다.[39]

오늘날 소위<삼국지연의>라는 것은 원나라 사람 나관중에게서 나와서 임진년 후 우리나라에 성행하여 부녀자와 어린아이들 모두 능히 이야기를 외울 수 있으며, 선비들은 대부분 역사책을 읽지 않으려 하기 때문에 건안 이후 수백 년의 일을 모두 이에서 취해 믿고 있다.[40]

---

39) 許筠, <西遊錄跋>, "余得虛家說數十種 除三國隋唐外 兩漢齬 齊魏拙 五代殘唐率 北宋略 水滸則姦騙機巧 皆不足訓."

40) 金萬重, 『西浦漫筆』, "今所謂三國志演義者 出於元人羅貫中 壬辰後 盛行於我東 婦孺皆能誦說 而我國士子 多不肯讀史 故建安以後 數百年之事 擧於此 而取信言."

‘연의’라는 말은 ‘역사소설’을 지칭하는 용어이다. 소설은 허구성을 전제로 한다. 그러나 연의는 다른 소설과는 달리 역사를 소재로 했기 때문에 허구성이 지나치게 강할 경우 정사(正史)와 혼돈을 일으킬 수 있고 심지어는 역사를 왜곡하는 결과를 낳기도 한다. 허균과 김만중은 바로 이러한 역사 연의류가 사실과 너무나 동떨어져 있는 것을 부정적으로 보고 있는 것이다. 그러나 허구적 연의가 사실(史實)에 대한 위협을 가할 정도라는 것은 연의의 파급 정도와 효과가 사회 지도층이라 할 이들의 우려를 가져올 만큼 크다는 것을 의미한다. 김만중의 말을 빌리자면 부녀자와 어린아이들마저 모두 <삼국지연의>의 내용을 외우고 선비들의 독서 문화를 바꿔 놓을 만큼 연의류의 영향력은 지대했던 것 같다. 연의류가 우리나라의 소설 향유문화와 직접적인 영향이 있을 것이라는 추정을 가능하게 하는 기록들이 있다.

우리 어머니께서 기왕에 국문으로 <서주연의> 십수 편을 베껴 놓은 것이 있었다. 이것이 본래 한 권이 빠져서 권질을 채우지 못해 어머니께서는 늘 서운하게 여기셨다. 오랜 뒤 한 호고가에게 전질을 얻어 부족한 부분을 채워서 그 책이 완전하게 되었다. 얼마 지나지 않아 한 여항의 여자가 어머니께 그 책을 빌려 보기를 간청하므로 어머니는 곧 그 전질을 빌려 주었다. 이윽고 그 여자가 또 찾아와서 사례하기를 ‘빌린 책을 삼가 돌려드립니다. 그런데 길에서 한 책을 잃어 버렸습니다. 아무리 찾아도 얻지 못하여 죽을 죄를 졌습니다.’ 어머니께서는 짐짓 용서하시고 잃어버린 것이 어느 책인가 물었더니 바로 나중에 베껴서 채운 그 책이었다. 완질로 갖추어진 책이 이제 다시 불완전하게 되어 어머니께서는 마음에 애석해 하시었다. 그로부터 2년이 지난 겨울에 내가 자부를 데리고 남산 아래 우거하고 있을 때였다. 자부가 마침 몸도 성치 않고 무료해서 안 집에 있는 족부에게 가진 책이 있느냐고 물었더니 족부는 한 권을 자부에게 보여주는 것이었다. 그 책은 잃어버린 바 어머니까 쓰신 책이었다. 나를 맞이해서 보여주는데 내가 보아도 과연 그러했다. 이에 자부는 그 족부에게 가서 그 책의 소유래를 자세히 물어보았더니 족부는 말하기를 '저는 이 책을 우리 일가 아무에게서 빌렸는데 일가 아무는 마을 사람 아무에게서 산 것이요, 그 마을 사람은 이것을 길에서 습득한 거랍니다.' 자부는 이에 잃어버린 내력을 이야기해주고 돌려달라고 청하니 그 족부도 또한 신기하게 여기어 돌려주었다. 앞서 불완전한 책이 이제 다시 완전하게 되었으니 또한 기이하지 않은가[41]

위의 기록은 조태억(1660~1722)의 모친 윤씨(1647~1698)가 <서주연의>를 읽고 필사한 기록이다. 수십 편에 달하는 장편의 연의 소설을 읽고 필사하는 과정은 우리 소설문학의 향유층이 장편의 향유에 익숙한 환경 속에 있었을 가늠하게 한다. 또한 윤씨부인 뿐 아니라 여항의 아녀자까지 돌려가며 읽었다는 기록에서 장편 연의류의 파급 정도를 알 수 있다. 또 이 기록은 언문소설의 경우 계층의 차이를 넘어 상하층이 서로 교류하며 빌려보는 문화가 자연스럽게 형성되어 있었음도 알려준다. 이러한 풍토가 후대에 세책 등의 형태로 이어졌을 것이다.

그런데 중국에서 새로 창작된 소설이 우리나라에 유입되는데 그다지 오랜 시일이 걸린 것 같지는 않다. 홍희복(洪羲福, 1794~1859)은 부친인

---

41) 趙泰億, 『謙齋集』권42, 跋, "我慈闈 旣諺寫西周演義十數編 而其書厥一笑秩未克完 慈闈常嫌之 久而得一全本於好古家 續書補亡 完了其秩 未幾有閭巷女從慈闈乞窺其書 慈闈卽擧其秩而許之 俄而女又踵門而謝曰 借書謹還但於途道上一笑 求之不得 死罪死罪 慈闈姑容之 問其所逸 卽向者續書而補亡者也 秩之完了者今復不完 慈闈意甚惜之 越二年冬 余潔婦僑居南山下 婦適病且無聊 求書于同舍族婦所 族婦迺副以一卷子 婦視之卽前所逸慈闈手書者也 要余視之 余視果然 於是婦乃就其族婦 細訊其卷子所迨來 其族婦云 吾得之於吾族人某 吾族人買之於其里人某 其里人於途道上拾得之云 婦乃以前者見逸狀具告之 且請還之 其族婦亦異而還之 向之不完之秩 又將自此而再完矣 不亦奇歟."

홍의호(洪義浩, 1758~1826)를 따라 연행을 다녀오면서 가지고 들어온 <경화연>을 번역하였는데, 중국에서 <경화연>이 간행되고 채 5년이 되지 않은 때였다.42) 윤씨부인 관련 기록과 홍희복의 사례를 통해 볼 때 17세기 이후에 오면 사대부들이 연행 등의 경로를 거쳐 수입한 중국 서적을 언서로 번역하고, 오랜 시간이 지나지 않아 상층은 물론 하층의 아녀자 층까지도 이 책들을 향유할 수 있는 분위기가 형성되었음을 알 수 있다. 그렇다면 중국내 소설의 경향 변화가 우리나라에 직접적인 영향을 준다고 보아도 무방할 것이다.

> 오래된 소설 가운데에 뛰어나 일컬어질 만한 것으로서 <서유기>, <수호전> 외에 열국·동서한·제·위·오대·당·남북송 같은 것이 각각 연의가 있어 모두 세상에 유통되어 왔다. 그런데 명나라 말엽에 여러 문사들은 유난히 부박한 문장을 숭상하여 사실에 없는 이야기를 만들어 얽어서 문득 한 권의 책을 만들어 내곤 했다. … 한갓 호사가들이 전하여 즐기던 것이 이윽고 하나의 습속을 이루어 다투어 서로 흠모하고 본떠서 드디어는 세도를 시들게 하고 마침내 종묘사직이 와열되는 데에까지 이르게 되었다. 마치 진대의 말엽에 청담으로 세상을 그르친 것과 같으니 탄식함을 이길 수 있겠는가?43)

홍만종(1643~1725)의 기록에 따르면 명말을 기점으로 중국 소설은 변화를 보인다. 명말 이전까지 여러 종류의 연의류가 유통되다가 명말에

---

42) 김영진, 「조선후기 명청소품 수용과 소품문의 전개 양상」, 고려대 박사논문, 2003, 49면.

43) 洪萬宗, <旬五志>, "古說之表表可稱者 西遊記水滸傳外 如列國東西漢齊魏五代당南北宋 各有演義 皆行於世至大 明末諸文士 尤尙浮藻 鑿空虛構 輒成一部 … 徒爲好事者之傳玩 而仍成習俗 競相慕效 遂使世道萎靡 竟致宗社之瓦裂 有若晉代之端 以淸談誤世 可勝嘆哉."

이르면 '사실에 없는 이야기를 얽는' 풍토가 소설계를 지배하게 되는 것이다. 이를 보면 홍만종이 연의류를 '사실에 있는 이야기'로 인식하고 이런 점을 긍정적으로 평가했음을 알 수 있다. 그런데 명말에 이르면 이와는 다른 경향을 가진 새로운 소설 장르가 유행하게 된다. 명말 청초에 발생하여 중국 소설계를 지배하는 소설군은 다름이 아니라 노신(魯迅)에 의해 '인정소설(人情小說)'로 분류된 작품들이다. 인정소설은 곧 세정소설을 의미한다. 중국은 만력 20년(1592) 이후 갑자기 많은 수의 소설이 창작된다. 이때부터 중국소설에 신마(神魔)와 강사(講史)를 탈피한 세정소설이 등장하여 삼립(三立)구도를 이루게 된다.44) 이러한 전기(轉機)를 이룩한 것이 <금병매(金瓶梅)>의 출현이다.

<금병매>는 장편 백화소설 중 세정소설의 효시로 중국 고대 장편소설의 제재 상 커다란 변화를 가져온 획기적인 작품으로 평가받는다. 전대의 신마류나 강사류가 역사나 신화에서 제재를 취한 것과는 달리 <금병매>는 현실생활을 중요한 제재로 삼는다. 또한 영웅호걸이나 신마귀신이 아닌 일반 가정의 성쇠를 다루고 있으며 시정(市井) 인물과 그들의 일상생활을 묘사한다. 과거에는 큰 것으로 큰 것을 보는, 즉 군국대사(軍國大事)와 제왕장상(帝王將相)으로 조정과 역사의 흥망성쇠를 묘사했다면, <금병매>는 작은 것으로 큰 것을 보는 즉 한 가정과 보통사람의 인생을 통해 시대와 사회의 변천을 반영하는 표현기법을 사용한다. 그리고 이전의 소설이 이분법적 선악관에 입각한 전형적 인물을 묘사했다면 <금병매>는 단색적(單色的) 인물 성격 창조에서 벗어나 다양한 성격이

---

44) 嘉靖 元年에서 萬曆19년까지 70년간 나온 새로 나온 통속 소설의 수가 8종인데 비해 萬曆20년에서 泰昌 元年에 이르는 29년간 나온 소설의 수는 50종이다. 송진영, 『명청 세정소설 연구』, 한국학술정보(주), 2005, 9~10면.

혼재하는 보통사람을 형상화하고 있다. 그리고 선적 결구를 탈피하고 그 물망의 구조를 취하여 여러 가지 대소사가 복합적으로 발생한다. 또한 내면세계를 중시하며, 남성보다 여성을 중심으로 작품 내용을 전개하는 특징을 지닌다. 이러한 특징은 명말청초 염정소설과 재자가인소설로 이어진다.[45]

염정소설과 재자가인소설은 그 작품의 경향이 판이하다. 염정소설은 세정소설이 지니는 다양한 삶의 국면 가운데 남녀 간의 애정을 중심으로 계승한 것이라면 재자가인소설은 뛰어난 인물의 형상화에 초점을 두고 있다. 그 인물들의 뛰어남은 재덕, 즉 문재(文才)와 도덕적 인품을 겸비한 것이다. 이러한 경향은 명말의 자유롭고 반봉건적인 분위기와 대치되는 것으로 오히려 봉건적 이념을 표방하고 있다고 평가된다. 이렇게 전혀 다른 경향이 모두 세정소설을 모태로 해서 발생했다는 것은 세정소설의 폭이 넓다는 것을 의미한다. 그런데 이러한 세정소설이 처음 소설계에 등장했을 때에는 전대의 역사연의류와 전혀 다른 창작의 경향으로 인식되었을 것이다. 그래서 당시에는 <금병매>를 단순히 외설적인 소설로 보려는 경향도 존재했다.[46]

연사연의에 익숙한 독자들에게 혹은 규범적 지식인 계층에게 세정소설은 세태를 그린 소설이라기보다 음란한 소설의 이미지가 강하였을 것이다. 그리고 세정소설에 대한 부정적 인식은 우리나라 문인 혹은 소설 독자층에게도 영향을 미쳤을 것이다. 홍만종이 말한 명말의 '부박한 문장'에 대한 비판은 바로 이러한 세정소설류의 홍행을 의미한다. 즉 명초

---

45) 齊裕焜, 『中國古代小說演變史』, 敦煌文藝出版社, 2002, 382~388면.

46) 魯迅, 『中國小說史略』, 126면. "作者之于世情 盖誠极洞達 凡所形容 或條暢 或曲折 或刻露而盡相 或幽伏而含譏 或一時幷寫兩面 使之相形 變幻之情 隨在顯見 同時說部 無以上之 … 至謂此書之作 專以寫市井間淫夫蕩婦 則與本文殊不符."

의 역사 연의·역사 영웅·신마소설에서 명말 청초의 세정소설로 이어지며, 이것이 다시 청대의 재자가인과 염정소설 등으로 분화된 것이다. 물론 한편에서는 세정소설의 본령이 계승되고 있음은 청말 <홍루몽>을 통해서 확인할 수 있다.

우리나라의 국문 장편소설사는 17세기 중후반에 시작된다고 볼 수 있다. 초기 장편소설은 주로 연의류나 재자가인소설 등과의 관련 하에서 다루어졌다.[47] 이는 초기 소설 작가들이 주로 교화를 목적으로 소설을 이용했다는 측면과 더불어 논할 수 있다. 따라서 세정소설류는 읽었다 하더라도 구체적 증거인 서목(書目)을 기록으로 남기지 않았으며 후대의 염정류와 동류로 취급하는 경향이 있다. 이와는 반대로 봉건이념에 충실한 재자가인소설은 한글로 번역하는 등의 적극적인 수용의 모습을 보인다.[48]

그러나 18세기 이후 소설향유가 보편화 되면서 세정소설류의 독서기록을 남기기 시작한다. <금병매>의 유입은 연의류와 마찬가지로 16세기 후반부터 이루어졌으나,[49] 그 후의 세정소설류는 1762년 경에 작성된 『소설경람자(小說經覽者)』에 와서야 나타난다. 『소설경람자』에는 128종의 소설 서목이 기록되어 있는데, 그 중 <금병매>와 그를 이은 <성세인연전(醒世姻緣傳)>같은 세정소설이 무려 40여 종이나 된다.[50]

---

47) 박영희, 앞의 논문 ; 정길수, 앞의 책.

48) 재자가인소설 가운데 한글본으로 전해지는 작품이 대략 15종 가량 존재한다. 박재연, 「조선시대 중국 통속소설 번역본의 연구」, 한국외국어대 박사논문, 1993, 346면.

49) 許筠, 『惺所覆瓿藁』 「閑情錄」 <觴政>, 민족문화추진회. "대저 六經과 『論語』·『孟子』 등에 보이는 飮法이 다 酒經이 될 수 있고, … 傳奇로는 <水滸傳>·<金瓶梅> 등이 逸典이 될 수 있으니, 이를 익히지 못한 자는 保面甕腸에 지나지 않을 뿐, 飮徒가 될 수 없다."

50) 박재연, 「윤덕희의 소설경람자」, 『문헌과 해석』19, 태학사, 2002, 209～211면.

중국소설 가운데 가장 많이 유입되어 읽혔으리라고 기대를 했던 역사류
가 12종, 영웅소설이 8종, 신마소설이 6종인 것에 비해 상당한 분량이며,
목록 전체적으로도 압도적으로 많은 비중을 차지한다. 이는 18세기 국
내에 유입되어 읽혀진 소설의 주류가 세정소설류임을 암시한다. 또한 그
가운데 재자가인이나 염정류로 분화되기 전 단계의 세정소설 <성세인
연전>이 처음으로 확인되는데, 이로 본다면 그동안 몇몇 재자가인 소설
과 역사연의에 국한되었던 중국소설과의 영향 관계를 재자가인과 염정
류를 포함하는 좀 더 넓은 개념인 세정소설과의 관계 속에서 논의할 근
거가 마련되었다고 볼 수 있다.

세정소설은 '가정과 혼인을 중심으로 인간사회의 일상생활과 세태의
변화를 묘사하고, 묘사의 대상이 평범한 인간사회, 다시 말해 당시 현실
사회를 직접적으로 반영하는 소설'이다. 따라서 남녀의 애정과 음란한
묘사에 치중한 염정류와는 다르게 인식해야할 것이다. 세정소설에 나타
나는 다양한 삶의 국면과 인간관계를 중심으로 빚어지는 복잡한 갈등의
양상을 너무 좁거나 부정적으로만 인식할 수는 없기 때문이다. 이렇게
중국소설의 향유 경향이 좀 더 확대되고 자유로워지는 분위기와 더불어,
작품 세계가 다양해지기 시작하는 국문 장편소설은 역사연의와 재자가
인소설 등 봉건적 이념에 충실한 소설군 외에 세정소설의 맥을 잇는 작
품과의 관련을 보이기 시작한다. 국문 장편소설과 세정소설과의 관련성
은 여러 가지 면에서 살펴볼 수 있다.

우선 국문 장편소설은 같은 유형의 이야기 구조를 반복함으로써 장편
화를 꾀하는 것을 기본 특징으로 한다.51) 이러한 유형적 반복구조는 세정

---

51) 이상택, 「<보월빙연작>의 구조적 반복원리」, 『한국고전문학연구』, 신구문화사,
   1983.

소설의 기본적 발상과 유사하다. 세정소설에는 비슷한 이야기 구조가 중복되어 나타나는 경우가 많다. <금병매>의 경우도 서문경의 1처3첩 가운데 반금련과 이병아의 이야기는 이미 결혼한 신분으로 서문경과 사통하고 그의 첩이 된다는 구조적 동일성을 갖는다. 또 송혜련과 반금련의 경우도 부잣집에 팔려갔다가 몸을 망치고 또 남편이 죽자 서문경의 첩이 되고, 서문경의 첩이 되어 총애를 얻자 기세등등한 모습을 보이는 일련의 과정이 닮아있다. 이러한 유사 구조의 반복은 유사한 상황을 반복함으로써 서로 비교 대조하여 볼 것을 의도하는 것이기도 한다. 유사한 이야기 구조의 반복을 통하여 인물들이 대처하는 양상에 주목할 것을 의도하는 것은 19세기 국문 장편소설 <명행정의록> 등에서도 확인할 수 있다.[52]

둘째로, 국문 장편소설의 특징 가운데 하나는 파생작이나 방계작의 존재가 많다는 것이다. 파생작의 경우는 선행작에서 부분 화소만을 가져와 새로운 이야기로 확대하는 경우가 많은데, 이러한 기법은 바로 <금병매>의 창작 방식과 동일하다. 세정소설의 효시라 할 수 있는 <금병매>는 <수호전>의 한 절인 '무송살수(武松殺嫂)' 부분을 확대하여 창작한 작품이다. 시대적 배경은 북송 휘종 정화 2년(1112)부터 남송 건염 원년(1127)까지 16년간이다. 그러나 <수호전>과 같은 역사소설이 아니라 과거의 일을 빌려 명말의 사회 현실을 반영한 작품으로 만들었다.[53] <수호전>의 작중인물 서문경과 반금련을 중심인물로 내세우며 가족 내의 처첩 갈등과 모략, 사회의 부정적 풍토, 남녀 관계의 다양한 양상 등을 묘사하였다.

셋째, 국문 장편소설의 구조적 특징 가운데 하나는 작가의 직접적인

---

52) 서정민, 「<명행정의록> 연구」, 서울대 박사논문, 2006.
53) 齊裕焜, 앞의 책, 373면.

목소리를 통해 인물이나 상황에 대한 비판과 설명이 이루어지는 것이다. 물론 전대의 애정전기 등에서 간혹 서술자 평이 보이기도 하지만 일반적으로 작품 말미에 간략한 평어를 쓰는 경우가 많다. 이러한 서술자는 교훈성이 강한 목소리를 지닌다. 즉 교사형(敎師型) 서술자가 작품 전체의 주지를 종합하여 독자를 일깨우려는 측면이 강했다. 그러나 국문 장편소설은 작품 곳곳마다 인물의 성품과 행동에 대해 자세하고도 감정에 치우친 서술자 개입이 나타난다. 국문 장편소설의 서술자는 이야기 사이사이에 주체할 수 없는 감정을 드러내는 경우가 많은데, 이는 작중 인물과 이웃하는 서술자의 목소리를 지닌다. 옆 집 사람이나 친구가 겪고 있는 일에 대해 간섭하는 듯한 서술자는 독자에게 교훈을 주려는 의지보다 공감하려는 의도의 대화를 건네고 있다. 이러한 동료형(同僚型) 서술자의 등장은 작품이 그려내는 세계가 현실과 동떨어진 것이 아니라 바로 현실 그 자체이기 때문에 가능한 변화이다. 이러한 특징이 세정소설과 같은 맥락에 있다.

> 독자 여러분 들어보시라. 무릇 남의 첩이 되면 사내의 환심을 얻기 위해 수단방법을 가리지 않는 법이다. 그리하여 몸을 굽히고 모욕을 당하더라도 수치로 생각하지도 않는다. 그러나 정실부인이라면 떳떳이 시집을 왔으니 어찌 이런 짓을 할 수 있겠는가[54]

이 부분은 <금병매>에서 음부(淫婦)들의 행실을 묘사한 후에 나오는 서술자 평이다. 이러한 서술자 평은 작품 전체에 42회 정도 등장하는데, 이렇게 수시로 이야기에 끼어드는 서술자는 '소설 속 현실'에서 인물 혹

---

54) <金甁梅> 72회, "看官聽說 大抵妾婦之道 蠱或其夫 無所不至 雖屈身忍辱 殆不爲恥 若夫正室之妻 光明正大 豈肯爲此."

은 독자와 함께 이웃하며 다른 인물을 함께 흉보고 칭찬하면서, 수시로 공감을 이루어내고자 노력하는 모습을 보인다.

넷째, 국문 장편소설은 다른 소설 유형과는 달리 방대한 분량을 그 특징으로 한다. 또한 양적 확대를 무리 없이 이루어나가기 위해 복수 주인공을 중심으로 다양한 이야기를 복잡하게 엮어 간다. 그러면서도 중심 내용은 남녀 주인공의 혼인과 가정사에 기반하고 있는데, 이러한 특징은 전대의 단형 문학과는 확연하게 분기되는 지점이 된다. 이것은 <금병매>가 전대의 연의, 영웅, 신마소설과 분기되는 지점과 닮아있다. 중국 소설사에서 장편화의 경향은 연의류에서 시작되는데, 이들은 신화나 설화의 단형을 이어가는 선형구조를 지닌다. 따라서 양적인 팽창은 가능하지만 그에 맞는 구조적 완성도는 부족하다. 이들 소설군이 아직 공동창작의 관습에서 벗어나지 못했기 때문이다.

세정소설의 효시인 <금병매>는 창작의 방식에서도 획기적인 변화를 주도하는데, 바로 개인에 의한 장편소설의 창작이라는 것이다. 즉 개인 작가가 작품을 구상하고 기획하고 창작하면서 일관되고 유기적인 구조가 가능해진 것이다. 그로 인하여 이전의 선형구조를 벗어나 그물형 구조를 형성하여 가정과 혼인을 중심으로 이야기를 전개하면서 광범위한 사회 각 계층 생활의 여러 모습들을 반영하며 그 모순 역시 복잡하게 얽혀있는 세정소설이 출현한 것이다.

다섯째, 우리 국문 장편소설의 구조적 특징 가운데 대표적인 것으로 인과응보구조와 전생담이 있다. <금오신화> 등의 애정 전기나, 몽유록, <최척전> 등의 작품에서 부각되지 않았던 응보의 구조는 국문 장편소설에서 두드러지게 나타난다. 특히 '부부연'을 응보관에 맞추어 이해하려는 태도는 더욱 특징적이다.

<소문록>의 경우 소현과 그 부인 윤씨와 조씨는 전생의 업보에 의해 현세의 부부가 된다. 전생에서 정원이었던 소현은 아내 조계랑과 첩 초선을 두는데, 조계랑은 투기가 심해 초선을 죽게한다. 후에 자신의 죄를 뉘우친 조계랑은 불가에 의탁한다. 한편 조계랑에게 독살당한 초선은 평소에도 선심(善心)을 쌓지 않고, 또 죽은 후에도 조계랑이 복록과 수명을 누리지 못하게 방해한다. 이러한 전생사는 현세로 이어져 조계랑은 소현의 첫째 부인이 되어 초선을 독살한 대가로 10년간 곤액을 겪고, 다시 불가에 의탁한 공로로 불가와 인연을 맺고 덕을 쌓아 업보를 풀게 된다. 초선도 소현의 둘째 부인이 되어 전생에서 요사한 데 대한 보응으로 소현에게 7년간 총애를 받는다. 그러나 평소 선심이 없었던 것과 조계랑을 괴롭힌 것에 대한 대가로 7년 후부터는 윤씨에게 통제를 받으며 남편의 사랑도 잃게 된다.55)

세정소설의 특징은 바로 이러한 인과응보적 서사구조를 취하고 있다는 것이다. 그 서사의 내면은 다양한 인간 군상의 모습이 드러나지만 겉으로 볼 때는 권선징악의 구조로 귀결되는 경우가 많다. <금병매>를 필두로 <성세인연전>을 지나 <홍루몽>으로 이어지는 세정소설은 대개 인과응보의 구조를 취하며 그 중심에 '부부'를 두고 있다. 즉 다양한 관계 중에서 '부부관계'에 초점을 두고 그들의 모습을 곡진하게 묘사하면서,56) 이들의 관계를 보응의 원리로 설명하고 있는 것이다. 특히 명말 청초에 창작된 <성세인연전>은 전생에서 부부관계에 있던 조원과 그 아내 계씨와 첩 진가, 그리고 조원에게 억울한 죽음을 당한 여우가 환생

---

55) 김지연, 「<소문록>연구」, 고려대 석사논문, 2002.

56) <醒世姻緣傳>의 '弁語'와 '引起'에서 작가는 "人世間和好的莫過于夫婦 又人世讎恨的也莫過于夫婦."라고 하여 부부를 인륜의 중심에 두고 있다. '因緣傳引起', <醒世姻緣傳>, 북경 인민중국출판사, 1993.

하여 조원은 적희진으로, 여우는 정실 설소저로, 계씨는 첩 동기저로, 그리고 진가는 동씨 집안의 하녀 소진주로 환생하여 일어나는 이야기를 다룬다.57)

여기서 특이한 점은 환생할 때 역할이 바뀌어 등장한다는 것이다. 전생에서 조원은 진가를 총애하여 진가의 말만 믿고 계씨가 도사, 스님 등과 사통했다고 고발하여 계씨로 하여금 자살하게 만든다. 이에 대한 응보로 현생에서 적희진은 두 아내 설소저와 동기저에게 끊임없이 고통을 당한다. 구체적인 묘사에서는 차이를 보일 수 있으나 전체적인 구조틀로서의 응보관에 기반한 부부관계나 전생담은 국문 장편소설과 매우 닮았다.58) 물론 우리나라 국문 장편소설의 작가가 직접적으로 <성세인연전>과 같은 세정소설을 읽었다고 단언할 수는 없다. 그러나 이미 중국의 세정소설류가 국내에서 널리 읽혀지고 있다는 사실은 소설의 전문 향유층으로서의 작가들이 그만큼 세정소설에 접근 가능한 환경 속에 있었음을 알게 한다.

세정소설은 인과응보의 구조를 위해 전생담을 차용하여 현생의 부부관계가 전생과의 인연 속에서 이루어짐을 이야기한다. 국문 장편소설이 대부분 현실적 삶에 기반한 소설임에도 불구하고 전생이라는 비현실적 화소를 차용하는 것도 바로 인과응보의 구조 때문이다. 이러한 인과응보의 사상은 종교적이거나 철학적인 것이 아니라 민간신앙처럼 사람들의 마음 속에 잠재해 있는 욕망과 관련하여 변형됨으로써 현실의 지배원리로 인식된다.

---

57) 정재량, 「<醒世姻緣傳> 연구」, 성균관대 박사논문, 1997.
58) <한조삼성기봉>의 경우, 한나라 광무제의 부인 곽후가 그 원한을 갚기 위해 후세에 환생하는 구조로 되어 있어서 응보적 전생담의 구조를 취하고 있음을 알 수 있다. 임치균, 「<한조삼성기봉>연구」, 『장서각 낙선재본 고전소설 연구』, 11~45면.

　이로 본다면 군담이나 정치적 갈등, 그리고 시대적 배경에는 연의류가, 보수적 이념의 수호나 남녀 주인공의 형상화에는 재자가인소설이 영향을 미친 것처럼 국문 장편소설이 지니는 유형적 반복 구조, 이웃하는 서술자의 개입, 부부 중심의 혼사담과 가족사 중심의 서사전개, 다양한 세태와 인물의 관계를 중심으로 복잡하게 얽혀가는 내용, 그리고 인과응보의 사상은 세정소설과 관련이 있다하겠다.

　<화씨충효록>은 국문 장편소설에서 보이는 세정소설적 면모를 좀 더 구체적이며 폭 넓게 보여주는 작품이다. 우선 갈등구조의 양상이 부부 중심으로 예각화되는 특징을 보인다. 특히 혼사 전 장애는 축소·탈락되고 혼사 후의 부부관계에 초점이 맞춰져 있다. 표면적으로는 쟁총담의 성격을 띠지만 실제로 처첩의 쟁총이라기보다는 부부간의 원활한 교류 및 의사소통의 부재가 문제된다. 즉 인간적으로 상득(相得)하지 못한 부부의 문제가 핵심인 것이다.

　일반적인 쟁총담은 처첩간의 갈등이 간인의 모략과 그로 인한 고난, 그리고 그 간계가 폭로되는 과정을 보여주는 것에 초점을 둔다. 즉 부부간의 미묘한 심리 상황보다는 외부적으로 드러나는 행위에 비중을 두고 있으며, 인물들의 심리는 보편적 이념에 종속되어 심한 동요를 나타내지 않는 것이다. 이에 비해 <화씨충효록>은 상대적으로 외부적 사건보다는 부부간 심리에 조금 더 비중을 두고 있다. 부부 관계를 이념에 입각한 의리나 도덕, 명분의 관계로 파악하지 않고 순수한 남녀의 애정 관계로 바라본다. 따라서 심리적인 측면에서의 소외와 외로움이 문제 상황으로 부각되는데, 이것은 간인의 개입과 같은 외부 요인과는 무관하다. 또한 부부연을 전생과 관련시키는 것도 그 인연이 일회적인 것이 아니라 생을 거쳐 이어지는 것으로 파악하고, 부부관계가 바로 서지 않아 다양한

문제 상황이 발생할 수 있음을 나타내고 있다.

이렇게 <화씨충효록>은 혼인 후의 부부관계에 초점을 두고, '부부' 두 사람의 생각의 차이나 의사소통의 부재 등 평범한 부부들 사이에서 발생하는 문제를 다룬다. 특히 아내의 입장에서 느끼는 외로움과 소외감에 대한 문제제기가 보이고 있는 것은 가문의 연대로서의 결혼 생활이 아닌 인간 대 인간의 만남으로서 바람직한 결혼생활이나 부부관계에 대해 생각하게 한다. 이러한 의식의 변화는 혼인 후 여성을 단지 시댁에 봉사하는 며느리로만 인식했던 '예와 의리'의 관념59)에서 탈피하여 독립된 개체로서의 '아내'로 바라보는 인식의 전환이 이루어졌기 때문에 가능했을 것이다. 이것은 봉건적 지배구조가 조금씩 와해되고 있는 증좌이기도 하다.

<화씨충효록>은 부부간의 인연에 있어서 전생담을 확대하여 삽입했다. <성세인연전)> 등에서 발견되는 부부 전생담은 <소문록>이나 <한조삼성기봉> 등도 차용하고 있는데, <화씨충효록>은 이러한 전통을 37권이라는 대장편의 틀 속에서 확대하면서 구체화하고 있다. 또한 일반적인 국문 장편소설이 장편화를 위해 세대록을 지향하는 경향이 강한 것에 비해 <화씨충효록>은 <성세인연전> 등에서 보이는 양문록적 전통을 이어가고 있다.60) <화씨충효록>은 사회적 관심이 커지며 세태에 대한 관찰이 두드러지는데, 이러한 특징은 국문 장편의 전통보다는 오히려 세정소설과 더 가깝다고 볼 수 있다.

---

59) 부부관계를 인간적 애정이 아닌 '예와 의리'의 규범으로 바라보는 입장은 조선후기 내내 강조되어 왔다. 『예기』「내칙」 "子甚宜其妻, 父母不說, 出. 子不宜其妻, 父母曰, 是善事我 子行夫婦之禮焉, 沒身不衰."

60) <醒世姻緣傳>의 앞부분은 晁氏 집안의 이야기를 서술하고 있으며 뒷부분은 狄氏 집안의 이야기를 서술하고 있어서 <화씨충효록> 등에서 보이는 양문록적 전통의 모습을 보인다.

3. 〈화씨충효록〉의 인물 형상화와 서사 방식

1) 환경에 대면(對面)하는 인물 형상화

일반적으로 고전소설의 인물 형상은 각각의 인물에게 주어진 정형화된 틀을 지켜나가는 데 치중해있다. 이는 대개의 고전소설이 선악의 이분법적 갈등구도를 취하고 있는데, 이때 인물들은 각각 선악의 관념을 대표하는 역할을 하기 때문이다. 조선후기에 들어오면 국문 장편소설 가운데 <옥원재합기연>과 같이 절대적 선악관을 극복하고 있는 작품이 등장하기도 한다. 그러나 선악관을 극복하면서도 인물 형상에 있어서는 윤리적이고 도덕적인 고려가 여전히 강하게 이루어지고 있다.[61] 또한 인물 형상화에 있어서 윤리성의 무게를 떨쳐버린 <창란호연록>과 같은 경우는 애정 문제에 치우쳐 있어 진정한 일상의 모습을 제대로 드러냈다고 하기에 부적절하다.

<화씨충효록>은 인물 형상에 있어서 고정된 경향성을 탈피하고 있다. 한 인물이 한두 가지의 특징으로 그 성격이 규정될 수 없고 또한 동일한 특성이라 하더라도 상황에 따라 긍정적으로 작용하는 경우도 있지만 부정적인 평가를 받을 때도 있다. 주어진 환경에 따라 인물의 성격은 달라지며 내적 갈등과 고뇌, 모순된 측면이 노출된다. 이것은 인간이 가지는 기본적 속성과 부합한다. 인간은 한두 가지로 규정될 수 없이 수많은 '내 안의 나'가 존재하며 또한 동일한 사건에 대해서도 수시로 마음 상태가 변할 수 있기 때문이다.

<화씨충효록>에 나오는 인물 형상화는 인물이 처한 환경과 밀접한

---

61) 이지하, 「인물형상화 방식을 통해 본 <창란호연록>의 통속성」, 『한국문화』34, 2005.

관련을 맺고 있다. 이념적 군자로 이상화된 인물조차 홀로 존재하는 것이 아니라 그가 처한 환경에 따라 다양한 모습으로 변화한다. 기존의 국문 장편소설의 인물이 도식화 되는 경향이 다분했다면 <화씨충효록>의 인물은 한 인물 안에서도 다양한 내면의 갈등이 존재하며 그러한 내적 고뇌를 독자들에게 쉽게 들키고 있다. 본 장에서는 <화씨충효록>의 인물들이 주어지는 환경에 따라 다색적(多色的)으로 형상화되고 있음을 살펴 볼 것이다.

1. 인간적 고뇌의 심화

1.1. 화진

<화씨충효록>의 주인공 화진은 관념과 실제 사이에서 내적으로 번민하는 평범한 인간의 모습을 노출할 때가 많다. 그는 자주 운다. <화씨충효록>에서의 울음은 화진이 표방했던 '효'와 배치되는 결과를 가져오는 울음이다. 화진은 형 화예 때문에 죽은 조카 성홍을 생각하며 우는 경우가 많은데, 때로는 기절할 정도로 과도한 슬픔을 보인다. 의모(義母) 심씨가 회과하고 천자가 심씨를 위해 잔치를 내려준 날도 화진은 심씨를 위해 기뻐하기 보다는 남부인 처소에 와서 '성홍이 죽었으니 무엇이 즐겁겠느냐'며 눈물을 흘린다. 그리고 형과 다른 친지, 친우가 모인 자리에서도 성홍의 이야기를 꺼내며 지나치게 슬퍼한다.

그런데 성홍의 죽음을 거론하는 것은 다름 아닌 심씨 모자의 과책을 드러내는 것이다. 모친과 형이 죄책감을 느낄까봐 다른 사람들에게는 과거의 일을 언급하지 말라고 누누이 말하는 화진이 오히려 자신은 지난 일을 잊지 못하고 마음 깊이 새겨두고 생각날 때마다 꺼내어 곱씹고 슬

퍼한다. 옆에 있던 성어사가 과도하다고 할 정도로 슬픔과 원한을 풀지 못하고 있는 모습을 작품 내에서 지속적으로 보이고 있다.

화진은 때때로 평민에 대한 신분적 우월감을 노골적으로 드러내기도 한다.

> 모든 뇌지 화셩을 쓰어다가 깁혼 옥의 가둘시 그 몸을 뒤여 ᄃ 못과 칼을 앗고 슈족을 ᄃ 잠가 너흐니 여러 히 된 죄슈 십여 인이 격년이 갓치여 현슌빅결흔 옷과 쑥갓흔 머리의 보기의 춤아 흉춤ᄒ고 디소변을 이곳의셔 누미 더러온 니 악착ᄒ여 비위 거스리고 긔슬이 현만ᄒ여 거격즈리의 긔 다히니 혹스의 빙쳥옥결지심과 츄슈빅벽갓흔 긔질노 이럿틋 흉험흔 곳의 드러가니 아니 쯔오미 복즁이 뒤눕고 눅〃ᄒ여 비위 거스리거늘 빅근 칼을 엇기 우희 틱산이 지줄이 눈둣 슈족을 잠가 ᄆ음티로 운신을 못홀지라 비분ᄒ고 원통ᄒᆫ 가슴 가온디 일만 칼을 쯔즌둣 ᄒ거늘 즈긔 일월갓흔 ᄆ음과 인즈 효뎨 효힝즈로써 빅지의 원억흔 악명과 흉악흔 소조를 당ᄒ여 옥니의 괴로오믈 ᄇᄃ니 하날과 귀신이 즈긔 무죄ᄒᆷᆯ 알거니와 허다 인심이야 뉘 능히 원억ᄒᆷᆯ 알니오 공후 즈뎨로 텬하의 디역부도의 흉악흔 죄명이 양쥐 일읍의 스오나온 소리 진동ᄒ니 화시 쳥덕을 욕먹이고 문호의 붓그러오미라 다만 ᄆ음을 헷쳐 일월지하의 신빅지 못ᄒᆷᆯ 통한ᄒ여 심쟝이 ᄇ의지고 셩홍의 효덕현앙으로써 튱년의 비명참스ᄒ미 각골지통이오 쟝을 쎠흐는 둣 홍의 녕혼이 ᄋ롬이 잇실진디 의〃ᄒ고 혼이 즈긔를 조ᄎ 유명 스이의 셜워홀 줄 싱각ᄒ미 오니 쵼쵼ᄒ니 즉긱의 죽어 넉시 홍을 쪼로지 못ᄒᆷᆯ 한ᄒ니 일쵼셕쟝의 쳡〃흔 셜우미 흉격의 일만 칼을 겼는둣 ᄒ거늘 홍의 잔잉흔 시쳬를 싱각ᄒ니 넉시 쒸노는둣 시로이 긔운이 막혀 피를 토ᄒ고 구러지니… (중략) … 혹시 놀나 것구러지며 몸이 소〃쳐 ᄭᄃᄃ르니 겻희 더럽고 흉흔 죄쉬 즈가를 쥐무르며 브로지〃거늘 가쟝 츄이 넉이나 구호ᄒᆷᆯ 인스ᄒ고 니러 안즈니[62]

---

62) 권13, 405~413면.

조카 성흥의 살인 죄수가 된 화진의 옥중 심리가 드러난 부분이다. 화진은 깨끗하고 고결한 자신이 더러운 곳에 죄수들과 함께 있는 것 자체가 아니 꼽다고 생각한다. 그리고 옥중의 더러움으로 인해 배 속이 뒤집히는 것 같고, 눅눅한 자리는 비위에 거슬린다고 불만을 드러낸다. 또한 일월같이 밝으며 어질고 효성스러운 자신이 억울한 누명을 쓰고 비웃음을 당한 것이 분하고 원통하여 마치 가슴 가운데 일만 개의 칼을 꽂은 듯하다며 분통을 터뜨리기도 한다. 화진은 자신의 억울함을 알아줄 사람이 없는 것을 원통해하며 결국은 피를 토하고 기절한다. 그때 한 죄수가 혼절한 화진을 위해 주무르고 정신을 차리도록 구호하는데, 조금 후 깨어난 화진은 그것을 보고 감사하기는커녕 죄수의 더러움을 추하게 여긴다.

또한 화진은 형 화예와 모친 심씨에 대해서 도덕적 우월감을 나타내기도 한다. 자신의 친모인 정부인의 상 기간에 형 화예가 상주(喪主)로서의 예를 다하지 않자 '형의 행사(行事)가 이러하니 우리 화씨의 청명(淸名)을 무너지게 하고 반드시 패망할 것이다.'라는 극언을 한다. 이것은 선친 화욱이 송죽헌에서 화예의 시를 보고 그 방탕한 마음이 드러남을 책하며 가문을 망하게 할 자식이라고 질책했을 때, 화진이 부친에게 그 말이 불가하다고 눈물로 호소하던 것과 전혀 다른 모습이다. 심지어는 조카 성흥을 때리며 꾸짖는 형에게 대꾸하며, 때리려던 형의 손을 잡고 법도에 맞지 않게 소란을 일으키며 체면이 상하는 행동을 한다고 훈계를 하기도 한다.[63]

또한 평소에는 온유 돈후하고 공명 정대하나 누군가 자신의 잘못을 지적하거나 인정하라고 하면 버럭 화를 내는 모습도 보인다. 이러한 태

---

63) 권10, 214~215면.

도는 특히 아내에 대해서 두드러지는데, 성어사가 화진에게 부인들에게 지나치게 무심하다고 지적하자 '내가 무슨 잘못이냐'라고 하다가 나중에는 '잘못이 있어도 여자한테는 굴하지 않겠다'는 식으로 대꾸한다.

이렇듯 화진은 주어진 상황마다 다색적인 모습을 보여주고 있다. 자신에게 복종하고 자신을 존중하면 관대히 대하고, 잘못을 지적하면 오히려 더 화를 낸다. 아래 사람에게 한없이 공정하고 어진 모습과 하층의 비루하고 추함을 노골적으로 꺼려하는 모습이 공존한다. 성인과 현인의 말씀이라면 융통성 없이 실천하면서,[64] 남이 알아주지 않아도 서운한 마음이 없어야하는 군자의 모습과[65] 배치되는 태도를 보이기도 한다. 효우를 위해 억울한 누명을 쓰고 죽음을 감내하면서도 효우의 대상인 형과 모친의 행위에 대해 우월감과 원망을 드러내기도 한다.

1.2. 임씨

<화씨충효록>의 임씨는 화예의 아내로 <사씨남정기>의 사정옥과 방불한 캐릭터이다. 작품 내에서도 덕을 뼈에 새긴 사람이며[66] 화부를 일으켜 세우고 화예의 불인을 바로 잡아줄 사람으로 칭송된다. 화욱은 화예의 불인 불초함을 걱정하여 부덕을 갖춘 임씨를 집안을 지킬 종부(宗婦)로 선택한다. 임씨는 송죽헌에서 화예가 부친 화욱에게 질책 당한 일을 모친 심씨에게 고하며 원망하자 '어찌 부친의 허물을 모친께 아뢰

---

64) 도리어 규범적인 정도가 지나쳐서 '요약을 보지도 말고 만지지 않는 것이 군자의 도'라는 선인의 말씀을 곧이곧대로 지킨다.

65) 『논어』, 「학이」, "人不知而不慍不亦君子乎."

66) 권31, 138면. "더욱 님부인은 덕을 골졀의 삭엿ᄂᆞᆫ지라 우러 〃 공경ᄒᆞᄂᆞᆫ 졍셩이 존당 버금으로 님부인의 말이 ᄒᆞᆫ 번 나민 아모 어려온 일이라도 지완ᄒᆞ미 업셔 일 〃 준ᄒᆡᆼᄒᆞ고."

고 원망하느냐'며 남편의 잘못을 바로잡으려 한다. 화예의 입장에서는 나름대로 억울한 상황을 모친에게 호소하는 것으로 볼 수 있는데, 도덕적인 임씨에게는 그러한 인간적인 투정도 불가한 것이다. 엄부(嚴父)의 위의(威儀)에 대해 반발하는 것은 불가하다는 인식과 엄부(嚴父)와 자모(慈母)가 서로 원망하는 마음이 생기게 해서는 안 된다는 생각 때문이다.

그러나 막상 자신이 그러한 입장에 서자 돌연 태도가 달라진다. 임씨는 남편 화예의 불인 패악함을 더럽게 여긴 나머지, 아들 성홍에게 수시로 '모든 일은 숙부의 가르침 대로 하고 부친의 불선(不善)함을 배우지 말라'고 경계한다. 성홍이 부친 화예에게 혼나고 들어와 울며 부친이 자신에게 박절히 했던 말을 전할 때에도 자식을 꾸짖기는커녕 '너희 부친은 인정에서 벗어난 사람이니 너는 닮지 말라'고 하며 편들고 부추긴다.

> 네 부친은 화시를 욕먹이는 셩교 죄인이라 부즈 쳔눈은 ㅂ리지 못ᄒ려니와 녀부의 ᄒᆡᆼ실을 비호지 몰고 네 슉부와 셩슉의 교훈을 명심ᄒᆞ여 존구의 ㅂ라시던 졍을 져ㅂ리지 못ᄒ고 아뷔 불초ᄒᆞᄆᆞᆯ 씨셔 조션을 빗ᄂᆞᆫ며 네 어미 신셰를 그릇 말나 함원ᄒᆞ던 바를 위로ᄒ라 교시는 간음지인이니 싱심도 모지라 갓가이 말고 네 부친이 져런 무리로 즐기는 곳의 왕ᄂᆞ치 말나[67]

10세의 아들에게 어머니 임씨가 남편에 대해 하는 말이다. 어린 아들 앞혀 놓고 부친을 욕하고, 성홍에게는 작은 어머니가 되는 교씨에게 원망하는 마음을 갖게 만들며 편을 가른다. 이러한 모습에서 현부(賢婦)의 부덕(婦德)은 찾아보기 어렵다. 이렇듯 종부로서의 임씨와 아내로서의 임씨의 모습은 극단적이라 할 만큼 다른 양상을 보이고 있다.

---

67) 권7, 495면.

1.3. 화예

<화씨충효록>에서는 악인형 인물이 분화하여 악인과 우인으로 나뉜다. 화예는 악인이라기 보다는 우인에 가깝게 형상화되고 있다. 그는 태어날 때 중심인물인 화진보다 훨씬 더 주목 받았다.

> 공이 일즉 삼부인을 두엇시미 슬하의 농장ᄒ는 경시 업스니 죵시 ᄉᆞᆾ츨가 넘녀ᄒ더니 홀연 심부인이 잉팅ᄒ여 일기 남ᄋᆞ를 싱ᄒ니 용뫼 미려ᄒ고 안치 영인ᄒᆞᆫ지라 공이 무후ᄒᆞ물 (한)ᄒ다가 남ᄌᆞ를 불승희ᄒᆡᆼ고 셩부인이 디열ᄒ여 하례ᄒ니 친쳑동당이 치히[하]ᄒ여 일기 진동ᄒ여 경ᄉᆞ를 즐겨ᄒ니 심시 다ᄒᆡᆼ코 깃거 십여일 후 산휘 평복ᄒ니 ᄋᆞ지 일가의 보비되여 공이 됴회를 파ᄒ면 ᄋᆞᄌᆞ를 슬샹의 두어 날노 ᄌᆞ라기를 기ᄃᆞ리며 뎡부인이 긔츌갓치ᄒ니 심부인 권셰 일시의 더ᄒ더라[68]

화예는 화욱이 바라고 바라던 장자로 '용모가 미려(美麗)하고, 안채(眼彩)가 영인(令仁)한' 비범한 모습으로 태어나, 온 집안이 보배로 여긴다. 화욱도 그를 소중한 존재로 여기며 사랑한다. 이것은 화진의 출생부분과 다르지 않다.[69] 이렇듯 두 아들은 본성이나 타고난 자질 면에서 큰 차이를 보이지 않는다. 그런데 문제가 되는 것은 후천적인 학습능력이다. 즉 장자에 비해 차자가 공부를 더 잘하는 것이 문제가 된 것이다.

---

68) 권1, 5~6면.

69) 권1, 19~20면, "이 ᄒᆡ 가을의 뎡시 홀연 잉팅ᄒ니 화공이 희ᄒᆡᆼ고 셩부인이 디열ᄒ더니 명년츄하의 순산 싱남ᄒ니 신ᄋᆞ의 긔이ᄒᆞ미 명쥬보옥갓고 농닌롱됴갓ᄒ니 공이 불승과망ᄒ고 ᄉᆞ랑이 만금의 지ᄂᆞᆫ지라 셩부인이 오문 긔린이라 치하ᄒ고 일개 경ᄉᆞ로아라 죡당이 하례ᄒ여 영광이 비무ᄒ니 심시 크게 아쳐ᄒ고 ᄋᆞᄌᆞ를 귀즁ᄒᆞ미 흔층이 ᄂᆞ릴지라 번뇌ᄒ여 안식이 불평ᄒ니 셩뎡 이부인이 쟝ᄂᆡ를 우려ᄒᆞ미 원ᄂᆡ 무궁터라."

공이 냥ᄌᆞ와 일녀의 극흔 ᄌᆞ미 무궁ᄒᆞ니 만염이 프러져 쟝ᄌᆞ 예의 ᄌᆞ를 경옥이라ᄒᆞ고 녀ᄋᆞ 빙션의 ᄌᆞᄂᆞᆫ 티강이라 ᄒᆞ고 ᄎᆞᄌᆞ 진의 ᄌᆞ를 형옥이라 ᄒᆞ여 안젼의 두고 글을 가라치니 형옥 티강은 총명슈발ᄒᆞ여 흔 ᄌᆞ를 가ᄅᆞ치미 열ᄌᆞ를 통ᄒᆞ고 흔 쟝을 비호미 열쟝을 ᄒᆞ득ᄒᆞ여 날노 쟝진ᄒᆞ디 경옥은 열번 가라쳐야 겨요 ᄒᆞ득ᄒᆞ고 빅번 일너야 아라드ᄅᆞ니 공이 쟝ᄌᆞ의 불초불민ᄒᆞᄆᆞᆯ 탄ᄒᆞ여 미양 죄칙이 ᄌᆞᄌᆞ니[70]

화욱은 장자 화예를 처음부터 불민하다고 여기지 않았다. 두 아들과 한 딸을 모두 사랑하여 재미가 지극하고 무궁하여 직접 글을 가르치기까지 하였다. 그런데 가르치는 과정에서 화예의 배움이 동생들에 미치지 못하자 화욱은 그의 불초함을 탄식하며 때마다 꾸짖는다.

공이 바다 흔 번 보미 경옥의 시는 비록 쳥신ᄒᆞ나 필법이 황잡ᄒᆞ고 ᄉᆞ의 경박ᄒᆞ여 귀법이 다 소인의 티라 공이 변식ᄒᆞ고 ᄎᆞ공ᄌᆞ의 글을 보니 필법이 졍공ᄒᆞ고 체격이 유아ᄒᆞ며 ᄉᆞ와 귀법이 함츅ᄒᆞ고 광활ᄒᆞ여 ᄌᆞᄌᆞ 금슈오 언언쥬옥이라 깁우희 향운이 이러ᄂᆞ고 지샹의 구슬을 헤쳣ᄂᆞᆫ 듯ᄒᆞ니 공이 불승경희ᄒᆞ고 안식이 화평ᄒᆞ여 슈염을 쓰다듬으며 지삼음영ᄒᆞᆯ식 경옥이 부친의 제 글을 보고 변식ᄒᆞ여 흔 ᄌᆞ 칭찬이 업다가 형옥의 시ᄉᆞᄂᆞᆫ 보고 쏘 보아 귀귀 졉쳐 칭션ᄒᆞ며 희식이 가득ᄒᆞ니 심하의 무류코 한ᄒᆞ여 머리를 슉여 유유ᄒᆞ거늘 공이 양ᄌᆞ의 시를 드러 비기미 묵과와 경긔갓고 쥬옥과 ᄉᆞ석갓ᄒᆞ여 의시 니오ᄒᆞ미 도척과 뉴ᄒᆞ혜갓흔지라 발연 불열ᄒᆞ여 경옥의 시를 싸히 더지고 크게 꾸지져 왈[71]

어느 날 화욱은 송죽헌에서 두 아들에게 신류시와 낙화시를 짓게 한

---

70) 권1, 20~21면.
71) 권1, 29~30면.

다. 그런데 화예의 시는 '청신하나 필법이 황잡하고 사의가 경박하여 소인의 태가 있다'하여 바로 얼굴색이 변하며 한 자 칭찬도 하지 않는다. 그러다가 화진이 지은 시를 보고는 글자마다 점 쳐가며 기쁜 빛으로 칭찬을 한다. 게다가 화욱은 두 아들의 글을 들어 하나하나 비교해가며 '주옥(珠玉)과 사석(沙石)', '도척(盜蹠)과 유하혜(柳下惠)'에 비유한다. 이 일 이후로 화예는 화진과 불목하게 되고,[72] 또 가문 내에서 설 자리를 찾지 못해 밖으로 돌며 나쁜 친구 범한과 장평을 사귀게 된 것이다.

범한과 장평은 칭찬하고 부추기는 말로 화예의 마음을 기쁘게 하는데, 이들은 원래가 패륜적이고 간악한 인물들이다.[73] 범한과 장평은 사문사유(士門士儒)라고 하지만 일찍 부모를 여의고 정처 없이 떠돌며 동가숙서가식(東家宿西家食)하는 인물들이다. 행실은 하류의 천박함이 있고 성질은 간교하고 음험하며 말만 능숙하게 하고 속은 음흉하다. 이들은 화예의 재산이 수천만에 이르는 것을 알고는, 아첨하고 따르는 것을 '충신이 임금 섬기듯' 한다. 또한 화예를 부추겨 화진을 살해하도록 조장하고 자객 누급의 실수로 화예의 아들 성흥이 죽자 화진을 그 살인죄로 무고)하게 한다. 또 화진의 부인 윤씨를 엄세번에게 바쳐 발신(發身)을 도모할 것과 화진의 또 다른 부인 남씨를 취하도록 부추겨 가내의 화란을 조장하기도 한다.

이러한 악행을 저지를 때 화예는 단호하게 처단하는 것이 아니라 주저하는 모습을 보이고, 그 때 옆에 있던 범한과 장평이 일을 주도하는 것으로 나타난다.

---

72) 권1, 56~57면, "셩부인은 분히ᄒ여 심시모즈를 꾸짓고 공의 언시 고히ᄒ물 한ᄒ여 화의 근본이 되여시믈 기리우려ᄒ미."

73) 이 점이 화예와 범한, 장평을 악인으로 함께 묶을 수 없는 분기이다. 화예는 악인이라기보다 愚人에 불과하며 범한과 장평은 惡人으로 볼 수 있다.

경옥이 실식ㅎ여 썰니 소당의 이르니 범쟝이 쏘 의혹ㅎ여 쏠와 보미
과연 홍이 가삼의 피를 흘니고 명이 졀ㅎ엿눈디 혹스는 시쳬를 안고 인
스를 브려거눌 경옥이 니를 보미 누급이 진을 지르려다가 홍을 죽인 줄
알고 뉘웃고 망극ㅎ여 볼을 구르고 방셩통곡ㅎ니 혹시 졍신을 졍ㅎ여 통
곡 왈 츠희라 셩질이여 너의 인즈셩힝과 츌범흔 긔질노쎄 이런 참혹흔
죽엄이 될 줄 어이 아라시며 엇던 지 니런 흉스를 지오뇨 슬프다 타일
문호를 빗니고 조션을 현양홀가 ㅎ더니 우슉이 명이 가지록 박ㅎ여 너를
마즈 여히니 이눈 니 명이 못츠미로다 익지라 이 어인 일이며 이 어인
경샹고 언파의 실셩 쟝통의 피를 토ㅎ고 엄홀ㅎ니 경옥이 잇쩌 혼비빅산
ㅎ여 아모리 홀 줄 모로고 흔갓 크게 울 쑨이니 범쟝이 급히 겨옥을 잇그
러 귀의 다려 여츠〃〃ㅎ즈ㅎ니 경옥이 망극 듕이나 이인의 계교를 올
히 여겨 즉시 외당의 나와 삼인이 의논ㅎ여 흔쟝 졍문을 비졀이 지어 범
한으로 ㅎ여곰 양쥬부현의 졍소ㅎ라 ㅎ고 여러 냥 은젼을 쟝평을 쥬어
아문의 인졍을 쎄 형옥을 얽어 아조 즛쳐 죽이믈 도모ㅎ라 ㅎ니 냥인이
즉시 집의 도라가 각〃 제 계집드려 아문의 가눈 소유를 니르고 날이 붉
으믈 기드려 아문으로 가니라

남씨가 교녀 등의 능욕을 참지 못하고 자결하자 화예는 어찌할 바를
몰라 범한과 장평에게 방법을 묻는다. 범한과 장평은 계교를 내어 남씨가
간부와 도주했다고 소문을 내고 시체를 몰래 버리라고 한다. 남씨의 시체
를 없앴으나 고모 성부인과 동생 태강이 돌아오면[74] 무슨 말이 나올지
몰라 두려워하던 화예는 또 다시 범한·장평과 의논한다. 그러자 범한·
장평은 두려움에 떠는 화예에게 은근히 겁을 주며 화진을 죽일 것을 부추
긴다. 그들은 모든 일의 원인을 화예가 우애하지 못한 것으로 돌리며 남씨

---

74) 이때 성부인은 아들 성준의 부임지로, 태강은 남편 유성양의 부임지로 나가 있는
   중이다.

를 죽게 한 것 또한 화예와 교씨의 탓이라 하여, 만약 화진이 성부인에게 이 사실을 말하면 성부인이 화예를 폐위하여 서인으로 만들거나 원찬정배하거나 살인죄수로 사형을 하게 할 것이라고 위협 한다. 이에 겁을 먹은 화예는 범한과 장평에게 자신을 구할 계교를 내달라고 간절하게 매달린다. 이 기회를 타 범한은 자신의 처남인 누급을 이용해 화진을 죽이자고 한다. 두려움에 판단력을 잃은 화예는 이것을 허락하고 만다.

그런데 누급의 실수로 아들이 죽자 화예는 자객 보낸 일을 후회하며 방성통곡을 한다. 혼비백산으로 어찌할 바를 모르고 슬퍼만 하는 화예에게 범한·장평은 또 다른 계략을 제시한다. 하나의 거짓말이 그것을 막기 위해 더 큰 거짓을 만들어내듯 자신들의 살인 미수를 감추기 위해 화진을 살인죄로 무고하는 것이다. 화예는 당황스러움과 두려움으로 그들의 의견을 따른다. 그러나 얼마 지나지 않아 화예는 조금씩 심리적 변화를 보이기 시작한다.

> 추셜 잇쩌 경옥이 ᄋ를 ᄉ지의 보니고 인언이 분″ᄒ며 혹ᄉ를 의미ᄐᄒᄂᆫ지라 심하의 ᄯᆞ혼 블평ᄒ여 추ᄆ 원고로 ᄯᅡ라가지 못ᄒ고 집의셔 방황ᄒ며 아모리 홀 쥴 모로니 범한이 도라 왈 시방 지뷔 죄를 엄문ᄒ시니 반ᄃ시 원고를 추ᄌ 디증ᄒ실지라 엇지 가지 아니코 이에 잇ᄂᆞ뇨 경옥 눈셥을 쩡고 탄왈 블힝ᄒ여 그릇 ᄒ낫 ᄌ식 스ᄉ로 살히ᄒ고 동긔를 함ᄒ며 ᄉ지의 너ᄒ니 니 일시 그릇 싱각ᄒ므로 동긔와 ᄌ식을 다 술히ᄒ여 디악비인졍 노로슐 ᄒ여시니 뉘읏쳐도 밋지 못홀지라 관부의셔 슐인을 분간홀 졔 반ᄃ시 시″쳬로 간검ᄒ리니 그 경샹이 더옥 참혹ᄒ고 비록 샹쳐는 잇시나 인언이 분요ᄒ여 만히 형옥 의미ᄐᄒ니 증인도 업고 진이 발명ᄒ 격이면 일지 ᄌ연 천연ᄒ여 아모리 될 줄 모로ᄂᆫ지라 니 ᄆ옴이 황난ᄒ니 관부의 드러갈 뜻이 업고 ᄋ를 고쟝ᄒ여 디송ᄒᄆ 만고

의 희한흔 일이라 실노 춤괴ᄒ니 ᄎᄆ 어이 가리오 한이 변식 왈 그디
이만ᄒ면 쳐음의 시작지 아님만 갓지 못ᄒ지라 임의 디ᄉ를 져즈러노코
겹ᄒ여 유〃ᄒ여셔는 ᄉ긔 슈상ᄒ여 도로혀 일이 픠루ᄒ고 디홰 니러나
리니 엇지 슈플을 쳐 비암을 놀니는듯 ᄒ며 집의 불을 노코 스스로 쮜여
드러 ᄉ화를 당ᄒ리오 최지뷔 원간 형의 고관ᄒ믈 무샹이 넉여 니젹지힝
이라 ᄒ고 화싱을 보고 좌우 드려 왈 ᄎ인이 져럿틋 즁슈 탈속ᄒ니 결단
코 흉ᄉ홀 젹심이 잇실 지 아니라 이 아니 증ᄌ의 살인홈 갓트미 잇ᄂ냐
ᄒ더라 ᄒ니 일이 팔구분이나 위틱ᄒ엿거늘 공지 일을 엇지 이리 소리이
ᄒᄂ뇨 형옥이 신원ᄒ미 잇신즉 그디 도로혀 형옥의 화를 ᄇ들거시니 우
리는 먼이 도망ᄒ리로다 경옥이 쳥파의 크게 겁ᄒ여 년망왈 그디 말이
가쟝 유리흔지라 니 엇지 일을 허슈히 ᄒ리오 이에 가리라ᄒ고 즉시 빅
의를 착ᄒ고 범한으로 더브러 아문으로 향홀시 한 왈 송ᄉ를 시작ᄒ미
인졍이 젹지 못홀거시오 쳐음으로 송졍의 드러가니 샹하 회뢰홀 거시 업
지 못ᄒ리라 경옥이 ᄎ시를 당ᄒ여 ᄆ음이 비황 난잡ᄒ여 쥬의는 손ᄒ여
는지라 범한의 말을 조ᄎ 슈십 냥 은젼을 니여 한을 맛겨 인졍을 쓰라
ᄒ고 흔가지로 아문 붓게 디령ᄒ엿더니[75]

동생 화진을 살인죄로 무고하여 관부에 보내고 심경이 불편한 화예는
대증(對證)하러 가기를 독촉하는 범한에게 불평한 기색을 보인다. 그는
자신이 일시 잘못 생각하여 하나 있는 아들도 죽게 하고 동생도 사지에
몰아넣었다고 말하면서 자책과 회과의 단서를 보이고 있다. 또 죽은 아
들의 시체를 차마 보지 못하겠고 아우를 고소하여 대송(對訟)하는 것이
참괴한 일이라며, 이제는 뉘우쳐도 소용없게 되었다고 탄식한다. 그러나
범한은 화예의 두려움을 격동하며 자신들은 멀리 도망할 것이니 처벌을
화예 혼자 감당하라는 위협으로 화예를 또 다른 악행에 말려들게 하고

---

75) 권13, 415~419면.

있다. 화예가 이 상황에서 다시 범한·장평의 계교에 빠져들게 되는 것을 작가도 "츠시를 당ᄒ여 ᄆ음이 비황 난잡ᄒ여 쥬의ᄂ는 손ᄒ."였기 때문이라고 우호적으로 설명하고 있다. 결국 화예는 장형(杖刑)을 맞으면서 모든 일의 부질없음을 느끼고 유배가는 화진을 죽이자는 범한의 부추김을 거절한다. 그리하여 적소로 가는 도중에서 화진을 죽이려고 하수하는 일과 후에 임씨를 죽이려고 자객을 보내는 일 등은 모두 화예와는 무관하게 범한이 단독으로 주도하게 된다.

1.4. 계화

계화는 화진의 유모이다. 그녀는 어려서 화진의 모친인 정부인에게 의탁했으며, 화진이 태어난 후로는 그를 기르며 위기의 순간마다 목숨을 걸고 주인을 위하는 충복(忠僕)의 모습을 보여준다. 그녀는 심씨에 의해 화부(花府)에서 쫓겨났을 때도 화부 근처에서 유리걸식하며 화진의 동정을 살핀다. 양주 지방의 부유한 촌민인 유이숙의 첩이 되어서도, 가장 먼저 한 일이 유이숙에게 화진의 옥바라지를 부탁한 것이다. 그녀는 비복이지만 '충(忠)'의 관념을 가장 잘 실천하는 인물 중의 하나이다.

계화는 화진이 성흥의 살인 죄수가 되었을 때 그 진위를 모르는 상태에서 절대적인 신뢰를 보내며, 화진의 억울함을 호소했었다. 또한 화진을 가장 이상적인 인물로 평가하고 존경해왔다. 그러나 이렇게 충성된 비복인 계화도 상황에 따라 주인에 대한 평가를 달리하는 모습을 보인다.

> 이숙이 샹셔[화진]의 소년 영광을 풍치 쌘혀ᄂ고 관인 디도ᄒ며 냥부인 슉덕을 익이 아ᄂ는지라 샹셰 오리 환거ᄒ믈 보고 녀ᄋ 션ᄋ를 드려 편방을 삼고져 ᄒ거ᄂ놀 월홰[계화] 싱의 철옥갓ᄒ 심지와 미식 불관이 여기

믈 아눈고로 막줄나 왈 윤남 냥부인이 누셰 고초와 만싱 긔화를 격그시
미 슬프거눌 이제 계요 쳔일을 보아시느 부뷔 지금 회합지 못ᄒ여 계시
거눌 ᄯ오 엇지 젹국을 드려 화를 ᄭ치리오 더욱 우리 샹공이 화ㅅ의 풍졍
이 업셔 쳘옥갓흔 군지시니 엇지 번화의 일을 힝ᄒ리오 녀이 츌뉴ᄒ니
죵요로온 셔랑을 어더 일싱을 편히 홀거시어눌 무스일 미믈흔 샹공의 비
필을 삼아 즈한의 근심을 일위리오 만〃 불가ᄒ니라[76]

유이숙은 화진이 성흥의 살인 죄수로 옥에 갇혀 있을 때부터 줄곧 그
의 측근이 되어 고락을 함께 했다. 그러다가 화진이 누명을 벗고 공업을
이루어 부귀가 극에 달하자 유이숙은 자신의 딸 설낭아를 화진의 첩으
로 들이고 싶어 한다. 이때 계화는 기뻐하는 것이 아니라 오히려 반대한
다. 첫째 이유는 화진의 두 부인 윤씨와 남씨가 오랫동안 고초를 겪다가
이제야 겨우 좋은 때를 만났지만 아직 부부가 화합하지 못하고 있는데,
첩을 드려 화를 끼칠 수 없다는 것이다. 그러나 진짜 이유는 화진이 풍정
이 없고 철옥 같은 성품이기 때문에 오히려 여자에게 한을 심어줄 수
있기 때문이라는 것이다. 풍정이 없다는 것은 여자에 대한 애정이 없다
는 의미로, 뛰어난 인품의 군자는 아내 입장에서 볼 때 박정한 남편이
될 수 있다는 것이다. 이로 본다면 첫째 이유에서 고초를 다 겪은 윤씨와
남씨가 아직도 부부 간 화합을 이루지 못한 것도 화진의 박정함 때문임
을 알 수 있다. 계화는 주인으로서의 화진에게는 절대적 충성을 보이지
만 사랑하는 딸의 남편으로서는 또 다른 기준으로 화진을 평가하고 있
는 것이다.

---

76) 권29, 533~534면.

(계)홰 나히 십오의 첫 즈식을 나코 싱의 유모 되니 본더 화부 비복이
라 졔 쟝부는 쟝스ᄒ는 스롬으로 계집이 공후의 유뫼 되미 셰스도 수지
못ᄒ고 삼년을 ᄇ라고 잇지 못ᄒ여 졔 즈식을 ᄎ즈 드리고 드른 더 계집
을 어더 스니 경스의 일실 졔는 왕왕이 ᄎ즈 셔로 얼골이나 보니 계홰
쟝부의 무졍ᄒ믈 한ᄒ고 의를 긋쳣더니 양쥐 온 후는 소식도 통치 아니
ᄒ더라 계홰 졀머셔브터 뎡부인을 ᄎ즈 비혼 비 만코 천셩이 민쳡ᄒ고로
빅시 션능ᄒ니 션낭이 극히 공경ᄒ여 스싱으로 디졉ᄒ며 지조를 비호미
쏘혼 심히 귀히 넉이고 이슉은 화의 용모를 그윽이 흠모ᄒ더라[77]

계화는 충복의 모습뿐 아니라 하층 여인의 모습으로도 그려진다. <화
씨충효록>은 계화의 일대기를 구체적으로 제시하고 있다. 계화는 본래
화부의 비복으로, 열다섯에 처음 자식을 낳지만 바로 화진의 유모가 되
었다. 남편은 장사하는 사람으로 아내가 공후가의 유모가 되자 살림도
살지 못하고, 또 삼 년을 기다리지 못해 제 자식을 데리고 다른 여자를
얻어 산다. 그래도 같은 서울에 있을 때는 왕왕 찾아가 서로 얼굴이나
보았는데 남편이 무정하여 마음에 한이 되었다. 그러다 양주에 오면서
소식이 끊겼다.

이러한 일대기는 하층 여인의 기구한 삶과 한을 구체적으로 보여준다.
일반적으로 국문 장편소설의 보조인물들, 특히 비복들은 자신이 모시는
주인에 따라 선악이 갈라지며, 그 안에서 희극적으로 묘사되거나 생동감
있는 언어와 행동으로 작품의 활력을 불어 넣는 기능을 한다. 겉으로는
주동인물의 관념성을 탈피한 것처럼 보이지만 실제로 보조인물은 또 다
른 전형성의 틀 안에 갇혀있는 것이다. 그들은 자신의 삶에 대한 고민보
다는 주동인물에게 절대적 복종을 하거나, 주동인물의 경직된 관념적 사

---

77) 권13, 448~449면.

고를 비판하는 역할을 할 뿐이다. 관념성을 비판한다고 해서 그 인물이 탈관념적 인물이 되는 것은 아니다. 오히려 형식화된 틀 안에서 그들은 보조인물에게 적용되는 또 다른 관념을 이행하고 있는 것뿐이다.

그러나 <화씨충효록>의 보조인물은 주인의 삶이 아니라 자신의 삶을 돌아보고 눈물을 흘리는 사람으로 그려진다. 유모라는 역할이 소설 속에서 늘 존재하지만 언제나 주인공의 옆에서 아무런 고민 없이 주인공의 고민을 들어줄 뿐이었다. 그러나 계화는 단지 주인공의 보조 인물이 아니라 자신의 인생을 가지고 있는 독자적 인물이며 자기 삶의 주인공이 되고 있다. 남의 집 비복으로 자신이 낳은 아이는 돌보지 못하고 주인댁 도령에게 젖을 물려야하는 유모의 입장과 그로인해 발생한 남편과의 불화로 결국은 가족이 이산할 수밖에 없는 처지에 놓인 하층 여인의 삶을 짧지만 구체화함으로써, 작가는 계화라는 인물이 자신의 인생이라는 환경과 대면할 때는 비극적 주인공이 됨을 보여주고 있다.

이상에서 살펴본 화진, 임씨, 화예 그리고 계화 등은 <화씨충효록>에서 현(賢)과 불초(不肖) 그리고 충(忠)의 관념을 구현하는 인물들이다. 그러나 이들은 그 성격이 관념 속에 매몰되지 않으며, 대면하는 환경에 따라 다양한 모습으로 변화한다. 이러한 인물 형상화는 인물들을 관념으로부터 자유로울 수 있게 만든다. 도덕적으로 무장된 화진과 임씨는 때에 따라서 화도 내고 눈물도 흘리며 원망을 드러내기도 한다. 귀하게 자라왔던 환경과 전혀 다른 경험을 할 때는 추하고 더러움에 소스라치게 놀라며 불쾌해 한다. 남의 잘못에 있어서는 교과서적인 충고를 해주다가도 막상 자신의 일이 되면 분노하고 억울해 하는 모습은 현실 속에서는 흔히 발견되는 인간적인 모습이다.

또한 악인으로 비방 받는 화예의 경우도 사실은 아버지의 사랑을 받지 못하고 집안에서 인정받지 못함으로써 형성된 소외감과 열등감 속에서 엇나간 것이다. 그는 잘못을 저지른 후에는 끊임없이 양심의 가책 속에서 괴로워하지만 처벌에 대한 두려움으로 더 큰 잘못을 저지르는 인간의 어리석음을 드러내고 있을 뿐이다. 충복(忠僕) 계화의 경우도 비복으로서 주인을 바라볼 때와, 장모로서 사위감을 고를 때, 그리고 여인으로 자기 삶의 주인공이 될 때 그 양상이 다르게 나타난다. 이러한 모습들은 그동안 단선적이고 단색적으로 규정되어 왔던 소설적 인물들이 좀 더 현실의 인물과 가까워졌음을 보여준다.

2. 세속적 욕망의 구체화

1.1. 유이숙

유이숙은 양주 향민으로 천성이 어질고 의기가 남다르며, 아내 팽삼파 또한 현숙(賢淑) 자인(慈仁)한 부인이다. 딸 설낭아는 용모가 뛰어나고 재기가 과인하며 총명하여 그 부모가 천금지보(千金之寶)처럼 아낀다. 유이숙은 가사(家事)가 매우 풍족하고 전농(佃農)으로 생계를 유지하며 부요하게 지내지만, 나이가 삼십이 되도록 아들을 보지 못하였다. 그러나 유이숙은 아들에 연연해하는 모습을 보이지 않으며 오히려 후사를 위해 첩둘 것을 권하는 아내의 말에도 동요하지 않는 진중한 태도를 보인다.

그는 화부에서 쫓겨난 계화를 진심으로 후대하며, 화부의 가란과 화진의 고초를 들은 후로는 함께 걱정하고 슬퍼한다. 화진이 조카의 살인 죄수로 투옥되었다는 소식을 듣고 과도하게 슬퍼하는 계화를 위해 스스로 화진을 구호할 뜻을 보이며, 옥리(獄吏)와 차인(差人)들에게 은자를 풀어 뇌물을 쓰기도 하면서 구호한다. 화진이 경사(京師)로 이송되고 촉

땅에 정배되어 갈 때에도 유이숙은 주저 없이 화진과 함께 한다. 작품 전반부에 나타나는 유이숙은 과묵하고 변함없는 충성을 보이는 가신(家臣)의 모습이다. 그는 이해에 관계없이 단지 화진의 인품에 감복하여 그를 따르는 것이며, 어떠한 대가를 바라지도 않는다. 이러한 유이숙이 작품 후반부에 오면 변화하는 모습을 보인다.

> 이숙이 샹셔의 소년 영광을 풍치 샌혀ᄂᆞ고 관인 디도ᄒᆞ며 냥부인 슉덕을 익이 아ᄂᆞᆫ지라 샹셰 오리 환거ᄒᆞᆷ믈 보고 녀ᄋ 션ᄋ를 드려 편방을 삼고져 ᄒᆞ거늘 … 이숙이 쇼왈 화샹셔ᄂᆞᆫ 녕위 관더ᄒᆞᆫ 호걸 댱뷔오 은즁 단졍ᄒᆞᆫ 군지라 허랑방탕ᄒᆞᆫ 풍뉴화ᄉ의 비치 못ᄒᆞ고 총명 화열ᄒᆞ니 결단코 ᄋ녀ᄌ의 박명을 끼칠 비 아니오 녀이 지긔 비샹ᄒᆞ여 소 〃 부옥의 비필이 블가ᄒᆞ니 화공 갓ᄒᆞᆫ 군ᄌ를 마ᄌ 요힝 춍을 어더 아들을 나은즉 우리 문미 홍ᄒᆞᆯ거시오 냥부인이 현슉ᄒᆞ시니 결연이 어ᄌ러온 일이 업슬지라니 ᄯᅳᆺ이 임의 결ᄒᆞ여시니 잡말 〃나 … 진휘 소왈 이숙은 ᄒᆞᆫ 츳인이어늘 인ᄌ지심이 〃셔 소졔 위란지시의 져의 터은을 입어 구ᄉ일싱ᄒᆞ여 촉등 만니의 간고를 ᄒᆞᆫ가지로 ᄒᆞ니 졔 ᄂᆞ의 노복이 아니오 친쳑이 아니로더 지극ᄒᆞᆫ 졍셩이 츙셩된 노복갓ᄒᆞ니 그 은혜 실노 경치 아닌지라 졔 비록 어지나 양취 촌민이라 그 ᄌᆞ식을 가ᄎᆔᄒᆞ미 블과 샹고 농부의 비필노 평츠 포군으로 기음미며 방아 쩌어 죵신ᄒᆞᆯ 비어늘 소졔의 소실이 되어 옥당 화각의 금의 옥식으로 지샹의 소실이 되어 존등ᄒᆞ미 부인 버금이오 만일 유복ᄒᆞ여 ᄌ녀를 싱산ᄒᆞᆫ즉 이숙의 외손이 문득 ᄉ림지셩이 되어 문회 홍ᄒᆞ고 소졔의 문하의 왕니ᄒᆞᆫ즉 믄득 날을 니셔로 아라 친 〃ᄒᆞ미 더ᄒᆞ고 니 져를 외인으로 더졉지 아냐 각별ᄒᆞ리니 졔 일노조ᄎ ᄉ족이 되리니 엇지리오.[78]

---

78) 권29, 533∼539면.

평생 말없이 화진의 그림자가 되었던 유이숙은 화진이 누명을 벗고 공업을 이루자 자신의 딸을 화진의 후실로 들이고 싶어 한다. 이러한 의사를 화진의 유모이자 자신의 후실인 계화에게 전한다. 계화는 상전으로서의 화진은 뛰어난 인품을 가진 도덕군자로 흠 잡을 데 없지만 한 여자의 남편으로서는 철옥 같은 성품이 오히려 여인에게 한을 심어 줄 수 있다고 하여 주저한다. 그러자 이숙은 계화에게 자신은 이미 뜻을 정하였으니 잡말하지 말라고 하면서 강경한 입장을 보인다.

작품의 전반부에서 유이숙은 화진에게 충성스런 가신일 뿐 아니라 계화에게도 한 없이 관대하고 이해심 많은 남편이었다. 계화의 말이라면 어떠한 상황에서라도 두 말 없이 따라주던 유이숙이 설낭아를 화진의 첩으로 들이는 문제에 있어서만큼은 단호한 태도를 보인 것이다. 그 이유는 다름 아니라 화공 같은 군자를 맞이하고 다행히 총애를 얻어 아들을 낳는다면 자신의 문호가 흥할 것이기 때문이다.

유이숙이 지닌 가문 창달과 신분 상승의 욕망은 이미 화진도 알고 있는 듯하다. 계화가 유이숙의 의사를 전하자 예상과는 달리 화진은 그 제안을 기꺼이 받아들인다. 이유는 자신이 설낭아를 거두지 않으면 그녀는 양주 촌민의 자식으로 기껏해야 장삿꾼이나 농부에게 시집가서 평생을 김매고 방아 찧기를 할 수밖에 없는 처지이기 때문이다. 유이숙의 딸이 자신의 소실이 되어 다행히 자식을 낳으면 이숙은 외손이 사림(士林)이 되는 것이므로 그의 가문도 흥하게 되고, 또 자신을 사위로 알면 친함이 더해지고 자기 또한 그를 각별하게 대할 것이므로 이로 인하여 그도 자연스럽게 사족(士族)이 될 것이라는 것이다. 유이숙의 욕망을 실현시켜 주는 것이 실질적으로 은혜를 갚는 길임을 화진도 분명히 밝히고 있는 것이다. 이로 본다면 유이숙의 욕망은 조용히 내재하는 것이 아니라 주변인에게 이미 노출될 정도로 강렬한 것임을 알 수 있다.

1.2. 난최

난최는 서대관의 부실 공손씨의 딸로 팔자가 세어 청혼한 곳마다 어그러지고 심지어 정혼자가 모두 죽는다. 이십이 되도록 혼사를 정하지 못하고 있음을 한스럽게 여기던 난최는 자신의 집에 묵게 된 고생(진소저)을 보고 넋이 흩어질 정도로 반하여 평생을 따르고자 한다. 길을 나서려는 고생을 잡을 길이 없고 마음만 급하여 어찌할 바를 몰라 하던 난최는 유모 소칠의 계교에 따라 재물을 풀어 거짓 강도로 꾸며 고생의 행장을 빼앗는다. 길을 갈 노자와 나귀를 빼앗긴 고생은 할 수 없이 다시 서대관의 집에 와 의탁한다.

> 명일 부친이 긱으로 더브러 슈쟉ᄒᆞ믈 규시홀시 슈지 옥갓흔 귀밋히 흑ᄉ 당건을 슈기고 부용냥협의 고은 빗출 왕모도화일쳔졈이 긔″히 븕엇ᄂᆞᆫ듯 흐억ᄒᆞ고 쇄락ᄒᆞ여 시로온 용광이 실벽의 됴요ᄒᆞ니 볼ᄉᆞ록 신긔ᄒᆞ고 긔히ᄒᆞ믈 니긔지 못ᄒᆞ여 반일이 지ᄂᆞ도록 쪄나 드러가믈 ᄎᆞᆷ못ᄒᆞ더니 니당의셔 소낭ᄌᆞ를 ᄎᆞᆺᄂᆞᆫ지라 마지 못ᄒᆞ여 드러와 스ᄉᆞ로 용의를 빗최미 져의 용식과 고슈ᄌᆞ의 션풍을 비기니 한화야초갓흔지라 썰니 낫츨 다시 씨고 지분을 홀난이 칠ᄒᆞ며 진쥬와 금슈단장을 어리게 ᄒᆞ여 외당의 나올시 디관은 외쳥의 긱을 디졉ᄒᆞ라 나가고 ″슈지 홀노 쳥등의 비회ᄒᆞ니 옥안의 근심ᄒᆞᄂᆞᆫ 빗치 어리여 아미의 슈운이 은연ᄒᆞ니 시름ᄒᆞᄂᆞᆫ 거동이 더옥 아롬다온지라 난최 져의홀노 이스믈 보고 후창을 반기ᄒᆞ고 방ᄌᆞ히 ᄂᆞ와 보니[79]

---

79) 권8, 72~73면.

고생을 엿보며 그 아름다움에 빠져 반일이 지나도록 자리를 떠나지
못하는 모습과 자신의 모습이 고생만 못한 것을 보고 세수하고 화장을
어지럽게 하는 모습, 고생이 혼자 있음을 알고는 뒷 창문을 반쯤 열고
거침없이 나와 보는 모습은 방자하면서도 무례하다. 이러한 성격은 난최
가 부실의 소생이지만 거족의 외동딸로 말하는 것마다 들어주는 부친의
사랑을 받고 자랐기 때문에 형성된 것으로 설명된다. 그러나 막상 고생
앞에서 옥인군자를 스스로 찾으려는 솔직한 심정을 당당하게 말할 때는
그 위의가 앞서 보인 가벼움과는 다르다.

> 챠셜 소제 셔실의 드러와 빅위 충집ᄒ고 힝뒤 지완ᄒᄆᆯ 민〃ᄒ여 침슈
> 의 뜻이 업셔 고요히 좌ᄒ엿더니 시야장반의 만뇌 구젹ᄒ니 홀연 후챵의
> 인젹이 유〃ᄒ더니 앗가 규시ᄒ던 녀지 냥낭 이인을 드리고 타연이 지게
> 를 여러 입실ᄒ여놀 소졔 희연이 여겨 슉연 졍좌ᄒ여 식위엄졍ᄒ민 난최
> 조곰도 슈괴ᄒᆫ 빗치 업셔 녜ᄒ고 왈 쳡은 쥬인의 일녀로 부모의 교익와
> 부귀호치ᄒ민 헐홀거시 아니로디 쳡의 소망이 본디 옥인군ᄌᆯ 좃ᄎ려
> ᄒ민 년유 이팔의 허친ᄒᆫ 곳이 업더니 오날 군ᄌᆯ 보오민 화풍경운을
> 디ᄒ니 쳡의 소망의 지ᄂᆞ온지라 원ᄒ여 빅년을 뫼시고져 ᄒᄂᆞ이다.[80]

앞서 다소 경박하게 그려지던 난최의 모습은 숙연하고 엄정한 모습으
로 바뀐다. 그녀는 고생에 대한 마음이 가벼운 욕정이 아닌 평생 원하던
배필을 구하는 진지함임을 밝히고 있다. 이러한 진정을 고생이 무례함으
로 간주하자 한편으로는 부끄러워하면서도 다른 한편으로는 고생의 박
정함을 원망하며 다소 위협적인 태도로 돌변한다. 그러나 고생(진소저)
의 시종 낭아가 난최에게 후에 예를 갖추어 맞이하겠다고 달래는 순간

---

80) 권9, 79~80면.

난최의 모습은 또 다시 달라진다. 그녀는 얼핏 보아도 상대방의 권도임을 눈치 챌 만한 상황에서 한 치의 의심 없이 믿고 좋아하며, 고생 옆에 조금이라도 더 있고 싶어서 들어가지 못하고, 재삼 약속을 확인하고 당부하는 다소 어리석고 순진한 모습을 보인다. 난최는 혼례를 치른 후 첫날 밤에야 신랑이 고생이 아니고 그 형임을 알게 된다. 그녀는 시숙인 고생을 대면하자 옛날에 자신이 강박하여 청혼한 일을 생각하고 부끄러워한다. 그러면서도, 평생 그리던 님을 한 집에서 아침저녁으로 볼 수 있다는 사실을 기뻐한다.

고생을 만나는 순간부터 혼인에 이르기까지 난최의 모습은 그때그때 달라진다. 이러한 모습은 매우 사실적인 인간의 욕망을 자연스럽게 드러내는 역할을 한다. 효나 절 등 관념의 표상으로 그려지던 고소설 속의 인물은 말이나 행동은 물론 마음속의 비례(非禮)도 부정한다. 그러나 실제로 인간은 누군가를 짝사랑하기도 하고 그의 말 한 마디에 천국과 지옥을 오가며, 그 사람과 이루어질 수 없다면 그 사람의 친인척이 되어서라도 자주 볼 수 있게 되는 것을 꿈꾸기도 한다. 남편을 얻은 여자가 시숙에 대한 흠모를 부정하지 않고 도리어 소박한 짝사랑의 행복감에 젖어있는 것은 현실 속에서는 경험할 수 있는 일이다. 그렇기 때문에 서술자는 난최가 행실이 높지는 않지만 본성이 사납지 않다고 말하며 용납하고 있는 것이다. 대개의 고소설 속 인물은 군자나 숙녀로 그들은 우리 머릿속에나 존재하는 도덕적 관념의 형상화였다. 그들은 도덕적 행실이 존재의 근원이 되며 그것이 단 한 순간이라도 어그러질 경우 질타의 대상이 되었다. 그러나 <화씨충효록>은 난최를 무조건 음녀(淫女)로 규정하지 않으며, 순진하지만 때로는 정열에 불탈 수 있는 여인으로 그리고 있다.

1.3. 심씨

심씨는 화욱의 첫째 부인이자 화예의 생모이다. 그녀는 화부의 총부 (家婦)이지만 총부로서의 권한을 행사하지 못한다. 그녀는 화욱의 조강 지처이지만 어리석고 편협하며, 샘이 많아 남편과 화합하지 못한다. 또한 화욱의 부모는 생시부터 그 딸 성부인을 사랑하여 시집을 간 후에도 한집에 거하며 집안의 대소사를 총괄하도록 하였다. 시부모가 구몰(俱沒)한 후에도 성부인은 화부의 가권(家權)을 심씨에게 넘겨주지 않는다. 더구나 가장 화욱조차 심씨가 불초하여 가사를 온전히 책임질 수 없다고 생각하고 누이에게 가권을 전담하게 한다. 심씨는 속으로 억울하고 분하지만 시부모가 생전에 정해 놓은 것이고 또한 남편에게 사랑을 받지 못하는 처지라 자신의 소임을 주장하지 못한다.

총부권(家婦權)을 온전하게 행사하지 못하는 심씨는 자신의 위치와 더불어 아들 화예의 입지에 대해 불안함을 느낀다. 따라서 남편이 총애하는 정씨와 그 아들 화진, 그리고 화진의 두 부인인 윤씨와 남씨를 끊임없이 경계하고 학대한다. 그런데 특이한 점은 심씨가 보여주는 가학의 행동 방식이다.

일반적으로 악인형 의모는 선량한 자식과 며느리를 때리거나 굶기며, 때로는 늑혼(勒婚)을 주선하기도 하고 심한 경우 집안에서 축출하거나 교사(敎死)하는 방식으로 고난을 가한다. 심씨 또한 초반에는 화진과 그의 두 아내 윤씨와 남씨를 철편으로 때리기도 하고 의식을 부족하게 하는 방법으로 학대한다. 그녀는 윤씨와 남씨를 외딴 별원에 따로 두고 노역(勞役)을 과도하게 시키며 기회를 보아 죽이고자 한다. 심씨는 윤씨와 남씨를 괴롭히기 위해 비단 짜는 노역을 시키는데, 이들의 비단 짜는 솜씨가 빠르고 뛰어나며, 수를 놓은 솜씨 또한 정묘하여 그것을 구하고자

하는 사람이 많아지자 태도가 변한다.

> 심시 교시 남소져를 죽이고져 ᄒ나 져의 지죄 신속ᄒ여 삼일의 깁 일필
> 식 ᄧ고 슈션이 졍묘ᄒ여 구ᄒᄂ니 블가슬쉬라 깁 ᄧ이여 팔고 슈 노혀
> 갑 바드미 일노써 죽이지 아니코 쥬야 독촉ᄒ여 시기며 경향 난향으로
> 두 곳을 규찰ᄒ여 치ᄉ관을 삼으니[81]

심씨는 윤씨와 남씨를 죽이지 않고 오히려 비단을 짜고 수놓는 것을
독촉한다. 판매 방식도 다양화하여 단순히 만들고 수를 놓은 후에 매매
를 하는 것이 아니라, 미리 수공을 받고 원하는 옷감이나 한복에 수를
놓아 주는 등 주문 생산 방식을 보이기도 한다.

> 일〃은 모친과 교시 흔복 슈를 보거늘 나아가 ᄌ시 보니 슈틱이 졍묘ᄒ
> 고 졔쟉이 긔이ᄒ여 오치 연〃ᄒ니 무러 왈 엇던 ᄉ롬의 졔쟉이완더 이
> 리 졍공 긔이ᄒ뇨 심시 왈 남시의 손씨니 왕샹셔 신부의 거시라 슈공 쥬
> 고 ᄒ여 가ᄂ이라 경옥이 칭찬 왈 남시는 지죄 겸비흔 ᄉ롬이로다 인셰
> 의 엇지 니갓흔 지 이ᄉ리오 모친이 져를 동원의 두고 종요로이 부리고
> 져 ᄒ시미 심히 요원ᄒ고 졔 임타ᄒ오리니 윤시ᄂ 깁 ᄧ기를 모도 명ᄒ
> 시고 남시ᄂ 슈노키를 명ᄒ샤 거체 옹식ᄒ오니 무방ᄒ오니 남시를 불너
> 틱〃 협실의 두어 직ᄉ를 브즈런니 ᄒ게 ᄒ소셔 심시 올히 여겨 응낙ᄒ
> 니 교시ᄂ 경옥이 남시를 가츅ᄒᄂ 긔식을 슷치고 낫빗치 다ᄅ니 경옥이
> 지긔ᄒ고 눈 흘긔여 변식ᄒ니 교시 분〃이 침소로 도라가더라 심시 일종
> 아들이 명디로 ᄒ미 즉시 남시를 불너 취운누 뒤힉 월왕 져근 방의 너코
> 됴셕음식을 잘ᄒ여 먹이며 의복을 쥬고 슈 노히니 남시 ᄌ가를 갓가니
> 불너 드리고 져기 후디ᄒ믈 보니 의아ᄒ여 박빙을 드딘듯 동원의 고요흠

만 도로혀 못ᄒ더라 [82]

어느 날 화예는 모친 심씨와 첩 교씨가 한복에 놓아진 수를 들고 있는 모습을 본다. 그 솜씨가 정묘하고 기이한 것에 놀라며 화예는 누가 놓은 것인가를 묻는다. 심씨는 남씨가 놓은 것으로, 왕상서 신부가 수공을 주고 맡긴 것이라 한다. 이를 본 화예는 좀 더 효율적인 작업을 위해 윤씨에게는 비단 짜는 일을 맡기고 남씨에게는 수놓는 일을 전담하게 하는 일종의 분업화를 제안한다. 이 말에 따라 심씨는 남씨에게는 수만 놓게 하는데, 거처를 자기 처소 근처로 옮기고 의식을 풍족히 하여 후대 한다. 이것은 남씨가 맡은 수(繡)작업이 더 큰 부가가치가 있음을 나타낸다. 이러한 행위는 심씨가 보여주던 단순한 악인의 형상 외에 좀 더 현실적인 탐욕스러움을 부각시키는 역할을 한다.

1.4. 춘파

춘파는 화부(花府)의 노복 만뇌의 어미이다. 이 노파는 세상살이의 경험 많고 돈을 밝히며 눈치가 빠르다. 춘파는 그 아들이 화부의 있으나 자신은 따로 나와 살림하며, 딸 태섬도 밖 행각에 나와 사는 일종의 외거 노비이다. 그렇기 때문에 화부 내에 거주하는 차환 등과 같은 류이면서도 독립된 살림을 꾸려야 하므로 생활이 넉넉하지 못하다. 춘파는 유부(兪府)의 안채를 드나들며 필요한 것을 얻어가곤 했는데, 취란에 대한 유성희의 총애가 쇠하자 이제는 양아공주의 시아들을 사귀는 모습을 보인다. 이러한 춘파를 금을 주어 유인하고자 하는 취란의 모습에서 춘파의 성격을 단정적으로 알 수 있다.

---

82) 권10, 194~196면.

셤이 문왈 전일 드르니 화노애 고향의 가실 젹 가장 어려온 송스를 므
슨 환약으로 분간ᄒ다 ᄒ거눌 드럿더니 그 약이 어듸 잇느뇨 그듸 ᄋ둘
이 ᄒ가지로 갓던거시니 노파는 즈시 알지니 듯고져 ᄒ노라 픠 쳥파의
ᄎ언을 지긔ᄒ니 엇지 뭇는 연유를 모르리오 반드시 변화ᄒ는 약을 어듸
총을 도모코져 ᄒ는 줄 알고 심하의 깃거ᄒ더라 전일 만뇌 집의 도라와
여러 가지 약을 주며 비밀이 어미드려 파라 쓰라 ᄒ믹 번거이 못ᄒ여 샹
즈의 감초왓더니 취낭지 빅년 디스로 스랴 ᄒ면 응당 듕가로 바들거시니
이런 묘ᄒ 조각을 하날이 지시ᄒ도다 크게 깃거 왈 그쩌 노애 엇던 도스
를 만나 몸을 뒤여 어드시다 ᄒ더 일홈도 모르고 약 묘리도 모르니 다만
드를 만ᄒ엿더니 낭지 엇지 뭇느뇨 악이 왈 부귀 지샹가 쳐첩 스이 약이
이셔 남지 그 약을 먹으면 영〃 바렷던 부쳐 스이 듕졍이 하희ᄀ틱여 남
의 긔소를 블계ᄒ고 슈유블니ᄒ다 ᄒ니 그런 괴이ᄒ 일이 업더라 난이
ᄎ언을 듯고 경동 안식ᄒ여 년망이 문왈 그런 약이 어듸 잇느뇨 픠 왈
노신이 그런 소문은 드럿거니와 약뉘야 어듸 잇는동 알니오 드르니 심산
의 도시 약을 믿드라 셰상의 젼ᄒ고 혹 셔울도 와 화믹ᄒ더 극히 비밀ᄒ
니 졸연이 스지 못ᄒ다 ᄒ더이다 난이 나아 안즈 왈 그듸는 넙이 스쳐로
단니〃 필연 파는 뉴를 알니〃 날노써 스게 ᄒ족 스례ᄒ리라 픠 왈 낭지
후듸 ᄒ시니 은혜 큰지라 힘써 듯보아 젼ᄒ리이다 … 픠 도라와 깃브믈
니긔지 못ᄒ여 즈식드려도 니르지 아니코 십여일 후 유부의 와 난을 보
니 난이 아득히 파를 기드리다가 파를 보니 어미나 본 듯 크게 반겨 방듕
의 드러가 문왈 그듸 그 일을 아라온다 픠 왈 노신이 낭즈의 후의를 넙어
시니 엇지 티만ᄒ리오 동셔로 광구ᄒ여 쥬야 명심ᄒ더니 다힝이 원방 도
시 약뉴를 가져시나 갑시 심히 만터라 난이 디희 왈 갑슨 쳔금이라도 앗
기지 아니리니 므슨 약이 잇더뇨 픠 디왈 약뉘 묘ᄒ여 〃러가지 이시나
ᄒ 환의 빅금식 달나ᄒ더 칠십 냥의 ᄒ여시니 갑시 잇거든 스 쓰라 난이
용약ᄒ여 즉시 은즈 삼빅냥을 주어 회심단 두 환ᄒ고 긔용단 의면단 두
환 만 스오라 ᄯ 은즈 삼십 냥을 주어 츈파의 슈고를 스례ᄒ니 픠 공연이
허다 금보를 어드니 깃브믹 극ᄒ여 즉시 집의 도라와 은즈를 감초고 네

낫 환약을 갓다가 난을 주니[83]

춘파는 하류의 낮은 식견을 가졌으며 술을 좋아하고 돈을 밝히는 인물로 묘사된다. 취란과 시녀 홍섬이 춘파에게 넌지시 예전 화진이 산서 땅에서 개면단과 회면단을 가지고 안삼낭의 송사를 해결한 사건에 관해 묻자, 눈치 빠른 노파는 그들이 요약을 얻어 유사마의 총애를 얻고자 하는 속마음을 꿰뚫는다. 취란이 유사마의 총을 얻기 위해서라면 천금도 아끼지 않을 것을 안 춘파는 짐짓 모른 척한다. 그러면서 서울에서도 판다는 소문만 들었는데 비밀스럽게 거래를 하기 때문에 쉽게 구할 수 없을 것이라며 취란의 마음을 졸이게 한다. 결국 마음이 급한 취란으로부터 약을 구하는 데를 알아오라는 부탁과 함께 수고비를 받아낸다.

집에 돌아온 춘파는 만노가 팔아 쓰라고 가져다 준 요약을 중가(重價)로 팔 수 있다는 기쁨을 이기지 못하며, 심지어 자식들에게도 알리지 않는 치밀함을 보인다. 그녀는 일부러 시간을 끌어 열흘 뒤에야 다시 취란을 찾아가, 자신이 약을 알아보기 위해 수고한 일을 과장해서 말하여 자신에게 유리한 거래가 되도록 분위기를 형성한다. 또한 한 알에 백금을 달라고 하는 것을 자신이 주선하여 칠십 금으로 흥정했다는 공치사를 함으로써 취란에게 약 값 외에 사례금을 두둑하게 받아낸다. 이렇게 노회한 춘파의 모습은 이해에 밝고 시류에 부합하는 당시의 인심을 반영한다.

이상에서 살펴 본 유이숙, 난쵀, 그리고 춘파는 주변 인물로 사건의 중심 갈등에서는 다소 비켜 서 있다. 이러한 인물들은 일반적으로 고유한 캐릭터를 지니지 못한다. 능동적인 개성을 가진 보조인물은 재치 있는 시비나 익살스러운 양반층의 모습으로 악한들을 골탕 먹이거나 경직

---

83) 권33, 244~249면.

된 상층을 조롱하는 역할을 한다.[84] 이들은 표면적으로 작품에 생동감과 현실감을 부여하지만 결국 자기 삶의 주체가 되지 못하고, 자신이 지지하거나 비난하는 중심인물의 삶을 부각시키는 또 다른 전형성을 형성할 뿐이다.

그러나 <화씨충효록>에서 묘사되는 유이숙과 난최 그리고 춘파 등은 보조인물의 전형성을 탈피하는 경향을 보인다. 이들은 그들이 지지하거나 조롱하는 대상과 무관하게 자기만의 욕망을 실현하기 위해 노력한다. 유이숙의 경우 화진의 충성된 가신이지만 상황에 따라서는 화진이나 그의 두 부인에게 근심거리가 될 지도 모르는 첩의 자리에 자기 딸을 추천한다. 이것은 자신의 문호를 흥기할 유일하면서도 가장 좋은 기회이며, 그동안 자신이 화진을 구호한 것에 대한 정당한 대가이기 때문이다. 난최의 경우도 상황에 따라 철없고 무례하며 다소 음란해 보일 수 있는 욕망과 노처녀의 순수함이 교차되면서 여성으로서 지니는 이성에 대한 욕망을 표출하고 있다. 춘파도 악인 취란을 조롱하거나 선인 양아부인을 지지하는 편 가르기의 구도를 초월하여 재산 증식에 대한 개인 욕망을 가장 중요한 처세의 기준으로 삼는다.

악인형 중심인물인 심씨의 경우도 유형화된 악인의 형상과는 별도로 개인적인 물욕을 채우고자하는 모습을 드러낸다. 이것은 윤씨와 남씨에 대한 가학의 형태를 띠고 있지만 실제로는 물욕이 학대의 정도를 완화시키고 있다. 이것은 악인이라는 또 하나의 관념적 틀에서 벗어나는 인간 본연의 모습을 나타낸 것이며, 당시의 인심과 세태를 반영한 것이다. 따라서 작가는 이들에 대해서 부정적으로 평가하지 않고 자연스럽거나 당연한 것으로 여기는 객관적 입장을 보인다.

---

84) 한길연, 「대하소설의 능동적 보조인물 연구」, 서울대 석사논문, 1997, 9~39면.

이렇게 <화씨충효록>의 인물 형상은 인물이 고정된 틀에 얽매는 것을 거부한다. 관념에 경도되기 쉬운 인물들에게는 인간적 갈등과 고뇌의 모습을 부여함으로써 상황에 따라 울고, 웃고, 원망하게 한다. 때에 따라 과도하게 감정적이 되기도 하지만 적어도 그 순간만큼은 인물이 이념의 틀에서 자유롭게 된다. 또 현세적 욕망이 강화되는 인물들을 통해서는 당대의 인심과 세태를 반영하고 있다. 이러한 형상화의 양상은 인물을 한 면으로 고정화시키지 않고 상황에 따라 변화하는 인간의 심리를 포착함으로써 가능해 진 것으로 볼 수 있다.

2) 편력구조(遍歷構造)를 활용한 서사 확대

'편력(遍歷)'이란 두 가지 의미를 지닌다. 하나는 '이곳저곳을 널리 돌아다님'이고, 다른 하나는 '여러 가지 경험을 함'이다. 문학적 전통에서의 편력은 주인공이 세상을 주유하며 다양한 인물과 상황을 경험하는 서사 구조를 지칭하는 것으로, 17세기 초 동서양 소설의 장편화와 연관성이 깊다. 서양에서는 1605년에 창작된 에스파냐의 <돈키호테>에서 편력구조가 확인되는데[85], 이 작품은 인생 전체를 포괄하는 대작으로 평가받고 있다. <돈키호테>는 1915년에 최남선에 의해 번역되어 읽히기도 했다.[86]

동양의 경우 <서유기>가 편력구조를 취하고 있다. <서유기>는 명대의 대표적인 신마소설로 동서남북으로 이루어진 『사유기(四遊記)』중의 하나이다. 대개 100회로 되어 있는 것이 성행하여 유통하는데, 그 가운데 14회 '心猿歸正 六賊無踪'에서 99회 '九九數完魔滅盡 三三行滿道歸根'

---

85) 베쓰야쿠 미노루, 송선호 역, 『(돈키호테로부터) 세상을 편력하는 두 기사 이야기』, 성균관대 출판부, 2005.
86) 최남선, 「돈기호전기」, 『청춘』4, 新文館, 1915.

까지는 현장의 일행이 천축으로 들어가는 도중에 겪게 되는 81난이 중심 내용이다.[87] <서유기>의 영향 아래 1603년 경 명나라의 등지모(鄧志謨)가 지은 <비검기(飛劍記)>도 편력구조를 사용하고 있다. 이 작품은 주인공 여동빈이 신선이 되기 위해 공덕을 쌓고 제도(濟度)할 사람들을 찾는 과정을 편력구조의 틀 속에 담고 있다.

편력구조는 인물이 세상을 두루 다니며 보고 들은 것을 중심 내용으로 하기 때문에 대부분 세태 풍자적 성격을 지닌다. 앞서 말한 <돈키호테>는 물론 1726년에 나온 영국의 <걸리버 여행기>도 편력구조를 취하는 풍자소설로 분류된다. <비검기> 역시 결말 부분에서 세상을 두루 경험하고 난 후 인물의 진술을 통해 당대를 향한 세태 비판적 생각을 드러내고 있다.[88]

이러한 편력구조는 피카레스크식 구성과도 유사성을 지닌다. 피카레스크식 구성은 주인공이 여행을 하는 구성으로, 그 여행을 통해 주인공을 여러 종류의 상황과 다양한 계층의 사람들 속으로 들어가게 된다.[89] 피카레스크식 소설도 편력구조와 마찬가지로 부패한 사회상을 반영하는 풍자소설에 주로 사용된다. 그러나 차이점은 주인공이 악한이나 떠돌이로 부패한 사회상을 역으로 이용하며 부정을 저지르다가 궁극에 가서는 도덕적으로 탈바꿈하는 모습이 보인다는 것이다. 따라서 일명 '악한(惡漢) 소설'로 불리며, 중국의 경우는 <수호전>이 유사한 구조적 특징을 보인다.[90]

---

87) 『西遊記』, 吳承恩, 內蒙古文化出版社, 2006.
88) 『飛劍記』, 상해고적출판사, 1990, 174면. "雲房子又問純陽子說道 你當初誓欲化度世人 度有幾否 純陽子道 人心奸險 未易度化 止度有何氏女一人而已."
89) Walter Allen, *The English Novel*, Penguin Books, 1958, 32면.
90) 이혜순, 『<水滸傳>연구』, 정음사, 1985, 159~195면.

<화씨충효록>의 구조적 특징 가운데 하나는 인물들의 여정이 대폭 확대, 강화된다는 것이다. 이들은 길을 나서서 다양한 계층의 사람들을 만나고 여러 가지 상황 속에 개입하며 세상의 변화하는 모습을 목격하게 된다. 이러한 점을 놓고 보면 피카레스크 구성과 유사한 성격을 지닌다하겠다. 그러나 인물의 성격이 악한이나 떠돌이가 아닌 당대 이념에 충실한 인물들이다. 이들은 당대 사회의 규범을 수호하는 인물들로 부패한 사회상을 목도하지만 그것을 역이용하지 않는다. 따라서 결말에 종교에 귀의하거나 도덕적 인물로 환원될 필요가 없다.

따라서 <화씨충효록>의 구조는 피카레스크식 구성보다는 편력구조와 가깝다고 볼 수 있다. 여기서의 편력은 그동안 성적 경험과 연관하여, 1인 남성인물과 여러 여성인물들과의 결연을 중심으로 하는 서사 구조를 설명하는 용어로 사용되던 것과[91] 다르다. 본래의 개념 그대로의 편력을 의미한다. 본 장에서는 편력구조의 활용이라는 측면에서 <화씨충효록>이 어떠한 서사적 특징을 지니는가에 대해 살펴보겠다.

1. 여정(旅程)을 통한 경험의 확장

진제독은 양도독의 참소로 위태로운 상황에 처한다. 이때를 타 양도독의 아우 양참정은 진제독의 딸 채경에게 혼인을 강요한다. 진채경은 부친의 면사(免死)를 위해 청혼을 받아들이고 진제독은 운남으로 정배된다. 부친이 적소에 다다랐을 무렵 진채경은 남복을 하고 숙부 진처사가 있는 회람을 향해 길을 나선다. 여기서부터 진채경의 여정은 시작된다. 채경은 길을 떠나면서 자신의 본가를 세놓는다. 이것은 자신이 집을

---

91) 정길수, 「17세기 동아시아 소설의 遍歷構造 비교 - <구운몽>·<肉蒲團>·<好色一代男>의 경우」, 『고소설연구』21, 2006.

비우는 동안 집이 퇴락하는 것을 막고 거느리던 창두들의 생계와 자신의 노자를 마련하기 위해서이다. 그녀는 세를 주기로 한 장주사에게 미리 은전을 받아 그것을 창두들에게 주며 생계를 위한 이익활동의 자본으로 삼되, 무엇보다 본전을 잃지 말라고 당부한다.

화셜 션시의 진소졔 양가를 속이고 낭슈와 낭ᄋ 등으로 더브러 남쟝을 고치고 회람을 향ᄒ여 ᄂ아갈시 길히 익지 못ᄒ여 젼〃이 므러 힝ᄒ니 날이 더디더니 길힝ᄒᄂ지 오륙일의 ᄒᆫ 곳의 니ᄅ니 셰 길히 잇셔 아모디로 갈쥴 몰나 방황ᄒ더니 일인이 지ᄂ거ᄂᆞᆯ 므러 왈 회람 길흘 어디로 가리오 기인이 드론체 아니커ᄂ놀 낭쉬 본셩이 급ᄒᆫ지라 문득 셩ᄂ여 왈 촌민ᄆᆡᆼ이 눈이 업도다 우리 공ᄌᄂᆞᆫ 경화 귀공ᄌ시고 엄승샹의 외싱이시니 회람의 근친 가시거ᄂᆞᆯ ᄒᆫ번 입 여러 ᄀᆞᄅ치미 무슨 히로오미 잇ᄂ뇨 기인이 엄승샹 셰ᄌ를 듯고 〃두왈 촌민이 눈이 〃셔도 틱산을 몰나 보니 죄 죽어도 남을소이다 진소졔 완이 소지왈 너ᄂ 말을 긋치고 다만 길흘 ᄀᆞᄅ치라 기인이 본디 염한으로 샹부의 소곰 밧치라 가셔 인졍이 젹다ᄒ고 승샹긔 고ᄒ고 팔십여 쟝을 쳐 니치니 ᄆᆡ이 원앙ᄒ다가 엄승샹의 외싱이라 ᄒ니 믄득 한을 플고져 ᄒ여 좌역길을 ᄀᆞᄅ쳐 져 길노 가면 회람 길이라 ᄒ고 븟비 가거ᄂᆞᆯ 낭구 등이 소져의 나귀를 븟비 모라 좌녁길노 드러가니[92]

양가(梁家)의 늑혼을 피하여 시비 낭수, 낭아 등과 함께 남장을 하고 길을 나선 진소저는 숙부 진처사와 오라비 진청운을 찾아 회람으로 향한다. 규중의 처자로 길이 익숙하지 않아 물어물어 가다가 세 갈래 길에 이른다. 어디로 향해야 할 지 몰라 당황해하던 일행은 마침 지나가는 행인 하나를 발견하고 길을 묻는다. 그러나 행인은 이들의 말을 들은 척도

---

92) 권8, 55~56면.

하지 않는다. 성격 급한 낭수가 행인을 격동하기 위해 진소저를 경사(京師) 엄숭의 외생(外甥)이라 하자, 촌민은 크게 놀라고 겁을 내며 길 한 편을 가리킨다.

이 사람은 근본이 소금바치로 마침 경사 상부에 소금을 공납하러 갔다가 인정(人情, 뇌물)이 적다고 도리어 곤장 팔십여 대를 맞고 원망하며 오는 길이었다. 그런데 마침 엄승상 외생이라 하자 엄부에서 받은 한을 풀기 위해 잘못된 길을 가리키며 회람 가는 길이라 하고는 바쁘게 그 자리를 떠난 것이다.93)

소금바치가 길을 잘못 일러주어 진채경이 회람으로 가는 여정은 더뎌진다. 그리고 잘못된 길로 접어들면서 또 다른 사건에 휘말리게 된다. 진채경 일행은 깊은 산중으로 들어서게 되는데, 날은 저물고 밤안개마저 끼어 앞길이 보이지 않는다. 호노(狐猱)의 소리까지 들리는 위태로운 국면에 처한 그들은, 다행히 작은 오솔길에서 걸어 나오는 여승 하나를 발견한다. 그 여승은 태악산 자하동 석장암에 거하는 승려이다. 여승은 진채경 일행이 깊은 산중에까지 들어온 것을 보고 놀라며 그 산에 도적의 무리가 있어서 행인은 물론 암자도 수탐(搜探)한다고 경계한다. 여승의 말에 진채경 일행은 두려워 어찌할 바를 몰라 한다.

이때 여승은 자신의 암자는 주지 니고와 도적의 장수가 사귀기 때문에 안전하다는 이야기를 한다. 이 말을 들은 진채경 일행은 절박했던 상황에서 벗어나기 위해 간절히 부탁하여 여승의 처소로 간다. 여승은 어쩔 수 없이 진채경 일행을 자기 처소로 인도하는데, 가는 도중에 또 하나

---

93) <화씨충효록>의 작가는 세심한 곳에서 매우 사실적이다. 상층의 고관들은 끝없는 비행에 비한다면 촌민의 거짓말은 雪恨의 방식이라고 하기에는 너무 미약하다. 그럼에도 불구하고 순진한 촌민이 거짓말을 하자마자 바삐 가는 그 뒷모습을 놓치지 않고 그려냄으로써 뻔뻔스럽지도 못한 村心을 읽을 수 있게 한다.

의 경계를 한다. 암자에 있는 여승들 가운데 나이 어린 무리가 있어서 진채경 같은 젊은 수재(秀才)를 보면 사랑해서 붙잡고 내어 보내지 않는다는 것이다. 그렇기 때문에 방 가운데 깊이 숨어 있으며 불을 켜서는 안 된다고 주의를 준다. 진채경은 여승의 말대로 어두운 방 안에서 밥을 먹고 한 구석에 엎드려서 하룻밤을 보낸다.

여승은 동틀 무렵 진채경 일행을 재촉하여 길을 나서게 한다. 다른 여승들의 눈을 피해 아침 일찍 급하게 길을 나선 진채경은 들어왔던 길을 따라 나가다가 큰 길가의 객점 주인에게 길을 물어 회람가는 길로 접어든다. 가는 도중 또 다시 날이 저물어 근처 웅장한 대문을 보고 그 집 주인에게 의탁하기를 청한다. 이곳이 바로 초현 땅 서한의 집이다.

서한은 본래 거족(巨族)으로 공명을 구하지 않고 가업을 지키며 사는 호부(豪富)이다. 그는 정실에게서 아들 하나와 부실 공손씨에게서 딸 하나를 두었다. 아들 서귀는 학당에 다니며 향시를 준비하고, 딸 난죄는 혼사마다 뜻이 맞지 않아서 이십이 되도록 취가하지 못하고 있다.

진채경이 고생이라고 소개하고 서한의 집에 머물자, 서한은 그의 뛰어남을 보고 가서(佳婿)로 삼을 뜻을 두지만, 진채경의 나이가 너무 어려 안타깝게 여진다. 진채경은 하루를 서한의 집에 의탁하고 길을 나서는데, 진채경을 엿본 난죄는 그 아름다움에 반하여 평생 반려로 삼을 뜻을 둔다. 난죄는 사람을 시켜 거짓 강도를 하게 하여 진채경의 행자(行資)와 나귀를 빼앗아, 다시 서부(徐府)로 돌아오게 한다. 그날 밤 난죄는 진채경의 처소에 들어가 자신의 뜻을 밝히며 적극적으로 구애를 한다. 훗날 예를 갖추어 맞이하겠다는 임기응변으로 위기를 모면한 진채경에게 이번에는 서한이 자기의 아들 서귀를 위해 과거에 대작(代作)해 줄 것을 청한다.

서한은 문리(文理)를 통한 사람으로 진채경을 청하여 문묵(文墨)을 의 논하고 고금을 강론한다. 그는 진채경의 문식(文識)이 뛰어나고 박고통금(博古通今)한 것을 알고는 부벽서(付壁書)를 청한다. 진채경은 주인의 마음을 기쁘게 한 후 약간의 행자나 받을 생각으로 글을 써준다. 진채경의 글을 본 서한은 그 필체가 뛰어난 것을 보고 칭찬하고 기뻐한다. 그리고 마음속으로 향시를 보러간 아들 서귀의 대과(大科)가 멀지 않았으니 진채경을 머물게 하였다가 아들이 입과(入科)할 때 시문을 대작하게 해야겠다고 결심한다. 서한은 진채경 노주(奴主)를 극도로 후하게 대접하지만, 길을 떠날 수 있는 경비에 대해서는 일체 언급하지 않는다.

　수십 일 후 경사(京師)에서 서귀가 돌아와 향시에서 오십 재하였다는 소식을 전하자, 서한은 기뻐하며 아들에게 진채경을 머물게 한 이유를 설명한다. 서귀는 아버지의 말을 듣고 기뻐하며, 사실 자신이 이번에 향시에 못 들 번 하였는데, 제호에게 300냥 은을 드려서 말방(末榜)에 든 것임을 밝힌다. 그리하여 서한은 진채경에서 자신의 상황을 설명하면서 아들의 대작을 부탁한다. 난최의 일로 곤혹을 치렀던 진채경은 서귀를 위해 대작하면 부모에게 돌아갈 수 있는 행리를 마련해주고 무엇보다 추후 다른 청을 하지 말라는 조건을 제시하고 허락한다. 진채경은 서귀를 위해 함께 경사에 올라가 시문 세 장을 대신 써주어 등과하게 하고 길을 나선다.

　이렇듯 여러 가지 우여곡절을 겪으며 숙부가 있는 회람에 도착했지만 숙부와 오빠 진청운은 이미 양참정의 화를 피하여 어람 땅 안보산으로 들어가 종적이 없다. 갈 곳을 잃고 어찌할 바를 모르고 있던 진채경은 마침 그 앞을 지나던 진처사의 고우(故友) 단도를 만난다. 단도는 진채경의 처지를 안타깝게 여기고 빼어난 자질을 사랑하여 자신의 집에 머물게 한다. 진채경은 단부(段府)에 거하면서 단부 형제들의 스승이 되고,

또 단소저의 청혼을 받는 등 부모가 있는 운남까지 가는 여정에서 수많은 일들을 겪게 된다.

진채경 뿐만 아니라 <화씨충효록>에 나오는 사건 중 흥미로운 화소들은 주로 인물이 길을 나서 목적지까지 이르는 도중에 발생한다. 화진은 성홍의 살인 죄수로 양주에서 경사로 이송되었다가 촉 땅에 정배된다. 그는 촉으로 가는 도중 민주 땅에 머무는데, 그때 수행 심복인 유이숙과 왕겸이 심하게 앓는다. 이 때를 타 범한에게 매수당한 채관 이숙과 배삼은 화진 일행을 굶기고 죽일 계획을 세운다.

> 비삼 왈 다 병든 놈들이오 여러 날 굴머시니 긔력이 업술지라 미온 소쥬의 비상을 타 거줏 니르디 약을 먹으면 병이 조흐리라 ᄒ니 먹으라 ᄒ여 아니 먹거든 꾸지져 니르디 우리 구의 문셔를 맛튼 스람이 너희를 위ᄒ여 머믈고 치칙을 맛ᄂ랴 슈히 먹고 조하 니러ᄂ라 ᄒ고 우김질노 먹이고 인ᄉ를 모로거든 쥬인집 쟝셕을 갓다가 덥고 불을 만히 씨면 져의 항우 갓ᄒ여도 ᄌ〃 죽기를 면치 못홀 거시니 셰 입 쓸 걸 어더 마라 져 건넌 뫼히 초빙ᄒ고 가면 뉘 알니오 [94]

이들은 병들고 굶어 기력이 없는 화진과 유이숙, 그리고 왕겸에게 독한 소주에 비상을 타 독살할 계교를 짠다. 이때 연안부 지휘관 유성희가 옆 방에서 이들의 이야기를 듣고는 채관이 소주와 약을 사러간 사이에 화진 일행을 구호한다. 화진과 유성희는 서로의 덕과 인품을 흠모하여 결의 형제를 맺는다. 술에 취한 상태로 소주와 약을 사오던 채관은 유성희의 등장으로 놀라 당황해 하다가 결국 유성희의 위협에 범한에게 매수당한 사실을 직고한다.

---

94) 권17, 157~158면.

　정배지인 촉 땅에 도달한 화진은 이백의 고적 추향정으로 산천 구경을 나갔다가 정자 벽 상에 제영한 것 가운데에서 곽항노와 남표의 글을 발견한다. 정자에 모인 선비들에게 청성산 운수동의 곽항노가 은거하는 고사(高士)라는 것과 남표가 그의 붕우라는 사실, 그리고 무이산에 사는 도사 은진인에 대해 듣는다. 화진은 우선 남표의 정체를 알기위해 곽항로를 찾아 청성산으로 간다. 청성산 곽처사의 집에서 남표와 한부인을 만난 화진은 그가 부인 남씨의 부모임을 알고 사위의 예를 다한다.

　　싱이 심하의 디열ㅎ여 정셩으로 ㅊㅈ 보기를 졍ㅎ민 이의 하직 왈 소싱은 국가 죄쉬라 젹소를 오릭 쩌나지 못홀지라 명일이 쏘 망일이니 고을셔 졈고홀지라일즉 도라가려 ㅎᄂ니 후일 다시 틈을 어더 존하의 등비ㅎ리이다 … 싱이 햐쳐의 니르니 이슉이 마ᄌ 왈 샹공이 어디 가 밤을 지니고 오시니잇가 싱이 답왈 곽션싱 부듕의 가 머무럿거니와 명일 고을셔 졈고홀 날이니 고을 ᄉ롬이 왓더냐 이슉 왈 아니 왓더이다 졍언간의 티슈관이 니릭러 본부 대애 샹공긔 젼ㅎ시디 명일이 녜ᄉ ᄎ례 졍훈 날이니 샹공이 몸이 블평ㅎ시거든 시인으로 디ㅎ소셔 ㅎ시더이다 싱이 샤례ㅎ여 도라보니고 명일 이슉을 졈고의 보니민 혼ᄌ 초ᄉ의 안줏더니[95]

　유배지인 촉 땅에서 남어사와 곽선공을 만난 화진은 한담을 하며 하룻밤을 머물고 다음 날 하직을 고한다. 아쉬워하는 남표 부부에게 화진은 자신이 국가 죄수로 내일 점고를 받아야 하기 때문에 하직을 고할 수밖에 없는 사정을 이야기한다. 처소에 돌아온 화진은 점고를 위해 관리가 왔는가를 묻는다. 조금 후 태수관이 와서 '명일 점고는 예사로 정해진 것이니 화진의 몸이 불편하다면 시인(侍人)으로 대신해도 좋다'는 태

---

95) 권19, 365~367면.

수의 말을 전한다. 화진은 태수관에게 사례하고 다음날 자신을 대신하여 이숙을 점고에 보낸다.

화진은 다시 길을 나서 무이산에 산다는 은진인을 찾아간다. 가는 도중 산 속에서 화진은 악호(惡虎)을 만나 죽을 위기에 봉착한다. 그 때 은진인 송형선생이 나타나 화진을 위기에서 구한다. 은진인은 화진에게 천상의 전생과 지상의 곤액을 알려주고 병서와 조화법을 가르친다.

> 텬스와 군관이 홀일업셔 됴셔를 상상의 봉안ᄒ고 아중의 드러가 소유를 젼ᄒ니 태쉬 더경ᄒ여 싱각ᄒ디 죄인을 ᄆ음 노하 놀게ᄒ 이를 졈고 아니턴 죄샹이 젹지 아니리니 쟝찻 큰일이 느리로다 가쟝 초조 번민ᄒ여 급〃히 힝문을 써 치인을 발졍ᄒ여 무이산으로브터 일홈난 산듕 도관과 스찰의 슈식ᄒ여도 형영이 업고 은진인은 속연이 츳ᄌ보미 만무ᄒ지라 타향인이 그 묘리를 험ᄒ 산듕의 드러갓다가 싀호의 희를 입으미 분명타 ᄒ니[96]

화진이 은진인을 만나기 위해 무이산에 간 사이, 경사에서는 유성희의 추천으로 천자가 화진의 죄를 사하고 조경략의 군중에 백의종군 하라는 조서를 내린다. 화진의 사면령을 가지고 천사(天使)가 촉 땅 지부에 도착하자 태수는 유배 죄수인 화진의 점고를 제대로 하지 않고 자유롭게 다니게 한 자신의 죄과가 보고될 것을 걱정한다. 그리하여 화진을 찾는 행문을 쓰고 차인을 발정하여 무이산 속 유명한 산중 도량과 사찰을 수색하게 한다.

적소에 돌아온 화진은 사면령을 받고 조경략의 군중에 백의종군하여 연안부로 가는 길에 풍랑을 만나 배가 원래 목적지와 정 반대인 산동에

---

96) 권20, 390~391면.

이른다. 산동에서 급제하여 돌아오는 윤여옥을 만나 윤부에 며칠 머물게 된 화진은 윤씨와 화합하고 조카 성홍이 자신의 아들로 태어날 것을 암시하는 태몽을 얻는다.

산동을 떠나 연안부에 이른 화진은 왜적 서산해를 물리치고 교지국을 안돈한 뒤 다시 동관의 호적 이통을 처단하는 등 공업을 이룬다. 그 과정에서 산중 암자에 은둔하던 남씨와 상봉하고 돌아오는 길에 소주에 머물게 된다. 그곳에서 화진은 소주 지부가 준 예물 가운데 자신이 윤씨와 남씨에게 주었던 빙물이 있음을 발견한다. 소주를 떠나 은주에 이르자 성준이 천자의 명을 받아 화진의 군사를 맞이하고 호궤(犒饋)한다. 은주 태수가 잔치 기구와 미녀 십 인을 뽑아 보냈는데 화진은 미녀들을 돌려보냈으나, 그 중 낭주 기녀 취란을 유성희가 몰래 취한다.

은주를 떠난 화진은 다음 날 무석현에 이르러 밤을 지내게 된다. 깊은 밤 갑자기 광풍이 불어 머리의 관이 떨어지자 화진은 요인이 자신의 목숨을 노리고 있음을 짐작한다. 며칠 뒤 소주 무관에서 자객의 침입을 받았는데, 그는 다름 아닌 성홍을 죽이고 범한과 교씨와 더불어 달아난 누급이다. 범한은 변성명하고 소주에서 교씨를 단장시켜 손님을 받게 하고, 함께 데리고 온 난요와 화용을 창가에 팔아넘기는 등 불의한 일로 생계를 삼는다. 그러다 화진이 대원수가 되어 서안을 정벌하고 경사로 돌아온다는 소식을 듣고 누급과 더불어 화진이 소주를 지날 때를 이용해 죽일 것을 도모한 것이다. 누급은 화진의 처소에 침입하였다가 화진의 계교로 사로잡힌다. 누급의 이실직고로 화진은 범한과 교녀를 잡는다.

이렇게 여러 차례의 위기와 고난을 극복하고 공업을 이룬 화진은 다시 경사를 떠나 고향 양주로 향한다. 가는 도중 형 화예의 갑작스런 발병으로 산동성 지부에 머물게 된다. 그때 지현이 화진에게 와서 자신의 마을에서 발생한 송사 하나를 아뢰며 처결을 부탁한다. 이것은 마을 사람 안삼낭의 진가 쟁송로, 장평이 개용단을 이용하여 안삼낭의 모습을 하고 그 부인 조계취를 속여 동거한 사건이다. 화진은 회면단을 이용하여 이 문제를 해결한다.

이렇게 <화씨충효록>은 인물이 이동하는 과정을 따라 사건을 삽입하는 편력구조를 취하고 있다. 진채경의 경우 경사를 떠나 회람, 다시 운남에 이르기까지의 과정에서 수많은 사건과 인물들을 경험하며 다양한 삶의 모습을 목도하게 된다. 그녀는 길을 나서기 위해 주택을 임대하고, 상부에 소금을 공납하는 계층을 만난다. 또한 서난최와 같이 적극적인 욕망을 지닌 여성을 대면하고 과거 대작에 가담하기도 한다. 화진 또한 양주에서 경사-민주-촉-청성산-무이산-산동-연안부-동관-촉-소주-은주-경사-양주 등 수많은 여정을 거치면서 여러 가지 사건에 개입하고 또 앞서 발생했던 사건을 해결하기도 한다.

작품 안에서 인물의 여정은 마치 실 꿴 바늘이 구슬을 꿰어나가듯 여러 사건과 상황을 이어간다. 이러한 전통은 <구운몽>과 <사씨남정기>에서도 발견된다. <구운몽>이 양소유를 중심으로 8선녀와의 결연을 편력구조를 통해 이어갔다면, <사씨남정기>의 편력구조는 사씨의 여정을 통해 고난을 극대화하기 위한 장치로 활용되었다. 후기에 오면 편력구조를 교양의 확대를 꾀하기 위해 사용하는 작품도 등장한다. 여행과정을 따라 보고 느끼는 정경과 감흥을 한시를 읊조리는 <삼강명행록>이 그것이다. <화씨충효록>은 이러한 편력구조의 전통을 계승하면서도 애정 편력이나 고난의 편력, 또는 교양의 편력과는 다른 경험의 확대를 꾀하고 있다.

<화씨충효록>이 보여주는 경험은 문학적 경험과 사회적 경험으로 나

눌 수 있다. 문학적 경험은 <구운몽>이나 <옥루몽> 등에서 보이는 자객 이야기, 그리고 장편 국문소설에서 흔히 보이는 개용단 화소를 <유연전>과 같은 송사소설과 <옹고집전>에서 보이는 진가 쟁송 화소와 결합시켜 편력구조 속에 편입시킴으로써 실현하고 있다.

그러나 좀 더 큰 비중을 차지하는 것은 사회적 경험이다. <화씨충효록>이 편력구조를 통해 꾀하고 있는 경험의 확대는 당대의 사회상과 관련이 깊다. 진채경이 만난 염한(鹽漢)은 당시의 민정을 보여주는 역할을 한다. 상부에 생필품이나 지방의 특산물을 공납하는 일도 인정(뇌물)이 따르고, 심지어 인정이 없으면 물건을 올리고도 죄인처럼 장형을 맞는 주객전도의 상황이다. 18세기 중반의 조정에서도 이와 유사한 일이 보고되었다. 남양부사(南陽府使) 류세덕(柳世德)이 '어호(漁戶)와 염한에게 싼 값으로 미리 지급하고서 그보다 열 배 비싼 값으로 강제 징수하여 자기 집에 실어 보내는 것으로 이득을 취하였다.'는 것이다.97) 염한의 공납에 관한 일은 조선 초기부터 논란의 대상이 되어 왔으며,98) 조선후기의 대표적인 민폐의 하나가 되었다.99) 염한과 관련한 화소는 당시 공납의 현실을 반영한 것이라 하겠다.

화진이 경험하는 유배지의 생활 또한 매우 사실적이다. 고전소설에서 남성 주인공의 대표적 고난 화소인 유배는 매우 추상적이고 관습적으로 사용되는 것이 일반적이다. 그러나 <화씨충효록>에서는 유배지에서의

---

97) 『英祖實錄』27年, 閏5月 乙亥. "南陽府使柳世德 預給廉價於漁戶鹽漢 勒捧十倍之直 馱送私第 請罷職."

98) 『世宗實錄』1年, 10月 乙未. "鹽干一年每戶貢鹽二十四石 甚苦之 公私奴婢之貢 每年 不過麤布一二端 以是觀之 鹽戶之貢太重 乞減其半 漸曰 魚鹽之利 其出無窮 雖收二 十餘石 未爲重斂 況國用將不足乎."

99) 『英祖實錄』1年, 12月 乙酉. "前縣監河必圖 應旨上疏 陳民弊 … 其四 京各司案付船 夫鹽漢侵徵事也 請令本官 查正代定."

생활을 적객(謫客) 점고(點考)라는 것을 통해 구체화시키고 있다. 매월 초하루와 보름에 고을 수령이 모든 관속을 점고하는데 이때 유배 죄인의 점고도 함께 이루어진다.[100] 그러나 유배 죄인이라 하더라고 개인적 친분이 있거나 혹은 사면의 가능성이 있는 유배객에게는 편의를 봐주기도 한다.[101] 이러한 관행 속에서 적객 점고는 본인이 직접 가지 않고 시인을 대신 보내는 등 매우 형식적으로 이루어지고 있는데, <화씨충효록>은 이러한 모습을 구체적으로 반영하고 있다.

이 외에도 당시의 주택 임대, 자기 욕망에 적극적인 여성, 과거의 대작, 소주에 비상을 타는 민간요법, 여승들의 문란과 도적의 발흥, 관부 잔치에 지방 관부에서 기녀를 바치는 관행[102] 등 수많은 사회적 현상들이 작품 속에 나타난다. 이렇듯 <화씨충효록>은 편력구조를 통해 독자로 하여금 자연스럽게 여러 가지 문학적·사회적 경험이 가능하도록 하였다.

2. 어긋남을 통한 서사의 지연

<화씨충효록>은 인물이 이곳저곳을 돌아다니면서 여러 가지 경험을 하는 편력구조를 취하고 있다. 앞 장에서는 인물의 여정을 따라 문학적·사회적 경험이 확대되는 측면에서 서사의 확장을 살펴보았다. 그런데 <화씨충효록>과 유사한 구조를 지니는 <구운몽>이나 <사씨남정

---

100) 정연식, 「조선시대의 유배생활-조선후기 유배가사 에 나타난 사례를 중심으로」, 『인문논총』9, 서울여자대학교, 2002, 105~129면.

101) 서영대 외, 『63인의 역사학자가 쓴 한국사 인물열전(1)』, 돌베개, 2003.

102) 은주 관부에서 벌이는 잔치에 차출된 기녀 가운데 낭주 기녀 취란이 있다. 조선후기에는 京妓를 혁파하였기 때문에 進宴 있을 때 지방 기녀 중에서 뽑아 올리고 끝나면 내려 보냈다. 조재희, 「조선후기 서울기생의 妓業 활동」, 이화여대 석사논문, 47~54면, 2005.

기>는 편력의 주체가 1인 인물에 집중되는 경향을 보인다. <구운몽>은 편력의 주체가 양소유이며 <사씨남정기>는 사정옥이다. <사씨남정기>의 경우 후반부에 유연수가 유배를 가지만, 이때의 유배는 유연수의 고난을 상징하는 추상성을 지니므로 여정을 통해 드러나는 내용이 구체성을 지니지 못한다.

<화씨충효록>은 편력의 구조에 복수 주체를 설정하고 있다. 또한 그들의 여정이 중반부에서 교차되기도 하는데, 이것은 <사씨남정기>에서 사정옥과 유연수의 여정의 교차 지점이 바로 대단원으로 이어지는 것과 다르다. 사정옥과 유연수는 편력의 교차점이 공간 뿐 아니라 시간적으로도 일치하여 '해후'를 이루고 화해와 일치의 결말로 빠르게 연결된다. 그러나 <화씨충효록>은 두 인물의 편력이 동일한 공간을 거치지만 시간적으로 불일치한다. 즉 서로 어긋나면서 번갈아 일어나는 양상을 보인다.

앞서 살펴 본 바대로 진채경은 우여곡절을 거쳐 회람 땅에 도착한다. 그러나 진처사의 집은 비어 있고 이웃 사람들에게 물어도 작년 가을에 어디론가 떠났다는 것 외에는 알 수가 없다고 한다. 실의하여 슬피 울고 있는 진채경 앞에 한 대관(大官)이 이르러 우는 이유를 묻는다. 진채경은 자신은 경사 사람인데, 화를 당하여 진처사에게 의탁하려고 찾아 왔다가 그 거처를 몰라 슬퍼한다고 아뢴다. 이 대관은 다름 아닌 단도로, 진처사의 오랜 벗일 뿐 아니라 그 부인 윤씨는 윤시랑의 친매(親妹)이자 진채경 모친의 종형제이다. 단부(段府)와 친척이 되는 것을 모르는 진채경은 그가 진처사의 벗이라는 말을 듣고 자신은 진처사 부인의 조카인 고경이라고 말한다.

단도는 진채경의 언어동지가 빼어남을 보고 자신의 서랑으로 삼고자

하여 단부에 머물 것을 청한다. 단도의 아들 3형제는 진채경의 옥같은 용모와 뛰어난 견식을 흠모하여 사제의 예와 형제의 정으로 사귄다. 단공자는 부친이 진채경을 서랑 삼고 싶어 하는 뜻을 전하자, 진채경은 복중 정혼녀가 있고 또 부모께 고하지 않고 혼인을 정할 수 없다는 이유로 사양한다. 단공자는 정혼녀에 대해 단지 서씨라고만 할 뿐 분명하지 말하지 않는 진채경의 태도를 보고 거짓으로 칭탁한다고 여기고 발끈한다. 진채경은 할 수 없이 서씨를 취한 후 단소저를 취하겠다고 허락한다. 단부의 후대로 평안한 생활을 하나, 부모의 소식을 몰라 슬퍼하던 진채경은 단공자가 읽고 있던 서울의 조보를 보고 순천의 추관이었던 서귀가 진제독의 적소인 운남으로 전관되었다는 사실을 알게 된다. 이에 진채경은 서귀와 함께 운남으로 부모를 만나러 떠난다.

한편 윤여옥은 정혼녀 진채경이 양참정의 늑혼을 피해 길을 나서며 보낸 서찰에서 자결의 뜻을 보고 슬퍼한다. 그는 부모에게 자신 때문에 수절(守節) 유리(流離)하는 진채경을 위해 삼사 년 그 종적을 방문(訪問)하다가 그래도 소식을 모르면 다른 곳에 취처하겠다고 한다. 삼 년이 지나도 진채경의 소식은 없고 윤여옥이 여전히 다른 곳에 정혼하기를 꺼려하자, 윤시랑은 아들의 혼사가 늦어가는 것과 사속(嗣續)을 걱정하여 백한림의 차녀 선빙과 정혼한다. 그러던 어느날 윤여옥은 백한림 부중에서 '퍼진 허리와 작은 키, 가증스러운 면목에 코는 낮고 눈은 크며 머리가 누런' 봉두귀면(蓬頭鬼面)의 소저를 보게 된다. 대경실색한 윤여옥은 귀형(鬼形)의 소저를 백선빙으로 여기고 진채경 같은 절세가인을 잃고 추물과 혼인하게 되었다며 결단코 취하지 않겠다는 다짐을 하고 진채경을 찾으러 회람으로 향한다.

단삼낭이 십이셰러니 웃고 갈오디 형이 호식ᄒᆞ니 우리 셔당의 잇던 고
셩ᄀᆞᆺ튼 녀ᄌᆞ을 어드면 깃거ᄒᆞ리라 싱왈 엇지 ᄋᆞ롬답더요 단공이 갈오디
거년의 산동 션비 고셩이라 ᄒᆞ디 진쳐ᄉᆞ를 ᄎᆞᄌᆞ와노라 ᄒᆞ고 왓다가 진쳐
시 업ᄉᆞ믈 보고 망연ᄒᆞ여 도라가려 ᄒᆞ여도 원슈를 피ᄒᆞ여 왓다 ᄒᆞ 고향
의 가지 못ᄒᆞ고 슬허 ᄒᆞ거늘 단뷔 머믈너 셔당의 두고 지용을 ᄉᆞ랑ᄒᆞ여
ᄋᆞ녀의 쌍을 삼고져 구혼ᄒᆞ니 몬져 빙치ᄒᆞᆫ 곳이 잇노라 ᄒᆞ고 허치 아
니〃 돈이 등의 분ᄒᆞᆫ ᄉᆞ식을 ᄒᆞ니 졔 니로디 힝빙ᄒᆞᆫ 녀지 화란을 만나
시니 혼인되기는 긔필치 못ᄒᆞ나 몬져 실신ᄒᆞ문 불가ᄒᆞ니 소식을 안 후
허ᄒᆞ마 ᄒᆞᄂᆞᆫ고로 노뷔 그 용모를 ᄉᆞ랑ᄒᆞ여 지문의 긔특ᄒᆞᄆᆞ로 후히 디졉
ᄒᆞ엿더니 슈월 젼 친쳑을 ᄎᆞᄌᆞ련ᄒᆞ고 ᄂᆞ가시니 두어달 후 오리라 싱이
신시로다 칭찬ᄒᆞ더라 두어달 후 동남산의 니르러 인〃드려 진쳐ᄉᆞ의 거
쳐를 무르니 져마다 모로노라 ᄒᆞ니 앙〃이 도라와 울〃불낙ᄒᆞ여 하직고
도라가려ᄒᆞ니 슉모와 군종이 지극히 권유ᄒᆞ여 두어날 지류ᄒᆞ더니 일〃
은 단공이 셔울 긔별을 드르미 금방 쟝원 화진은 고병부샹셔 여양후 화
욱의 ᄎᆞ지라 ᄒᆞ니 이러 회져 뷔냐 싱이 경희ᄒᆞ여 연망이 디왈 화진은 소
질의 져뷔로소이다 깃거 즉시 슉모긔 고왈 소질이 집 쩌난지 오리오니
부뫼 기드리시미 간졀ᄒᆞ실거시오 화셩이 놉히 등양ᄒᆞ여시니 필연 부모
긔 뵈오라 올지니 붓비 가고져 ᄒᆞᄂᆞ이다.[103]

윤여옥은 백한림이 자신에게 흉한 딸을 강제로 맡기려한다고 생각하
고 분한 마음에 더욱 그리워진 진채경을 찾으러 회람으로 향한다. 회람
의 단공 부인은 윤시랑의 친매이다. 윤여옥은 단부에 머물며 진채경의
정황과 백부에서 흉한 딸로 자신과 혼사를 맺으려 했다는 이야기를 한
다. 단공자는 윤여옥의 말을 듣고 색을 좋아하는 윤여옥이 자신의 집에
머물던 고생(진채경) 같은 여자를 보면 기뻐할 것이라면서 진채경의 이

---

103) 권8, 52~54면.

야기를 꺼낸다. 단공자는 윤여옥에게 고생이 복중 정혼녀가 화란을 만나 혼사를 이루지 못하고 있다는 사연과 친척을 만나러 운남에 갔다가 두어 달 후에 돌아올 것이라는 이야기를 한다.

진채경에 대한 이야기를 듣고 윤여옥은 고생을 만나보고 싶어 한다. 그러나 두어 달 후 진처사의 행방도 묘연하고 마침 서울에서 화진이 장원급제 하였다는 소식이 이르자, 화진이 윤시랑 부부를 뵙기 위해 산동으로 올 것이라 생각하고 급히 산동으로 떠난다. 그리하여 윤여옥은 자신이 간절히 찾아 헤매던 진채경과 어긋나게 된다.

윤여옥과 진채경이 며칠을 상격하여 어긋난 후로 각자 자신의 여정을 이어간다. 진채경이 회람에서 서귀와 함께 운남으로 가 부모와 상봉하는 동안, 산동에 도착한 윤여옥은 화진의 관직이 삭탈되었음을 듣고 누이 윤씨와 화진의 일이 궁금하여 다시 양주 화부(花府)로 향한다. 양주에서 유모 계화를 만나 화진이 살인죄수가 되어 경사에 이송된 것과 윤씨가 엄부로 보내질 위기에 처해있음을 듣는다. 윤여옥은 계교를 내어 자신이 여복(女服)을 입고 윤씨를 대신하고 윤씨는 산동 윤부(尹府)로 보낸다. 윤씨를 대신한 윤공자는 경사 엄세번의 집으로 보내져 재기(才氣)를 발휘하여 화진을 면사(免死)하게 하고 엄세번의 누이 엄월화와 인연을 약속한 후 엄부에서 빠져나온다.

엄부에서 나와 숙부 윤사인 댁에 머물던 윤여옥은 과거를 준비하다가 후원 담 너머로 건너편 저택에 사는 백소저를 보게 된다. 그는 백소저의 아름다움에 빠져 흠모하며 반려(伴侶)로 삼을 뜻을 정하지만 그의 정체를 몰라 애태운다. 윤여옥은 윤사인 댁 옆 저택이 조한림 댁임을 알고 조한림에게 부중(府中) 소저에 대해 은근히 물어 그 소저가 자신에게 퇴혼 당한 백소저임을 알게 된다. 윤여옥은 백한림에게 사죄하며 달래어 백소저와의 혼약을 다시 성사시킨다.

윤여옥은 장원급제 후 말미를 얻어 다시 산동 본부로 돌아온다. 그는 도중에 백의종군하여 왜적을 치러가던 중 풍랑을 만나 길을 잘못 든 화진을 만난다. 그는 화진을 권하여 며칠 윤부에 머물게 하여 자신의 누이 윤씨와의 해후를 주선한다.

화진이 군공을 이루고 변방의 교지국을 안돈할 때, 윤여옥은 천사(天使)가 되어 교지국으로 향한다. 그는 황명을 전하고, 진제독의 소식을 탐문하기 위해 운남으로 떠난다. 윤여옥은 운남 판관 서귀를 만나 진제독이 무사히 지내고 있음과 그 두 아들이 함께 모시고 있다는 사실을 듣는다. 진제독에게 1남1녀가 있다는 것을 알고 있는 윤여옥은 이 말을 듣고 의아해 한다.

서귀에 의해서 윤여옥이 운남에 왔다는 사실을 안 진제독은 기뻐하나, 진채경은 그의 신의에 감복하면서도 부모와 또 다시 떨어져 살아갈 수 없다며 자신의 소식을 모르는 것으로 윤여옥을 속이라고 부모에게 부탁한다. 윤여옥이 진제독 처소에 이르자 진제독 부부와 진청운은 반겨 맞이하고 그동안의 안부를 주고받는다. 윤여옥이 진제독에게 서귀가 말한 차자(次子)에 대해 묻자, 제독은 진처사의 아들이 찾아 왔을 때 주변 사람들에게 차자라 했다하면서 지금은 돌아가 없다고 한다.

이때 진청운과 서난최 사이에서 난 세 살배기 아들이 자신의 숙부가 손님을 피하여 내외하는 것을 이상하게 여기며 묻는다. 이 말을 들은 윤여옥은 숙부의 존재에 대해 의심하고, 또한 진채경의 생사를 모르면서도 근심의 빛이 없는 진제독 부부를 이상하게 여긴다. 다음날, 세숫물을 진채경의 유모 낭귀가 떠오는 것을 보고 더욱 의아해하던 차에 서쪽 소당에서 베 짜는 소리가 들려 가보니 진채경의 시비 낭아가 베를 짜던 중이었다. 놀라며 당황하는 낭아에게 윤여옥은 짐짓 진채경이 숨어 있음을 아는 듯이 말하자 낭아는 지레 사실을 말해버린다. 어렵게 진채경과 상봉한 윤여옥은 기쁨과 서운함이 교차되면서 자신을 따라가지 않으려는 진채경을 강박하기도 하고 달래기도 하다가 결국은 진제독의 개유로 함께 경사로 돌아가기로 한다.

윤여옥의 편력은 전체적으로 진채경을 찾는 과정이다. 따라서 진채경이 끊임없이 장소를 이동하며 여러 가지 사회상을 경험하는 동안 윤여옥도 계속해서 이동하며 그녀의 자취를 찾아 헤맬 수밖에 없다. 사실 둘의 여정은 좀 더 일찍 끝날 수 있는 기회가 있었다. 윤여옥이 권8에서 지났던 단부(段府)를 조금만 일찍 혹은 늦게 거쳤더라면 둘의 해후는 보다 쉽고 빠르게 이루어졌을 것이다. 그러나 두 사람의 편력 과정에서 시간차에 의한 어긋남이 발생하면서 해후까지의 과정이 23권까지로 미루어지고 있다.

이렇게 어긋남에 의한 서사의 지연은 윤여옥의 편력을 확대하는 기능을 한다. 윤여옥의 편력은 '연인 탐색담'의 성격을 지니므로 '여성과 탐색'이라는 두 가지 측면이 공존한다. 궁극적으로는 진채경을 만나기 위한 과정이지만 그 사이에 정혼녀를 잃은 외로운 남자로서의 심리와 여인에 대한 관심이 부각된다. 따라서 편력의 과정이 엄월화와 백선빙 그리고 진채경으로 이어지는 여성 편력적 성격으로 나타난다.

그러나 <화씨충효록>에서 보이는 여성 편력의 성격은 <구운몽>과 다르다. <구운몽>은 양소유 1인의 영웅적 측면과 이상적 사대부의 삶을 부각하기 위해서 여러 여성들과의 결연을 이어가고 있다. 이와 달리 <화씨충효록>은 윤여옥이 뛰어난 여러 여인을 만나고 그들을 흠모하는 마음을 솔직하게 드러내면서도 궁극에 가서는 진채경을 찾고 난 후 결연할 것이라고 다짐하거나, 상대 여성에게 진채경의 다음 위차를 강조하는 모습을 보인다. 실제로 백소저와의 결연은 진소저와 해후하고 혼사가 확정된 후에 이루어지며, 엄월화 역시 진소저와 백소저의 다음 위차인 첩의 지위로 결연한다. 즉 남성의 수절, 남성의 신의를 윤여옥의 여성 편력을 통해 강조하고 있는 것이다.

탐색의 측면에서 윤여옥의 편력은 독자들에게 새로운 흥미를 부여한다. 윤여옥이 단부에서 고생에 대한 이야기를 들으면서도, 자신이 몇 년 동안을 그토록 간절히 찾아 헤매던 진채경임을 모르고 지나칠 때, 또 진제독 처소에서 진부 전체가 자신을 속이는 가운데 그 진위를 밝혀 진채경과 만나기까지의 과정은 독자들로 하여금 탐색담이 주는 추리적 흥미를 느끼도록 한다.

이상에서 살펴 본 바와 같이 윤여옥과 진채경의 편력의 어긋남은 두 인물의 결연을 지연하고 동시에 윤여옥의 편력과정을 확장함으로 자연스러운 장편화를 가능하게 한다. 또한 '여성과 탐색'이라는 측면에서 남성의 신의를 강조하며, 독자에게는 추리적 흥미를 제공하는 기능을 한다.

4. 〈화씨충효록〉의 세정소설적(世情小說的) 성격

소설을 문화변동과 사회변동사적 맥락 위에서 신성소설과 세속소설로 나눈 것은 이상택에 의해서이다.[104] 이와 같은 유형 분류는 문학이 문화와 사회의 변동과 운명을 같이한다는 점과 문화현상이 신성문화와 세속

---

104) 이상택, 「고대소설의 세속화 과정 시론」, 『고전문학연구』1집, 한국고전문학회, 1971. ; 「고전소설의 세속화 과정」, 『한국 고전소설의 이론(Ⅰ)』, 새문사, 2003.

문화로 양분, 대립되며 전자에서 후자로 이행한다는 점을 전제로 하여 성립된 것이다. 이상택의 논의에 따르면 신성소설에는 신성성의 지표인 천상, 영험과 신비성, 심리적 경험, 변화, 집단의식, 초자아적 이념(교훈성), 자연 경제적 질서, 자연, 이상적, 관념적, 본질적, 공동사회(Gemeinschaft)적 특징이 구현되며, 대표적 작품은 <숙향전>이다. 반면 세속소설에는 지상, 과학, 합리성, 경험적 현상적 경험, 진보와 발전, 개인의식, 개인적 이해(이해성), 화폐 경제질서, 인위, 현실적, 물질적, 목적적, 사무적, 수단적, 이익사회(Gesellschaft)적 특징이 보이며, 대표작으로 연암소설과 판소리계 소설 그리고 <채봉감별곡>, <부용상사곡>, <청년회심곡>, <옥단춘전> 등이 있다.

고전소설에 나타난 세속성에 대한 논의는 소설을 고정된 결과물로서가 아니라 변화 중인 능동적 현상으로 볼 수 있는 기반을 마련했다는 점에서 지금까지도 유효한 생명력을 지닌다. 소설은 그 생명이 다하는 순간까지 끊임없이 자신이 생성되고 향유되는 사회 현상과 밀접한 관련을 지닌다. 그런 의미에서 본다면 300년 이상 창작 향유된 국문 장편소설도 사회 변동과 더불어 내적 변화의 움직임이 존재했을 것이라는 추론이 가능하다. 실제로 국문 장편소설 내부에는 하나의 유형 개념으로 규정하기 어려운 다양한 작품 세계가 존재한다.

국문 장편소설의 중심인물은 신비로운 태몽과 천상의 전생을 지니기도 하고, 사건의 화소로 개용단, 회심단과 같은 요약을 사용하기도 한다. 또한 '가문의식'이라는 집단의식과 초자아적 교훈성을 강조한다. 이런 의미에서 본다면 국문 장편소설은 신성소설에 가깝다. 반면 국문 장편소설의 중심 서사는 지상의 가정과 가족 간의 갈등을 중심으로 진행되며, 작품 내에서 성(性)과 재물에 대한 인간의 자연스러운 욕망을 드러내기도 하고 공동의 이익보다는 개인의 이해에 더 민감한 인물들을 부각시키기도 한다. 또한 이념과 교훈을 거부하고 일탈하는 움직임이 보이기도 하는데, 이런 양상은 작품이 세속소설을 지향하고 있음을 보여준다.

이렇듯 국문 장편소설은 신성성과 세속성의 개념으로만 규정하기에는 다소 어려움이 있다. 이는 국문 장편소설들이 장편으로서 확보할 수 있는 모든 국면을 최대한 수용함으로써 양자(兩者) 중 한 편으로 경사(傾斜)되어 있다기보다 중간지점에 모여 있기 때문이다.

국문 장편소설들이 신성소설과 세속소설의 중간 지점에 모여 있다고 하여 그들이 모두 유사한 중간 유형을 지니는 것도 아니다. 즉 국문 장편소설이 점하고 있는 범위 내에는 또 다시 커다란 간극(間隙)이 존재한다.

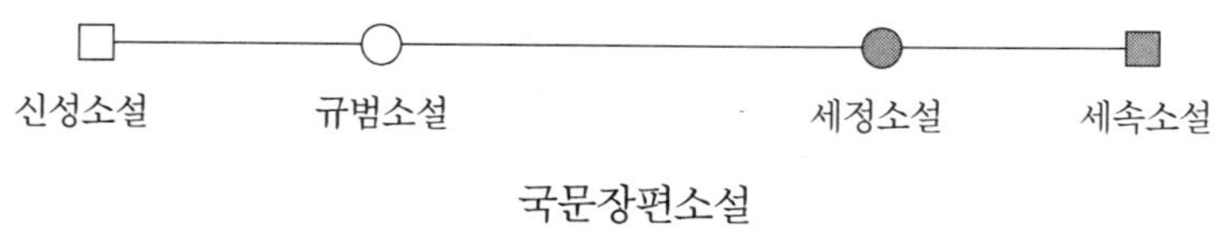

국문장편소설

신성소설에 가깝거나 세속소설에 근접한 소설이 존재할 수 있으나 대개의 국문 장편소설은 ○과 ● 사이에 존재한다. 그러나 양자 사이의 간극도 그 폭이 매우 넓기 때문에 그들 사이에 존재하는 작품의 내적 차이를 밝히기 위한 노력이 필요하다.105)

대략적으로 국문 장편소설은 ○에서 ●으로 변화하는 흐름을 보인다. 그러나 ○에 해당하는 초기 작품의 경우라도 신성성의 지표가 모두 구현되지 않는다. 이들은 천상적 영험과 신비성을 제거하고, 변화는 단순

---

105) 이것은 국문 장편소설사 전체를 아우르는 막대한 작업이 될 것이다. 사적 흐름에 대한 본격적 논의는 후고를 기약하며, 본고에서는 시론적 성격으로 그 가능성을 제시하고자 한다.

화소로 변용하는 대신 집단의식과 초자아적 이념(교훈성)을 강화한다. 이들은 신성성 가운데에서도 규범성이 강화되고 있으므로 규범소설로 명명할 수 있다.

후기의 국문 장편소설의 경우 세속소설에서 볼 수 있는 합리성과 현상적 경험이 나타나고 여성의 주체성과 같은 개인의식과 개인적 이해(이해성)를 주장하는 인물들이 초기 작품보다 강화된다. 그리고 화폐 경제 질서가 자리 잡히기 시작하는 이익사회의 모습에 관심을 드러낸다. 그러나 전대의 집단의식이나 이념과 단절을 선언하지 않으며 오히려 적극적으로 그들과 교섭하고 있다는 의지를 표명한다. 이들은 또한 세속소설에 비해 작가의 비판의식이 강하게 드러나지 않으며 과도기 사회의 모습에 대한 호기심과 관심을 작품의 흥미소로 활용하여 대중성을 지향하고 있다는 점에서 세정소설로 명명할 수 있다.

<화씨충효록>의 문학적 특성은 세정소설에 가깝다. 규범소설과 세정소설에 대한 비교 고찰은 다음 장에서 논의할 것이므로, 본 장에서는 세정소설의 개념을 구체적으로 살펴보고 그와 관련하여 <화씨충효록>의 세정소설적 특징에 대해 논의하고자 한다.

세정소설은 대주제에 있어서는 선악에 대한 포상과 응징이라는 인과론에 입각한 보응구조를 바탕으로 권선징악의 유교 사회의 윤리를 강조한다. 또한 작품 전개상에 나타나는 중요한 화소로서 천상의 전생담과 그에 따른 정수(定數)가 나타나며 때로는 신이한 이적이나 초현실적 인물의 원조가 나타난다. 그러나 전대 소설에서 강조되던 유교 이념과 공동 사회 가치관의 지지는 표면적인 계승일 뿐이며 작품 내부의 서술에서는 이념에 대한 거부와 일탈이 노정된다. 또한 천상의 전생담과 정해진 운명에 따르는 인물의 고난과 극복의 과정은 작품의 존재론적 원리

나 인식차원의 문제로 승화되지 못하고 대중성을 지향하는 홍미소 차원에서 부분적인 역할을 한다.

세정소설의 '세정(世情)'은 '세상물정(世上物情)'의 준말로 인정과 변화하는 세태에 대한 관심이 부각된다. 따라서 사회의 기본 단위인 부부와 가정을 중심으로 가족 구성원 간 또는 그들이 관계를 맺고 있는 주변 사람들과의 다양한 관계에 초점을 둔다. 그러나 작품 내적 세계가 중심 부부 혹은 중심 가문에 국한되지 않으며 세상에 존재하는 다양한 사람들의 행태와 변화하는 사회상까지 적극적으로 포함한다.

그런데 국문 장편소설의 경우 대부분 가문과 가족을 중심으로 그들 사이에 발생하는 문제와 해결에 초점을 둔다. 이렇게 보면 모든 국문 장편소설이 세정소설에 포함될 수 있다는 논란의 여지도 생긴다. 그러나 가문을 중심으로 유사한 사건이 반복되는 국문 장편소설의 특성을 공유하되, 특히 사회에 대한 관심이 부각된 소설을 세정소설이라는 하위 장르로 구분할 수 있다.

변화하는 사회상에 대한 관심은 국문 장편소설에서 처음 보이거나 또는 국문 장편소설에만 나타나는 특징이 아니다. 고려시대의 『삼국유사』와 같은 여러 문헌 설화와 『금오신화』, <운영전> 등의 애정전기소설 등에서도 당대의 사회에 대한 관심과 비판의식이 일정 노정되어 있다. 그러나 이들은 장르 전통이 어느 정도 확립되고 명칭 또한 보편적 타당성을 검증 받아 널리 사용되고 있으므로 이들까지를 세정소설의 범주에 넣는다는 것은 오히려 더 큰 혼란을 가져올 수 있다. 따라서 '세정소설'의 개념은 시기적으로는 조선 후기에 창작되거나 향유되며, 장르 전통은 국문 장편소설 안에 있고, 변화하는 세태와 사회상에 대한 관심을 적극적으로 드러내며 통속적인 대중물로서의 특징을 보유하고 있는 작품군으로 정의하였다.

이러한 세정소설의 개념 정의를 바탕으로 <화씨충효록>을 살펴보면, 향유시기와 관련한 기록이 모두 19세기 이후이며,[106] 국문 표기의 장편소설이라는 형식적 측면뿐 아니라 내용적 측면에서도 국문 장편소설의 다양한 화소를 수용하고 재구성함으로써 장르 전통을 계승하고 있음을 알 수 있었다. 여기서는 이 외에 <화씨충효록>에 나타나는 사회에 대한 관심과 통속적 대중물로서의 성격을 중심으로 세정소설적 특성을 살펴보겠다.

1) 인정물태(人情物態)의 확대와 강화

성성이 츄진왈 윤디인이 표제의 지용 스랑ᄒ여 냥기 슉녀로써 구ᄒ시니 그 뜻이 감격ᄒ실 ᄲᅮᆫ안냐 슉뷔 슬히 번셩치 못ᄒ시고 뎡슉모 슬하의 다만 형옥 ᄯᆞ름이라 실노 ᄒᆞᆫ 식뷔 외롭고 요젹홀지니 아니 맛춤니 유싱으로 늙지 안일진디 냥체 불가치 안일거시오 소미 츌가ᄒᆞᆫ 즉 님쉬 홀노 쥬제ᄒ여 안항이 심히 외로올지라 ᄇᆞ라건디 슉부는 시셰풍속을 조츠샤 표제의 냥쳐를 허ᄒ시고 일썅현을 ᄉᆞ양치 마로소셔[107]

윤시랑이 우연히 화욱을 만나 자신의 두 딸 윤옥화와 남채봉을[108] 위해 화공의 차자 화진에게 청혼을 한다. 먼저 자신의 딸 윤옥화로 청혼을

---

106) 남아 있는 <화씨충효록>의 필사기와 세책본 <창선감의록>의 말미기록, <여와전>의 후대 이본이며 20세기 초의 필사기가 남아 있는 사재동 소장본 <녀와낭낭셩회연>에 등장하는 命婦에 <화씨충효록>의 인물이 등장하는 점, 그리고 세책가 목록, 쿠랑의 서목 등을 통해 향유시기가 19세기임을 알 수 있다.

107) 권2, 91면.

108) 윤시랑은 쌍태남매 윤옥화와 윤여옥을 두고 있다. 그리고 어사 남표가 水死한 뒤 그 딸 남채봉을 양녀로 맞이하였다.

하자 화욱은 '부덕을 갖추었다면'이라는 조건을 걸고 허락을 한다. 윤시
랑은 다시 자신의 양녀인 남채봉을 함께 화진의 처로 맞아 줄 것을 청한
다. 화욱은 자신의 아들이 나이가 어리므로 처를 둘씩이나 두는 것은 불
가하다며 거절한다. 이때 곁에 있던 화욱의 조카 성준이 화진의 전정(前
程)이 반드시 평범한 선비로 늙지 않을 것이라는 말과 더불어 시세풍속
을 따라 두 부인 얻는 것을 허락하라고 청한다. 이 말을 옳게 여긴 화욱
은 결국 화진과 윤옥화·남채봉의 혼사를 결정한다.

조선시대는 공식적으로 일부일처제를 표방하고 있지만 실제로 다처
제의 풍습은 조정에서도 인정하고 있는 상황이었다.109) 화진의 혼사를
정하는 데 양처(兩妻) 두기를 청하면서 근거로 시세풍속을 강조한 것은
다처제가 묵인되는 당대 사회 풍속을 보여주고 있는 것이다. 이처럼 작
가의 세상 풍속에 대한 관심은 <화씨충효록>의 곳곳에서 드러난다. 본
장에서는 작품에 나타난 인정물태의 양상을 경제적, 정치적 측면 그리고
변화된 인간관과 부부관의 측면에서 살펴보겠다.

1. 현실적 경제관념의 반영

일반적으로 최고위층 가문의 자녀를 주인공으로 하는 국문 장편소설에
서 중심인물들이 겪는 고난은 그들의 덕성을 강조하는 기능을 한다. 그
고난은 매우 관념적이고 추상적이다. 이들은 극한 상황에서도 '虛服曳雷
頻有響'110)을 경험하지 않는다. 그러나 <화씨충효록>에는 생계 문제 혹

---

109) 『肅宗實錄』 15年 4月 辛卯. "婦人性褊 鮮不妬忌 自非任姒之聖哲 前世后妃 誰能免
   此 閭巷匹士之有一妻一妾者 亦必須愼名分略苟細 以防閨門不靖之端 諺曰 不癡不聾
   不可以作家長 信夫 苟或不然 釁生於相軋 嫌起於相逼 甚間愛惡之說 交亂於其間 而
   浸潤稔熟 不復究察 則其禍之所流 可勝言哉."
110) 金炳淵, 「過安樂見」, 『金笠詩集』.

은 경제 활동에 대한 현실적 인식이 두드러지는 부분이 자주 등장한다.

> 니러구러 슈샥이 되니 공이 젹소의 간지 반나마실거시니 낭이 소져로
> 더브러 녀러 벌 남의를 갓초고 집직흔 챵두를 분부왈 니 가면 큰집이 바
> 이여 퇴락홀 거시니 노애 환새흐실덧 하모나 셰를 드려 슈보흐게흐고 갑
> 슬 너희가 〃지고 싱계흐다가 본젼을 일치말고 쥬게흐라 챵뒤 응명흐여
> 시골셔 벼슬흐여온 쟝쥬스긔 셰를 파니 소졔 은ᄌ를 어더 가인을 주고
> 반은 ᄌ가 힝니를 삼은후 쟝쥬시 솔권흐여 드는날 가인을 분부흐디 먼니
> 가 슐고 운남 소식을 힘써 방문흐여 회람의 젼흐라 흐고 이날 시비 소져
> 와 낭이 유랑 츠환으로 다 남복을 입고 소져는 흔필 쳥녀를 타고 문을
> 나 길우희 스룸드려 회람 길흘 무러 츠ᄌ가나 … 일〃은 양가 북뷔[복뷔]
> 진가의 니르니 진부 스룸과 허다 부인 소졔 가득흐여시니 크게 놀나 연
> 고를 무르니 금능 쟝쥬스 노애 진상공 틱즁을 셔니여 드럿드 흐거늘 놀
> 나 왈 그러면 여긔잇던 소져와 유랑은 어디가뇨 모든 스룸이 답왈 소져
> 나 더져나 유뢰나 무뢰나 우리 알비 아니라 우리는 집을 븨여 쥬어시니
> 드러실 뿐이라 어디간동 알니오 양부 스룸 왈 진상공 소져와 우리 공지
> 셩친흐여 계시더니 소졔 병환이 계시기의 셩녜를 못흐고 낫기를 기드리
> 더니 이졔 너의 노애 드러 계시고 진소졔 간디 업시니 그러타 쥬인 모로
> 랴 댱부 스룸이 닝소왈 그디는 알고나 뭇거니와 우리는 셔울 완지 스오
> 일은 흐고 진부스룸이 은ᄌ만 ㅂ드가며 오날 들나 흐기 드러지 소졔야
> 엇지 알니오 혹 진소져의 친쳑의게나 갓는가 무러보라 양부 스룸이 홀일
> 업셔 즉시 도라가 고흐니111)

부친 진제독을 사지(死地)에서 구하기 위한 미봉책으로 양참정의 구혼
을 허락한 진채경은, 부친이 무사히 적소에 도착했을 무렵 양참정 부자

---

111) 권6, 397~407면.

를 속이고 숙부 진처사가 있는 회람으로 떠난다. 이때 진채경은 위란을 피해 급하게 떠나야하는 상황에서도 '큰 집이 비게 되면 반드시 퇴락할 것이고, 노야가 언젠가는 돌아오실 것이니 아무에게라도 세를 놓아 집이 상하게 하지 말 것'을 당부한다. 그녀는 시골에서 벼슬하기 위해 상경한 장주사에게 집을 세놓고 그 대가의 은자는 미리 받아 반은 비복들을 주고 나머지 반은 자신의 행리로 삼으며, 장주사 일가에게는 자신이 떠나는 날짜에 맞추어 이사하도록 한다. 그리고 떠나는 날에는 집 안 비복들에게 '세를 준 값으로 생계를 유지하되 본전을 잃지 말라'고 경계한다.

이 장면은 일반적인 국문 장편소설에서 자주 나오는 늑혼 모티프이다. 늑혼 모티프는 여성 주인공의 고난과 혼사장애를 형성하는 주된 화소이다. 늑혼의 과정과 그것에서 탈신하는 여성 주인공의 모습은 다른 때보다도 급박하고 긴장감이 넘치도록 묘사된다. 그런데 <화씨충효록>에서 유일한 늑혼 모티프에 해당하는 이 부분에서 진채경은 차분하게 집안을 정돈하는 현실적 여가장(女家長)의 모습으로 묘사된다.

> a. 심시 교시 남소져를 죽이고져ㅎ나 져의 지죄 신속ㅎ여 삼일의 깁 일필식 ᄡᅳ고 슈션이 졍묘ㅎ여 구ㅎᄂᆞ니 블가슬쉬라 깁 ᄡᅳ이여 팔고 슈노혀 갑 바드미 일노써 죽이지 아니코 쥬야 독쵹ㅎ여 시기며 경향 난향으로 두곳을 규찰ㅎ여 치ᄉ관을 삼으니[112]

> b. 일〃은 모친과 교시 흔복 슈를 보거늘 나아가 ᄌᆞ시 보니 슈틱이 졍묘ㅎ고 졔쟉이 긔이ㅎ여 오치 연〃ㅎ니 무러 왈 엇던 ᄉᆞ롬의 졔쟉이완ᄃᆡ 이리 졍공 긔이ㅎ뇨 심시 왈 남시의 손씨니 왕샹셔 신부의 거시라 슈공 쥬고 ㅎ여 가ᄂᆞ이라 경옥이 칭찬 왈 남시는 지죄 겸비ᄒᆞᆫ ᄉᆞ롬이로다 인

---

112) 권10, 188면.

셰의 엇지 니갓흔 지 이스리오 모친이 져를 동원의 두고 종요로이 부리
고져 ᄒ시미 심히 요원ᄒ고 제 임타ᄒ오리니 윤시는 깁 ᄯ기를 모도 명
ᄒ시고 남시는 슈노키를 명ᄒ샤 거체 옹식ᄒ오니 무방ᄒ오니 남시를 불
너 티〃 협실의 두어 직ᄉ를 브즈런니 ᄒ게 ᄒ소셔 심시 올히 여겨 응낙
ᄒ니 교시는 경옥이 남시를 가츠ᄒ는 긔식을 슷치고 낫빗치 다ᄅ니 경옥
이 지긔ᄒ고 눈 흘긔여 변식ᄒ니 교시 분〃이 침소로 도라가더라 심시
일종 아들이 명디로 ᄒ미 즉시 남시를 블너 취운누 뒤ᄒ 월왕 져근 방의
너코 됴셕음식을 잘ᄒ여 먹이며 의복을 쥬고 슈 노히니 남시 ᄌ가를 갓
가니 불너 드리고 져기 후디ᄒᄆᆯ 보니 의아ᄒ여 박빙을 드딘듯 동원의
고요홈만 도로혀 못ᄒ더라 113)

화진과 화예는 이복형제로 화예는 심씨 소생이다. 부친 화욱과 화진
의 친모 정씨가 세상을 떠나자 심씨는 가권(家權)을 휘두르며 화진과 그
의 두 부인 윤씨와 남씨를 구박한다. 화예의 첩실인 교씨는 심씨를 부추
기며 윤씨와 남씨의 고난을 가중시키는 역할을 한다. 이들은 윤씨와 남
씨를 미워하여 항상 죽이고자하는 마음을 품고 있다. 그런데 윤씨와 남
씨의 비단 짜고 수놓는 솜씨가 신속하고 정묘하여 사기를 원하는 사람
이 많아지자, 심씨는 두 부인을 죽이려던 계획을 유보한다. 그리고 밤낮
으로 감독하며 비단 짜는 것을 독촉한다.

또 화예는 수공을 주고 수놓기를 주문한 왕상서 신부의 한복을 보고
남씨의 솜씨를 탄복하며 윤씨와 남씨의 분업을 제안한다. 즉 윤씨에게는
비단 짜는 일만을 맡기고 남씨에게는 수놓는 일만을 전담하게 하라는
것이다. 심씨는 그 말에 따라 남씨를 자신의 거처 옆 협실에 두고 수놓게
하며 의식을 풍족히 하여 후대한다. 이 부분에 나타난 화예와 심씨는 상

---

113) 권10, 194~196면.

업적 이익에 대해 구체적으로 인식하기 시작한 인물유형을 보여준다.

중국 군미 즁노의셔 하치ᄒ여 원슈의 병이 즁ᄒ다 ᄒ니 통이 디희ᄒ여 날마다 슐먹고 취ᄒ여 슈셩ᄒ믈 엄히 아니ᄒ니 슈셩 쟝시 희티ᄒ고로 빅셩의 회뢰를 밧고 장ᄉ를 통노ᄒ더니 셜문웅이 슈리의 쑬을 셩밧긔셔 옥갓튼 쑬을 혓쳐 돈을 ᄉ되 남과면 비를 쥬니 셩안 ᄉ롬이 이 말을 듯고 닷토와 ᄉ고져 ᄒ여 슈문ᄌ의게 쳥ᄒ니 슈문쟝졸이 져의도 ᄉ고져 ᄒ는지라 문을 여러 셜문웅을 쳥ᄒ여 드리니 문웅이 젼닙 숙니고 즁인을 지휘ᄒ여 〃러 슈리를 미러 셩의 드러가니 허다 ᄉ롬이 은ᄌ를 츠고 쏘노라 지져괴더라 일야간 십여 승 미곡을 다 팔고 쥬졈의 드러가 슐 ᄉ먹으며 동졍을 술피더니[114]

동관의 호적 이통이 반란을 일으키자 화진은 이를 치기 위해 출정한다. 화진은 전면전을 펼치는 대신 자신이 아프다는 소문을 내어 적군을 속이는 심리전을 편다. 소문을 들은 이통은 기뻐하며 긴장을 풀고 날마다 술에 취해 성 수비를 소홀히 하는데, 이때를 틈타 화진은 수하 장수 설문웅을 장사꾼으로 꾸며 적군의 성안에 들어가게 한다. 쌀 장사꾼으로 위장한 설문웅은 성 밖에서 옥 같이 품질이 좋은 쌀을 시중의 반값에 판매한다. 그 소문을 들은 성 안 사람들은 쌀을 사기 위해 설문웅을 성 안으로 들이고 은자를 가져와 값이 싸다고 시끄럽게 떠들며 쌀을 산다. 쌀값이 싸고 비싸고를 따지며 물건을 매매하는 모습은 생생한 장터의 모습을 연상하게 한다.

형부의셔 방브쳐 쟝평 범한을 구식ᄒ니 감히 고향으로 가지 못ᄒ고 산

---

114) 권25, 239~240면.

음 ᄉ이의 표류ᄒ여 챵누 쥬ᄉ의 쳐ᄒ더니 희되미 ᄆ음이 방ᄌᄒ여 셩명을 고쳐 쟝쳔이로라 ᄒ고 산셔 도화촌의 쥬인ᄒ엿더니 인니 안삼낭과 ᄌ연 ᄉ괴니 기쳐 됴계취 년소미려ᄒ지라 평이 보고 흠모ᄒ여 그윽히 졍을 통ᄒ디 됴녜 ᄯᅳᆺ이 놉하 밍녈이 믈니쳐 음난ᄒᄆᆯ 가랍지 아니ᄒ니 평이 죵시 ᄯᅳᆺ을 일우지 못ᄒ고 뙤를 엿더니 안삼낭이 쏠 무역ᄒ라 나가노라 ᄒ거늘 쟝평이 ᄉ이 타 음난코져 ᄒ디 됴시의 부뫼 겻희셔 슬고 됴계 졍졍ᄒ니 계괴 업셔 ᄒ더니[115]

형부에서 수배령을 내리자 장평은 장천이라고 이름을 바꾸고 산서성 도화촌에 숨어 지낸다. 그 때 이웃에 사는 안삼낭이라는 양민을 사귀는데, 그 아내 조계취의 미모를 보고 통정의 의사를 전한다. 양민 여자지만 뜻이 높은 조계취는 장평의 제의를 맹렬하게 물리치며 그 음란함을 용납하지 않는다. 마침 안삼랑이 쌀 무역을 위해 집을 비우게 되자 장평이 그 사이를 틈타 일을 도모한다. 간인의 음모가 구체적으로 실현될 수 있는 계기로서의 가장의 부재가 쌀 무역이라는 경제 활동과 관련하여 나타난 것이다.

격벽의 ᄉ룸이 가만〃〃 말ᄒ더니 졈〃 소리를 놉혀 셔로 닷토니 밤이 깁고 만뇌 구격ᄒ디 말소리 ᄌ죤지라 샹셰 유심이 드르미 아니로디 ᄌ셔히 들니〃 일인이 갈오디 닉 그약을 파라 삼십 냥을 바다 ᄉ셩을 쥬엇거늘 네 엇지 그를 격다 ᄒ는다 그 약 손 ᄉ룸이 구외에 갓쳐거늘 어디가 ᄯᅩ 달나ᄒᆯ가 시브니 네 지혜 잇거든 ᄎᄌ 보고 므르라 ᄯᅩ 일인이 갈오디 나는 팔계 오십냥을 바닷거늘 너는 어이 격게 바든다 몬져 말ᄒ던 지 갈오디 너는 지샹가의 ᄑᆞ라 갑시 만코 지ᄂᆞ가는 긱의게 팔기 갑시 그러ᄒ고 범불이 졍ᄒᆞ 쉬 업ᄉ니 갑시 ᄒᆞᆫ갈갓기 쉬오리오 나죵지 갈오디 우리

***

115) 권27, 440면.

약은 세간의 드문 보비니 스룸의 흔번 싱광이 만금이 쓰거눌 무스 일 쳔히 팔니오 모져 지 왈 비록 그 약이 귀ᄒᆞᄂ 스룸을 속이는 요괴로온 것슬 남모로게 팔거든 갑슬 법다이 바드랴 원간 나라의셔나 고을셔나 알면 우리 다 죽으리니 네 어이 착흔 체 ᄒᆞ눈다 ᄒᆞ여 무슈이 닷호더니 나죵은 양인이 다 가만〃〃ᄒᆞ눈지라116)

개용단은 17세기에 나온 <소현성록>에서부터 확인되는 국문 장편소설의 대표적 화소이다. 개용단은 간인이 선인을 위기에 빠뜨리기 위해 사용하는 수단으로 자주 등장한다. 그런데 <화씨충효록>에서는 요약이라는 측면 외에도 개용단을 매매의 대상물로 삼고 그 값을 흥정하는 과정과 결부시키고 있다. 여기서 개용단을 파는 두 요승은 결국 장사꾼이 되는 셈이다. 두 요승은 동일한 물건을 팔았으나 그 얻은 값이 같지 않다. 한 사람은 50냥을 받고 다른 사람은 그 보다 적은 30냥을 받았다. 그 이유는 한 사람은 재상가에 팔았기 때문이며 다른 사람은 지나는 객에게 팔았기 때문이다. 물건에 정해진 가격 즉 정가(正價)라는 개념은 아직 존재하지 않아서, 값이 구매자에 따라 달라지는 상황을 보여주고 있다.

<화씨충효록>의 인물들은 경제적 측면에서 매우 현실적이며 실질적인 태도를 보인다. 늑혼의 위협을 피해 집을 비우고 떠나야하는 진채경의 모습은 마치 몇 년 외유(外遊)를 나가는 사람이 집을 단속하는 것과 같은 인상마저 준다. 이러한 모습은 실제 생활에서는 당연이 고려되는 상식적 차원의 문제이기도 하다. 진제독은 경사(京師)에서 높은 지위에 있었으므로 그 집의 규모가 작지 않다는 것을 알 수 있다. 따라서 큰

---

116) 권27, 438~439면.

집이 오랫동안 관리하는 사람이 없을 경우 집이 퇴락할 것이라는 사실은 현실 세계에서는 당연히 인지할 수 있는 일이다.

소설 세계에서 보이는 '가옥의 퇴락함'이란 음산한 배경을 형성하거나 인물이 처한 상황을 암시하기 위해서 그려질 때가 많다. 그때의 퇴락이란 매우 추상적인 개념이 된다. 그러나 길을 나서기 전에 집을 오래 비우면 집이 상하게 될 것이라는 우려는 실제로 집을 소유하고 있는 사람이라면 누구나 떠올릴 수 있는 생각이다. 그러기 위해서는 누군가 관리하는 사람이 필요하다. 그러나 집이 크기 때문에 관리인 한두 사람이 지킨다고 해도 사람 온기가 없는 집은 쉽게 상한다. 그래서 장기간 비울 경우 가장 좋은 방법을 세를 놓는 것이다.

<화씨충효록>은 세를 놓은 과정이나 상황도 자세하게 설명하고 있다. 금릉 땅에서 벼슬하기 위해 서울로 올라온 장주사라는 인물을 설정하고 미리 집 세를 주어 계약을 하고 입주 날짜를 정한 후, 정해진 날짜에 맞추어 그 집으로 들어가는 것이다. 그리고 그 세 놓은 은자도 자신의 행리와 노복들의 생계를 위한 자본으로 나누고 노복들에게는 그 자본을 가지고 생계를 도모하되 그것에서 발생하는 이익은 취해도 좋으나 본전은 잃지 말라고 경계하는 것에서 현실과 결부된 생활력을 읽을 수 있다. 이러한 화소가 작품 내에 자연스럽게 수용된 것은 집을 떠나는 상황에서 집에 대한 현실적이고 실용적인 관리가 당연히 고려 대상이 된 사회적 분위기를 엿보게 한다. 집을 나서면서 큰 집을 버려두고 간다는 것은 아무리 소설이라지만 독자 입장에서 오히려 더 비현실적이기 때문이다.

윤씨와 남씨의 여공도 마찬가지다. 특히 비단 짜기와 수놓기를 나누어 전담하게 하는 방식은 구체적 분업에 따른 가내수공업의 생산 구조를 떠올리게 한다. 또한 원재료인 비단을 짜는 일보다 수를 놓는 일이

따로 수공을 받을 수 있을 만큼 부가가치나 경제적 이익이 크다는 것도 알게 한다. 이 화소는 전가(傳家) 재산이 수천만이나 되는 심씨와 화예의 탐욕을 부각하는 기능뿐 아니라, 더 이상 양반이라는 신분이 물질과 무관하게 살 수 있는 세상이 아니라는 것을 암시한다.

작품에 나타난 경제 활동에 대한 인식은 당대 사회상을 반영한 것으로 볼 수 있는데, 주로 도시의 변화와 관련이 있다. 실제 조선 후기에 오면 서울은 초기 자본주의 도시의 성격을 띠게 된다.117) 영조조에는 왕이 직접 '都下根本之民 一則市民 一則貢人'118)이라는 전교를 내릴 만큼, 상공업인에 대한 인식이 크게 변하고 있었다. 또한 광무호적119)을 볼 때, 조선 말기 서울 주민의 가장 큰 부분은 상업 활동 종사자였고, 몰락 양반들이 상업 활동에 종사하는 경향도 매우 광범위하게 나타나고 있다.

김공 번은 본관이 안동인데 서울의 남산 밑에서 살았으며, 문학과 덕행으로 서울서 이름이 있었다. 그 부인 역시 현숙한 사람이었다. 김공은 고전의 정화를 가슴 속에 정확히 담고 항상 책상만 대하고 앉았을 따름이었고 생업에는 소졸했다. 선대부터 지녀오던 토지, 가장 기물, 노비 등을 차례로 팔아서 생계를 이은 나머지에 부인이 바느질로 업을 삼아 손을 놀 새 없이 밤낮으로 골몰하여 근근히 입에 풀칠을 해 가는 형편이었다.120)

---

117) 서울인이 호소한 民隱 가운데 상공업 문제가 65.9%로 압도적이며 상공업 문제를 호소한 상언 · 격쟁이 전국 151건 중 서울이 116건으로 76.8%를 차지하였다고 한다. 한상권, 「서울시민의 삶과 사회문제 -18세기 후반 京居人이 올린 上言 · 擊錚의 분석을 중심으로」, 『조선후기 서울의 사회와 생활』, 서울학연구소, 1998, 24면.

118) 『英祖實錄』 44年 12月 壬申.

119) 光武戶籍은 1894년 甲午改革의 신분제 폐지 선언이 나온 이후에 작성된 것이지만 이 자료를 통해 19세기의 모습을 엿볼 수 있다. 조성윤, 「조선후기 서울주민의 신분 및 직업구성」, 『조선후기 서울의 사회와 생활』, 서울학연구소, 1998, 206면.

120) 임형택 · 이우성, 『李朝漢文短篇集』上, 陰德, 140면.

위의 인용문에서 보듯 조선후기에는 양반 계층마저도 실질적으로 먹고 사는 것이 중요한 문제가 된다. 이처럼 조선후기 서울의 상업 도시적 성격, 특히 상공업에 대한 인식 변화는 양반가의 상행위마저 자연스럽게 여기며 그렇게 변화한 사회상이 소설 속에서도 자연스럽게 드러나게 된 것이다. <화씨충효록> 속에서 자주 사용되는 '푸즈(점포)'가 즐비한 거리의 묘사는 바로 도시적 시정을 나타낸다.

<화씨충효록>에 나타나는 실용적이고 현실적인 경제관념은 당대의 변화된 경제관을 반영했다는 의의 외에, 문학적 형상화 측면에서도 기여한다. 국문 장편소설에서 여성 주인공을 묘사할 때 아름다운 용모와 뛰어난 재덕은 상투적으로 늘 등장하는 표현이다. 소설 속 여주인공은 어려서부터 문재(文才)도 뛰어나고 여공(女工)에서도 남다른 솜씨를 보여주어 특별한 가르침이 없이도 훌륭한 경지에 이른다. 그런데 이들의 뛰어난 여공 솜씨는 앞서 고난과 마찬가지로 매우 추상적이며 그것이 작품 속에서 실질적으로 활용되는 경우는 거의 없다. 단지 남성 주인공이 반악 같은 외모에 이백의 문장, 그리고 장량이나 제갈량의 용맹과 지략을 모두 갖춘 것과 같은 맥락에서 여성 주인공을 수식하는 하나의 미사여구가 될 뿐이다. 그러나 <화씨충효록>에서는 그 여공을 구체적인 화소로 활용하여 인물의 탐욕과 사회상을 반영하는 실질적인 역할을 하도록 하고 있는 것이다. 이것은 조선후기 소설에서 부각되는 여성의 모습이 전대의 가치 지향적 아내들이 지녀야했던 부덕을 모두 갖추면서도 새로운 세상이 요구하는 현실타개 능력과 적극적 생활 태도를 지니는 능동적 여성으로 주체적 이미지가 부가되어 나타나는 것과[121] 관련이 있다.

---

121) 신선희, 「古小說에 나타난 富의 具現樣相과 그 意味」, 이화여대 박사논문, 1991, 196~199면.

대개의 국문 장편소설에서 가정 내 화란이 일어나는 개연성을 확보하기 위해 가장의 부재 화소를 사용하며, 가장의 부재는 바로 군담 화소와 연결되는 경우가 많다. 그러나 <화씨충효록>에서는 일상화된 시장의 거래 분위기를 보여주는 쌀 무역화소를 가장의 부재 상황과 결부시켜 뒤에 일어날 가란의 계기를 부여하는 인과적 장치로 사용하고 있다.

<화씨충효록>의 인물들은 경제적 측면에서 실질적이고 현실적인 관념을 지니고 있다. 악인의 마수에서 벗어나야 하는 위급한 상황에서조차 위기의식보다는 현실적 생활인으로서의 모습을 보이며, 악행의 양상이 노동력을 착취하여 경제적 이익을 탐하는 것으로 드러나기도 한다. 전장의 전술로 상품의 반액 판매 전략을 사용하기도 하고, 가장의 부재 모티프를 쌀 무역이라는 현실적 경제 활동과 관련시키기도 한다. 또한 요약을 하나의 상품으로 인식하고 매매하는 과정을 구체적으로 보여주기도 한다. 이 외에도 엄숭 일파의 참소로 적거했던 남어사나 진제독이 해배된 후 전일 몰수되었던 가산에 대해 관심을 보이거나, 향후 그들이 경사에 모여 살게 되면서 거처할 주택을 구매하는 과정에 대해서도 놓치지 않고 있다.

생계나 경제활동과 관련된 화소들은 작품에 현실적인 생동감을 부여한다. 이런 생활 화소는 소설 세계를 현실 세계와 닮아가게 한다. 또한 이것은 이미 경제력이 삶의 중심이 된 사회상을 보여주고 있으며, 당대의 생활인이기도 했던 소설 향유층의 인식 속에 경제관념이 자리 잡고 있음을 의미한다.

2. 관행화된 부정부패의 폭로

소설은 현실을 반영하는 문학이다. 작가는 현실 가운데에서도 '문제적 삶'이나 '행태'에 더 많은 관심을 기울이기 마련이다. 문제적 현실이란 작가에 따라 다르게 나타나기도 하고 혹은 유사한 현실을 선택한다 하더라도 처리하는 방식에 있어서 차이를 보일 수도 있다. <화씨충효록>에는 문제적 사회 행태의 대표적 양상인 부정부패의 모습들이 곳곳에서 발견된다.

> 츠셜 어시 졍직ᄒᆞ고로 엄슝이 조졍을 어ᄌᆞ러이고 갑슐밧고 쥬현의 벼슬ᄒᆞ니믈 통희이 넉여 ᄌᆞ원ᄒᆞ여 각도를 슌무ᄒᆞᆯ시 지부 현녕의 탐남잔학ᄒᆞᄂᆞ 뉴를 일분 요디ᄒᆞ미 업셔 엄슝의 보닌 뉴는 낫〃치 밀봉ᄒᆞ여 죄샹을 힉실ᄒᆞ고 츌쳑이 명빅ᄒᆞ니 각읍의 쳥명과 위엄이 진동ᄒᆞ더라[122]

조정의 권세를 장악했던 엄숭은 값을 받고 주현의 수령 자리를 판다. 이것을 통한하게 여긴 시어사 남표는 자원하여 각 도를 순무하며 엄숭에게 돈으로 벼슬을 얻은 무리의 실상을 낱낱이 파헤쳐 출척(黜斥)한다. 이러한 묘사는 엄숭과 남어사의 성품을 대조하기 위한 상투적 일화로도 볼 수 있다. 그런데 이에서 한 발 더 나아가 매관매직하는 방법과 가격이 자세하게 설명된 부분이 나온다.

> 츠후 양부의 발신ᄒᆞ기를 도모ᄒᆞᆯ시 경옥을 다리여 왈 … 당금 양참졍이 지위 고듕ᄒᆞᆫ지라 졔 참지졍ᄉᆞ의 이셔 졍ᄉᆞ를 가음 알고 벼슬ᄒᆞ이기를 쥬단ᄒᆞᄂᆞ니 〃부의 초쳔ᄒᆞ여 양참졍긔 픔ᄒᆞᄂᆞ니 공지 화벌 긔록의 션조 여예라 경옥이 쳥파의 디열 왈 연ᄒᆞ거니와 양참졍을 알니 업스니 엇지리오 한 왈 ᄌᆞ연 길을 도모ᄒᆞᆯ 거시니 타일 닛지 말나 싱이 디열ᄒᆞ여 벼슬의 갑슐 므를시 한 왈 너직은 블과 낭관이라 갑시 오빅냥이오 외직은 부요

---

122) 권13, 460~461면.

지〃의 구훈즉 갑시 천여량이라 어닉를 구코져 ᄒᄂ뇨 싱 왈 틱슈나 지부나 큰 ᄯ홀 구코져ᄒ노라 범한 왈 갑시 만흐면 구ᄒᄂ 디로 ᄒ이ᄂ니 닉 양가의 인연훈 스롬을 ᄎᄌ 므러보리라 즉시 양부의 가 … 양싱이 답 왈 닉 디인긔 고ᄒ여 보리라 한이 지삼 간청ᄒ고 도라가니 양싱이 참정긔 ᄎᄉ를 고훈디 참정 왈 즉금 회계 틱쉬 모병이 듕ᄒ여 ᄉ직 쟝계 왓시니 교디를 졍코져 ᄒᄂ니 ᄎ인이 〃 ᄯ홀 구ᄒ거든 일쳔오빅금을 가져와든 이 승탁ᄒ리라 싱 왈 회계는 큰 고을이오 범가는 무명 필뷔라 엇지 바로 틱슈를 ᄒ리오 됴졍이 시비 잇실가 ᄒᄂ이다 참정 왈 이 말도 유리ᄒ나 졔 션비로 국ᄌ감의 명회 이시면 지덕이 잇는 션비야 쉬오니 네 므러보라 양싱이 한을 블너 ᄉ연을 니르니 한 왈 소싱은 양줘 학당 션비오 일즉 국ᄌ감의 드지 못ᄒ엿노라 양싱 왈 연즉 큰 벼슬은 어려오니 엇지 ᄒ리오 범싱이 망연ᄒ거놀 양싱 왈 은ᄌ를 국ᄌ감의 밧치고 닙젹 후 쏘 삼빅 냥을 드려 가지를 어든 후 부친긔 고ᄒ여 됴훈 지부를 ᄒ리라 한이 디회 왈 가르치신 디로 ᄒ리니 됴훈 ᄯ홀 ᄒ이라 ᄒ고 도라오니[123]

화진의 처 윤씨를 엄세번에게 바쳐 발신을 꾀했던 일이 어그러지자, 범한이 이번에는 매관매직을 주관하는 양참정에게 뇌물을 주어 관직을 얻도록 화예를 부추긴다. 화예는 기뻐하나 양참정에게 주선할 사람이 없음을 걱정하니 범한은 걱정 말라고 큰소리한다. 화예가 벼슬의 값이 얼마인가를 묻자 범한은 내직은 낭관벼슬이 오백 량이고 외직은 부요지지(富饒之地)가 천여 량이라 한다. 범한은 곧바로 양참정의 아들 양생을 찾아가 외직의 부요지지로 발천해줄 것을 청한다. 양생은 부친 양참정에게 범한의 일을 아뢰자, 참정은 마침 회계 땅의 태수가 병이 중하여 사직 장계를 올렸다는 말로 허락한다. 그러나 그 땅이 크기 때문에 일천 오백 량은 가져와야 한다고 말한다. 양생이 필부인 범한에게 주기에는 회계

---

123) 권18, 275~277면.

땅이 너무 커서 조정에 말이 날지 모른다고 걱정을 하자, 참정은 국자감에 명호(名號)가 있으면 가능하다고 한다. 이에 양생은 범한에게 은자를 국자감에 바쳐 입적(入籍)을 하고, 삼백 량을 드려 가자(加資)를 얻은 후에 양참정에게 고하면 회계 태수를 할 수 있음을 알려준다.

이는 당시에 이미 매관매직이 정착되어 그 표준가격이 정해져 있음을 보여준다. 그리고 내직과 외직 중에 외직의 값이 배나 되는 것은 외직의 수령들이 임기 중에 그만큼의 수익을 올리고 있다는 것을 암시하는데, 수령들의 수익이 천여 량을 능가하려면 정상적인 녹봉만으로는 불가능하다. 즉 백성의 고혈을 짜는 수탈이 심각한 수준에 이르렀음을 반증하는 것이다. 또한 당시의 과거준비기관인 국자감에서도 그 입학이 정당한 시험이 아니라 뇌물에 의해 이루어지고 있음과 가자를 받을 수 있게 되는 기준가가 일정하게 정해져 있음도 알게 한다. 과거를 보지 않고 부당하게 가자를 받는 것은 조선후기에 문제점으로 지적되고 있다.

> 召對하여 《史記評林》을 강하였다. 곡식을 바치면 관직에 補任한 일에 이르러 侍讀官 李在學이 말하기를, "官爵은 국가에서 신중하게 여겨야 하는 바인 것인데 지금 곡식을 바치면 관직을 보임하게 했으니, 오히려 어찌 '관직을 위해서 적임자를 가린다.[爲官擇人]'고 논할 수 있겠습니까? 唐나라 德宗이 과일 바친 사람을 관직에 注擬하도록 하자, 陸贄의 간언이 두세 차례에 이르렀습니다. 이는 과일을 바치는 정성도 없는 것인데, 단지 곡식을 바치게 하고서 관직을 보임했으니, 이는 바로 賣官賣職을 한 것입니다. 그러나 이러한 어그러진 정책은 거의 없는 시대가 없었습니다. 오직 우리 나라에 있어서도 만일에 흉년을 만나게 되면 이른바 納粟帖이란 것이 外方 고을에 두루 유행되므로, 약간 몇 섬[石] 거리의 곡식이 있는 사람이면 문득 金貫子·玉貫子의 品階를 가지게 되었습니

다. 이는 비록 官爵과 차이가 있는 것이기는 하지만 이미 加資란 명칭이 있었고 보면 漢나라 때의 入粟補官과의 거리가 그다지 멀지 않게 된 것입니다. 雜技의 무리들에 있어서도 한번 국가에 공로를 바치게 되면, 작게는 邊將을 제수하고 크게는 守令을 삼아, 그 사람이 합당한지 않은지는 묻지도 않고서 민생을 다스리는 관직을 주었음은 더욱 신중하게 가려야 하는 政事에 있어서 결함이 있게 된 일입니다. ≪서경≫에 '덕을 힘쓰는 사람에겐 관직으로 더 힘쓰게 하고, 공을 힘쓰는 사람에겐 賞으로 더 힘쓰게 한다.'고 했습니다. 대개 공이 있는 사람에게는 상을 주어야 하고 벼슬시킬 수는 없는 것이니, 삼가 바라건대, 성상께서 깊이 유의하소서." 하니, 임금이 이르기를, "儒臣의 말이 옳다. 列聖朝에 더러는 御容을 그린 畫員을 邊將으로 承傳하게 되자 三司에서 논쟁하게 되었고, 더러는 患候가 平復된 때의 醫官에게 가자하는 전교를 내리자 玉堂에서 말을 하게 되었으니, 이는 진실로 隆盛한 시대의 故事이다." 하였다.[124]

이는 18세기 후반 시독관 이재학이 『사기평림』을 강하는 자리에서, 당나라 덕종(德宗)이 파천할 때 과일을 바친 백성에게 관직을 주려하자 육지(陸贄)가 불가하다고 상주한 고사를 우리나라의 상황과 관련시킨 것이다. 이재학은 우리나라의 경우 흉년 등을 만나면 납속첩이란 것이 유행하여 곡식을 바치고 가자를 얻는 것이 만연해 있는데, 민생을 다스리는 관직은 더욱 신중하게 사람을 가려야 한다며, 사람의 합당 여부는 묻지 않고 관리를 임명하는 관행의 부당함을 지적하고 있다. 이렇게 관행화된 부패에 대한 묘사는 1910년대의 시대상을 사실적이고 풍자적으로 묘사한 <채봉감별곡>과도 매우 닮아있다.

당초에 그 김진스는 셔랑도 듯볼 겸 환로에 유의ᄒ야 다슈ᄒ 지산을

---

124) 『正祖實錄』 1年 7月 丙戌, 민족문화추진회.

가지고 셔울로 올나간 터이라 남북촌 지상의 셰도 집을 초질졔 당시 허씨가 제일 셰그로 됴뎡이 븟좃치는 비라 김진스 이 소문을 듯고 허씨 집 긴혼 문긱 흐나를 친흐니 이 스롬은 김양쥬라 흐는지라 위인이 아첨 쇼인으로 허씨에게 제일 긴흐야 양쥬 목스까지 어더흐고 미관미작에 일등 거간으로 붓터잇는 스람이러니 김진스 거익의 지산을 가지고 구사츠로 올나왓단 말을 듯고 금혈이나 어든드시 디단 절친히 지니여 은근히 평양으로 스롬을 보니여 김진스 허실을 알아보고 … (김양쥬) 위션 돈 쳔량만 주시오 건룽뎡즈각슈리별단에 출륙을 흐시게 흐리다 김진속 출륙에 입이 버러져서 빅목젼에 초질 어음표를 주며 (김진스) 출륙만 흐면 슈령흐기가 쉽깃지요 (김양쥬) 그릿코 말고 벼슬이라 흐는 거시 게계가 잇셔셔 슈령을 흐랴면 츌륙붓터 흐야 흐는 고로 만일 츌륙을 못흐면 오백놀 가기로 홀슈잇소 (김진사) 졔야 시골 스롬이라 무어슬 알잇가 령감 흐시시에 잇지요 (김양쥬) 넘녀 마시오 니가 다 아라셔 홀 터이니 뒤는 잘 디시오 (김진사) 예-쥬션만 잘히셔 주시오 (김양쥬) 돈이 얼마나 되오 허판셔 욕심이 여간돈 가지고는 못되는디 (김진스) 돈이랏셔 가지고 올느온 거시 한 오쳔량되지요 (김양쥬) 오쳔량 가지고 되깃쇼 쇼불하 만량은 가져야 현감이라도 어더흐오 (김진스) 그러면 표라도 히셔 놋코 니려가셔 치루리다 그려 (김양쥬) 그녁 관게업쇼 엇지 흐든지 삼일 안에 츌륙 칙지를 굿다가 드릴거시니 한턱이나 흐오 … (허) 이 사롬이 그격게 츌륙흔 스롬인가 김양주가 허리를 쌍에 닷도록 쑤부리고 '이에-그럿습니다' 허판셔가 다시 김참종을 쳐다보고 '어-미우 단아흔 션비로 되엿군 그더 어대 수령흐느 흐기가 원이라지 위션 시험조로 조고마흔 과쳔 현감을 흐야볼가 미상불 과쳔이 좃치 울고 들러가셔 웃고 느오는데' 김참봉은 무슴 영문이지도 모르고 가만이 셧는대 김양주가 문는다 '지금 과쳔이 공관이오 잇가' (허)응-과쳔 현감이 스직소를 힛지 (김양쥬) 가격은 얼마 가량을 흐심잇가 (허) 만량 흐느는 잇셔야 홀걸 니 싱각 굿히셔는 퇴인흐는 쳐디에 돈이 관계업지마는 다른 스롬이야 그러흔가 이굿치 가장 청빈흔 쳬 흐는거슬 김참봉은 진실흔 마음에 졍말노 알고 엇더케 고맙게 역이여 말

> 호되 (김창봉) 디감 혜택으로 츌륙을 식키여 주시고 쏘 현감ᄭᅵ지 밋기시
> 니 황송무지올시다 (허) 별소리를 다ᄒᆞᄂᆞᆫ구ᄂᆞ 오늘 별당에 식키여 쥴거
> 시니 돈표를 써셔 두고가쇼125)

 평양에 사는 김 진사는 평양 같은 시골에서는 좋은 사위를 구할 수
없다 하여 서랑을 구하기 위해 서울로 올라온다. 그러면서 이왕이면 벼
슬길도 함께 알아보려는 마음으로 충분한 자금을 가지고 온다. 서울에
와 당대의 최고 세도가인 허 판서를 염두에 두고 그 집과 인연을 맺기
위해 허 판서의 문객 중 한 명인 김양주를 사귄다. 그런데 김양주는 허
판서에게 아첨하는 소인배로 그 자신도 허 판서에게 양주목사 자리를
산 사람이다. 그러면서 동시에 벼슬 매매의 거간 노릇을 하고 있다. 그는
김 진사가 벼슬을 사러 거액의 재산을 가져왔다는 말을 듣고 그와 친히
사귀면서 동시에 사람을 평양으로 보내어 김 진사의 실상을 확인한다.
 김양주는 김 진사에게 우선 천 냥을 요구해 수령 자리를 사기 전 단계
로 출륙(出六)을 하고 그 다음 수령 자리를 사도록 주선한다. 즉 김양주
가 말한 '벼슬을 하려면 계제(階除)가 있는 것'은 바로 벼슬을 살 때의
절차를 의미한다. 먼저 아래 관리에게 뇌물을 주어 출륙을 하고 난 뒤에
허 판서에게 뇌물을 바쳐 수령 자리를 얻어야 한다는 말이다. 출륙을 하
고 며칠 뒤 허 판서를 만나 구체적으로 매관의 절차에 들어가는데 과천
땅은 들어갈 때 울고, 나올 때 웃는 이른바 '부요지지'이다. 허 판서는
자신은 돈에 크게 욕심이 없지만 다른 사람들도 신경 써 줘야 해서 만
냥은 필요하다고 언질을 준다. 이때 허 판서가 다른 사람 운운하는 것은
매관의 과정에서 여러 사람이 관여한다는 의미가 깔려 있다.

---

125) <채봉감별곡>, 박문서관본, 23~34면.

이 장면은 위에서 살펴본 <화씨충효록>의 장면과 매우 유사하다. <화씨충효록>에서 묘사되는 매관매직의 절차는 먼저 수령이 될 자격을 얻기 위해 국자감에 입적한 후 가자를 얻어야 매관을 주관하는 고관인 양 참정에게 부탁하여 수령 자리를 얻을 수 있다. <채봉감별곡>의 경우도 먼저 천여 량으로 수령이 되기 전 단계인 출륙을 하고난 뒤에라야[126] 허 판서를 통해 수령 자리를 얻을 수 있는 것이다. <채봉감별곡>은 고전소설의 전통을 계승하면서 표면적으로는 조선후기 세도정치기의 평양과 서울을 시공간으로 설정하고 심층적으로는 근대전환기 자본주의적 시대상을 드러낸 작품이다.[127] <화씨충효록>은 관행화된 매관매직의 절차나 그 표현 방식에 있어서 20세기 초에 창작된 <채봉감별곡>과 상동성을 지닌다. 이것은 두 작품이 유사한 시대정신이나 문제의식을 지니고 있었다는 증거가 되며, <화씨충효록>의 근대적 지향을 엿볼 수 있는 지점이기도 하다.

문제적 현실에 대해 가장 예리하고 비판적으로 바라보는 소설은 사회소설이나 풍자소설류이다. 사회소설은 사회문제에 직접 관여하거나 문제적 현실을 폭로한다. <홍길동전>의 경우 적서차별의 문제라는 당대의 핵심적 쟁점에 대해 직접적으로 문제 삼고 있는데 이런 점에서 사회소설의 성격이 농후하다. 풍자소설은 사회문제에 대한 관심이나 비판의 정도는 사회소설과 유사하지만 사회소설에 비해 간접적 말하기 방식을 취한다. 그들이 주로 취하는 태도는 문제 상황 중 사회의 결점이나 모순, 혹은 불합리함을 우회적으로 비꼬는 것으로 동일한 목적을 사회소설과

---

126) 出六은 7품직에 있던 관원이 6품으로 陞級하여 다른 직에 轉任하는 것이다. 出六은 과거를 통해 이루어져야 하는데, 조선후기에는 부정한 出六으로 인한 문제가 심각했다. 『正祖實錄』 22年 12月 己酉.

127) 조윤형, 「<채봉감별곡> 연구」, 한국교원대학교 박사논문, 2005, 26~86면.

는 다르게 취급한다. 연암의 소설들의 대개가 이러한 류에 속한다.

일반적인 소설들은 정도의 차이는 있지만 문제적 현실에 대해서는 풍자의 태도를 취하는 경우가 많다. 그러나 풍자의 태도를 취한다고 해서 모두 풍자소설이 되는 것은 아니다. 풍자성은 양적인 측면보다는 정도의 측면을 기준 삼는다. 일반적으로 풍자소설이라 분류되는 작품들은 풍자의 정도가 다른 작품에 비해 심도 깊고 날카롭다.

소설에서 보이는 풍자는 주로 인간 본성의 측면과 사회적 측면으로 나눌 수 있다. 일반적으로 풍자의 세계에서 초점을 두고 있는 것은 우행(愚行)의 폭로와 사악(邪惡)의 징벌이다.128) 이것은 인간 본성에 대한 풍자로 초기의 설화문학에서부터 풍자의 대상이 되어왔다. 그러나 사회적 측면에 대한 풍자는 사회의 제도나 규범이 정립되고 그것의 불합리와 모순이 드러나면서 생겨난 것이다. 올바른 군주의 덕, 공정한 인재등용, 역사적 사건에 대한 우회적 비판 등 사회 제도나 규범에 대한 풍자는 양반 계층의 자기반성 차원에서 양반 문학의 전통으로 자리 잡았다. 이 것은 문헌설화, 전, 가전, 몽유록 등을 통해 계승 발전해왔다.

풍자가 양반 사회의 문제가 아니라 하층 백성의 삶과 관련된 사항들로 눈높이가 하향 조정되면서 탐관오리와 하급 이서(吏胥)들의 부정부패가 풍자의 대상이 된다. 풍자 주체도 같은 양반 계층이 아니라 실제 당사자인 백성의 입장에서 그 불합리함을 폭로하는 경우가 생기는데, 이에는 대중의 문학으로 자리를 잡아가는 소설이 커다란 역할을 한다. 앞서 말한 <홍길동전>이나 <양반전>, <허생전>과 같이 양반 내부의 각성뿐 아니라 <춘향전> 같은 민중문학을 통해서 백성이 주체가 되는 풍

---

128) Clark, A. M., *Studies in Literary Modes*, Oliver and Boyd, Edinburgh, 1946, 32면.

자성이 나타나게 된 것이다.

그런데 풍자란 풍자하는 순간만큼은 그 주체가 대상보다 우위에 서기 때문에[129] 풍자가 이루어진다는 것은 그 주체가 되는 계층의 내적 성숙이 이루어졌다는 말이 된다. 또한 시야가 사회 전반으로 넓어져야 그것에서 발행하는 문제점들을 인식할 수 있다. 따라서 지식인 계층인 양반 사대부의 의해 창작된 한문소설에 비해 국문으로 창작된 소설이 풍자문학의 성격을 획득하는 것은 시기적으로 뒤처질 수밖에 없다. 이것을 가능하게 한 것이 국문 장편소설이다.

국문 장편소설은 다양한 인간 군상의 여러 가지 국면을 다루고 있기 때문에 삶의 전반에 대해 열린 시야를 가지고 있다. 이러한 시야의 확대는 문제되는 지점들을 담아내는 데 적절하다. 물론 그러한 지점을 담아냈다고 해서 시각까지 동시에 날카로워지는 것은 아니다. 국문 장편소설도 초기에는 최상층 사대부가의 전유물이나 사치품으로서 창작되었기 때문에[130] 권력이나 가문의 절대화를 위한 규범적 차원의 내용을 중심으로 삼았다. 따라서 풍자적 성격보다는 하나의 창작 관습으로서, 주인공 가문과 적대 관계에 있는 권력형 악인의 성격 창조를 위해 매관매직과 행뢰(行賂) 등의 화소가 기능했다. 그러나 조선 후기에 오면 유사한 화소의 전통을 계승하면서도 그 구현 양상이 매우 사실적으로 변함을 알 수 있다.

<화씨충효록>은 본격적 풍자소설이나 사회소설은 아니지만 현실의 부정한 측면에 대해 구체적으로 폭로한다. 작가는 날카로운 비판의 목소리를 직접 드러내는 것이 아니라 독자들이 직접 부패한 관행을 목격하게 함으로써 사회 문제에 대한 자신의 시선을 드러내고 있는 것이다.

---

129) N. 프라이, 임철규 역, 『비평의 해부』, 한길사, 1991, 49~51면.
130) 정길수, 앞의 책.

3. 단선적(單線的) 인간관의 극복

소설에서 인간을 바라보는 관점은 일반적으로 선악의 논리에 따르는 경우가 많다. 선한 인물들은 모든 행위가 그의 선한 성품에 기인하며 따라서 그가 하는 모든 행동과 판단에 대해 독자는 무조건적인 신뢰를 보내게 된다. 마찬가지로 악인의 경우도 악한 행동에 대한 원인은 악한 성품에 따른 것이고, 그에 대한 질타와 징벌은 당연한 것으로 받아들여진다. 선악의 논리에 지배되는 인간관은 현실적 맥락에서 보면 비합리적인 경우가 다분하다.

앞서 살펴보았듯이 <화씨충효록>은 인물의 성품을 고정시키지 않고 대면하는 환경에 따라 변화시킴으로써 선악의 논리에서 자유로운 인간상을 구현하고 있다. 선악의 관념을 벗고, 실제 경험 세계에 기반한 인간의 모습은 규범에 대해 무조건적 추종을 거부하는 당대의 의식과 관련이 있다.

> 공이 일죽 삼부인을 두엇시민 슬하의 농장ᄒᆞ는 경시 업스니 종시 믓출가 넘녀ᄒᆞ더니 홀연 심부인이 잉틱ᄒᆞ여 일기 남ᄋᆞ를 싱ᄒᆞ니 용뫼 미려ᄒᆞ고 안치 영인ᄒᆞᆫ지라 공이 무후ᄒᆞ믈 (한)ᄒᆞ다가 남ᄌᆞ를 불승희힝ᄒᆞ고 셩부인이 디열ᄒᆞ여 하례ᄒᆞ니 친척동당이 치히[하]ᄒᆞ여 일기 진동ᄒᆞ여 경ᄉᆞ를 즐겨ᄒᆞ니 심시 다힝코 깃거 십여일 후 산휘 평복ᄒᆞ니 ᄋᆞ직 일가의 보비되여 공이 됴회를 파ᄒᆞ면 ᄋᆞᄌᆞ를 슬샹의 두어 날노 ᄌᆞ라기를 기ᄃᆞ리며 뎡부인이 긔츌갓치ᄒᆞ니 심부인 권셰 일시의 더ᄒᆞ더라[131]

화예는 화욱이 바라고 바라던 장자로 '용모미려(容貌美麗), 안채영인

---

131) 권1, 5~6면.

(眼彩슈仁)'의 비범한 모습으로 태어난, 온 집안의 보배이며 화욱의 사랑을 듬뿍 받는 소중한 존재이다. 이는 선인형 중심 인물 화진의 출생부분과 크게 다르지 않다. 이렇듯 두 아들은 본성이나 타고난 자질 면에서 큰 차이를 보이지 않는다. 그런데 문제가 되는 것은 후천적인 학습능력이다. 즉 장자에 비해 차자가 공부를 더 잘하는 것이 문제가 된 것이다.

> 공이 냥즈와 일녀의 극흔 즈미 무궁흐니 만염이 프러져 쟝즈 예의 즈를 경옥이라흐고 녀ᄋ 빙션의 즈는 티강이라 흐고 추즈 진의 즈를 형옥이라 흐여 안젼의 두고 글을 가라치니 형옥 티강은 총명슈발흐여 흔 즈를 가ᄅ치미 열즈를 통흐고 흔 쟝을 비호미 열쟝을 희득흐여 날노 장진흐디 경옥은 열번 가라쳐야 겨요 희득흐고 빅번 일너야 아라드ᄅ니 공이 쟝즈의 불초불민흐믈 탄흐여 미양 죄칙이 즈즈니[132]

화욱은 장자 화예를 처음부터 불민하다고 여기지 않았다. 두 아들과 한 딸을 모두 사랑하며 재미가 지극하고 무궁하여 직접 글을 가르치기까지 하였다. 그런데 가르치는 과정에서 화예의 배움이 그 동생들에 미치지 못하자 화욱은 화예의 불초함을 탄식하며 가르칠 때마다 심하게 꾸짖는다. 그러다 결정적으로 송죽헌 사건이 발생한다.

> 공이 바다 흔 번 보미 경옥의 시는 비록 청신흐나 필법이 황잡흐고 스의 경박흐여 귀법이 다 소인의 티라 공이 변식흐고 추공즈의 글을 보니 필법이 졍공흐고 체격이 유아흐며 스와 귀법이 함축흐고 광활흐여 즈즈 금슈오 언언쥬옥이라 깁우희 향운이 이러ᄂ고 지상의 구슬을 헤쳣는 듯 흐니 공이 불승경희흐고 안식이 화평흐여 슈염을 쓰다듬으며 지삼음영

---

132) 권1, 20~21면.

홀시 경옥이 부친의 졔 글을 보고 변식ㅎ여 혼 ㅈ 칭찬이 업다가 형옥의
시ㅅ는 보고 쏘 보아 귀귀 졈쳐 칭션ㅎ며 희식이 가득ㅎ니 심하의 무류
코 한ㅎ여 머리를 슉여 유유ㅎ거늘 공이 양ㅈ의 시를 드러 비기민 묵과
와 경긔갓고 쥬옥과 ㅅ셕갓ㅎ여 의ㅣ 니오ㅎ미 도척과 뉴ㅎ혜갓혼지라
발연 불열ㅎ여 경옥의 시를 짜히 더지고 크게 쑤지져 왈[133]

어느 날 송죽헌에서 화욱은 두 아들에게 신류시(新柳詩)와 낙화시(洛
花詩)를 짓게 한다. 화욱은 화예의 시를 보고 '청신(淸新)하나 필법이 황
잡(荒雜)하고 사의(辭意)가 경박하여 소인의 태가 있다'하여 바로 얼굴색
이 변하며 한 자 칭찬도 하지 않는다. 그리고 화진의 시에 이르러서는
보고 또 보며 한 글자 글자마다 점 쳐가며 기쁜 빛으로 칭찬을 한다.
게다가 두 아들의 글을 들어 하나하나 비교해가며 '주옥(珠玉)과 사석(沙
石)', '도척과 유하혜'에 비유한다. 부친이 심하게 꾸짖으며 심지어 동생
과 비교하면서 적장자의 자리마저 동생에게 물려줄 뜻을 보이자 화예는
무안하면서 한편으로 분한 마음을 갖게 된다. 이 일 이후로 화예는 화진
과 불목하게 되고, 또 가문 내에서 설 자리를 찾지 못해 밖으로 돌며
나쁜 친구 범한과 장평을 사귀게 된 것이다.

범한과 장평은 칭찬하고 부추기는 말로 화예의 마음을 기쁘게 하는데,
가정에서 소외당한 화예은 자연스럽게 그들에게 의지하게 된다. 그런데
범한과 장평은 화예와는 달리 근본적으로 패륜적이고 간악한 인물이다.

경옥을 붓좃는 ㅈ는 음악과 간표흔 무리라 기둥 범한 쟝평은 ㅅ문ㅅ유
라 조샹 부모ㅎ고 가업이 파산ㅎ여 동누의 줌ㅈ고 셔루의 밥 빌어먹어
힝격이 ㅎ쳔ㅎ고 셩질이 간험ㅎ며 언능 음흉ㅎ여 부귀 공ㅈ를 초인ㅎ여

---

133) 권1, 29~30면.

주박ᄒ며 챵누의 입ᄒ여 은젼을 더져 의식을 즈뢰ᄒᄆᆡ 챵녀 유셩화를 가
축ᄒ여시나 챵녀 힝실이 일부를 직희지 못ᄒᆞᆫ고로 날마다 남즈를 모도
와 겨고 금보치단을 어더 가스를 도으니 댱평이 역시 깃거 모로ᄂᆞᆫ 쳬ᄒ
고 지니니 진실노 스나히 ᄎᆞᄆᆞ 못홀 노릇시라 ᄎᆞ인등은 셰샹의 업슨 더
악무힝ᄒᆞᆫ 남즈소년이러라134)

범한과 장평은 사문사유(士門士儒)라 하지만 일찍 부모를 여의고 정
처 없이 떠돌며 동가숙서가식(東家宿西家食)하는 인물들이다. 그들은 행
실이 천박하고 성질은 간교·음험하며 말만 능하게 하고 속은 음흉하다.
그래서 부귀한 공자들을 만나면 꾀어서 사귀며 창녀들과 어울려 생활하
는 대악무행(大惡無行)한 인물들이다. 이들은 화예를 만나 그의 재산이
수천만에 이르는 것을 알고는 기뻐하며, 아첨하고 따르는 것을 '충신이
임금 섬기듯' 한다. 이들은 화예를 부추겨 화진을 살해하도록 조장하고,
자객 누급의 실수로 화진 대신 화예의 아들 성홍이 죽자 또 화진을 살인
죄로 무고하게 한다. 또한 화진의 부인 윤씨를 엄세번에게 바쳐 발신을
도모하라고 부추기기도 하고 남씨를 취하도록 격동하여 가내의 화란을
조장하기도 한다. 그러나 화예는 악행을 행하면서도 어찌할 바를 몰라
하며 주저하는 모습을 보인다.

경옥이 실식ᄒ여 쌀니 소당의 이르니 범쟝이 또 의혹ᄒ여 쌀와 보ᄆᆡ
과연 홍이 가삼의 피를 흘니고 명이 졀ᄒ엿ᄂᆞᆫ디 혹스ᄂᆞᆫ 시쳬를 안고 인
스를 ᄇᆞ려거눌 경옥이 니를 보ᄆᆡ 누급이 진을 지르려다가 홍을 죽인 줄
알고 뉘웃고 망극ᄒ여 불을 구르고 방셩통곡ᄒ니 혹시 졍신을 졍ᄒ여 통
곡 왈 ᄎᆞ희라 셩질이여 너의 인즈셩힝과 출범ᄒᆞᆫ 긔질노써 이런 참혹ᄒᆞᆫ

---

134) 권7, 490~491면.

죽엄이 될 줄 어이 아라시며 엇던 지 니런 흉ᄉ를 지오뇨 슬프다 타일 문호를 빗니고 조선을 현양홀가 ᄒ더니 우슉이 명이 가지록 박ᄒ여 너를 마즈 여히니 이ᄂ 너 명이 못ᄎ미로다 ᄋ지라 이 어인 일이며 이 어인 경상고 언파의 실셩 쟝통의 피를 토ᄒ고 엄홀ᄒ니 경옥이 잇써 혼비빅산ᄒ여 아모리 홀 줄 모로고 흔갓 크게 울 뿐이니 범쟝이 급히 겨옥을 잇그러 귀의 다려 여ᄎ〃ᄒ즉 ᄒ니 경옥이 망극 듕이나 이인의 계교를 올히 여겨 즉시 외당의 나와 삼인이 의논ᄒ여 흔쟝 졍문을 비졀이 지어 범한으로 ᄒ여곰 양쥬부현의 졍소ᄒ라 ᄒ고 여러 냥 은젼을 쟝평을 쥬어 아문의 인졍을 써 형옥을 얽어 아조 즛쳐 죽이믈 도모ᄒ라 ᄒ니 냥인이 즉시 집의 도라가 각〃 졔 계집ᄃ려 아문의 가는 소유를 니ᄅ고 날이 붉으믈 기ᄃ려 아문으로 가니라[135]

남씨가 교녀 등의 능욕을 참지 못하고 자결하자 뜻밖의 사건으로 놀란 화예는 그것을 처리할 방법을 범한·장평과 의논한다. 범한·장평은 계교를 내어 남씨가 간부와 도주했다고 소문을 내고 시체를 몰래 버리라고 한다. 그 말에 따라 남씨의 시체를 없앤 화예는 추후 고모 성부인과 동생 태강이 돌아오면 자신을 의심하는 말이 나올 것을 두려워하며 그 방책에 대해 또 다시 범한·장평과 의논한다. 그러자 범한과 장평은 두려움에 떠는 화예에게 은근히 겁을 주며 화진을 죽일 것을 부추긴다. 그들은 모든 일이 화예가 동생을 사랑하지 않아서 생긴 것이며, 더구나 남씨를 죽게 한 것은 바로 화예와 교씨의 탓이므로 만약 화진이 성부인에게 이 사실을 말하면, 화진을 편애하는 성부인이 화예를 폐위하여 서인으로 만들거나 원찬정배하거나 살인죄수로 사형을 하게 할 것이라며 위협을 한다. 이에 겁을 먹은 화예는 범한·장평에게 자신을 구할 계교를

---

135) 권12, 377~380면.

내달라고 간절하게 매달린다. 이 기회를 타 범한은 자신의 처남이자 자객인 누급을 이용해 화진을 죽이자고 한다. 두려움에 판단력을 잃은 화예는 이것을 허락하고 만다.

그런데 누급의 실수로 화진 대신 아들 성홍이 죽자 화예는 자객 보낸 일을 후회하며 방성통곡을 한다. 그러나 이때 범한·장평은 혼비백산으로 어찌할 바를 모르고 슬퍼만 하는 화예에게 또 다른 계략을 제시한다. 그들은 자신들의 살인 미수를 감추기 위해 화진을 살인죄로 무고하려는 것이다. 이때도 화예는 당황스러움과 두려움으로 그들의 의견을 따른다. 그러나 이러한 양상은 얼마 가지 않아 화예가 조금씩 안정을 찾고 합리적으로 선후를 파악하기 시작하면서 달라진다.

잇쩌 경옥이 으를 스지의 보니고 인언이 분〃ㅎ며 혹스를 이미틋 ㅎ눈지라 심하의 쏘흔 블평ㅎ여 츠무 원고로 쓰라가지 못ㅎ고 집의셔 방황ㅎ며 아모리 홀 줄 모로니 범한이 도라 왈 시방 지뷔 죄를 엄문ㅎ시니 반드시 원고를 츠즈 더증ㅎ실지라 엇지 가지 아니코 이에 잇느뇨 경옥 눈셥을 찡그고 탄왈 블힝ㅎ여 그릇 흐낫 즈식 스스로 살히ㅎ고 동긔를 함ㅎ며 스지의 너ㅎ니 니 일시 그릇 싱각ㅎ므로 동긔와 즈식을 다 술히ㅎ여 더악비인졍 노로술 ㅎ여시니 뉘웃쳐도 밋지 못홀지라 관부의셔 술인을 분간홀 졔 반드시 시〃쳬로 간검ㅎ리니 그 경상이 더옥 참혹ㅎ고 비록 샹쳐는 잇시나 인언이 분요ㅎ여 만히 형옥 이미틋 ㅎ니 증인도 업고 진이 발명흔 젹이면 일지 즈연 쳔연ㅎ여 아모리 될 줄 모로는지라 니 무옴이 황난ㅎ니 관부의 드러갈 뜻이 업고 으를 고쟝ㅎ여 더송ㅎ미 만고의 희한흔 일이라 실노 춤괴ㅎ니 츠무 어이 가리오 한이 변식 왈 그더 이만ㅎ면 쳐음의 시작지 아님만 갓지 못흔지라 임의 디스를 져즈러노코 겁ㅎ여 유〃ㅎ여셔는 스긔 슈상ㅎ여 도로혀 일이 퓌루ㅎ고 디홰 니러나리니 엇지 슈플을 쳐 비암을 놀니는듯 ㅎ며 집의 불을 노코 스스로 쮜여드러

> 스화를 당ᄒ리오 … 형옥이 신원ᄒ미 잇신죽 그더 도로혀 형옥의 화를 부들거시니 우리ᄂ 먼이 도망ᄒ리로다 경옥이 청파의 크게 겁ᄒ여 년망 왈 그더 말이 가쟝 유리ᄒ지라 니 엇지 일을 허슈히 ᄒ리오 이에 가리라 ᄒ고 즉시 빅의를 착ᄒ고 범한으로 더브러 아문으로 향ᄒ시 한 왈 송ᄉ를 시작ᄒ미 인정이 젹지 못ᄒ거시오 쳐음으로 송졍의 드러가니 샹하 회뢰ᄒ 거시 업지 못ᄒ리라 경옥이 ᄎ시를 당ᄒ여 ᄆ음이 비황 난잡ᄒ여 쥬의ᄂ 손ᄒ여ᄂ지라 범한의 말을 조ᄎ 슈십 냥 은견을 니여 한을 맛겨 인정을 쓰라 ᄒ고 ᄒ가지로 아문 븟게 디령ᄒ엿더니[136]

동생 화진을 살인죄로 무고하여 관부에 보내고 심경이 불편한 **화예**의 모습은 악인이라기보다는 우연히 저지른 어리석은 악행에 어쩔 수 없이 휘말리게 된 우인의 모습을 보인다. 주변 사람들이 동생을 애매하다고 하는 말에 불안해하고 또 개인적으로도 마음에 가책을 느끼며, 원고(原告)로서 대증(對證)을 하러 갈 뻔뻔스러움도 없는 평범한 우인인 것이다. 그리하여 대증하러 가기를 독촉하는 범한에게 불평한 기색을 보이며 자신이 일시 잘못 생각하여 하나 있는 아들도 죽게 하고 동생도 사지에 몰아넣었다고 말하면서 자책과 회과의 기미를 보이고 있다. 또 죽은 아들의 시체를 차마 보지 못하겠고, 아우와 대송(對訟)하는 것이 부끄러운 일이라면서 자신이 '뉘우쳐도 소용없는' 일을 저지른 것에 대해 역력한 후회의 빛을 보인다.

그러나 악행은 처벌에 대한 두려움으로 인해 또 다른 악행을 낳는다. 범한은 화예의 두려움을 격동하며 자신들이 멀리 도망가면 처벌을 **화예** 혼자 감당하게 될 것이라는 위협으로 또 다른 악행에 말려들게 하고 있다. 화예가 이러한 상황에서 다시 범한·장평의 계교에 **빠져들게** 되는

---

136) 권13, 415~419면.

것을 작가도 "츳시를 당ᄒ여 ᄆᆞ음이 비황 난잡ᄒ여 쥬의ᄂᆞ 손ᄒᆞ."였기 때문이라고 우호적으로 설명 하고 있다. 결국 심리적 갈등과 번민 속에서 화예는 장형을 맞으면서 모든 일의 부질없음을 느끼게 되고, 유배가는 화진을 죽이자는 범한의 부추김을 거절하게 된다. 이 후 적소로 가는 도중에서 화진을 죽이려고 하수하는 일과 후에 임씨를 죽이려고 자객을 보내는 일 등은 모두 화예와는 무관하게 범한이 단독으로 주도하게 된다.

<화씨충효록>에서 인간을 바라보는 관점은 선악의 논리를 뛰어 넘는다. 선험적 관념에 지배받지 않는다는 것은 경험을 바탕으로 한 현실적 인간관이 투영되어 있음을 의미한다. 이상적인 선인형 인물도 그가 대면하는 환경에 따라 다양한 감정의 기복과 행동 양상을 보일 수 있다. 악인의 경우도 단선적 성격을 극복하고 악인과 우인으로 나눠진다. 악인은 서사 전개 상 필요한 기능소로서의 역할이 강조되는 반면 우인은 보편적 인간상에 접근해있다.

화예의 경우 악인인 범한·장평과 교우관계를 맺고 악행에 빠져들게 되는 것은 본성이 악해서가 아니라 부친 화욱의 편애와 잘못된 교육관 때문이다. 화욱은 작품 안에서 훌륭한 인품을 지닌 가장으로 표현되지만 실제로 그가 가족 구성원들을 대하는 행동 양상은 매우 편파적이다. 세 부인 가운데 정부인 한 사람에게 애정과 신뢰가 치우쳐 있어서 첫째 부인 심씨의 원앙을 포용하지 못했으며, 둘째 부인 요씨의 경우는 겉으로 드러난 문제 상황은 없어 보이지만 소외감과 우울증이 극에 달하여 죽음에 이르게 한다. 임종을 앞둔 요씨가 화욱의 소활함에 대해 지적했을 때까지도 화욱은 자신과 요씨 사이에는 아무런 문제가 없었다고 여기며 자신이 무슨 잘못을 했는지조차 이해할 수 없어 한다. 즉 화욱도 관념적인 가장의 모습이 아니라 보편적 인간으로서, 대면하는 대상과 상황에

따라 이성적으로 행동하기도 하고 감정적으로 대처하기도 하는 모습을 보이고 있는 것이다.

화예의 악행은 부친 화욱의 편벽된 교육관에 기인한다. 화욱은 교육 방법상에서 문제를 드러내고 있는데, 그 근원은 애정에 치우쳐 자식의 교육을 자임한 것이다. 원래 부모는 그 자식을 직접 가르치지 않는 것이 유가(儒家)의 교육관인데,137) 유교적 도덕관을 중시하는 화욱이 자식을 직접 가르치는 우(愚)를 범한 것이다. 그런데 집안의 보배이자 장차 화부를 이끌어갈 장자로 사랑을 아끼지 않았던 화예가 동생들에 비해 학업이 부진하고 자신의 기대에 미치지 못하자 화가 난 화욱은 인내심을 잃고 화예에게 책선(責善)을 자주하여 부자간이 이간되는 결과를 낳는다.

가장 경계해야할 교육 방법이 바로 칭찬하지 않고 꾸짖음으로 일관하는 것과, 다른 사람과 비교하는 것이다. 화욱은 바로 그 두 가지를 모두 저지르는 문제적 아버지의 모습을 보이고 있다. 특히 동생들 앞에서 장자의 잘못을 과도하게 꾸짖으며 동시에 동생 화진과 하나하나 비교해가며 종국에는 적장자의 위차마저 바꾸겠다고 자식들 앞에서 공표하는 경솔함을 보이기까지 한다. 이로 인해 화예는 부친에 대한 지나친 두려움과 화진에 대한 적대감을 지니게 되고 가장이 인정하지 않는 장손이라는 불완전한 자신의 위치에 대해 불안해하게 된다. 더구나 아내 임씨마저도 자신의 입장을 이해하기 보다는 부친과 화진의 편에 서며 인간적 위로보다는 도덕적 간언만을 하려고 하여 부부간의 소통은 단절된다. 결국 집안에서 자신을 이해하는 사람은 모친 심씨뿐이지만 심씨도 남편

---

137) 『孟子』, 「離婁章句上」, "公孫丑曰 君子之不敎子何也 孟子曰 勢不行也 敎者必以正 以正不行 繼之以怒 繼之以怒則反夷矣 夫子敎我以正 夫子未出於正也 則是父子相夷 也 父子相夷則惡矣 古者易子而敎之 父子之間不責善 責善則離 離則不祥莫大焉."

에게 애정과 신뢰를 받지 못하는 처지라 두 사람은 쉽게 악인의 꾀에 넘어가게 된다.

이러한 일련의 과정을 제시함으로써 작가는 화예의 악행이 천성의 선악 문제라기보다 보편적 인간에게서 나타날 수 있는 행위라는 것을 상황 논리로 설명한다. 화예가 상춘정에서 부친에게 꾸지람을 듣고 모친 심씨에게 그 속상함을 고하자 아내 임씨는 부친에 대해 자식이 원망하거나, 부친과 모친 사이에 원앙을 낳게 해서는 안 된다며 도덕관에 입각해 간하고 있다. 그러나 뒤에 화진에 버금가는 뛰어난 덕성을 지닌 것으로 묘사되는 화예의 아들 성홍도 부친 화예에게 장책을 당하자 곧바로 그 모친 임씨에게 와서 부친의 말과 행동을 그대로 고한다. 그때 임씨는 화예에게 하듯 윤리관에 입각하여 아들 성홍을 계도하지 않고 오히려 화예의 불초함을 더욱 드러내며 자식과 부친 사이를 이간한다. 즉 인물은 처한 상황에 의해 행동하게 되므로 그러한 전후 사정을 온전히 알고 난 후에는 인물에 대한 단선적 평가를 극복하고 보다 합리적 근거에 의해 평가할 수 있게 된다.

<화씨충효록>의 작가는 화예라는 인물이 후에 개과하여 복록을 누리게 되는 과정을 작품의 처음부터 주도면밀하게 진행시키고 있다. 즉 갑작스런 회과는 비현실적이며 가령 현실에서 가능하다 하더라도 독자 입장에서 부당하다고 여겨지는 부분이므로, 이에 대한 대답으로 합리적인 변화과정을 제시한 것이다. 악인으로 보여지는 인물이라도 우리의 경험에서 납득이 되는 행위의 원인과 결과, 그리고 그 사이의 심리적 갈등 양상까지를 자세히 보여줌으로써 인간에 대한 단선적 평가를 극복하고 사실적이고 합리적으로 바라보아야 한다는 당대의 인간관을 제시하는 것이다.

4. 아내 중심의 부부관계 지향

<화씨충효록>의 갈등구조는 가문중심의 갈등에서 부부중심의 갈등으로 예각화되는 양상을 보인다. 작품 후반부에 새롭게 창작된 유부(兪府)의 중심 사건이 바로 부부갈등과 그것을 보조하기 위한 처첩갈등인 것은 말할 것도 없고, 전반부에서도 작품의 곳곳에서는 부부갈등에 대한 다양한 원인과 심리상태가 곡진하게 묘사된다.

> 실등의 삼부인을 갓초와시니 샹원 심시와 추부 죠[뇨]시 졍시는 다 고문거족으로 지용이 츌뉴ᄒ고 원비 심(씨)는 비록 조강지체나 불명편협ᄒ고 싀혐흔지라 공이 금슬이 불(호)ᄒ여 뇨시는 옥안이 쌔혀ᄂ고 어지나 잠간 졸약ᄒ고 감[강]단이 부죡ᄒ니 부인의 슉덕이 심용의 미흡ᄒ고 삼부인 뎡시는 ᄉ덕이 겸비ᄒ니 공이 비로소 금슬이 관관ᄒ더라 … 공은 더도의 군지라 비록 뎡부인을 듕더ᄒ나 심죠 낭부인을 후더ᄒ여 공규의 한을 셰치지 아니ᄒ니 뇨시는 ᄌ약양션ᄒ여 두 부인을 화동ᄒ고 소고를 존고갓치 셤기며 더욱 뎡부인 슉덕으로써 동녈돈목ᄒ여 셩심 낭부인 셤기믈 존고갓치ᄒ고 덕틱이 하비의 미쳐 알게[일개] 화목인후ᄒ며 법녜 가죽ᄒ니 셩부인이 동성의 우이로써 삼부인을 (흔)글갈치 화협ᄒ나 ᄉ랑ᄒ고 심복ᄒ문 뎡부인게 웃듬이로디 셩졍이 심침ᄒ(고) 관홍ᄒ미 친소와 익즁을 타인이 아지 못ᄒ니[138]

화욱의 삼 부인은 모두 고문거족(高門巨族) 출신으로 시집오기 전 이들은 각 가문에서 애지중지하던 귀한 딸들이다. 대개의 국문 장편소설 안에 처처 관계는 선악으로 나누어지는 두 인물의 대결 구도 안에서 다른 부인들이 그들의 편에 가세하는 것으로 그려진다면, <화씨충효록>

---

[138] 권1, 2~4면.

은 세 부인에게 각각 독자적 성격을 부여한다. 첫째 부인 심씨는 성정이 불명편협(不明偏狹)하고 시혐(猜嫌)하며, 둘째 부인 요씨는 옥안(玉顔)이 빼어나고 어질지만 심성이 조금 졸약(拙弱)하고 강단이 부족하여 숙덕(淑德)이 미흡하고, 셋째 부인 정씨는 사덕(四德)을 겸비한 숙녀이다. 이들은 그 성정에 따라 남편에게 차별적 애정을 받는다. 여기서 문제가 되는 것은 둘째 부인 요씨이다. 심씨의 경우는 어질지 못한 성정으로 인해 남편과 불화를 예견하고 있으며, 부덕을 갖춘 정씨는 화욱과 온 가족 구성원들로부터 애정과 신뢰의 대상이 된다. 그런데 요씨는 아름답지만 심성이 졸약하고 강단이 부족하며 덕이 부족하다고 하여 지극히 평범한 여성으로 묘사되고 있다. 소고(小姑) 성부인이나 남편 화욱이 겉으로는 삼 부인을 한결같이 우대하고 사랑하지만 마음으로 기울어지는 정은 단연 정부인이 으뜸이다.

　심시 의사를 발뵈지 못하나 ᄋ즈의 긔셰를 밋고 가듕을 업누로고져 하고 냥부인을 즐욕하여 소고를 침범하니 셩부인과 뎡시는 하히디량이라 셩식을 브동하고 긔식의 불안하미 업스나 뇨시 암약하고로 심시 박디 시험하믈 한하고 셜워하는 중 공의 춍이 뎡시만 갓지 못하고 슬희 격격하여 심시 ᄋ즈로쎠 승죵하믈 비기지 못하니 근간 은일이 무광하고 괴로오믈 슬허 홍안쳥츈의 박명을 우탄하니 셩부인이 감동하여 지극 후디하나 좁은 식냥이 우러 울억하더니 문득 희잉하미 이스니 스스로 힝회하여 남즈를 어들가 바라더니 밋 희만하미 일기 녀ᄋ를 어든지라 일노조차 실망코 무광하여 식음을 쯘코 읍읍히 슬허하니 공이 늣도록 즈녜 업다가 연하여 ᄋ들 딸을 어드니 깃부믈 이긔지 못하여 의약을 극진이하고 녀ᄋ를 가챠하미 셩부인과 뎡부인은 하례하고 녀ᄋ를 긔츌갓치 스랑하나 심시 조시 녀ᄋ 싱하믈 보고 더열하여 ᄋ즈를 안고 거줏 하례하는 쳬하미 비양코 조롱하니 조시 어르지지 못한 셩졍의 분원을 먹음언지 오런 즁 쏘

무광흔 녀ᄋᆞ를 나하 비록 일기 치히[하]ᄒ고 공이 깃거ᄒ나 심시 심[싱]
ᄌᄒ여쓸 씨의 비ᄒ지 못ᄒ고 심시의 흔번 조롱ᄒ믈 흔ᄒ여 심ᄉ를 번뇌
ᄒ미 드디여 병이 깁허 날 즁ᄒ니[139)

화욱과 성부인의 입장에서는 세 부인을 공평무사하게 대하여 정씨에
대한 편애가 타인에게 드러나지 않는다고 생각한다. 그러나 실제로 요씨
입장에서는 자신에 대한 남편과 소고의 애정이 정씨에게 미치지 못하는
것을 절감하고 있다. 게다가 심씨가 가문의 장자를 낳아 온 집안의 치하
와 후대를 받으며 그 기세가 날로 더하고 매일매일 아들을 안고 나와
그 세를 자랑하자 심약한 요씨는 더욱 서러워진다. 정씨의 경우는 인품
으로 온 집안의 사랑과 존경을 독차지 하고 있기 때문에 심씨의 질욕(叱
辱)을 참아낼 여유가 있다. 그러나 가부의 총애가 정씨에 미치지 못하고
심씨처럼 슬하에 아들도 없는 요씨 입장에서는 심씨의 한 마디 한 마디
가 비수가 될 수밖에 없다.

이러한 상황에서 잉태한 요씨는 아들 낳기를 간절하게 희망한다. 요
씨에게 아들이란 단순히 혈연적 자식으로서의 의미 이상이다. 그것은 가
문 내에서의 자신의 위치를 공고하게 하는 기반이며, 남편의 총애만 의
지하는 정씨보다도 한 단계 위에 설 수 있는 계기가 되기 때문이다. 그러
나 불행하게도 딸을 낳은 요씨는 극심한 실망으로 식음마저도 끊게 된
다. 남편 화욱의 입장에서는 장자가 이미 있으므로 여아를 낳아도 기쁘
지만 요씨 본인은 그 처지가 같을 수 없다. 그래서 심씨가 자랑하듯 아들
을 안고 나와 딸 낳은 것을 하례하는 체 할 때 그 비양과 조롱의 어조를
뼈저리게 느꼈으며, 일가가 딸 낳은 것을 치하하고 남편이 기뻐하지만

---

139) 권1, 7~8면.

그것이 심씨가 아들을 낳았을 때에 비할 바가 아닌 것을 충분히 감지한다. 결국 요씨는 울억함과 번뇌가 쌓여 깊은 병에 이른다.

"십여년 남의 슈하의 쳐ㅎ여 젹국종중의 엄흔 가부를 밧드러 신셰의 혼연ㅎ믈 지니지 못ㅎ여 협슌의 싱되 망연."하게 되었다는 서술자의 말처럼, 요씨의 병은 적국(敵國) 가운데 나누어지는 남편의 애정과 그에 대한 서운함뿐만이 아니라 엄한 가부를 받드느라 평생을 마음 편하게 지내지 못한 것 때문이기도 하다. 남편이 자신에게 예우를 다 갖추어도 낯선 시댁에 남편 하나만을 의지해야하는 부인의 입장에서 형식적인 예우를 하는 남편은 손님과 다름없다. 그렇게 엄하고 어려운 남편과 성정과 강단이 드센 심씨, 그리고 무엇 하나 자신보다 부족함이 없는 정씨 사이에서 요씨는 십여 년의 결혼 기간 중 한 번도 행복한 시간이 없었던 속내를 임종에 이르러서야 드러낸 것이다.

> 학싱이 부인으로 더브러 결발 십여년의 금슬종고의 져바리미 업고 빅슈히로ㅎ기를 긔약ㅎ나 다만 일염의 혈속이 업스믈 한ㅎ더니 다힝이 싱산의 길흘 여러 녀으를 어드니 싱이 만니 영힝 이라 연ㅎ여 유ᄌ싱녀ㅎ믈 바라더니 부인 병이 믄득 고황의 밋츠니 학싱의 불힝ㅎ믄 니르도 말고 유치의 고고흔 졍시 참잉흔지라 부인을 위ㅎ여 이르ᄂ니 심ᄉ를 널니ㅎ고 병심을 됴호ㅎ여 슬하 ㅇ녀의 ᄌ모 일흔 잔잉ㅎ믈 도라 싱각ㅎ라[140]

화욱은 요씨와의 십여 년 결혼 생활 동안 금슬종고(琴瑟鐘鼓)의 저버림이 없었다고 생각한다. 그리고 그녀가 죽음에 가까운 병을 얻은 것을 갑작스러운 일로 여기고 있다. 이것은 앞서 요씨가 생각하는 결혼 생활

---

140) 권1, 9~10면.

과 전혀 다른 입장이다. 화욱이 말하는 '금슬종고의 버림이 없다'는 것은 형식적인 동침 횟수를 세 부인에게 균형 있게 했다는 의미이다. 그러나 여인의 입장에서 남편과 동침했다는 것이 곧 애정을 공유했다는 의미가 되는 것은 아니다. 정신적 유대나 공유 없이 육체적 관계만을 유지하는 것은 결코 진정한 의미의 행복을 가져다 줄 수 없기 때문이다. 그렇기 때문에 요씨는 임종을 앞두고 자신의 어린 딸을 정부인에게 맡기며 남편은 어미 없는 아이를 염려하지 않을 것이라는 뜻을 보인다.[141]

> 공이 좌의셔 부인의 위티훈 병용과 비쳑훈 언스로 녀ᄋ 부탁ᄒ믈 고
> 참연ᄒ믈 이긔지 못ᄒ나 ᄌ가를 소활이 여겨 뎡시긔 의탁ᄒ믈 보니 강잉
> 소왈 부인이 싱을 소활이 여겨 무신홀 줄노 아라 녀ᄋ를 뎡시긔 의탁ᄒ
> 믈 보니 날노 더브러 십여년 동쥬ᄒ나 싱의 뜻을 몰낫ᄂᆞ뇨 조시 디왈 첩
> 이 샹공을 소활이여 의심ᄒ미 아니라 샹공은 됴스의 분망ᄒ시고 니졍지
> 스를 술피미 젼일치 못ᄒ시니 녀ᄋ의게 ᄌᄌ모 소임을 ᄒ리오 ᄌ식의게
> 죵요로온 ᄌᄂᆞ 어미라 이러므로 뎡부인긔 의탁ᄒ미로소이다[142]

화욱은 요부인의 병세를 걱정하면서도 자신을 소활하다 여겨 여아를 정부인에게 맡기는 요씨에게 섭섭함을 드러낸다. 그러자 요씨는 화욱이 바깥 일로 바쁘기 때문에 자모 소임을 할 수 없어서 정부인에게 부탁하는 것이라고 변명한다. 그는 '십여 년 함께 살면서 자신의 뜻을 몰라주

---

141) 권1, 13면, "첩이 부인으로 샹공 건즐을 밧드런지 십지의 일홈이 젹국이나 졍이
    문묵[득] ᄌ미 갓더니 듕도의 영결ᄒ니 이 다 쳡의 명박ᄒ미라 부인은 샹공을 뫼셔
    만슈무강ᄒ신[시]고 첩의 ᄋ녀를 친싱으로 싱각ᄒ샤 어엿비 여기소셔 유치를 미더
    바라문 냥부인이라 샹공은 디쳬ᄒ시고 어미업손 유치를 넘녀ᄒ시리오 냥부인을 쳔만
    밋ᄂᆞ니 유언을 져바리지 마르소셔."
142) 권1, 15~16면.

는' 요씨를 원망하지만 오히려 아내가 죽을 만큼 심적 고통을 받고 있었던 것을 몰랐던 것은 바로 화욱 자신이다. 화욱은 요씨의 말대로 '소활한 가장'인 것이다. 가장의 '소활함'은 가장으로서의 제가(齊家)를 하는 데 있어 커다란 약점이 된다. 일반적으로 국문 장편소설에서 '소활한' 가장들은 요첩의 화란을 가능하게 하는 역할을 한다. <청백운>의 경우도 기첩 나교란과 여섬요가 '상셔의 품성이 소활하믈 알고' 자신들의 본성을 드러내어 가란을 일으키게 된다.143)

> 이날의 죠[요]부인이 별셰ᄒᆞ니 시년이 이십칠 셰라 슬프다 죠[요]시는 죠[요]타샹 필녀로 고문잠녕의 쳔싱여질노 화공의 부빈이 되여 심시 슈하의 신셰 편치 못ᄒᆞ고 공이 즁딕ᄒᆞ나 삼부인긔 졍이 난호이믹 뎡부인긔 춍을 일허 홍장슈병 속의 공의 종젹이 젹소ᄒᆞ니 홍안의 원한이 깁다가 나히 삼십도 못ᄒᆞ고 슬하의 유치를 두고 쳥츈의 요ᄉᆞᄒᆞ니 인싱이 가히 슬프도다144)

이것은 서술자가 요부인의 일생을 한 마디로 요약한 것이다. 결국 요씨는 요태상의 필녀로 귀하게 자라다가 화부에 온 뒤로 심씨에게는 심정적으로 치이고, 정씨에게는 남편의 애정을 빼앗김으로 인해 외로움이 병이 되어 요사(夭死)한 것이다.

화진도 그 부친 화욱 이상으로 완벽한 군자의 모습을 보이는 인물이다. 그는 모든 면에서 가장 규범적인 인물로 형상화되지만 아내의 시선으로 바라보는 남편의 위치에 있을 때만큼은 또 다른 측면이 드러난다.

---

143) <청백운>, 권3, 『김기동 필사본 고전소설전집』24, 210면.
144) 권1, 17면.

이슉이 샹셔의 소년 영광을 풍치 쌘혀ᄂ고 관인 더도ᄒ며 냥부인 슉덕
을 익이 아ᄂ지라 샹셰 오리 환거ᄒ믈 보고 녀ᄋ 션ᄋ를 드려 편방을 삼
고져 ᄒ거ᄂᆯ 월홰 싱의 쳘옥갓ᄒ 심지와 미식 불관이 여기믈 아ᄂ고로
막줄나 왈 윤남 냥부인이 누셰 고초와 만싱 괴화를 격그시미 슬프거ᄂᆯ
이졔 계요 쳔일을 보아시ᄂ 부뷔 지금 회합지 못ᄒ여 계시거ᄂᆯ ᄯᅩ 엇지
젹국을 드려 화를 ᄭᅵ치리오 더옥 우리 샹공이 화ᄉ의 풍졍이 업셔 쳘옥
갓ᄒ 군지시니 엇지 번화의 일을 힝ᄒ리오 녀이 츌뉴ᄒ니 죵요로온 셔랑
을 어더 일싱을 편히 ᄒᆯ거시어ᄂᆯ 무ᄉ일 미믈ᄒ 샹공의 비필을 삼아 ᄌ
한의 근심을 일위리오 만〃 불가ᄒ니라145)

양주 땅의 부유한 양민 유이숙은 화진의 유모였던 계화를 후실로 들
인 후, 화진의 가란에 대해 알게 된다. 화진이 조카 성홍의 살인죄로 무
고를 당하여 옥에 갇히자 그는 화진을 위해 물심양면으로 노력한다. 그
후로 유이숙은 화진의 유배 생활과 백의종군 후 전장 생활 등 모든 면에
서 그의 심복이 된다. 그러다 화진이 화란을 다 극복하고 벼슬이 상공에
이르러 그 영광이 비할 데 없게 되자 유이숙은 딸 설낭아를 화진의 첩실
로 들이려는 뜻을 계화에게 전한다. 계화는 화진의 두 부인 윤씨와 남씨
가 이제 겨우 화란을 벗어났고 더구나 부부가 아직 회합하지 못한 상태
에서, 그들에게 화를 끼칠 적국을 들이게 할 수 없다는 것과 무엇보다
화진의 성품이 '미믈'하여 그의 배필이 되면 설낭아가 'ᄌ한의 근심을'
이루게 될 것이라는 이유로 주저한다. 화진이 작품 내에서 절대적으로
뛰어난 인물이기 때문에 '풍졍이 없고 철옥 같은 군자'라는 말로 시작하
고 있지만 실제로는 여성에게 한을 심어줄 매몰찬 사람이라는 것이다.
이 말이 다른 사람이 아닌 태어났을 때부터 화진을 기르고 돌보며 평생

---

145) 권29, 533~534면.

충정을 다한 계화의 입에서 나온 것이라는 점은 다른 어떤 것보다도 강한 신뢰성을 부여한다. 그만큼 남편으로서의 화진에 대해서는 신랄한 비판이 된다. 이것은 아내인 윤씨와 남씨에게 행하는 화진의 모습을 보면 더욱 분명하다.

> 흑시[윤여옥] 소왈 형이 영귀ᄒ미 무신ᄒ미니 현마 엇지ᄒ리오 연이나 샹노풍셜의 원노 힝역의 병이 발홀가 시브니 됴심됴양ᄒ라 우리 냥친은 형갓흔 귀인의 ᄌ쵀는 ᄇ라도 아니시ᄂ이다 샹셰 함소부답ᄒ니 어시[성준] 소왈 쟝원이 형옥을 아조 박졍지인으로 최우는 눈쵝니 윤쉬 필연 형옥의 무힝ᄒᄆᆯ 한ᄒ시ᄂ도다 … ᄆᆫ득 소왈 형이 고스를 넙이 알니〃 부ᄌ쳔눈이 오륜의 웃듬이라 ᄒ나 부〃도 참녜ᄒ엿ᄂ니 우리 져졔 비록 슉덕이 업스나 형의게 득죄ᄒ미 업고 ᄯ 으ᄌ를 어더 칠거의 죄를 면ᄒ엿고 ᄯ 남져졔 십싱구스의 보명ᄒᄆᆯ 어덧고 다시 셩문의 득죄ᄒ미 업거늘 형의 박졍ᄒ미 심ᄒ니 우리 냥친과 남슉의 형의 ᄯᆺ을 모로ᄉ 넘녜 졀ᄒ시고 냥져졔 만ᄉ여싱으로 조혼 시졀을 만나도 일양 심당의 침폐ᄒ여시니 부모 동긔지심이 엇더ᄒ리오 ᄒᄆᆯ며 질이 부ᄌ의 은이를 모로니 형의 관홍디도로써 홀노 부〃의 졍이〃디도록 박ᄒ며 남의 가ᄉ를 넘녀ᄒᄂ 마음으로써 ᄌ긔 가ᄉ를 넘녜치 아니〃 소졔 실노 형의를 모로노라[146)]

화진이 고향에 다녀 온 후 신병이 있어 조회를 **빠**지자 친구이며 처남인 윤여옥이 문안하러 화부에 들른다. 윤여옥은 화진의 안부를 물으면서 그동안 윤부에 한 번도 들르지 않은 것과 자기 누이 윤옥화와 조카를 찾아보지 않는 화진에게 '우리 냥친은 형갓흔 귀인의 ᄌ쵀는 ᄇ라도 아니시ᄂ이다'라며 반어적 어법으로 비꼰다. 곁에 있던 화진의 사촌 형 어

---

146) 권29, 565~567면.

사 성준의 말대로 화진은 윤부 사람들에게 '박정지인(薄情之人)'인 것이다. 윤여옥은 화진이 오륜을 알며 '효'를 세상의 가장 중요한 덕목으로 강조하고 실천하면서 그 오륜 중의 하나인 '부부'간의 문제에 대해서는 소홀히 하고 있음을 꼬집는다. 즉 화진이 '부자 천륜'에 경도된 편벽한 윤리의식을 지녔다는 말이다. 화진은 누가 보아도 윤리적 측면에서 완벽한 군자이다. 그러한 화진에게 윤여옥은 화진이 삶의 실천윤리로 가장 중요하게 여기는 오륜을 들어 그 치우침을 지적하고 있는 것이다. 자가의 형과 모친에게는 지나칠 만큼 관대하고 극도의 효우를 지키지만, 실상 그로 인해 아내들과 처가 식구들 심지어는 아들과의 인연까지도 무시하는 결과를 가져왔다는 것이다.

공명정대하고 관홍대도(寬弘大度)한 화진에게 이러한 지적은 그의 윤리관을 근본적으로 흔드는 발언이 된다. 물론 이 말은 화진의 적대자가 아니라 우호자의 한 사람인 윤여옥의 입을 통해 발화된 것이라 심각한 갈등으로 치닫지는 않지만, 독자들로 하여금 화진이 주장하고 실천하는 '효우'에 대해 다시 생각하게 한다. 더구나 친우의 입에서 나왔다는 사실은 그것이 갈등을 일으키는 역할을 하지는 않아도 충분히 그 말에 대해 신빙성을 갖게 한다. 앞서 화진의 유모 계화가 화진의 매몰함에 대해서 말한 것과 같은 맥락이다. 화진을 누구보다 잘 알고 누구보다 사랑하는 유모와 친우가 지적하는 것은 그 사람을 궁지로 몰아넣기 위해서가 아니라 실상을 드러내는 것이기 때문이다. 특히 '남의 가수를 넘녀ᄒ는 마음으로써 즈긔 가수를 넘녜치 아니'한다는 말은 남의 일에는 더 관대하고 자상하면서도 오히려 자기 처자에게 박정한 군자의 이중성을 지적한다.

상셰 쳥파의 졍식 왈 … 셕일 나의 집 허믈이 크나 니죄[지] 되어 셕한

을 픔지 못홀거시오 도라 삼종을 바랄진디 구가를 면디치 아니려든 녕미
등이 의연이 구가를 원망ᄒ여 경시ᄒ고 비환의 고문ᄒ미 업스며 니 ᄌ당
을 뫼옵고 〃향의 가 여러 달 만의 도라오고 질ᄋ의 원슈를 갑흐미 원근
인니 다 위문ᄒ디 두 악뫼 젹연이 므르시미 업고 녕미 등이 부도를 폐ᄒ
여 남만도 못ᄒ니 비록 몸이 나아오지 못ᄒ나 시녀로 무르미 업고 가슈
를 위문치 아니〃 이 가댱 스체를 모로미오 그러치 아니면 날을 ᄭᆫ코져
ᄒ미라 소제 무슨 낫츠로 셔로 보며 부〃의 졍을 니르리오 댱원은 스체
를 알니〃 소제의 말이 광망치 아닌들 알지어다 혹시 쳥파의 칭스왈 형
의 말을 드르니 소졔 말이 막히ᄂ 쏘한 아니 디치 못ᄒ리로다 우리 가친
과 남슉이 녕댱의 졀혼코져 ᄒ리오마는 냥져졔 존문의 득죄ᄒ고 구가의
가지 못ᄒ니 ᄌ연 셔의홀 뿐 아니라 몬져 신을 부치미 무안ᄒ여 지금 천
연ᄒ시미라 엇지 영당을 원ᄒ리오 져져등은 존문의 스를 엇지 못ᄒ엿거
눌 감히 몬져 시녀를 보니여 존문ᄒ리오 형의 통달명쳘ᄒ므로 참죽지 못
ᄒ고 칙ᄒ믈 심히ᄒᄂ뇨 샹셰 왈 피ᄎ 실쳬ᄒ미니 굿ᄒ여 형의 집만 한
ᄒ리오 댱원의 말이 올흐나 도지기일으미 지기이로다 엇지 인치이 쳐음
브터 친ᄒ리오 스괴면 친ᄒ니라 혹시 디소ᄒ니[147]

윤여옥의 말을 들은 화진은 정색하며 지난날 자기 집안의 허물이 큰
것은 인정하지만 윤씨와 남씨가 자신의 '내자(內子)' 즉 아내로서 석한
(昔恨)을 품어서는 안 되고, 삼종(三從)을 바란다면 구가(舅家)에 찾아와
예를 갖추어야 하는데 원망하고 경시하며 찾아오지 않는다고 도리어 꾸
짖는다. 또 자신이 고향에 돌아가 성홍의 원수를 갚고 오자 인근의 사람
들이 다 그 소식을 듣고 와 치하하는데, 처가에서는 한 사람도 찾아와
축하하거나 위문하는 사람이 없다고 하며 도리어 처가에서 자신과의 인
연을 끊으려 한다고 화를 낸다. 이에 윤여옥은 어이없어 말이 막히나,

---

147) 권29, 567~569면.

누이들이 구가에서 득죄하여 아직 용서를 받지 못한 처지라 먼저 찾아
가기가 무안한 상황인데 화진이 심하게 책하고 있다는 말로 돌려 지적
한다. 이때 득죄는 실제 윤씨와 남씨가 무죄히 고난을 당한 것의 반어적
표현이나, 화진은 이에 대해 피차 실수를 한 것이니 더 이상 책하지 않겠
다고 하며, 또 친척끼리 자주 보면 친해지는 것이니 무안하거나 서어해
할 필요가 없다는 말로 결론을 무마하고 있다. 결국 화진은 화부의 잘못
에 대해 지적하는 처가 식구의 말에 대해 '너도 잘못했지 않느냐'는 식의
비논리적 주장으로 공식적인 사과를 회피하고 있는 것이다.

작가는 군자형의 인물이 보이는 남편으로서의 박정함과 자기 집안만
을 위주로 하는 편벽된 효우관이 '남편'과 대등한 '아내'에게 얼마나 깊
은 상처와 소외감을 주는가에 대한 문제제기와 이에 대한 비판을 다음
의 일화를 통해서 다시 한 번 강조하고 있다.

> 샹셰 삼낭ᄃ려 왈 네 쳐지 요인의 속이믈 입어 실졀ᄒ여시니 ᄇ리고져
> ᄒ거든 쾌히 결단ᄒ고 그리 아니커든 ᄃ려가 위로ᄒ라 삼낭 왈 소인이
> 졀노 더브러 결발ᄒ연지 슈년의 십분 샹득ᄒᆫ지라 계집이 음난ᄒ여 간부
> 를 ᄉ통ᄒ미 아니라 져도 속으미니 엇지 ᄇ리〃잇가 소인은 쳔인이라 엇
> 지 니런 일을 기회ᄒ리잇가 다리고 술녀 ᄒᄂ이다[148]

안삼낭은 산동성에 사는 평민으로 쌀 무역을 나간다. 그 아내 조계취는
'연소미려(年少美麗)'하나 뜻이 높아 장평이 정을 통하려고 하는 유혹을
맹렬하게 물리친다. 장평은 '중국의 요괴로운 도사'가 만든 개용단을 먹
고 안삼낭의 모습으로 바꾼 뒤 조계취와 동거를 한다. 후에 안삼낭이 돌

---

148) 권28, 468~469면.

아오자 장평은 오히려 안삼낭을 가짜라고 지목하여 송사가 일어난다. 그러나 친척도 두 사람 가운데 누가 진짜인지를 알아볼 수 없어 미결 상태로 옥중에 갇히게 된다. 화진이 마침 고향에 가던 길에 지부에 들러 미해결의 송사에 대해 듣는다. 그날 밤 우연히 요약 파는 도사들의 말을 엿듣게 된 화진은 회면단을 얻어 장평의 본색을 드러내고 송사를 해결한다.

송사가 해결되고 난 후 화진이 안삼낭에게 실절한 부인 조계취에 대해 어떻게 처결할 것인가를 묻는다. 안삼낭은 조계취와 결혼한 지 수 년에 '십분상득(十分相得)'하였고 또 음난한 부인으로 간부와 사통한 것이 아니고 조계취도 속은 것이니 버리지 않겠다고 말한다. 그러면서 자신은 천인이므로 이런 일은 개의치 않는다는 말을 덧붙인다. 실절한 여성에 대해 관대함을 베푸는 내용은 기존의 경직된 '열(烈)' 관념에 대해 반성하게 한다. 천민이라 개의하지 않는다는 말 속에는 양반의 왜곡된 열 개념에 대한 공격의 어조가 숨어 있다. 즉 서로 십수 년을 살아도 상득하지 못하는 형식적 부부관계와 천민도 가지고 있는 융통성을 발휘하지 못하는 일방적이고 남성 중심적으로 왜곡된 열 개념이 무수히 많은 아내들을 죄 없는 죄인으로 만들 수 있다는 것이다.

<화씨충효록>에서 부부관계와 관련하여 또 하나 특이한 것은 공처가로 형상화되는 남편의 모습이다. 앞서 요씨와 윤씨, 남씨의 경우는 도덕적으로 완벽한 남편에게서 행복할 수 없는 여인의 심리적 측면을 문제삼고 있다면, 유성희라는 당대의 최고 무장(武將)은 공처가의 모습을 드러내고 있어서 조선후기 부부관계의 다양한 모습을 확인할 수 있다.

일반적으로 여성 중심적 시각을 강하게 지닌 작품도 여성주인공 특히 '가모(家母)'의 책임을 지닌 인물은 도덕률에 충실한 인물로 묘사된다. 이는 당시 여성들이 내면의 욕망과는 달리 외형적으로는 도덕률에서 자

유로울 수 없었기 때문이다. 국문본 <청백운>의 호소저가 이러한 측면을 반영하며 형상화된 인물이다. 그러나 <화씨충효록>의 양아는 도덕률에서의 일탈을 최대한 꾀하고 있는 모습을 보인다. <한조삼성기봉>이 당시의 가치관 속에서 여성이 남성으로 다시 태어나 살아보고 싶다는 욕망을 대리 구현한 것과는[149) 달리, 당당히 현실 속에서 여성으로 살면서 여성의 권한을 최대한으로 실현하고 있는 것이다. 가장 이상적인 군자인 화진을 비롯한 당대 남성들에게 지나치다는 평가를 받으면서도 가슴에 맺힌 것은 풀고야 만다. 그리고 작가는 그러한 양아를 부정적으로 보지 않는다.

> ᄉ미 공쥬를 디ᄒ여 쳔만 은이 간졀ᄒ나 공쥬 묵연ᄒ니 ᄉ미 졍을 니긔지 못ᄒ여 겻틱 나아가 옥슈를 잡고 비ᄂᆞᆫ 소릭 간졀ᄒ나 공쥬 더옥 불평ᄒ여 나슈를 썰치고 발연 작식왈 군이 비록 디쟝뷔나 ᄋ녀지라 ᄒ여 이러틋 업슈이 넉이지 못ᄒ리니 셕일 거조를 싱각ᄒᆫ즉 무슴 낫츠로 군을 디ᄒ며 군이 무슴 넘치로 쳡을 권년ᄒ리오 취란 간쳡이 가듕의 엄뉴ᄒ여시니 요인의 빅계 궁극ᄒ지라 회심단약이 군의게 ᄯᅩ 밋촌즉 두번 욕을 보리니 엇지 ᄎᆞ마 셰샹의 뉴련ᄒ리오 쳡이 녀지나 졍심이 남ᄌᆞ를 웃ᄂᆞ니 엇지 군의 일시 유희를 달게 넉여 졍심을 헐니오 취란이 쳡의 방밧긔 와 욕ᄒ던 소릭 골슈의 박혀시니 죽을지언졍 다시 부〃의 도를 잇지 못ᄒ리니 군은 쳡을 검하의 죽으니로 싱각ᄒ라 부왕이 혼갓 디의를 싱각ᄒᄉ 쳡의 졍ᄉ를 통촉지 아니시니 ᄇ라미 긋첫ᄂᆞᆫ지라 콰히 죽을 밧 계괴 업ᄂᆞᆫ지라[150)

기첩 취란이 요약 회심단과 개면단으로 유사마의 마음을 어지럽게 하

149) 임치균, 「<청백운>연구」, 『장서각 낙선재본 고전소설 연구』, 2005, 87면.
150) 권37, 549~550면.

여 결국 아내 양아공주와 딸 장주, 그리고 갓 태어난 어린 아들을 내친 유부의 가란은 요약의 약효가 떨어지면서 바로 해결된다. 공주는 취란의 음모가 밝혀지고 요약에서 깨어나 잘못을 비는 유성희에게 완강한 태도를 보인다. 옛날 일을 생각하면 지금도 치가 떨리는데 무슨 염치로 나를 찾아와 집으로 돌아가자고 하느냐며 남편 유성희를 몰아붙인다. 또 아직도 집안에 취란이 버젓이 살아 있으니 또 다시 요약으로 악행을 꾸민다면 두 번 욕을 보게 될 것이라며 남편에 대한 불신을 한 없이 드러내고 있다. 자신은 여자지만 그 정심(定心)이 남자 위에 있음을 말하고 남자가 찾아와 달래는 말 따위에 흔들리지 않을 것임을 언표한다. 또, 취란이 자신을 모욕했던 일이 골수에 있음을 강조한 후, 자신을 죽은 사람으로 알고 찾지 말라며 유사마를 내친다.

  스미 공슈ᄒ여 왈 요인의 간악이 궁흉ᄒ니 필뷔 불명ᄒ여 그릇 신쳥ᄒ여시나 임의 ᄭᅵᄃ라시니 엇지 두번 그릇ᄒ미 잇시리오 취녀를 발셔 죽일거시로디 부인이 안젼의셔 죽이고져ᄒ더니 화형이 지삼 경계ᄒ여 살싱을 말나ᄒ미 일명을 스ᄒ엿더니 부인이 의심ᄒ니 이제 죽여 의심을 풀나라 니 비록 무상ᄒ나 두번 그르미 이시리오 공쥐 닝소왈 군이 진실노 타일 셰월이 오려여 간인의 긔운이 펴이면 두번 속으믈 어이 고이타ᄒ리오 군이 츈취 졍셩ᄒ고 긔운이 앙장ᄒ여도 혼암ᄒ미 심ᄒ거늘 노혼ᄒᆫ 후는 더옥 소인의 농낙ᄒᆫ 비 되리니 쳡이 엇지 뇨녀를 가니의 두리오 쳡이 ᄌ소로 구츠ᄒᆫ 녀즈를 통히이 넉기느니 ᄎ마 스스로 힝치 못ᄒ리로다 스미 그 뜻이 취란 아니 죽이믈 한ᄒᄂᆫ 줄 알고 흔연왈 부인이 싱의 무상ᄒ믈 니럿틋 밋지 아니ᄒ니 요녀를 쾌히 죽여 부인의 한을 셜ᄒ고 나의 죄를 속ᄒ리라 공쥐 엄연부답ᄒᆫ디 스미 영웅의 긔샹으로도 브르 보미 국축ᄒ여 감히 능범치 못ᄒ고 츠야를 믹 〃 히 시와 분뇌 더옥 취란의게 잇ᄂᆫ지라[151)

양아는 취란이 집 안에 있는 이상 유사마가 아무리 회과를 했다 하더라도 또 요약이 있으면 같은 일이 발생하지 않겠느냐는 논리로 유사마의 정곡의 찌른다. 나이가 젊고 기운이 강한 때에도 혼암해졌는데, 나이가 더 든 후에는 소인에게 농락당하는 바가 되기 쉽다는 것이다. 그렇기 때문에 요녀를 집안에 둘 수 없으나 스스로는 그런 일을 직접 행하는 구차한 여자는 되기 싫다고 단언한다. 양아의 의중을 알아 챈 유성희는 '요녀를 쾌히 죽여 부인의 한을 풀고 나의 죄를 속하리라'는 약속을 한다. 이 말에 양아는 "엄연부답(嚴然不答)."함으로써 무언의 동의를 하고 있다.

> 스미 난을 보니 노긔 츙쳔ᄒ여 진목 즐왈 요녀의 작얼이 만번 죽엄즉ᄒ지라 너를 죽여 부인긔 스례ᄒ리라 셜파의 친히 니러 난을 버히고 홍셤 등 스인을 미러너여 문밧긔 가 스샤ᄒ니 이날 왕이 됴공으로 더브러 말ᄉᆷᄒ다가 늣게야 안회 드러오니 스미 발셔 난의 머리를 효시ᄒ고 시녀 등을 죽엿ᄂᆫ지라 왕이 스마의 과격ᄒ믈 칙ᄒ고 녀ᄋ의 간치 아니믈 칙ᄒ니 공쥐 념용 스왈 부왕이 소녀의 소원을 술피지 아니시고 유군의 가모 소임을 ᄒ라 ᄒ시나 만일 츠녀를 살나 둔즉 타일의 ᄯᅩ 가란이 날지라 일노써 결단ᄒ여 유군의 가모소임을 아니려ᄒ엿더니 이계 요녀를 참ᄒ여시니 심니 안한ᄒ지라 부왕은 고이히 넉이지 마ᄅ소셔 … 공쥐 취난을 죽이니 ᄆ옴이 쾌ᄒ나 스마 한ᄒᆫ 플니지아냐 밍녈이 침셕의 졍을 잇그지 못ᄒ게ᄒ니 스미 울∥ 불낙ᄒ나 공쥐 다시 죽을 ᄯᅳᆺ이 스라져 가스를 다스리고 ᄌ녀를 무양ᄒ니 스미 불승회힝ᄒ여 갈스록 공경즁디ᄒ여 그 ᄋᆨ이 한원이 플러지기를 ᄇ라더라 왕이 녀ᄋ의 셰츠믈 그릇 넉여 칙ᄒ고 부마를 죨약다 나모라니 공쥐 비록 한ᄒ나 마지못ᄒ여 비로소 구졍을 니으니 왕이 깃거ᄒ고 스마의 한이 플녀 부인의 ᄯᅳᆺ을 스∥의 어긔미 업고 즁디 틱산이 낫고 하히 엿튼지라 가즁이 졍졔ᄒ고 법되 가족ᄒ지라 공쥐

---

151) 권37, 550~552면.

위인이 강녈ᄒ고 치개 유법ᄒ더라[152]

양아의 뜻에 따라 다음날 유성희는 곧바로 취란을 죽인다. 뒤늦게 이 사실을 알게 된 양아의 부친 교지왕은 양아에게 말리지 않음을 꾸짖자, 공주는 오히려 부친이 자신의 심정을 헤아리지 않고 무조건 유성희의 가모 소임을 하라고 한 것에 대한 불만을 토로한다. 또 취란을 죽여 마음이 상쾌하나 아직 유성희에 대한 한은 풀리지 않아 부부간 침석의 정은 거절한다. 잠자리를 거부하는 아내에게 섭섭한 마음은 있지만, 그래도 자결할 뜻을 거두고 집안을 다스리기 시작하는 아내의 모습을 보고 유성희는 기뻐하며 날이 갈수록 공경중대한다.

이들 부부의 모습은 장인 교지왕의 말처럼 '세찬 아내와 졸약한 남편'으로 규정할 수 있다. 유성희는 양아가 잠자리를 거절해도 절대 강요하지 않으며 공경중대하는 태도로 기다릴 뿐이다. 양아가 스스로 뜻을 정해 잠자리를 허락하자 유성희는 더더욱 아내의 뜻을 따르며, 일마다 어기지 않고 태산보다 높고 바다보다 깊게 중대하는 모습을 보인다. 가장이 공처가가 되어버린 유부는 오히려 집안이 바르게 정돈되고 법도가 넘치는 온전한 치가를 이루고 있다. 이 중심에 아내 양아가 있는 것이다.

취란을 중심으로 한 처첩갈등은 실상 유성희와 양아 사이의 부부갈등을 분출하는 매개일 뿐이다. 결혼 초에 자신의 호방함을 자랑하며 온순한 아내가 되기를 희망하는 남편 유성희를 종국에는 사사(事事)에 아내의 뜻을 어기지 않고 태산같이 중대하는 공처가의 모습으로 전도시키기 위한 장치인 것이다. 공처가의 모습은 치가를 제대로 하지 못하는 가장의 또 다른 이름이라고 여겨진다. 그러나 <화씨충효록>에서는 오히려

---

152) 권37, 549~555면.

아내를 존중하는 남편, 즉 아내 중심의 부부관계가 결국에는 바른 치가의 해법임을 말하고 있다.

이상 작품에 나타난 당대의 인정물태를 현실적인 경제관념의 반영과 관행화된 부정부패의 폭로, 단선적인 인간관의 극복 그리고 아내 중심의 부부관계에 대한 지향을 통해 살펴보았다. 작가는 작품 곳곳에서 당시 사회의 모습을 독자들에게 전달해줌으로써 소설이 단순한 허구가 아니라 독자가 사는 당대의 삶과도 맞물려 있다는 것을 보여주고 있다. 이것은 자신의 소설이 국문 장편소설들의 전통 속에 존재하지만 다른 작품과 차별화되는 지점을 현실 생활이라는 측면에서 발견하고 있는 것이다. 또 과거로부터 전해오는 유교적 교훈과 더불어 불완전하지만 역동적인 현실에서 얻을 수 있는 즐거움을 동시에 추구하고 있는 것이라 하겠다.

2) 대중적(大衆的) 문예물(文藝物)의 지향

조선후기에 오면 국문 장편소설은 대중성을 지향한다. 대중성은 말 그대로 대중들에게 다가가거나 그들의 기호에 편입하려는 성향이다. 대중성의 하위 속성으로 통속성과 상업성이 있으며, 이들은 대중성을 주도하는 양대 축이 된다.153) 따라서 통속적인 경향이라는 말은 작품의 '수준'을 폄하하려는 의도를 지녔다기보다 '대중화의 욕구'라는 의미를 지닌 것으로 보아야 마땅하다. 조선후기 소설이 겨냥하는 '대중'이란 일차적으로 소설의 독자를 의미하지만 궁극적으로는 소설을 생산하고 소비하는 다수 즉 소설 향유주체로서의 작가와 독자를 모두 포함한다. 조선후기 소설의 생산자인 작가층은 독자층과 분리된 개념으로 존재하는 것

---

153) 서동훈, 「한국 대중소설 연구」, 계명대 박사논문, 2002.

이 아니라 적극적으로 소설 향유 문화를 주도해가는 특수 독자층이기 때문이다.

한편으로 조선후기의 소설이 전대에 비해서 의식적이든 무의식적이든 대중화를 지향한다는 것은 소설이 방각본과 세책업이라는 유통망의 구축 및 확장 등으로 인하여 상업적인 성격을 띠면서 대중의 기호를 고려하기 시작했다는 의미이다. 이러한 변화는 전문적인 직업 작가 계층이 등장할 수 있는 토대가 되었고, 이러한 직업 작가층은 초기의 국문 장편소설의 작가가 최상층 사대부 가문의 구성원이었던 것과는 달리 중인의 여성들까지 포함하여 작가의 대중화 현상도 나타난다.[154]

> 가만히 살피건대 근세에 규합에서 능사로 삼아 다투는 것이란 오직 패설을 숭상하는 일이다. 날마다 날마다 증가하여 그 종류가 천이나 백으로 헤아리게 되었다. 儈家에서는 이를 깨끗이 필사해서 무릇 빌려보는 자가 있으면 곧 그 값을 받아서 이익을 얻는다. 부녀들이 식견이 없어 혹은 비녀나 팔찌를 팔고 혹은 동전을 빚내서 서로 빌려다가 지루한 시간을 보내고자 한다.[155]

이미 18세기에 전문적 중개업인 쾌가(儈家)가 존재했는데 이들은 단순한 중개만을 하는 것이 아니라 대본을 얻어 필사를 하고 대출하여 이익을 구하는 세책업자를 의미한다. 상업적인 거래라는 점을 제외하고 본다면 유사한 기능을 하는 곳은 이미 17세기부터 존재했다.

---

154) 장효현, 「전기소설연구의 성과와 과제」, 『민족문화연구』28호, 고대 민족문화연구소, 1995.

155) 蔡濟恭, <女四書序>, 『樊巖先生文集』下, 卷33, "竊觀近世閨閣之競 以爲能事者 惟稗說 是崇日加月增 千百其種 儈家以是淨寫 凡有借覽 輒受其値以爲利 婦女無見識 或賣釵釧 或求債銅 爭相貫來 以消永日."

> 글월보고 무양ᄒ니 깃거ᄒ며 보는 듯 든든 반기노라 … 하븍니쟝군뎐
> 간다 감역집의 벗긴 칰 ᄎ자 드러올 제 가져 오나라[156]

이 글은 효종비인 인선왕후가 그 딸 숙명공주에게 보내는 언서이다. 인선왕후는 1631년 봉림대군과 가례를 올려 풍안부부인(豊安府夫人)에 초봉(初封)되고, 병자호란 후 봉림대군과 함께 심양에서 8년간의 볼모 생활을 하고 돌아와 세자빈이 되었다. 1649년 효종이 즉위하자 왕비에 진봉(進封)되었다. 인선왕후는 8년간 심양에서 볼모로 있으면서 무료한 시간을 소설 특히 중국소설을 읽으며 보냈을 가능성이 크다. 이러한 경험이 그녀로 하여금 국내에 돌아와서도 끊임없는 독서를 가능하게 했을 것이다. 또한 그녀가 귀국하면서 최소한 당시 유행하던 중국의 소설류를 유입했을 가능성도 있다. 어떠한 경로를 통해서든 인선왕후는 수많은 소설을 탐독한 대표적 소설 독자이고 그 딸 숙명공주 또한 모친의 영향을 받아 소설을 즐겨 읽으며, 궁을 오갈 때마다 모친에게 소설을 빌려가기도 하고 성 밖에서 필사한 책을 가져다 드리기도 한다. 그때 필사를 맡긴 '감역집'이란 곳은 바로 19세기의 세책가와 유사한 기능을 한 것으로 짐작된다.

필사와 상업적 대여를 중심을 했던 세책업은 19세기 방각본의 출현으로 조금씩 대여 중심으로 그 기능이 축소되고, 20세기 초반 활자 인쇄술의 발달로 시장터 국수 한 그릇 값인 '육전'이면 살 수 있는 활자본이 등장하면서 가격 경쟁에서 밀려 결국은 대여의 기능마저도 상실한 것으로 여겨진다.[157] 그러나 20세기 초까지도 세책업이 수많은 종류의 소설

---

156) 김일근, 『친필언간총람』, 경인문화사, 1974.
157) '육전소설'에 관하여는 소재영 외, 『한국고소설론』, 아세아문화사, 1991, 11면. 활자본 고소설에 관하여는 권순긍, 『활자본 고소설이 편폭과 지향』, 보고사, 2000.

을 보유하고 있었음은 최남선과 쿠랑의 조사 결과를 통해 널리 알려진 사실이다.

소설의 향유가 상업적 유통과 관련을 가지게 되면 독서 대중의 요구를 감안하지 않을 수 없게 된다. 이러한 측면에서 조선후기 소설은 독서 대중에게 조금 더 쉽고 빠르게 수용될 수 있는 방법들을 모색하게 된다. <화씨충효록>또한 당시의 변화된 독서 대중의 심리와 호기심을 자극하기 위해 통속성과 상업성을 고려한 대중적 문예물로서의 특징을 나타내고 있다.

'통속성'이란 인간에게 친근하게 다가가기 위한 대중성의 대표적 하위 속성이다. 통속성은 말 그대로 세상의 풍속[時俗]을 꿰뚫어 보여주는 것이며[通], 이때의 풍속이란 인간의 기본적이고 일상적인 삶의 모습을 의미한다. 따라서 당대 인간의 삶과 사회의 모습을 담고 있는 문학이 바로 통속 문학이라 할 수 있다. 앞서 살펴보았듯이 <화씨충효록>은 당대 인간의 삶과 사회의 모습을 적극적으로 반영하는 세정소설적 특징을 지닌다. 이와 같은 특징은 바로 국문 장편소설이 통속 문학으로의 진입함을 의미한다.

<화씨충효록>이 지니는 통속적 문예물로서의 특징은 당대 인간의 삶을 구체화하고 있다는 것이다. 앞서 밝혔듯 통속이란 일상의 삶 속을 꿰뚫는 것이다. 따라서 당대 현실을 세밀하게 관찰하고 전달하는 것은 독자들에게 친근감을 느끼게 하는 가장 큰 요인이 된다. <화씨충효록>의 작가는 무심한듯하면서도 세심하게 자잘한 삶의 편린들을 작품 곳곳에 다양하게 포진시키고 있다.

(계)해 나히 십오의 첫 ᄌᆞ식을 나코 싱의 유모 되니 본디 화부 비복이

라 졔 쟝부는 쟝ᄉᄒᄂᆫ 스롬으로 계집이 공후의 유뫼 되ᄆᆡ 셰ᄉ도 ᄉ지 못ᄒ고 삼년을 ᄇ라고 잇지 못ᄒ여 졔 ᄌ식을 ᄎᄌ ᄃ리고 ᄃ른 디 계집을 어더 스니 경ᄉ의 일실 졔ᄂᆞᆫ 왕왕이 ᄎᄌ 셔로 얼골이나 보니 계홰 쟝부의 무졍ᄒᄆᆞᆯ 한ᄒ고 의를 ᄭ긋쳣더니 양쥐 온 후ᄂᆫ 소식도 통치 아니ᄒ더라 계홰 졀머셔브터 뎡부인을 ᄎᄌ 비혼 비 만코 쳔셩이 민쳡ᄒᆫ고로 빅ᄉ 션능ᄒ니 션낭이 극히 공경ᄒ여 스싱으로 디졉ᄒ며 지조를 비호ᄆᆡ ᄯᅩᄒᆫ 심히 귀히 넉이고 이슉은 화의 용모를 그윽이 흠모ᄒ더라[158]

계화는 화부의 비복으로 열다섯 어린 나이에 첫 자식을 낳고 바로 화진의 유모가 된다. 그의 남편은 장사하는 사람으로 아내가 공후가의 유모가 되자 살림을 함께 살지 못하고 삼 년이라는 시간을 기다리지 못해 자기 자식만 데리고 다른 여자를 얻어 살림을 차린다. 남편과 아이를 잃은 계화는 그리운 마음에 종종 남편을 찾아가지만 남편은 무정하게 대할 뿐이다. 그러다가 화부가 양주로 옮겨 오면서 계화도 가족들과 영영 이별을 하게 된다. 화진을 중심으로 하는 거대한 서사의 흐름 가운데 살짝 엇나간 듯 삽입된 계화의 이야기는 여러 차례의 고난 가운데에서도 공업을 이루고 효우를 실천하는 화진의 모습보다 훨씬 더 가슴을 울린다. 특히 자식을 낳고도 3년 동안은 제 자식이 아닌 남의 자식에게 젖을 물려야하는 어미의 입장과 그것을 이해해주지 못하고 떠나간 박정한 남편의 모습은 고용살이를 하는 여성들의 삶의 애환을 돌아보게 한다.

소싱은 티원이라 교지 ᄯ 노ᄉ공의 손지오 효렴 노원의 지라 팔지 긔박ᄒ여 어려서 부모를 여히고 단독 일신이 친쳑이 졀망ᄒ고 가업이 쇠픠ᄒ여 우〃낭혼 일신이 동셔로 뉴락ᄒ더니 맛춤 희평군이 거두어 ᄉ랑ᄒ시

---

158) 권13, 448~449면.

를 닙으니 희평군은 국왕의 삼지러니 션비를 스랑ᄒᆞᄂᆞᆫ고로 영유ᄉᆞ의 가소셩의 글 지은 거슬 보고 좀 지조를 과듕ᄒᆞ여 더브러 부듕의 두시고 후휼지은이 텬지ᄀᆞ트여 덕음으로 실가를 어더 계오 가ᄉᆞ를 일윗더니 분의 넘어 슈년 만의 쳐ᄌᆞ를 죽이고 일졈 골육이 업ᄂᆞᆫ지라 하날이 노시를 망케 ᄒᆞ미니 셰렴이 업셔 다만 시셔로 소일ᄒᆞ디 소셩의 고쳬ᄒᆞᆫ 뜻이 낙〃ᄒᆞ여 공명 부귀 브운ᄀᆞᆺ더니 맛춤 본국 귀쥬 디국 지샹 명뷔 되어 고국을 써나 황도 승지의 오시미 국왕이 유공의 긔질이 소〃 남지 아니믈 넘녀ᄒᆞ시고 공쥬의 ᄌᆞ최 외로오믈 닛지 못ᄒᆞᄉᆞ 노궁인 왕손시 김시로 소셩과 ᄀᆞᆺ치 공쥬의 보익을 삼아 보니시니 소셩이 엇지 고국을 써ᄂᆞ고져 ᄒᆞ리오마ᄂᆞ 군명을 거역지 못ᄒᆞ여 연경 텬부지〃를 귀경코져 ᄒᆞ며 ᄉᆞ마공이 영웅 쥰걸이믈 ᄉᆞ모ᄒᆞ여 부모의 분묘를 ᄇᆞ리고 타국의 오유ᄒᆞ엿더니 맛춤 ᄉᆞ공의 ᄉᆞ랑ᄒᆞ시믈 닙어 거두어 듕임을 맛지시고 후휼지은이 듕ᄒᆞ시미 졍셩을 다ᄒᆞ여 셤기고져 ᄒᆞ엿더니 쳔만 뜻밧긔 죄목도 니르지 아니코 구박ᄒᆞ기를 급히 ᄒᆞ니 그 문을 나미 형초ᄀᆞ튼 ᄌᆞ최 ᄉᆞ면의 알니 업고 〃향으로 가고져 ᄒᆞ나 슈듕의 ᄒᆞᆫ낫 돈이 업ᄂᆞᆫ지라 만니 발셥홀 길히 망연ᄒᆞ여 동셔로 걸식ᄒᆞ연지 거의 일삭이라 타향긱을 뉘 어엿비 너여 구졔ᄒᆞ리오 혈〃망극ᄒᆞᆫ 졍시 의지홀디 업ᄉᆞᆫ고로 은상 합하긔 나아과 회포를 고ᄒᆞ고 약간 반젼을 어더 젼〃ᄒᆞ여 고향의 가고져 ᄒᆞ더니 소셩이 블힝ᄒᆞ여 대인 존긔 귀향ᄒᆞᄉᆞ 환가치 못ᄒᆞ시다 ᄒᆞ미 쥬야 도라 오시믈 ᄇᆞ라더니 어졔 드르니 합하 대인이 도라오시다 ᄒᆞᄂᆞ 존빈이 년낙ᄒᆞ고 쥬륜 거미 문의 메여시미 하졍을 발뵈지 못ᄒᆞ고 문젼의 방황ᄒᆞ여 이졔 대인이 소셩을 긔억ᄒᆞᄉᆞ 불너 보시니 은혜 틱산ᄀᆞ튼지라 ᄇᆞ라건디 ᄌᆞ비지심을 드리오ᄉᆞ 약간 반젼을 허ᄒᆞ시면 소셩이 고향의 도라가 대인 은혜를 감골 명심ᄒᆞ리이다[159]

양아공주의 간부로 누명을 썼던 노태원은 교지국의 선비 가문 출신으

---

[159] 권34, 304∼307면.

로, 어려서 부모를 잃고 의지할 친척도 없어 동서로 떠돈다. 유랑 중에 영유사에 글을 남겼는데, 마침 교지국 왕의 삼자(三子) 희평군이 그 글을 보고 사랑하여 부중에 둔다. 희평군의 도움으로 노태원은 정착하고 결혼까지 했으나 몇 년이 안 돼 일 점 혈육도 남기지 못하고 아내가 죽는다. 또 다시 외롭고 고단한 삶을 살게 된 노태원은 세상에 대한 미련을 버리고 시서(詩書)로 소일하며 지내던 차에, 양아공주가 유성희와 성혼하여 중국에 오게 되자 교지왕의 명으로 공주의 보익(補益)이 되어 중국에 오게 된다. 그는 중국에 와서 유성희 집안의 집사를 하다가 갑자기 죄목도 없이 구박하여 내침을 당하자, 아는 사람도 없고 수중에 돈도 없어 고향을 가고자 해도 갈 수 없는 처량한 신세가 된다. 한 달 여를 걸식하며 지내던 노태원은 화부를 찾아 화진에게 여비를 부탁하려 하지만, 마침 화진이 고향 양주로 내려가 아직 환가(還家)하지 않은 상태라 또 다시 걸식하며 화진이 올 때를 학수고대 한다. 우여곡절 끝에 화진을 만나게 된 노태원은 자신의 처지를 설명하며 고향에 갈 약간의 반전(半錢)을 청한다. 후에 화진은 노태원의 뛰어남을 알아보고 그 자제들의 스승을 삼아 화부에 거하게 한다.

노태원의 이야기는 지방 출신의 선비나 몰락한 가문의 후예가 겪는 삶의 질곡을 보여주고 있다. 양반 가문 출신이지만 중앙 정계로 나가지 못한 한미한 집안의 후예로 글공부만을 업으로 삼다가 벌열가의 집사가 되거나 글 선생이 되는 과정이 생생하게 나타나 있다. 집안이 쇠패한 몰락 양반이 걸식을 할 정도의 비참한 삶을 살거나, 중인들이 맡아 하던 집사 일을 하는 것은 당대에 이미 수직적 신분질서가 무너지고 있음을 보여준다.

믄득 뉴시랑이 니르러 말슴호시 (심)부인 왈 노신의 비황혼 병심을 녀이 아니면 뉘 위로호리오 졔 츠마 쩌나지 못호니 일월이 오런즉 현셰 깃거 아닐지라 폐시 누츄호나 췌션당의 침소를 졍호여시니 현셔는 허믈 말고 머믈기를 브라노라 시랑이 함소 더왈 명디로 호리이다 소졔 심하의 즈긔 쳥호므로 알가 스식이 블안혼지라 님소졔 아라보고 소왈 췌퓌 쥬인의 뜻을 아지 못호고 쥬군의 말슴을 셜파호니 존괴 슉소를 졍호시미어늘 소져는 스식이 블안호뇨 소졔 져두 믁연이어늘160)

화부의 가란이 어느 정도 해결되었으나 아직 화진과 그 아내 윤씨와 남씨가 환가하기 전이라 화진의 누이 태강소저는 친정에 와 머물며 가사를 돌본다. 평소 금슬 좋기로 유명한 뉴시랑은 아내가 친정에 가자 독수공방을 하기 싫어 처가에 와 함께 기거할 뜻을 보인다. 이에 태강은 무안해하며 거절한다. 그러던 차에 심부인이 문안을 온 사위 뉴시랑에게 화부에 처소를 정하고 편히 머물라고 권하자 뉴시랑은 기뻐하며 주저 없이 응낙한다. 태강소저는 자신이 모친에게 청하여 처소를 준비한 것으로 뉴시랑이 오해할까봐 불안한 얼굴빛을 보인다. 옆에서 이를 지켜보던 임씨는 태강의 심정을 눈치 채고 심씨가 독자적으로 배려하여 정한 것임을 발명해 준다. 이 장면은 심각한 갈등이라기보다 부부간의 미묘한 감정을 노출하고 있다. 부부끼리 내가 더 좋아하는 것으로 오해받거나 들킬까봐 걱정하는 감정의 줄다리기를 세심하게 포착함으로써 마치 그 장소에 함께 있으며 그들의 사랑의 자존심 대결을 지켜보는 듯한 느낌을 준다.

원쉬 번의 〃형이 환탈호여 병이 깁고 쏘 쟝쳐를 알하 업더여시믈 보고 참연호여 눈믈을 흘니고 나아가 친히 쟝쳐를 보려호니 번이 황겁호나 어

디가 감히 거슬니오 죽으믈 그음ᄒ여 과의를 문회치고 쟝쳐를 니니 두 편의 큰 ᄉ발마치 몽킈여 참아 보지 못ᄒᆞᆯ더라 원쉬 어로만져 보기를 이윽히 ᄒ다가 도라 의ᄌᆞ드려 니로디 네 니런 듕ᄒ 쟝쳐의 깁히 곰긴 것슬 ᄊᆞ지 아냣ᄂᆞᇇ 의직 디왈 소의 발셔 파종ᄒ려ᄒᆞ디 병인이 죽기로써 마다 ᄒ고 긔운을 바리니 하슈치 못ᄒ엿ᄂᆞ이다 원쉬 졈두ᄒ고 침을 달나 ᄒ니 … 원쉬 침을 들고 뉴셩희로 붓들나 ᄒ고 쟝쳐를 흔번 질너 믜치니 믄득 농즙이 폭포 ᄂᆞ리듯 흘너 악취 방의 가득ᄒ니 좌위 ᄎᆞ마 견디지 못ᄒᆞ디 원슈는 안식을 불변ᄒ고 종용이 두로 눌너 농즙을 ᄒᆞ니 〃 금의 〃 ᄉᄆᆞᆺ고 냥슈의 무더시나 더러이 여기미 업고 일변 좌우로 긔보ᄒᆞᆯ 약을 디령케 ᄒ니 이리하라 젹 번이 아조 죽어 인ᄉᆞ를 바럿더라 원쉬 쟝쳐의 누혈을 다 ᄒᆞᆯ니고 당졔를 브쳐 편히 누혀 약믈을 치며 구완ᄒ니 번이 원슈의 파종ᄒ려ᄒᆞᆷ믈 보고 감히 거ᄉᆞ지 못ᄒ여 가마니 업더여시나 스ᄉᆞ로 겁ᄒ고 긔운이 허약ᄒ여 인ᄉᆞ를 모로더니 일신이 알히던 독혈이 다 ᄲᆞ져 몸이 가비얍고 ᄯᅩ 긔보ᄒᆞᆯ 약을 쓰미 반향 후 인ᄉᆞ를 출히니 홀연 몸이 편ᄋᆞ고 긔운이 싁 〃 ᄒ여 팔구분이나 싱긔 잇ᄂᆞᆫ지라[161]

    대원수 화진이 일개 소장 민번의 장독(杖毒)을 직접 치료하는 장면이다. 민번은 심한 장독으로 앉아 있을 수도 없어 엎드려 있으면서, 통증이 심하여 상처에 손을 대지도 못하게 한다. 그러나 대원수의 명을 거역할 수 없어 상처를 보여주는데 그 곪은 것이 양편에 사발 크기로 뭉쳐져 있어서 보기에도 끔찍한 지경이다. 화진은 유성희에게 민번을 붙들게 하고 자신은 침을 받아 직접 상처를 찌르니 그 농즙이 마치 폭포처럼 흐르고 악취가 방안에 가득 퍼진다. 화진이 농즙을 두 손으로 눌러 짜자 그것이 옷에 튀며 손에 묻는다. 민번은 통증으로 이미 기절하였고 화진은 누혈을 다 짜 내고 상처에 약을 부치고 민번을 바르게 눕힌다. 이것은 『사

기』에서 기원한 모티프를 보다 감각적이고 자극적으로 구체화한 것이다. 이러한 글쓰기는 일종의 선정적 글쓰기에 해당한다. 독자의 감각을 자극하는 묘사는 통속적 글쓰기의 대표적 방식이라 할 수 있다.

a. 이후 단싱 등과 공이 더옥 후디ᄒ니 노쥐 평안ᄒ미 측양업스나 부모의 소식을 몰나 쥬야 슬허ᄒ더니 단싱이 셔울 됴보를 보ᄂ지라 낡을 쩐 얼프시 드르니 슌쳔 츄관이 슌쳔의 부임ᄒ엿더니 운남 젼관을 ᄒ엿다 ᄒ거눌 디경ᄒ여 혜오디 셔귀 슌쳔부의 부임ᄒ지 오러지 아니커눌 어니스이 운남의 니쳐ᄂ고 의려ᄒ여 단공긔 뭇ᄌ온니 단공 왈 됴졍의 간신이 잇고 엄젹의 당뉴를 모화 스의 유힝ᄒ니 벼술ᄒᄂ 지 모실ᄒ고 좌쳔ᄒ기를 도셕으로 츄관이 필연 엄승의게 믜여 운남의 니쳣ᄂ ᄒ노라[162]

b. 츠셜 산동 윤부의셔 낭녀의 평부를 몰나 시랑 부뷔 쥬야 슬허ᄒ고 윤공지 단부를 쩌나 집의 도라와 화싱의 등용ᄒ물 고ᄒ고 깃거ᄒ나 먼니 이셔 경스를 보지 못ᄒ믈 한ᄒ더니 오러지아냐셔 조보를 보니 화싱이 벼스를 파ᄒ다ᄒ나 연고를 몰나 경흑ᄒ더니 ᄯ 화부 소식이 니르러ᄂ 남시를 소셩의 나리오다 ᄒ고 낭녀의 신셰 편치 못ᄒ다 ᄒ여시니[163]

진채경이 단부(段府)에 기거하면서 운남에 정배된 부모의 소식을 몰라 슬퍼하는데, 마침 단생이 읽는 조보를 통해 자신이 대작(代作)을 해주어 순천 추관이 된 서귀가 운남으로 전관(轉官)하였다는 발령 소식을 듣는다. 이에 진채경은 바로 단부에 하직을 고하고 서귀를 따라 운남을 향해 길을 나선다. 윤여옥의 경우는 고향 산동에서 조보를 통해 처남 화진이 급제 하여 한림학사를 하다가 파직했다는 소식을 접한다. 이에 윤여

---

162) 권9, 121~122면.
163) 권14, 487~488면.

옥은 화부의 사정을 알아보기 위해 곧바로 양주로 길을 나선다.

조보는 조선시대에 승정원의 발표사항을 필사해서 배포하던 전근대적인 관보(官報)이다. 우리나라 문헌 가운데 조보라는 명칭이 처음 나타난 곳은 중종 3년(1508) 3월 신해의 실록기사이다. 조선 초 기별지(奇別紙)라는 이름으로 불리던 것이 중종 조에 와서 제도적으로 확립되고 활성화되어 조정 소식을 전달하는 역할을 담당하였다. 조보의 기사 내용을 보면 관리의 임면, 이동, 승급 등 인사 관계 소식이 자세히 보도되고 있다.164) 조보는 서울 독자에게는 매일 전달되었으며, 원칙적으로 1일 1회 발행이고 발행 시간이 일정하였다. 지방은 대체로 5일분의 조보 기사가 기재되어 보낸 것이 많았으며 10일이나 1개월의 기사가 필사되어 한 개의 두루마리로 보내어진 경우도 적지 않았다. 조보의 독자 계층은 사대부 즉 양반관료 및 일부 유림이 핵심을 이루었으나 실제로 전직 관원이나 관직에 오르지 않은 사람들과 심지어 유배 중에 있는 전직 고관들에게도 조보가 배포되었다.165) 조선 후기가 되면 모리스 꾸랑이 설명한 바와 같이 일반 민간인들도 구독료를 지불하면 조보를 받아 볼 수 있게 될 정도로 독자층이 확대되었다.

이 외에도 친정을 가려고 하는데 아이가 감기에 걸려 가지 못해 마음 아파하는 딸의 모습과 용모가 아름답고 태도가 고운 시녀를 들이게 되자 사위가 보지 못하도록 후당 깊숙한 곳에 거처하게 하는 장모의 모습, 촌민 안삼낭이 글을 몰라 중요한 문서를 작성할 수 없을 때 장평이 문서를 대신 써 주어 사귀게 되는 과정 등에서 스쳐가는 일상과 심리를 짚어

---

164) 박정규, 「조선왕조시대의 전근대적 신문에 관한 연구 -朝報와 그 유사물의 특성을 중심으로」, 서울대 박사논문, 1983.
165) 유희춘, 『眉巖日記』, 7권.

내고, 사회 각 계층의 세부적 삶의 국면까지 포착하여 장면화시키는 작가의 예리함을 느끼게 한다.

이와 같이 <화씨충효록>은 집요한 인물 분석으로 시대와 계층을 반영한 캐릭터의 창출한 것, 그리고 당대를 사는 사람들의 현실을 반영하여 그 상황에 직면한 사람들이 공감할 만한 심리묘사, 감각적이고 자극적인 글쓰기, 조보와 같은 구체적이고 사실적 자료를 소재로 사용함으로써 독자들에게 친숙하게 다가가는 통속문학으로서의 면모를 보인다.

어느 사회나 일상적 통속성과 함께 고상한 진지함이 존재하며, 대개의 경우 진지함이 통속성보다 상위 가치로 인정받는다. 이것은 문학에 대한 평가로 이어져 일상보다는 이상을 다룬 것을 더 우수한 문학작품이라고 여기고, 재미보다는 교훈을 주는 작품을 가치 있는 것으로 평가하게 한다. 그러나 인간의 삶에서 고상한 진지함이 추구의 대상으로 가치가 있다면 일상적 통속성 또한 공유하는 대상으로서 무시할 수 없는 가치를 지닌다. 통속적이라는 의미의 고대 그리스 어 exōterikos는 공교적(公敎的)이란 의미도 가지고 있다. 이것은 그리스의 철학자들이 초심자와 일반대중에게 행하던 교설(敎說)을 지칭하는 말로, 외부적 혹은 외면적이라는 의미도 포함한다. 이렇듯 통속적이란 대중의 눈높이를 맞추려는 노력을 의미한다. 그러한 의미에서 <화씨충효록>의 통속성 또한 변화된 대중의 눈높이를 맞추기 위한 노력의 결과라는 점에서 의미가 있다.

대중화의 양대 축인 통속성과 상업성은 기실 따로 분리해서 다루기 쉽지 않다. 굳이 구분하자면 통속성이 작품의 내용적 측면에서 독자 대중에게 쉽게 파고들 수 있도록 친숙함을 강화하는 것이라면 상업성은 말 그대로 이윤추구를 위해 더 많은 독자를 확보하기 위한 작품의 상품

화 전략이다. <화씨충효록>이 상업적 독서물로서의 성격을 강화하고 있
는 것은 이미 대중적으로 인기를 끈 유명한 작품을 개작의 대상으로 했
다는 것에서 알 수 있다. <화씨충효록>은 17세기 후반에 창작된 한문
장편소설 <창선감의록>을 개작한 작품이다. 전대의 작품을 차용하거나
뒤를 잇는 파생작 혹은 후속작의 형태는 상업적 독서물이 취하는 대표적
방식 가운데 하나이다. 인기 있는 유명한 선행작에 의지하는 것은 그만
큼 위험 부담 없이 대중에게 쉽게 접근할 수 있기 때문이다.

<화씨충효록>의 작가가 <창선감의록>과의 친연성을 강하게 드러내
고 있는 것은 다분히 의도적이다. 이는 국문 장편소설의 수많은 화소를
차용할 만큼 소설의 독서량이 풍부한 작가가 새로운 작품을 창작하지
않고 굳이 <창선감의록>을 개작했다는 것과 작품의 서두에 ‘증선악화
복 창선감의록’이라는 부제를 붙임으로써 이 작품이 <창선감의록>을
증보한 것이라는 이미지를 강하게 부여하고 있는 것에서 알 수 있다. 현
재 <화씨충효록>이라는 제명(題名)으로 남아 있는 작품 가운데는 <창
선감의록>의 이본이 다수 존재하게 되는데, 이것은 당시 독자들도 두
작품을 동일 작품 혹은 유사한 작품으로 인식했다는 증거이다. 뿐만 아
니라 부제(副題)는 현대의 연구자들마저도 <화씨충효록>을 <창선감의
록>의 증보판 이본으로 판단하게 하는 근거가 될 정도로 두 작품을 동
일한 작품으로 인식하게 하는 강한 유인책이 되었다.

<화씨충효록>의 작가가 <창선감의록>을 개작 대상으로 한 이유는
<창선감의록>이 조선 후기까지도 가장 많은 독자층을 보유한 작품이
며166), 동시에 가장 보수적 독자층인 상층 남성 사대부에게까지 인정을

---

166) 이원주, 「고전소설 독자의 성향-경북 북부지역을 중심으로」, 『한국학논집』3, 계명
     대, 1975.

받은 작품이라는 점에서 찾을 수 있다. 조선 시대의 소설이 일반 사람들에게 친숙하게 다가가는 데 가장 큰 걸림돌은 당시 팽배했던 소설 배척론이었다. 소설에 대한 부정적인 인식은 조선 전기부터 존재했다. 조선 전기의 소설 배척론은 주로 중국에서 유입된 소설류에 대한 내용이었으나 그로 인해 국내 소설의 창작에 대해서도 보수적 시각이 팽배하게 되었다.

  a. 내가 虛家의 소설 수십 종을 얻었는데 그 중에서 <三國志演義>와 <隋唐演義>를 제외하면, <兩漢演義>는 사실에 어긋나며 <齊魏演義>는 서툴고, <五代殘唐演義>는 거칠며, <北宋演義>는 간략하고 <水滸志>는 간사하게 속이고 교활하게 꾸며 모두 족히 훈계할 만하지 못하다.[167]

  b. 오래된 소설 가운데에 뛰어나 일컬어질 만한 것으로서 <西遊記>, <水滸傳> 외에 열국·동서한·제·위·오대·당·남북송 같은 것이 각각 연의가 있어 모두 세상에 유통되어 왔다. 그런데 명나라 말엽에 여러 문사들은 유난히 부박한 문장을 숭상하여 사실에 없는 이야기를 만들어 얽어서 문득 한 권의 책을 만들어 내곤 했다. … 한갓 호사가들이 전하여 즐기던 것이 이윽고 하나의 습속을 이루어 다투어 서로 흠모하고 본떠서 드디어는 세도를 시들게 하고 마침내 종묘사직이 와열되는 데에까지 이르게 되었다. 마치 진대의 말엽에 청담으로 세상을 그르친 것과 같으니 탄식함을 이길 수 있겠는가?[168]

---

167) 許筠, <西遊錄跋>, 『한국고전비평론자료집』, 태학사, 1998. "余得虛家說數十種 除三國隋唐外 兩漢諰 齊魏拙 五代殘唐率 北宋略 水滸則姦騙機巧 皆不足訓."

168) 洪萬宗, <旬五志>하권, 『홍만종전집』상, 태학사, 1986, 90면. "古說之表表可稱者 西遊記水滸傳外 如列國東西漢齊魏五代당南北宋 各有演義 皆行於世至大 明末諸文士 尤尙浮藻 鑿空虛構 輒成一部 … 徙爲好事者之傳玩 而仍成習俗 競相慕效 遂使世道萎靡 竟致宗社之瓦裂 有若晉代之端 以淸談誤世 可勝嘆哉."

c. 패관소설은 漢唐이래 대대로 있었다. <搜神記> 같은 책들도 말은 무척 황괴하고 글은 자못 雅천하지만 기타 여러 종류의 책에는 사실에 부합하는 내용도 들어 있어서 史家가 빠뜨린 것을 보충하고 詞場의 수집자에게 보완해준다. <水滸傳>, <西廂記> 등은 비록 用意가 신기하고 교묘하고 命辭가 괴기하나 특별한 종류의 문자로 위에서 말한 여러 책의 예에 들지 않는다. 그러나 明 나라 사람은 이런 책을 소중히 여기고, 게다가 輕率浮薄한 것을 숭상하는 습속이 있어서 문득 거짓으로 한편의 이야기를 꾸며서 세상에 유통시켰다. 대체로 이들은 역사적 사실과 남녀의 즐기는 일을 부연한 것이다. 演義類가 나오면서 正史의 사적이 사라지고 어지럽혀져 이것만으로도 부당한 일인데 남녀의 일을 보니 모두 외설스럽고 음란하니 더욱 壯士가 가까이할 바가 못 된다. 근래 사람들은 실사를 중시한 사람이 드물고 이런 자질구레한 기록을 좋아해서 이것으로 소일거리를 삼으니 참으로 한탄스럽다."169)

이들은 모두 중국소설을 대상으로 소설에 대한 부정적 인식을 드러내고 있다. 허균은 사실을 바탕으로 해야 할 연의류가 사실을 왜곡하고 속임으로써 교훈적 역할을 하지 못하는 것을 비판한다. 홍만종의 경우도, '사실에 없는 이야기'를 만들어 세도(世道)를 시들게 한다며 소설에 대해서 일종의 풍기문란 죄를 적용하고 있다. 또 <소현성록>의 작자로 추정되고 있는 옥소 권섭의 모친 용인 이씨의 동생 이의현(李宜顯)은 연의류는 정사(正史)의 사적(史籍)을 사라지게 하고, 남녀의 일을 다룬 소설들은 외설스럽고 음란하다는 것을 이유로 소설에 대해 배격하는 입장을

---

169) 李宜顯, 『雲陽漫錄』, "稗官小說 自漢唐以來 代有之 如搜神記等書 語多荒怪而文頗雅馴 其他諸種間 亦有實事 可以補史家之闕遺 備詞場之採掇者 至如水滸傳西遊記之屬 雖用意新巧 命辭瓌奇 別是一種文字 非上所稱諸書之例也 而明人劇實之 加以正史事蹟汨亂 本不當 觀男女之事 又多猥鄙淫媟 尤非壯士所可近眼 而近來人鮮篤實喜以此等小說 作爲消寂遣日之資甚可歎也."

표명하고 있다.170) 이러한 인식은 소설의 창작 경향을 일정한 방향으로 유도하는 역할을 한다. 조선 초기 당대 최고의 지위에 있었던 서거정이 골계전을 지을 만큼 자유로웠던 문단의 분위기가 교조적으로 변해가는 것은 점차 공론화되는 소설 배격론의 영향이 크다. 따라서 초기 소설의 창작을 담당했던 사대부들은 공식적으로 비판의 대상이 되지 않는 소설 즉 교훈성을 극대화한 규범서로서의 소설을 창작하기 시작한다. 이들은 대개 그 진실 여부를 떠나 자신의 작품 창작의 동인으로 유가적 이념에 바탕한 교훈성을 표면에 내세우는 전략을 사용한다.

  a. 내 보니, 민간의 무식쟁이들이 諺字를 배워 노인들이 전하는 이야기를 베껴 밤낮 떠들고 있는데 이 석단 취취의 이야기 같은 것은 淫藝妄誕하여 도무지 볼 게 없다 …. 이 책은 지금 다투어 전해 집집마다 두고 너나없이 읽고 있으니, 그들이 밝히 아는 바에 인하고 그들이 본디 지닌 바에 따른다면 이끌고 부추기는 방도가 어찌 쉽지 않겠는가 … 이로써 표현이 하나같이 바름을 얻어 이 책보는 사람들이 느껴 공경하는 마음이 들도록 하였지 심심풀이 농담의 소재로 되지 않게 하였다. 그러니 성현의 가르침을 돕는데 보탬이 안 되지는 않을 것이다. 그리고 또 언자로 번역해 부인네처럼 문자를 모르는 사람들도 읽기만 해도 또렷이 알 수 있게 하였다. 하지만 이렇게 하는 것이 어찌 대중에게 전하려는 의도였겠는가. 집안 처자들과 같이 보려 할 따름이다.171)

---

170) 여기서 '남녀의 일을 다룬 소설'은 世情小說類를 의미하는 것으로 보인다.

171) <五倫全傳>序文, "余觀閭巷無識之人 習傳諺字 謄書古老相傳之語 日夜談論 如李
  石端 翠翠之說 淫褒妄誕 固不足取觀 … 是書時方爭相傳習 家藏而人誦 若因其所明
  就其所存 則其開導勸誘之方 豈不易耶 … 其言一出於正 使觀是書者 有感激起敬之心
  而不至於閑中載談之具 則其於扶植明敎 不爲無助 故又以諺字飜譯 雖不識字 如婦人
  輩 寓目而無不洞曉 然豈欲傳於衆也 只與家中妻子輩觀之耳."

b. 근래에 소설잡기가 세상에 많이 간행되고 있다. 그 중에 드러난 것을 들어보면 중국의 것으로는 <剪燈新話>와 <艶異編>, 우리나라의 것으로는 <鍾離胡盧>와 <禦眠楯> 등의 책으로 鬼神愧誕之說이 아니면 男女期會之事로써 諸史에 미치지 못하는 먼 것들이다. 하물며 이 책과 더불어 함께 말할 수가 있는가? 보는 자들은 마땅히 취사해야 할 것이다.172)

<오륜전전>은 명대 구준(丘濬)(1421~1495)의 희곡 <오륜전비기>를 16세기 전반기에 국역한 것이고, <천군연의>는 정태제가 17세기에 창작한 한문 소설이다. 이들은 한결같이 창작의 변(辯)으로 일반 소설에 대한 비판적 인식을 먼저 제시하고 자신의 소설은 당대 소설이 지니는 문제점을 탈피하고 있음을 부연하고 있다. 이러한 방식은 전대에 다소 비현실적인 작품세계를 구현했던 <설공찬전>이 소각되면서 형성된 위기의식에 기인한다. 소설에 대한 공식적인 배척은 조선 전기뿐만 아니라 19세기 후반까지 지속적으로 나타난 현상이다. 그렇기 때문에 다소 상투적으로 느껴질 수도 있는 소설 창작의 변은 이후 작품에서도 발견할 수 있다.

세상에서 소설이라고 하는 것들은 그 말이 모두 거칠고 속되며 그 일 또한 허황하며 터무니없어서 모두 기이한 이야기와 속이고 희롱하는 데에 귀착된다. 그러나 그 중에 이른바 <사씨남정기>와 <창선감의록> 등 몇 편을 사람으로 하여금 말해보게 하니 문득 감동하여 분발하는 뜻이

---

172) 鄭泰齊, <天君演義>序, 『天君演義』, 형설출판사, 1982. "近來小說雜記 行於世者固多 而以其中表著者言之 來者中國者 剪燈新話 艶異編 出於我東者 鍾離胡盧 禦眠楯 等書 非鬼神愧誕之說 則皆男女期會之事 其不及諸史遠矣 況可與此書同一道哉 覽者宜有以取捨之矣."

있었다. 내가 이에 子雲의 참람되이 훔침을 생각하지 않고 西施의 이웃이 찡그림을 흉내 내어 이 책을 구성하였으니 능히 안목을 가진 사람들이 한번 비웃을 만한 밑천이 되지 않겠는가? '일락정'이라는 것은 蘇州候가 교육을 하던 곳이었으며 晋公의 사업도 또한 '일락정'으로부터 비롯되었으므로 내가 그 뜻을 취하는 바이다. 아, 이 책의 지음이 비록 사실이 아닌 꾸며낸 이야기로부터 나왔지만 문득 또 선한 사람을 복되게 하고 음란한 자에게 재앙을 주는 속뜻이 있다. 그러므로 이것이 어찌 나를 죄 줄 수도 있고 나를 알게 할 수도 있는 것이 아니겠는가? 다만 원하기는 다른 사람으로 하여금 보지 못하게 하고 가정의 부녀자와 아이들로 하여금 한문과 언문으로 이것을 읽게 한다면 혹 가르침을 돕는 한 道가 있을까 한다.[173]

여기서 주목할 것은 전대 소설 창작의 변이 중국의 소설들이나 당대의 소설들을 비판하고 자신들의 작품은 그것과 변별되는 규범서임을 강조했다면 후대 창작자는 초기 소설 작품 중에서 공식적으로 긍정적 가치를 인정받은 소설에 의거하고 있다는 것이다. 이때 주로 등장하는 작품이 <사씨남정기>와 <창선감의록>이다. 이들은 가장 비판적인 독자인 상층 사대부 남성들에게도 소설의 전범으로 인정받아 가내의 식구들 특히 여성들에게 적극적으로 읽을 것을 권장하는 규방소설의 대표작이 되었다.[174] 따라서 그 후에 나오는 소설들은 자신들이 <사씨남정기>나

---

173) 晩窩翁, <一樂亭記>서문. "世之謂小說者 語皆鄙俚 事亦荒誕 盡歸於奇談詭譎 而其中所謂南征感義錄數篇 令人說去 便有感發底意矣 余於是乎 不思子雲之僭竊 效西隣之嚬 搆成是篇 能不爲具眼者一哂之資耶 盖一樂亭 蘇州候敎育之所 而晋公事業 亦自一樂亭者 竊有取義焉 噫 是書之作 雖出於架空구虛之說 便亦有福善禍汪底理 則此豈非罪我知我者乎 但願勿令人見之 使家庭間婦孺輩 眞諺讀之 則庶幾有補於敎誨之一道云爾."

174) 임형택, 「17세기 규방소설의 성립과 <창선감의록>」, 『동방학지』57집, 연세대 동방학연구소, 1988.

<창선감의록>의 계보 속에 있음을 드러냄으로써 작품의 실상과는 무관하게 그 창작의 정당성을 확보하고자 한다. 이것은 곧 대중성을 지향하는 상업적 소설들이 보수적 검열을 통과하는 방편이 되었다. <화씨충효록> 또한 대표적 규범서인 <창선감의록>의 개작 혹은 증보판이라는 표제를 내걸며 대중 속으로 쉽게 편입하려고 시도한 것이다.

<화씨충효록>이 상업적인 대중물로서의 면모를 보이고 있음은 '증선악화복 창선감의록'이라는 부제를 걸고 전반부를 <창선감의록>에 의지하여 개작을 꾀했다는 점 외에도 <수제월암록>이나 <제호연록>으로 추정되는 '하전'을 소개함으로써 이어지는 연작에 대한 호기심을 자극하고 있는 점을 들 수 있다. 그런데 <화씨충효록>은 일반적으로 연작형 국문 장편소설이 후편을 소개하는 것과 조금 다른 양상을 보인다. 연작형 국문 장편소설의 경우 그것이 본전이든 별전이든 결말부에 가면 작품의 중심 가문이 안정 후 위기를 다시 한 번 맞이하고 이것을 해결함으로써 가문의 안정을 재차 확인하면서 후손들의 번영을 요약하는 후기로 들어간다.175) 그런데 <화씨충효록>의 결말부에는 중심 가문인 화부를 중심으로 한 안정 후 위기와 위기 극복을 통한 안정의 확인은 존재하지 않는다. 이는 후반부의 서사가 방계 가문인 유부의 가란을 중심으로 진행되기 때문이다. 그리고 유부에서 발생하는 위기도 해결 과정에 있어서 작

---

175) 임치균은 연작형 삼대록 소설의 구조적 특징을 다음과 같이 13단계로 정리했다. 1. 대대 명문 가문에 한 아이가 태어난다. 2. 부모 중 한 사람을 잃는다. 3. 어려서부터 매우 뛰어난 재능을 보인다. 4. 커가면서 고난에 처하나 극복한다. 5. 가문이 안정된다. 6. 다시 5에서 이룩한 것을 무산시킬 수도 있는 갈등이 생긴다. 7. 스스로 해결하고 5를 확인한다. 8. 자손이 뛰어나다. 9. 자손들이 부부, 처첩 갈등에 빠지나 각각 극복한다. 10. 대외적 위기를 해결하여 가문이 대내외적으로 완성된다. 11. 자손 중의 하나가 황후가 된다. 12. 10까지의 모든 것을 무산시킬 수 있는 갈등이 일어난다. 13. 쉽게 해결되고 가문은 계속되는 영화를 누린다.
임치균, 『조선조 대장편소설 연구』, 태학사, 1996, 169면.

품의 중심인물인 화진이 개입하지 못하도록 저지하고 있다.

기첩 팔아 등이 양아를 모욕한 것 때문에 양아가 그들을 죽이려고 하자 유성희는 이 문제를 화진과 의논한다. 화진은 팔아 등의 죄에 비해 처벌이 지나치다는 것을 이유로 만류하고, 유성희는 화진의 말을 따라 팔아 등을 장형에 처한 후 고향으로 내친다. 이후 취란에 의해 요약을 먹고 혼미해진 유성희가 아내 양아와 자식들을 내치는 사건이 발생한다. 유성희는 간인의 음모가 밝혀지자 양아에게 자신을 잘못을 빌며 화합을 꾀하는 데, 이때 양아는 취란의 처결 문제에 대해 강건한 태도를 보인다. 취란을 죽이지 않고는 자신의 가모 소임을 할 수 없다는 것이다. 양아의 마음을 돌려놓는 것에 급급한 유성희는 화진 등이 꺼려할 것을 알기 때문에 화진과 의논 하지 않고 양아의 의사를 따라 곧바로 취란을 처형한다. 나중에 이 사실을 알게 된 화진은 불쾌함을 표현한다.

뿐만 아니라 양아의 딸인 장주와 정혼한 화진의 아들 화천홍이 장모가 될 양아의 강렬한 기질을 꺼려하여 불만을 노골적으로 표현한다. 화천홍이 자신의 모친에 대해 투기하는 부인이라며 질책하자 장주는 녹녹한 부인이 되지 않을 결심을 한다. 화천홍 또한 장주가 장모의 기질을 물려받을 것을 우려하여 절제할 뜻을 두게 되면서 작품은 그 뒤에 이어지는 또 다른 갈등을 예고한다. 그런데 작품은 이 부분에서 갑자기 마무리되고 바로 후손들에 대한 요약이 나온다. 이 작품은 표제가 <화씨충효록>이라는 것만 보아도 화부(花府)가 중심 가문임을 알 수 있는데, 후반부 유부(兪府)의 사건이 화부와의 연계를 맺지 못하고 암시만을 남긴 채 끝나고 있는 것이다. 더구나 중심 가문의 다음 세대에 대한 갈등이 시작된 상태에서 작품을 종결짓는 것은 <화씨충효록>만을 두고 볼 때는 미완성의 결말구조가 된다. 그러나 이러한 결말 구조는 독자들의 호

기심을 극대화 시키는 유인책이라 할 수 있다. <화씨충효록>은 이미 그
후편을 준비하고 있는 상황이므로 절정 부분에서 작품의 종결을 맺는
방식을 취함으로써, 작품을 읽어가던 독자들의 내면에 형성되었을 기대
를 일부러 좌절시키고 속편에 대한 갈망을 극대화시킨다. 이러한 방식은
상업적인 전략 중의 하나로 볼 수 있다.176)

　실제 <화씨충효록>은 세책가를 통해 상업적 독서물로 활발하게 유통
되었던 작품이다. 그에 대한 구체적 기록은 쿠랑과 최남선의 서목 외에
세책본 <창선감의록>에서도 확인할 수 있다.

> 　희라. 충효는 사람의 본성이요, 사싱화복은 명이니, 명은 알 비 아니요,
> 다만 본성을 힘 쓸 따름이라. 화씨의 충효 젹덕이 족히 사람으로 ᄒ야곰
> 어진 마음을 감발ᄒ야 츙군익친과 형졔우익의 가히 효측이 되리니 엇지
> 아름답지 아니리요. 칙 보시는 남녀간 사람드른 효도와 인의지사를 유〃
> 범범이 쇼견지사로 삼지 마르시고 션악을 징계ᄒ야 자긔 신상의 거두어
> 본성을 일치 말계ᄒ즉 엇지 고인의 츙효만 못헐가 ᄒ리요. 쏘흔 자셔흔
> 사격을 보려ᄒ시거든 화씨츙효록을 보시옵쇼셔 ᄒ엿더라. 셰 임자 십월
> 일 상목동 셔.177)

　이 필사기는 현재 동양문고에 소장되어 있는 10권10책의 세책본 <창
선감의록>의 권10 말미에 적혀있는 기록이다. 여기서 임자년은 1912년
이며 상목동은 향목동의 오기(誤記)로, 현재 을지로 입구에서 영업했던
세책점이다. 이곳은 최남선이 소설 목록을 정리한 곳이기도 하다. 세책

---

176) 송성욱은 이러한 유형을 완성형 연작이라고 논하였다. 송성욱, 「대하소설의 연작
　　유형에 대한 시론」, 『국문학연구』, 1999.
177) <창선감의록>, 동양문고 소장 세책, 10권. 이 자료는 연세대 유춘동 선생님의 도움
　　으로 확인할 수 있었다.

본 <창선감의록>을 필사한 전문 필사가는 작품 말미에 <창선감의록>에 대한 품평으로 충효의 본성을 지킬 것을 강조하면서, 자세한 사적을 보려면 <화씨충효록>을 보라고 하였다. 이것은 두 작품의 친연성을 강조하면서 <창선감의록>의 독자로 하여금 <화씨충효록>을 읽도록 유인하는 것으로, 결국 <창선감의록>의 인기를 바탕으로 <화씨충효록>에 대한 수요를 확보하려는 것이다.

<화씨충효록>이 실제로 거래된 사실은 연대본 <현씨양웅쌍린기>에 기록된 세책장부를 통해서도 알 수 있다. 연대본 <현씨양웅쌍린기>는 1890년에서 1910년대의 세책필사본으로, 평민 거주지인 동호(東湖, 현재의 옥수동)에 있었던 세책점에서 산출된 이본이다. 연대본 <현씨양웅쌍린기>의 권2, 1장과 4장의 배접지에는 당시 동호 세책점에서 보유하고 있던 소설작품의 목록도 보인다. 그 가운데 <화씨충효록>이 기록되어 있다.[178] 이로 본다면 <화씨충효록>은 앞서 살펴본 세책본 <창선감의록>이 거래되던 을지로 입구 세책가와 옥수동 세책가 등 서울을 중심으로 활발하게 읽혀졌음을 알 수 있다.

이상을 통해 볼 때 <화씨충효록>은 대표적 규범 소설인 <창선감의록>을 개작 대상으로 하고 후편에 대한 지속적 관심을 유발하는 결말구조를 통해 당시의 지배적이었던 소설 배척론에 유연하게 대처하면서 대중화를 시도했던 대중적 독서물임을 알 수 있다.

---

178) 이다원, 앞의 논문67~95면. ; 이윤석 외, 『세책 고소설 연구』, 혜안, 2003, 72면.

5. 〈화씨충효록〉의 연작양상과 소설사적 위상

1) 〈창선감의록〉 및 〈제호연록〉과의 연관성

앞 장에서 〈화씨충효록〉이 대중화의 방법으로 소설의 전범이라 할 〈창선감의록〉을 개작했다고 하였다. 선행 연구에서도 언급했듯이 〈화씨충효록〉은 17세기 후반에 창작된 한문 장편소설 〈창선감의록〉의 ‘개작형 연작’이다.[179] 개작형 연작이란 일반적 연작이나 파생작과는 다른 개념이다. 연작형 소설은 일반적으로 “연작을 이루는 각개의 작품들이 각각 완전한 소설형식을 갖추고 있으면서 그것들이 인물의 반복 출현, 사건의 연속 등을 포함한 구조와 주제에 의해 하나로 통합되어짐으로써 하나의 예술적 전체를 이루고 있는 일련의 작품들.”[180]을 말한다. 반면 파생작은 “전체 이야기 구조나 주제에 일치를 보이지 않고 부분적인 삽화나 인물, 사건을 제재로 취해서 이야기를 확장시켜 새로운 독립 작품을 형성한 것.”[181] 을 의미한다. 그러나 개작형 연작은 말 그대로 선행작의 내용과 인물을 온전히 가져오되 그 서사의 흐름이나 주제의식에 변화를 줌으로써 같은 작품에서 다른 성격을 창출하는 개작과 동일한 시공간에서 동일한 인물들이 겪는 후속 이야기를 이어가는 연작의 작업이 더해진 작품 형태를 말한다.

〈창선감의록〉의 개작형 연작으로 창작된 〈화씨충효록〉은 다시 후속작 〈제호연록〉에 영향을 미치고 있다. 〈제호연록〉은 앞서 말한 연작의 개념대로 〈화씨충효록〉과 구별되는 독립된 작품이지만 선행작에 나왔

---

179) 김수연, 앞의 논문.
180) 최길용, 「연작형 고소설 연구」, 전북대 박사논문, 1989, 10면.
181) 박영희, 앞의 논문, 180면.

던 인물들이 반복 출현하고 사건이 이어지고 있다. <제호연록>은 <화
씨충효록>의 중심인물인 화진과 유성희의 자녀 세대에 대한 이야기로,
주된 갈등은 혼사 문제와 관련하여 발생한다. 본 장에서는 <창선감의
록>과 <화씨충효록>을 비교 고찰한 후에, <화씨충효록>과 <제호연
록>의 관계를 살피고, 세 작품의 관계를 종합적으로 조망해 보고자 한다.

1. 〈창선감의록〉의 수용과 변용

<화씨충효록>이 <창선감의록>에 대한 개작이라는 것은 선행작의
작품 구조를 거의 그대로 수용하고 있음을 의미한다. 수용하는 과정에서
나타나는 서사 단락상의 변개는 선행 연구에서 상당 부분 다루었다.[182]
이에 본서에서는 줄거리나 삽화의 유무 차원을 넘어 두 작품에 나타나
는 주제의식과 세계에 대한 인식 등에 초점을 두고 그 대칭이 되는 지점
들을 중심으로 논의하고자 한다.[183]

<창선감의록>의 화진은 영웅적이고 초현실적인 힘을 지니며 절대적
인 효를 실현하는 이상적인 군자의 모습을 보인다. 심씨와 화춘이 모함
하여 살인의 누명을 씌웠으나 모친과 형의 죄악이 드러날까 봐 끝까지
자신의 혐의를 인정하고 원망하는 마음은 조금도 드러내지 않는다. 화진
에게서 볼 수 있는 인간적인 감정은 돌아가신 부모에 대한 그리움으로
통곡을 하는 모습에 나타난다. 그러나 이것도 지극한 효성을 강조하기
위한 장치일 뿐이다. 이에 비하면 <화씨충효록>은 화진의 인간적인 측
면을 부각시키고 있다. 화진은 의모 심씨와 가형 화예에 대해 원망과 멸
시를 보내기도 하고 자신의 처지에 대해 억울함을 호소하기도 한다. 물

---

182) 김수연, 앞의 논문.
183) 서사단락의 비교는 선행 연구를 참조하여 부록으로 실었다.

론 작품 전반에 걸쳐 정인군자의 모습을 잃지 않고 있지만, 그는 직면하게 되는 환경에 따라 태도와 감정의 변화를 보인다. <화씨충효록>에서 부각되는 화진의 캐릭터는 도덕적인 무게를 줄인 대신 그 공간을 인간적인 모습으로 채우고 있다. 그는 어린 조카가 자신과 형의 불화 때문에 죽게 된 사건에 대해 평생 가슴 아파한다.

> 일야는 슉질이 야심토록 고亽를 강논ᄒ다가 ᄌ리의 나아가더니 공지 홀연 ᄆ음이 황″ᄒ고 정신이 썰니거늘 크게 놀나 왈 슉부야 소질이 엇지 정신이 홀″ᄒ고 머리 꼿치 줍볏 줍볏ᄒ여 무셔오니잇고 혹시 역시 의괴ᄒ여 위로 왈 亽룸이 혹 그럴 쩌도 잇ᄂ니 놀나지 말나 공지 웃고 ᄌ리의 누어 촉을 멸ᄒ고 ᄌ려ᄒ니 일신의 한″이 첩의ᄒ고 잠이 업ᄂ지라 가쟝 의혹ᄒ여 슉부를 씌오ᄂ지라 혹시 역시 심번ᄒ여 ᄌ지 못ᄒ고 홍의 손을 잡고 왈 네 져리 무셔워ᄒ여도 잠들면 관겨치 아니″니 겻티셔 잠들덧 손을 잡고 만지며 ᄌ라 ᄒ니 공지 눈이 반″ᄒ고 뒤히 무어시 잇ᄂ듯 ᄒ여 혹亽의 금니를 들치고 품의 품기거늘 ᄋ희 졸연이 두려ᄒ믈 ᄯ호 민망ᄒ여 방심치 못ᄒ니 공ᄌ를 쯔어 구셕의 누이고 ᄌ긔 팔노쎠 홍의 목을 안고 슉질이 낫출다혀 누으니 공지 즉시 잠들거늘 혹시 심시 편치 아냐 이리져리 뒤잇다가 깁히 잠드니[184]

형 화예가 자신을 해치기 위해 자객 누급을 보내던 밤, 성홍은 숙부를 위로하기 위해 화진의 처소에 와 함께 잠을 잔다. 그날따라 성홍은 이유없이 마음이 황황하고 떨리며 머리가 쭈뼛쭈뼛하고 무서운 기운을 느낀다. 화진은 성홍을 안심시키기 위해 처음에 자신이 누웠던 구석 쪽으로 끌어다 누이고 팔로 꼭 끌어안는다. 이때 문밖에서는 이들을 지켜보던

---

184) 권32, 372~374면.

자객 누급이 화진이 구석 쪽에 눕는 것을 확인하고는 모두 잠들기를 기다리고 있다. 밤이 깊자 누급은 방 안에 들어가 구석에 누운 사람을 비수로 찌르고 나온다. 자다가 축축한 기운에 놀라 잠에서 깨어난 화진은 급히 비복을 불러 불을 밝히고 자리를 바라본다. 온 자리는 피로 잠겨있고 성홍은 가슴을 찔린 채 얼굴은 파랗게 변했으며 숨은 이미 끊어져 있다. 어린 조카가 자기 품에서 비수에 찔려 죽은 모습을 목격한 화진은 놀랍고 애통함이 극에 달해 혼절한다. 불을 켜기 위해 방에 들어왔던 노복 만뇌가 이 경상을 보고 '실색경황하여 엎드리며 내달리나 발이 땅에 붙어 걷지도 못하는' 모습으로 묘사된 것에서 이때의 참혹함을 잘 알 수 있다.

평소 어린 나이답지 않은 성숙함으로 자기 부친 때문에 곤경에 처한 숙부와 숙모를 위로하던 성홍이 갑작스럽게 비참한 죽음을 맞이하자 그 충격과 슬픔은 평생 화진의 뇌리를 떠나지 않는다. 화진은 회과한 형의 마음을 상하게 하지 않기 위해 성홍의 이야기를 입 밖에 꺼내지 말라고 친우와 친지들에게 늘 경계한다. 그러나 정작 자신은 어쩔 수 없는 회한과 슬픔으로 과도하게 눈물을 흘리는 모습을 자주 드러낸다. 황상이 회과한 심부인을 위해 사연(賜宴)한 날에도 화진은 가문이 완취(完聚)된 가장 기쁜 날에 오직 성홍이 없다는 것을 슬퍼하며 눈물을 흘린다. 이러한 모습은 화진의 인품을 도덕적 측면뿐만 아니라 인간적 측면에서도 고려하여 형상화한 것이다. 인간적 측면의 부각은 화진 뿐만 아니라 현숙한 숙녀인 임씨의 경우에서도 크게 강조되고 있다.[185]

인물 형상화에 있어서 인간적 측면이 강화되었다는 것은 선악관을 기반으로 한 인물의 형상화를 극복했다는 의미이다. <창선감의록>의 인물들이 선악의 관념에 지배를 받았다면 <화씨충효록>은 그것으로부터

---

185) 임씨의 인간적 측면에 대해서는 Ⅲ장에서 다루었다.

자유로워지기 위해 노력하고 있다. <창선감의록>의 화춘[186]은 어려서 부터 인품이 용렬했다. 화춘의 나이가 14세 되던 해 부친 화욱은 화춘에게 동생 화진과 사촌형 성준과 더불어 상춘정에서 시를 짓게 한다. 화욱은 화춘의 시를 보고 집안을 망하게 할 것이라는 극언을 한다. 성준이 그 말이 지나치다고 간하자 화욱은 시의 공졸(工拙)을 책하는 것이 아니라 경박하고 음란한 형상을 책하는 것이라고 답한다. 그러고 나서 화춘에게 동생에게 배워서라도 종사를 망하지 않게 할 것을 경계한다.

이후로 모친 심씨와 함께 화진에 대한 미움을 키워나가던 화춘은 부친이 죽자 바로 화진에게 가혹한 행사를 서슴지 않는다. 또 바른 도리로 간하는 조강지처 임씨를 내치고 소실로 맞이한 조씨를 정실로 삼는 등 인륜에 반하는 행위를 자행한다. 여러 가지 악행이 드러나 관부에 잡혔을 때도 화춘은 범한과 조씨에게 죄를 미루며 전혀 반성의 기미를 보이지 않는다. 그러다가 옥중에서 화춘은 갑자기 지난 일을 뉘우치고, 화진의 우애로 개과천선한 화춘은 형벌을 면한다.

선악관에 바탕을 둔 인물의 형상화는 인물들을 선과 악의 관념 속에 귀속시키려는 경향이 있다. 따라서 선인은 어떠한 환경에서도 선의 관념을 벗어나지 않으며 그 이념을 구현하기 위해 존재한다. 악인의 경우도 본성 자체가 악한 것으로 설정되어 어떠한 상황에서도 본질은 동요하지 않는다. 화진을 중심으로 구현되는 선과 효우의 이념은 효우의 대상인 심씨와 화춘을 악인으로 설정함으로써 더욱 강조된다. 그러나 그들이 악인이라는 설정과 후에 화진의 효우에 대한 감응으로 그들이 개과천선의 과정을 거쳐야 한다는 이념적 필연성이 악인 화춘의 급작스런 회과를 낳게 되는데, 이 과정이 매우 비현실적이다. 동일한 악행을 저지른 후에

---

186) <창선감의록>의 화춘은 <화씨충효록>의 화예와 동일 인물이다.

화춘과 심씨는 용서를 받고 조씨와 범한 등은 극형을 받는 것도 불합리하게 느껴진다.

이에 대한 반발로 <화씨충효록>은 악인의 형상을 악인과 우인으로 나누어 묘사한다. 화예의 경우 본성이 악한 악인이 아니라 환경에 의해 악행에 빠지게 되는 우인으로 형상화되는 것이다. <화씨충효록>의 화예는 <창선감의록>과는 달리 어려서 비범한 모습을 보인다. <창선감의록>에는 존재하지 않았던 출생담이 삽입되는데, 심지어 화진의 출생담보다 더 강화된다. 화진의 경우는 오히려 <창선감의록>에서 보였던 신이한 태몽이 삭제되었다. 화진과 대등한 자질을 지녔던 화예는 화부의 장자로 부친의 사랑을 받으며 온 집안의 보배로 자란다. 그러다 부친에게 학업을 배우면서 그 학습 속도가 동생들에게 미치지 못하자 화욱은 지나친 경계를 한다. 심지어 송죽헌에서 지은 시를 보고는 '청신하나 필법이 황잡하고 사의가 경박하여 소인의 태가 있다'하여 장자의 자리를 바꾸겠다는 공표를 한다. 그런데 이 장면을 <창선감의록>과 비교한다면, <창선감의록>에서는 시의 공졸을 떠나 경박하고 음란한 형상이 흐른 것을 보고 경계한 것이며 그 경계의 정도도 앞으로 수행을 더 하라는 것이었다. 그런데 <화씨충효록>에서는 청신하다는 장점이 있음에도 불구하고 필법이 황잡하다는 공졸의 차원에서 그 결함을 지적하고 있다. 또한 사의도 경박하다고만 하여 음란하다는 성정의 문제보다는 그 정도가 약화되었다. 그럼에도 불구하고 질책의 정도는 장자의 위차를 바꾸겠다는 극단까지 이르렀기 때문에 이로 인하여 부자 형제갈등이 비롯된 것이다.

부친의 지나친 경계와 동생과의 비교로 가문 내에서 자신의 위치를 상실한 화예가 나쁜 교우를 사귀고 악행에 빠져들게 되는 과정은 매우 현실적이다. 그러나 본래 악인이 아니었기 때문에 그는 악행을 저지르면 서도 늘 주저하고 두려워하는 마음을 드러내고 점차 자신의 지난 일을 후회한다. 작가는 인물의 심리적 추이를 따라 가며 회과를 하는 과정을 보여줌으로써 그가 궁극의 처벌을 면하게 되는 것에 대해 독자로 하여 금 수긍하게 한다.

이러한 인물 형상화 방식의 차이점은 작품이 전제하고 있는 보응관의 차이와도 관련이 깊다. 두 작품은 모두 거시적으로는 인과응보, 권선징 악의 보응관을 바탕으로 구성되어 있으나 구체적 실현 양상에는 차이가 있다. <창선감의록>은 유가적 규범에 입각한 '효우(孝友)'라는 주제를 도가적 보응관인 '승부(承負)'의 개념으로 다루고 있다. 도교에서는 현세 의 행복과 불행을 선대의 적선이나 적악의 결과로 돌린다. 즉 한 사람에 게 주어지는 화복(禍福)은 조상의 행위에 영향을 받은 것이며 그의 행동 또한 후손에게 영향을 미친다는 것이다.[187]

大凡人生이 無論男女貴賤而 必以忠孝爲本이니 友愛慈敬之心과 樂善行德之意ㅣ 一皆從斯而出也라. 夫子孫昌大ᄒ고 富貴榮樂者ᄂ 其福之所由來者ㅣ 遠故로 其立基也ㅣ厚則 雖危나必安ᄒ고 其立基 也ㅣ不厚則 雖安이나必危ᄒᄂ니 此ᄂ 理之自然者也ㅣ라. 余以痰火 로 養病潛臥ᄒ야 使婦人輩로 讀閭閭間諺書小說而 聽之ᄒ니 其中에 有冤感錄者라 其冤報ㅣ 相因ᄒ야 悽愴酸骨이나 然이나 爲善者ㅣ必 昌ᄒ고 爲惡者ㅣ必敗ᄒ야 有足以動人而 勸懲者矣라. 昔에 花將軍雲 之死於太平府也에 其妻召氏ㅣ 往而從死之ᄒ고 幼子呱呱水中ᄒ야 七日而不死ᄒ니 豈非天也리오 其說에 曰 雲之七世孫 兵部尙書汝陽

___

187) 『太平經』, 「解承負訣」, "凡人之行 或有力行善 反常得惡 或有力行惡 反得善 … 力 行善反得惡者 是承負先人之過 流災前後積來害此人也 其行惡反得善者 是先人深有 積蓄大功 來流及此人也 能行大功萬萬倍之 先人雖有余殃 不能及此人也."

侯郁이 事世宗皇帝ᄒ야 嘉靖十四年에 以勳功으로 推薦至刑部侍郎
內閣判事知陝西軍務事同知平章事汝陽侯ᄒ니 公의 爲人이 方嚴峻
正ᄒ고 鍊達治體ᄒ니 天子ㅣ 重之라 其後에 又以功으로 進爵爲兵部
尙書都察院都御史提督廣東軍務事ᄒ니라 第在皇城萬歲橋之南而 有
三夫人ᄒ니 元妃沈氏ᄂᆞᆫ 工部侍郎確之女오 次妃姚氏ᄂᆞᆫ 太子少傅瓘
之孫女오 三妃鄭氏ᄂᆞᆫ 吏部尙書雍之女야라 沈氏ㅣ 能言有貌而內甚
猜險이라 生子春에 品格이 尤庸ᄒ니 公이 甚不愛之라 鄭夫人은 莊靜
有淑德而 姚夫人이 不幸早世ᄒ고 臨終에 以一女로 託於鄭夫人ᄒ니
夫人이 保護敎訓ᄒ야 無異親生ᄒ니 是以로 敬重鄭夫人이러라[188]

　위 인용문은 <창선감의록>의 도입부이다.[189] 이 부분은 작가의 창작
의 변 혹은 서문에 해당된다. 남녀를 막론하고 충과 효로 근본을 삼아야
하는데, 이것은 우애하고 자경(慈敬)는 마음과 선을 즐기고 덕을 행하는
뜻이 모두 충효에서 나오기 때문이다. 또 자손이 창대고 영귀한 것은 그
기원이 멀기 때문에 그 기반을 세운 것이 두터우면 아무리 위태한 때를
만나도 반드시 다시 안락을 누릴 수 있다. 여기서 '먼 기원'은 조상을 의
미하고 '그 기반을 세운 것이 두텁다'는 것은 조상이 행한 충효와 덕행의
정도를 말한다. 그리고 자신이 읽은 <원감록>내용이 '선을 행한 자는
반드시 창성하고 악을 행한 자는 반드시 패망'하는 것인데, 사람을 감동
시켜 권선징악의 경계를 삼을 만하다고 말한 뒤 바로 이어 명나라 초기
의 개국공신 화운(花雲)의 이야기로 들어간다. 화운은 태평부 전투에서
죽었고 아내 소씨(召氏)도 남편을 따라 죽었다. 그런데 아들이 물속에서

---

188) 현토 <창선감의록>, 1~2면.
189) 이 도입부는 원본 계열에 해당하는 한문본에는 존재하고 국문본에는 탈락되는 양
　　상을 보인다. 그러나 도입부의 유무를 떠나서 전체적인 구조틀은 원본 계열의 도입부
　　가 기본 방향으로 설정한 응보관에서 변하지 않는다.

울면서 7일이 지나도 죽지 않으니 이는 모두 하늘의 뜻이라고 말한다. 그 다음으로 화운의 7세손 화욱으로 넘어간다. 화욱도 그 조상의 덕을 이어 사람됨이 방엄준정(方嚴峻正)하고 연달치체(鍊達治體)하여 천자가 중대한다. 화욱의 이야기는 다음 세대인 화진과 화춘을 등장시키기 위한 도입부의 역할을 한다. 실제 이야기는 화운의 8세손 화진과 화춘을 중심으로 이어지기 때문이다.

복의 기원이 현세에 있는 것이 아니라 먼 조상이 행한 충효와 덕행에 있다는 서두를 통해 작가의 의도를 가늠할 수 있다. 충을 위해 목숨을 아끼지 않은 화운과 절(節)을 행한 아내 소씨에 대한 1차 보응으로 하늘이 감응하여 보호한 아들의 이야기는 작가의 의도를 더욱 분명하게 보여준다. 작가는 화운의 혈통을 이은 화부 가족들을 중심으로 보응이 이루어지는 과정을 보여주려는 것이다. 즉 화운이라는 먼 조상의 덕음이 화욱을 포함한 후손에게 보응으로 나타난다는 것이 작품의 기본 방향인 것이다. 실제로 화욱의 가문은 온갖 역경을 극복하고 번영과 창달을 성취한다.

그 과정에 나타나는 중심 갈등은 화욱의 두 아들 화진과 화춘 간의 계후갈등이다. 여기서 문제는 도덕군자인 화진 뿐만 아니라 방탕한 패륜아인 화춘도 화운의 자손이라는 것이다. 그렇다면 조상이 행한 덕의 여음(餘音)은 화진 외에 화춘에게도 내려져야 “其立基也厚 則雖危必安”이 성립된다. <창선감의록>에서 화진이 영화를 누리는 것은 자신의 뛰어난 덕행만으로도 인과관계가 성립되기 때문에 먼 곳에 기원이 있음을 서두에서 강조할 필요가 없다. 따라서 작가가 서두에서 천명한 보응관은 화진보다는 화춘에 초점이 맞춰져 있다고 보아야 한다. <창선감의록>에서 화춘은 본성이 우매하고 패려한 인물로 그려진다. 그러다가 상춘정의 일로190) 인하여 패악이 심해지며, 무뢰배인 범한과 장평, 그리고 사통을 하다 소실로 맞이한 조녀 등과 더불어 화진과 그의 두 부인 윤씨와 남씨에게 수많은 고초를 가한다. 일의 전모가 밝혀져 투옥된 후에도 자신에게는 죄가 없으며 범한과 조녀가 주동한 것이라고 책임을 전가한다. 그러다 화진이 유배지에서 백의종군하며, 군공을 이루면 형의 일을 선처해달라고 부탁하는 상황에 이르러서 갑자기 자책을 한다. 여기에는 필연적 계기나 순차적 심리 변화의 과정이 보이지 않는다. 그저 자신의 현재 옥중 처지가 결국은 범한과 장평, 그리고 조녀에 의한 것이라는 원망에서 비롯된 자책이며 회과인 것이다. 그럼에도 불구하고 범한, 장평, 조녀가 형을 당해 그 정당한 보응을 받은 것과는 달리 화춘은 별다른 징치 없이 복록을 누린다. 이것은 독자 입장에서 납득이 가지 않는 부분일 수 있다. 이러한 의문에 대한 답을 작가는 이미 서두에서 분명하게 밝혀 놓았다. "其立基也厚 則雖危必安"이 그것이다. 즉 화춘의 행실은 가문의 위태로움을 가져오는 것이지만 그 조상의 덕음이 두터움으로 말미암아 아무리 위태했다가도 반드시 다시 안정과 영화를 이루게 된다는 것이다.

　〈화씨충효록〉의 응보관은 〈창선감의록〉이 보여준 도가적 승부관(承負觀)을 벗어나서 좀 더 현실적이고 합리적으로 변하였다. 화예[화춘]가 저지른 악행에 대한 정당한 징치가 이루어지지 않는 것에 대해 〈창선감의록〉이 서문을 통해 도가적 승부관을 제시함으로써 정당화시키려고 했다면, 〈화씨충효록〉은 작품의 처음부터 끝까지 인물이 처한 상황과 그에 따른 심리의 변화 과정을 보여줌으로써 후에 이루어지는 개과

---

190) 화욱은 상춘정에서 두 아들 화춘, 화진과 조카 성준에게 시를 짓게 한다. 그런데 화춘의 시가 경박하고 음란하다 하여 가문을 망하게 할 것이라며 동생인 화진에게 수행을 배우라고 말한다.

와 복록의 회복에 대한 타당성을 부여한다. 전자가 작가의 일방적인 가치관을 강요하여 작품의 내적 흐름에 대해 불합리하다는 반응을 불러일으켰다면, 그에 대한 반발로 <화씨충효록>은 환경에 따라 변화하는 인물의 형상화를 통해 합리적인 보응관을 제시하고 있는 것이다.

가족과 가문의 문제에 있어서도 <창선감의록>과 <화씨충효록>은 대칭을 이룬다. <창섬감의록>은 구체적인 가족 구성원이 아닌 관념적인 의식의 공동체인 가문의 창달과 번영을 중요하게 다룬다. 따라서 작품 내 갈등도 가문을 이끌어 갈 계후의 정립 문제를 중심으로 발생한다. 그리고 가문 즉 집단의 위계질서를 강조하는 부자와 군신의 관계가 가장 큰 가치부여의 대상이 된다. 물론 <창선감의록>에도 처처 혹은 처첩 갈등이 존재한다. 그러나 이들은 계후갈등을 보조하여 가문의 안정과 번영을 이루어가기 위해 극복해야 하는 하나의 장애요소로 기능한다. <창선감의록>은 가문이 바로 서야 개인도 행복할 수 있다는 가치관을 바탕으로 하며, 그에 따라 수직적 질서를 지탱하는 윤리를 강조하고 있다. 이와 달리 <화씨충효록>은 추상적 가문보다는 가족 구성원 특히 부부의 올바른 관계 정립을 가장 중요한 사안으로 여긴다.

(윤여옥이) 믄득 소왈 형이 고소를 넙이 알니〃 부ㅈ천눈이 오륜의 웃듬이라 ᄒ나 부〃도 참녜ᄒ엿ᄂ니 우리 져졔 비록 슉덕이 업ᄉ나 형의게 득죄ᄒ미 업고 쏘 ᄋᄌ를 어더 칠거의 죄를 면ᄒ엿고 쏘 남져졔 십싱구ᄉ의 보명ᄒᆞᆯ 어덧고 다시 셩문의 득죄ᄒ미 업거늘 형의 박졍ᄒ미 심ᄒ니 우리 냥친과 남슉의 형의 뜻을 모로ᄉ 넘녜 결ᄒ시고 냥져졔 만ᄉ여싱으로 조혼 시졀을 만나도 일양 심당의 침폐ᄒ여시니 부모 동긔지심이 엇더ᄒ리오 ᄒᆞᆯ믈며 질이 부ᄌ의 은의를 모로니 형의 관홍더도로써 홀노 부〃의 졍이〃더도록 박ᄒ며 남의 가ᄉ를 넘녀ᄒᄂ는 마음으로써 ᄌ긔 가

　슈를 넘녜치 아니 〃 소졔 실노 형의를 모로노라[191)]

　화진의 처남이자 지기지우인 윤여옥이 화진에게 하는 말이다. 화부의 가란이 해결된 후에도 처가인 윤부에 들르지 않는 것과 화부 가란으로 인해 커다란 곤욕을 치러야했던 자기 누이 윤옥화를 돌아보지 않는 화진의 박정함에 대한 비난이 담겨 있다. 특히 오륜을 강조하면서도 '효'만을 가장 중요한 덕목으로 알고, 오륜 중의 하나인 '부부'간의 문제에 대해서는 소홀히 하고 있는 화진의 편벽된 윤리의식에 대한 지적은 도덕 군자로서의 화진에게는 가장 치명적이다. 화진은 스스로 공명정대한 군자라고 여겼지만 실제로는 형과 모친에게는 지나칠 만큼 극도의 효우를 지키지만 처자식은 돌보지 않으며, 남의 집 일은 모두 제 일처럼 걱정하고 해결하면서도 정작 자기 집안은 제대로 돌보지 않는다는 것이다.

　여기서 '형과 모친은 지극히 하고 아내에게 소홀한 것'과 '남의 집 일을 염려하는 마음으로 자기 집 일을 염려하지 않는다'는 말은 주목할 필요가 있다. 앞뒤의 두 명제는 얼핏 보면 모순된다. 화진이 자기 집 일만을 지나칠 만큼 염려하고 있어서 오히려 처가나 아내에게 소홀히 하는 결과를 낳았기 때문이다. 그러나 이 말은 액면 그대로 형과 모친에게 지극한 것은 결국 남의 집 일을 염려하는 것이고, 아내에게 소홀한 것은 자기 집 일은 염려하지 않는다는 의미가 된다. 윤여옥의 입을 통해 스치듯 언급된 이 말 속에는 '출가외인'이라는 당대의 여성 억압의 이데올로기에 대한 작가의 반발이 담겨 있다. 혼인을 통해 일가(一家)를 이루게 되면 이제 집안의 중심은 부부가 되며, 혼인한 여자뿐만 아니라 남자에게도 혼인 전의 삶의 근거지인 본가가 '남의 집'이 되어야 한다는 말이다.

―――――――――――――――――――――――

191) 권29, 566~567면.

이 말이 '오륜에 부부도 있다'는 문제제기와 연결되는 것은 유교의 대표 명제인 오륜의 다섯 가지 덕목이 대등한 가치를 부여받지 못하고 군신·부자의 수직관계에 치중해왔기 때문이다. 그 영향으로 집안의 질서도 수직 관계인 부자를 위주로 하여, 시댁 중심의 가문주의를 낳게 된다. 편벽된 오륜관에 대한 반성은 중국 명나라 후기 이후에 '부부'를 인륜의 중심에 두려는 사상적 경향과 맥을 같이 한다.[192] 이러한 사상은 세정소설이 '부부관계'에 가장 중요하게 여기게 된 사상적 배경이 되기도 했다.[193] <화씨충효록>은 한 가문이 부자로 이어지는 수직관계에 의해서가 아니라 부부를 중심에 둔 수평관계의 원활한 의사소통에 의해 유지될 수 있다는 것을 보여준다. 이것은 <창선감의록>에 나타난 경도된 윤리에 대한 비판에서 비롯된 것이다.

이 외에도 <창선감의록>이 가문과 지배층 내부의 문제 등 안으로 향한 시선을 지니고 있다면 <화씨충효록>은 가문 외부의 사회와 하층민의 삶 등 밖으로 열린 시선을 통해서 당대의 다양한 인정물태를 다루고 있다.

이상을 종합하면 인간을 바라보는 관점에 있어서 <창선감의록>이 규범적 측면을 강조했다면 <화씨충효록>은 인간적 측면을 강조하고, 보응관에 있어서는 <창선감의록>이 도가적 승부관(承負觀)에 입각했다면 <화씨충효록>은 합리적인 보응관으로 변화했음을 알 수 있다. 가족 문제에 있어서 <창선감의록>이 부자, 형제 중심의 수직적 질서를 강조한다면 <화씨충효록>은 부부 중심의 수평적 질서를 중시하며, 세상을 바

---

192) 李贄, <焚書>, "夫婦 人之始也 有夫婦然後有父子 有父子然後有兄弟 有兄弟然後 有上下 夫婦正 然後 萬事無不出于正" ; 馮夢龍, <情史·情史叙>, "情始于男女 … 流注君臣父子兄弟朋友之間."

193) <醒世姻緣傳>, 북경 인민중국출판사, 1993. "人世間和好的莫過于夫婦 又人世讎恨 的也莫過于夫婦."

라보는 관점에 있어서 <창선감의록>이 가족과 가문, 조정 등 제도권 내부로 시야가 향해 있다면 <화씨충효록>은 변화하는 세정과 여러 계층의 현실적 삶으로 열린 시야를 보임으로써 <창섬감의록>에 대한 대칭적인 양상을 취하고 있다.

2. <제호연록>에 끼친 영향

<화씨충효록>과 <제호연록>의 관계는 최근에 주목받기 시작했다.194) 두 작품의 관계에 대한 조망이 늦어진 것은 <화씨충효록>이 후속작에 대해 너무도 분명하게 언급했기 때문이다.

> 유ᄉ마 화승샹 윤총지 겹〃 인친이 되여 ᄌ녀의 긔이훈 셜홰 별노 전을 슈졔월암녹이라ᄒ여 종〃이 긔담이 니시민 긔록지 아니〃라 진싱도 벼슬이 놉하 하샹텨우의 오ᄅ고 슌시 ᄉ지 잇고 셔시 삼ᄌ이녜 잇셔 진손이 번셩ᄒ고 팔십의 죵ᄒ니라 뉴샹셰 화부인으로 더브러 은졍이 여산약ᄒᄒ여 일싱 희쳡이 업고 칠ᄌ삼녀를 두어 옥슈영지ᄀᆺ틔니 뉴부인의 유복ᄒᄆ 샹두를 거흘거시오 뉴샹셔의 쟉녹이 ᄯᅩ훈 등한치 아니터라 심부인과 셩부인이 무궁훈 영광을 누리다가 쉬 칠십의 망ᄒ니 승샹이 이훼골닙ᄒ여 삼년쳘쥭의 니 드러나게 웃지 아니며 조셕 증샹의 졍셩이 동촉ᄒ니 쳔고의 희한훈 효지러라 틱부인과 승샹부〃의 죵신셜홰 소셜의 이시민 셰〃 긔록지 아니〃라 환ᄋ공지 쟝셩ᄒ여 입신양명ᄒ고 댱쥬소져 취훈 셜홰 하젼의 잇셔 긔담하니ᄒ니라195)

위의 기록을 보면 유사마(유성희)와 화승상(화진)과 윤총재(윤여옥)가

---

194) 차충환, 앞의 논문.
195) 권37, 560~562면.

겹겹 인친이 되는 과정에서 일어나는 자녀들의 기이한 설화를 따로 책으로 지어 <수제월암록>이라 한다고 하였다. 그리고 태부인 심씨와 화승상 부부의 종신 설화는 소설에 있으므로 자세하게 기록하지 않으며, 화진의 아들 환아공자(화천홍)가 장성하여 입신양명하고 장주소저를 취한 설화가 하전(下傳)에 있다고 하였다. 심씨와 화승상 부부의 이야기를 담은 '소설'은 <창선감의록>을 가리키는 것이 분명하다. 그런데 여기서 문제가 되는 것은 '하전(下傳)'과 별(別)로 전을(傳) 지었다는 <수제월암록>의 관계이다. 내용상으로 본다면 <수제월암록>은 화부, 유부, 윤부의 자녀 세대들을 중심으로 한 이야기이고, '하전'은 화천홍과 유장주의 혼인과 관련된 이야기를 중심으로 한 작품이다. 김수연은 '하전'도 <수제월암록>으로 보고 <화씨충효록>-<수제월암록> 연작에 대해 논의했었다. 그러나 차충환은 별전 <수제월암록>과 하전은 다르다고 주장하면서, 그 근거로 하전(下傳)이 화천홍과 유장주의 이야기만을 중심으로 한다는 점을 강조했다. 그리고 <제호연록>이 바로 화천홍과 유장주의 혼사갈등을 중심으로 하는 작품으로 '하전'에 해당한다고 하였다.

이 논의는 <화씨충효록>의 후속작을 새롭게 찾아내고 의미를 부여한 것에는 의미가 있으나, 여전히 <수제월암록>과 하전에 대한 의문점은 해소하지 못하고 있다. 현재 남아있는 <제호연록>은 모두 낙질이다. 더구나 차충환이 논의를 할 당시에는 연대본이 발견되기 이전이므로 내용이 화천홍과 유장주를 중심으로 전개되었다. 따라서 두 인물을 중심으로 이야기가 전개된다는 <화씨충효록>의 기록에 부합하므로 하전을 <제호연록>으로 단정 지을 수 있었다. 그런데 필자가 권12, 권13에 해당하는 연대본을 새롭게 발견하여 그 내용을 검토해 본 결과 중반 이후에는 화부의 화옥교와 곽선공의 손자 곽중희의 혼사장애, 윤여옥의 딸인 옥빙과 유성희의 아들 유천보와의 혼사 전후담, 그리고 화천흥의 둘째 부인 주소저에게 가해지는 고난이 유장주의 이야기 못지않게 강화되고 있다. 이로 본다면 <제호연록> 또한 화부·유부·윤부의 자손 세대를 중심으로 하여 입신과 혼사에 관한 내용을 다룬 작품이 된다.

그렇다면 두 작품을 동일 작품으로 보아야 한다는 결과가 나온다. 그러나 그것도 쉽게 단정할 문제가 아니다. 왜냐하면 쿠랑의 서목에 두 작품이 별도의 작품으로 기재되어 있기 때문이다. 쿠랑이 서울의 세책가를 중심으로 조선 후기에 유통되었던 서적을 조사하여 기록한『한국서지』에는 총 3821종의 목록이 기록되어 있다. 그 가운데 IV부 문묵부(文墨部) 3장 전설류(傳說類) '한인(韓人)을 다룬 한글소설' 부분에 <화씨충효록>, <제호연록>, <수제월암록>이 모두 들어있다.196) 이로 본다면 당시에 세 작품은 같은 성격으로 분류되었으며, <제호연록>과 <수제월암록>은 별도의 독립된 작품으로 인식되고 있음을 알 수 있다. 현재 <수제월암록>의 실체가 발견되지 않은 상태이므로 이 이상의 논의를 진행하기는 어렵다. 하지만 두 작품이 별도의 작품으로 세책가를 통해 실제 유통이 되었다는 사실은 <화씨충효록>에 대한 독자층의 지지도를 어느 정도 가늠하게 한다. 여기서는 <화씨충효록>과 <제호연록>의 영향관계를 중심으로 살펴보고 <수제월암록>에 대한 논의는 다음을 기약하고자 한다.

<화씨충효록>이 <제호연록>의 창작에 직접적 영향을 미쳤다는 것은 <제호연록> 전반부의 내용으로 알 수 있다.

---

196) 모리스 쿠랑, 이희재 역, 앞의 책. <화씨충효록>은 813번, <제호연록>은 861번, <수제월암록>은 927번에 보인다.

　a. 화셜 문연각 티학스 병부상셔 딕사마 듕셔랑 티즁티부구셕 참지졍
스 좌승샹 평진후 화공의 명은 진이요 즈는 형옥이오 별호는 현명션싱이
니 양쥐 유진현 스람이오 딕스마 병부상셔 녀양후 동국공 화욱의 추지라
화후의 긔이흔 쳔품긔질이 쳔고의 독보흔물 본젼의 다 기록흐여시민 다
만 즈여의 허다 기이흔 스젹을 기록하야 호년녹이라 흐니라

　b. 공이 □의 양위 님스갓흔 괴□ 규목의 지ᄂᆞ는 부인니 이□을 모시흐
ᄂᆞ는 일긔 듕효를 두이홀 지낙인지의 노리를 부라고 화기 인국의 들이니
원비 윤시는 이부시랑 윤혁의 일녜니 용안스덕이 젼고의 쌔녀ᄂᆞ고 슬하
의 스즈이녀를 두어시며 추비 남시는 시어스 남표의 독녀니 특이한 지용
이 윤시긔 일분 더흐미 잇고 삼즈이녀를 두어시니 긔〃히 공산의 보벽이
오 긔실 통희 뉴시 삼즈삼녀를 싱흐야 공의 격셔 십칠즈녀 다 공산의 미
옥이오 금원의 계화갓흐야 긔〃히 인듕옥쉬며 지상신션니라

　c. 공의 부〃 삼인니 쵸년 허다 간쵸 역경을 갓쵸 기니고 십년 원니
쳔고의 히한흐더니 텬되 션인을 어엿비 넉이시고 신명이 복우홈을 입어
바야흐로 슈미를 쩔치고 복녹이 졔미흐야 위고금디흐미 시협흔 가형과
잔표한 의모나 감화흐야 우익지졍이 오륜의 가족흐고 모즈 쳔윤니 온젼
흐야 반졈 마시업스니 이 다 승샹의 효힝디덕이 공부즈와 쥭션싱을 효측
흐미라 어진 일홈이 스방의 들니고 쳔즈를 감동흐여 빅죄 축복흐고 쳔지
예우흐시민 베슬이 티각의 읏듬이오 부귀 일국의 거우리ᄂᆞ 슌검엄쥰흐
니 긔관의 쳥념졀직흐고 밍열슉묵흐여 됴애 감히 우러〃 보지 못흐더 고
당의 편모랄 뫼싀미 티양츈풍갓흐여 고인의 아롱진 오슬 입던 효셩의 지
ᄂᆞ고 가형을 셤기미 엄부갓치흐며 스랑흐물 니몸갓치흐야 슈죡의 둣거
온 은이 능히 비홀 곳업스며 슉모 셩부인 셤기물 모친갓치 흐고 표형 셩
샤셔로 더부러 싱역흐물 일가동학흐야 졍의 동모형제의 츙등호미 업셔
공경진익흐미 비길곳 업셔 화긔 즁〃흐고 우익 혜〃흐야 냥가즈녀 가득
흐나 친싱과 이싱을 분간치 못흐니 인〃 셔로 졍흐여 승샹의 긔특흐물 널

복ㅎ니 고인을 효측지 말고 금셰 화승샹을 비호라 ㅎ더라 공의 일미 뉴샹셔 부인으로 더부러 우이지졍이 각별ㅎ고 뉴싱으로 지극ㅎ미 친동긔 갓ㅎ여 됴셕의 샹죵ㅎ니 훤당의 양디 모친끠 지효를 다ㅎ고 안의 들미 냥부인과 뉴시로 더부러 관〃 흔 금실이 규합의 화긔 져년ㅎ며 밧그로 가형과 표형이며 뉴샹셔로 슈족이 힐항ㅎ는 졍이 톄〃 하니 당시 졍스로 비기미 북당텬눈니 극진ㅎ며 사실의 관져의 노리를 화담ㅎ니 겸하야 국공의 기과쳔션하미 반호 미혹하미 업술시 승샹이 졔미한 복녹이 능셩하물 볼너라

d. 지심지교 유스마 윤춍ㅈ 하병부로 더부러 금는의 지우와 지싱한은을 겸ㅎ여 간담을 븨쳐고 졍을 기우려 지극친이하미 골육친졍의 감ㅎ미 업셔 임스 녀가의는 셔로 ㅊㅈ ㅎ로도 쪄는 젹이 업스며 쏘 친졀한 붕우 진학스 단어스 등으로 더부러 교디 심샹치 아니미 졔인니 화샹국의 평싱 현덕을 츄앙ㅎ고 공경하더라

e. 동국공 화예의 ㅈ는 경옥이오 별호는 쳔션인니 쵸의 승샹으로 의디 박졍하미 금슈갓치하야 무궁한 악과 존혹한 경샹이 비인졍의 일니 무궁하더니 승샹의 쳔지갓한 효우진졍과 스지의 지싱한 은혜로써 돈연히 끼다라미 평싱 어진ㅈ도곤 더ㅎ야 아〃 스랑이 심곡을 여러 양신일심으로 동슉동셕의 지극한 은이 일싱 미친 한을 풀고 반싱 심우를 쩔쳐시며 심티부인 회과자칙한 후는 승샹 디즁히 공의개 십비승이니 스림스셔의 뉘 그 모ㅈ형졔의 당쵸 불합하던줄 니라며 승샹의 셜우미 디슌과 민건의 더하던 줄 모라리오 당시ㅎ여는 심부인의 셩덕이 묵강을 효측하고 승샹의 효위 일국의 유명하더라

f. 임부인의 어진 덕이 가문을 보젼하니 국공이 감은홀 조강결발노쎠 은졍이 티샨갓흔즁 셩아의 참망 흔 각골지통이라 부인의 졍스를 더욱 슬히 일싱을 화락하며 힝히 그 뜻을 어그라치미 이실가 두려ㅎ는지라 다시

잡뉴를 모흐지 아니흐고 부인으로 더부러 교칠의 지닌 은졍이 〃시니 하 날이 임부인의 현힝슉덕을 감동하스 늣게야 이ᄌ일녀를 탄싱하니 공의 다힝흐문 이라도 말고 승샹의 깃거함과 일가의 경시 층양업셔 임부인 어 진 덕을 인 〃이 탄복하여 샹쳔니 감동홀다 하더라

   g. 뉴샹셔 부인으로 화락이 비길곳 없고 일싱 한낫 시쳡이 업셔 부인긔 젼일한 은통이 졔미흐니 슬흐의 ᄌ여 션 〃흔 복녹이 무궁한지라 뉴부인 의 복되오말 마□의 희한하다 흐더라 샹 〃한 ᄌ녀랄 거나려 구가의 통권 을 가져시민 반남아 친졍의 뉴우흐니 시 〃로 녀일을 일너 윤남 이부인으 로 더부러 감화하물 이긔지 못흐고 셩샹셔 부인 뇨시는 뉴부인과 듕표졔 미며 ᄉ쵼쇼긔라 겹 〃 친익지졍이 각별한고로 일가의 쳐흐미 화긔 늉 〃 하야 싀봉녀가의는 다숫 부인니 셔로 잇그러 옥누치각의 한가히 모다 낭 〃한 담쇼와 아담흔 히힝로 ᄌ녀를 유회하니 긔실 뉴씨 □한 흐등이 아니라 긔뷔 일가의 은혜 듕한고로 승샹이 후디흐여 통셰잇는 졔부인니 죠곰도 디졉을 층등치 아녀 일톄로 ᄉ랑하는 환낙이 지극흔지라 승샹 형 졔와 셩샹셔 등이 녈복흐여 가녀예 일졈 미진흐미 업더라[197]

다소 길지만 관련 기록 전체를 인용하였다. a는 작품의 시작 부분이 다. 화진을 소개하면서 화진에 대한 기록은 본전에 있기 때문에 이 책에 서는 자녀들의 기이한 사적을 기록하고 제명은 <호연록>으로 붙였다고 하였다. <제호연록>의 화진은 고향이 양주 유진현으로 병부상서 여양 후 동국공 화욱의 둘째 아들이다. 벼슬은 문연각 태학사 병부상서 대사 마 중서랑 태중태부구석 참지정사 좌승상 평진후에 거한다. 이 부분과 관련하여 <화씨충효록>에는 다음과 같이 묘사되어 있다.

---

197) <제호연록>, 권1, 1~8면. 해독이 어려운 글자는 □로 표시하였다.

  a-1. 화셜 디명간의 양쥐 옥[유]신 싸의 일위 명환이 이스니 셩은 화요 명은 욱이오 즈는 쥰뮈니 개국공신 화운의 칠디손이라 198)

  다시 그 쟝즈를 보니 고우 병부샹셔 동국공 디스마 영양후 화쥰뮈여늘 만심쾌희ᄒ여 년망이 니득라 피츠 별니를 니득고 졔삼인이 디ᄒ미 진짓 옥인이로디 그즁 셋지 안즌 지 옥안영풍이 운니의 신션이오 문쟝혹힝이 인즁옥쉬며 긔셰군지라 이곳 화공의 츠즈 형옥인줄 알고199)

  a-2. 경의 비원을 감동ᄒ여 특지로 화예를 스ᄒ여 집의 도라가게ᄒ고 경[화진]의 공뇌 놉혼지라 쟉위로써 갑흘지니 본직 틱학스 병부샹셔 겸 틱학즁틱부 즁셔령 츄밀부스 평진후 동국공 을 비ᄒ시고200)

  <화씨충효록>에서 화진은 양주 유신땅에 사는 병부상서 대사마 여양후 동국공 화욱의 둘째 아들이다. 공훈을 세워 황제로부터 태학사 병부상서 태학중태부 중서령 추밀부사 평진후 동국공의 벼슬을 제수받는다. <화씨충효록>에서 화진을 소개하는 방식과 내용이 <제호연록>과 같다. 이로 보면 <제호연록>에서 '화진의 기이한 천품기질이 천고에 독보한 것을 다 기록한 본전'이라고 말한 것은 다름 아닌 <화씨충효록>이다. 그리고 <제호연록>은 자녀들의 허다하고 기이한 사적을 기록한 후속작이 분명하다. 사실 이 부분만 가지고도 이미 두 작품의 연관관계는 파악이 된다. 그러나 <제호연록>은 선행작에 대한 줄거리를 자세하게 소개함으로써 양자간의 연계성을 더욱 강조하고 있다. b에서는 화진의 두 부인 윤씨, 남씨 그리고 후실 유씨와 그들의 자녀들에 대해 소개하고 있다.

---

198) 권1, 1면.
199) 권5, 329~330면.
200) 권26, 337~338면.

이 부분 또한 <화씨충효록>을 그대로 옮겨 놓은 듯 유사하다.

> b-1. 원비 윤시는 삼즈이녜오 추비 남시는 스즈이녜오 긔실 뉴시는 삼
> 즈삼녜이셔 격아으로 십즈칠녜 기〃히 금원의 계화굿고 창희의 명쥬굿
> 트니 샤가유슈며 쵀가교옥이라 일즉 입신ᄒ여 벼술이 놉흐니 옥보금인
> 이 샹즈의 가득ᄒ고 거마쥬츈이 곡중의 메여시니 당시의 화승샹굿튼 부
> 귀영광이 업더라

후실 유씨는 바로 유이숙의 딸 설낭아로 <화씨충효록> 후반부에서
유이숙이 계화를 통해 화진의 후실로 천거하였다. 설낭아는 <창선감의
록>에서는 보이지 않고 <화씨충효록>에만 나온다. 이 부분은 윤씨와
남씨의 아들의 수가 뒤바뀐 것 외에는 거의 유사하며 ‘금원의 계화’ 같다
는 비유마저 동일하게 사용하고 있다. 그 외에도 화진 부부의 고초와 화
진의 효우(c), 교우관계(d), 화예와 심씨의 개과 후 모습(e), 임씨의 숙덕
(f)을 요약하면서 사용한 표현과 화진의 누이 태강이 평생 희첩 하나를
두지 않은 것에 대해 부인 가운데 가장 큰 복록을 누리는 것으로 평가하
는 태도(g)의 유사성 등을[201] 통해 <제호연록>이 <화씨충효록>의 영
향 아래 창작된 것임을 알 수 있다.
  작품의 서두에 선행작의 내용을 요약하여 제시한 것은 두 작품의 연
관 관계를 분명히 할 뿐만 아니라 작품 내적으로 또 다른 의미를 지닌다.
요약된 내용을 보면 화부는 대외적으로 복록이 으뜸이며 대내적으로 미
진한 바가 없이 완벽한 가문이다. 즉 가문 내적, 외적으로 가장 이상적인
모습을 성취하였다. 이러한 모습은 세상 사람들이 “고인을 효측지 말고

---

201) 권37, 561면. “뉴샹셰 화부인으로 더브러 은정이 여산약희ᄒ여 일싱 희첩이 업고
  칠즈삼녀를 두어 옥슈영지굿트니 뉴부인의 유복ᄒ믄 샹두를 거흘거시오.”

금셰 화승상을 비호"라고 말한다는 사실에서도 다시 한 번 강조되고 있다. 이것은 앞으로 전개될 사건이 가문의 위기나 존립의 문제가 아니라 가문 내 구성원의 문제이고, 이들의 갈등은 그 정도의 강약을 막론하고 가문 자체에 위협적인 요인이 아님을 암시한다. 즉 사건의 초점을 개인의 차원으로 가져가기 위한 전제로서 완벽한 제가가 이루어진 모습을 서두에서 강조하고 있는 것이다. 이는 동일한 부부갈등을 다루더라도 부부의 화합이 결국은 제가의 수단임을 말하려고 하는 작품들과는 의미망이 다름을 나타낸다.

<제호연록>은 유부의 가란을 요약하고 화천홍이 장모가 될 양아공주의 강건함을 꺼리는 것부터 본격적 내용을 시작한다. 화천홍은 정혼자 유장주에게 양아의 여풍(餘風)이 있을 것을 걱정하며 기세를 꺾을 다짐을 한다. 이 부분은 <화씨충효록>에서 이미 시작되었던 화천홍과 유장주의 혼전 갈등을 반복한 것이다. 유장주가 남씨의 딸인 화옥교와 위승상 부인에 대한 사적을 읽으면서 그를 흠모하는 태도를 보이자 화천홍이 이에 대해 노골적으로 불쾌함을 표시하는 사건이다.

> 일〃 셩쇼져 침소 장희각의셔 유쇼져와 일장을 문논ᄒ니 쇼져 대답이 쾌단ᄒ여 언〃이 위샤이 승샹부인은 일굿는지라 공지 크게 불쾌ᄒ야 타일 부뫼 비필을 완정ᄒ거든 졀졔ᄒ기를 뎡ᄒ니 니런듯ᄒ 스의 <u>본젼</u>의 잇ᄂ고로 셰〃히 기록지 못ᄒ니라202)

여기서 '본전'은 <화씨충효록>이다. <제호연록>이 화천홍과 유장주의 이야기를 중심으로 하면서도, 갈등의 시작 부분을 <화씨충효록>에

---

202) <제호연록>, 권1, 19면.

미루고 있는 것은 앞서 말했듯 <화씨충효록>이 두 사람의 갈등 시작 부분에서 결말을 맺는 구조를 취하고 있기 때문이다. 이들의 갈등은 <제호연록> 전반부의 핵심 내용이 된다. 화천홍은 처음부터 호방한 인물로 묘사되고 유장주는 엄격하고 강개한 기질의 소유자로 그려진다. 화천홍과 유장주만을 중심으로 그들 사이의 갈등 양상을 살펴보면 주로 기질과 자존심 대결임을 알 수 있다.

이미 전편에서 장모가 될 양아공주의 강개함에 불만을 품은 천홍은 일찍부터 장주에게도 양아의 여풍이 있을 것을 염려하고 그러한 강개함을 사전에 꺾어놔야겠다는 다짐을 한다. 혼인 전에 상대방의 기를 꺾겠다는 마음을 먹는 것은 주도권 다툼이다. 그런데 이들의 주도권 싸움은 가문 차원의 문제가 아니다. 가문을 이끌어가는 가장권을 중심으로 한 계후 문제나 총부권 등을 놓고 벌이는 위차 문제가 아니라 부부 두 사람만의 문제 즉 아주 개인적 차원의 문제로 좁아지기 때문이다. 두 사람 사이에서 끊임없이 일어나는 기싸움, 자존심 대결은 이성적이라기보다 감정적이다. 이것은 주로 화천홍이 방탕함을 과장하여 장주를 격동함과 그에 대한 장주의 냉담한 반응의 반복으로 나타난다. 화천홍은 기본적으로 호방한 성격을 지녔지만 부친의 훈도에 따라 자신의 호방함을 절제할 줄 아는 반성적 인물이기도 하다. 또 어린 처남이 자신의 지나침을 지적할 때에 그의 말이 옳음을 인정하고, 시비 홍영이 도리로 개유할 때에 그 의기를 인정할 줄 안다. 그러나 유장주와 있을 때만은 한없이 유치하고 치졸한 모습을 보인다.

화천홍의 유치함은 혼인 후 더 심해진다. 화부의 며느리로 도리를 다하며 어른들을 섬기는 장주에게 '자기는 거절하면서 왜 자기 집에 있으며 왜 자기의 부모를 구고라고 하냐'며 '빨리 자기 집에서 나가라'고 하는 모습은 마치 생떼를 쓰는 어린 아이 같다. 이러한 천홍의 모습에 유소저가 묵묵부답으로 일관하자 천홍은 자기 분에 못 이겨 서안을 던지는 폭력적인 성향을 드러내기도 한다. 천홍이 화가 나거나 유장주를 격동할 때면 입버릇처럼 '후일 다른 여자를 보겠다'는 말을 하지만 진심이 아니다. 이것은 유부에 있는 두 창기를 후에 맞이하겠다고 공표하면서도 실상은 관심을 두지 않아 두 창기의 마음에 원앙이 쌓이게 하는 것과, 장모 양아공주에게 유장주가 자신을 쳐다보지도 않는다며 속상해하는 데서 알 수 있다. 또 황명으로 최씨를 맞이한 날에도 유부에 가서 '부인이 여러 명 있어도 소용없으며, 오직 장주가 자신을 용납하여 화락하는 것이 소원'이라는 진심을 토로한다. 그러면서도 장주를 대하면 말이 곱지 않고 비꼬며 상처를 주려고 한다.

화천홍은 아내 장주가 임신한 사실도 모르고 과격하게 겁박하기도 하고 또 자신의 분을 참지 못하고 장주를 차가운 방 밖으로 내친다. 하룻밤을 꼬박 추운 곳에서 지샌 장주는 결국 심한 복통을 일으키며 양아공주가 초청한 연석(宴席)에도 참여하지 못한다. 장주의 갑작스런 복통을 걱정한 화부 식구들은 의원을 불러 그 병세를 묻자 잉태한 지 7,8삭이며, 태아가 많이 놀라 크게 상하였다고 한다. 이 말을 들은 화부의 식구들은 한편으로는 기쁘면서도 태아의 위태함을 걱정한다. 화천홍도 자신이 아버지가 된다는 생각에 손수 약을 다려 장주를 구호한다. 그러나 막상 서로의 얼굴을 보면 위로보다는 강박한 언사를 하게 된다.

이것이 바로 부부간의 자존심 대결이다. 한 번 서로에게 자존심을 세우기 시작하면 마음은 그렇지 않은데 말은 반대로 나간다. 어느 한 쪽에서 먼저 마음을 터주어야 하는데 그것이 쉽지 않다. 그러다 보면 서로에게 진심이 아닌 말로 상처를 주고 둘 사이의 골은 더 깊어 간다. 혼인을 하면 초반에 주도권을 잡아야한다는 인식에서 출발한 부부간의 자존심 대결은 매우 현실적이다. 이것은 유치할 정도로 감정적이며 반복적으로 지속되다가 어느 순간 두 사람이 서로 사랑하고 있다는 것을 느끼게 된다.

> 소제 도로혀 긔운니 저상ᄒ고 신긔 익냉ᄒ야 분긔 빅히나 호읍이 통치 못ᄒ거날 셩이 그 강하말 심흔하나 긔식이 믹히믈 놀나 손을 주물며 가슴을 부비며 ᄂ츨 졉ᄒ야 굴오대 심ᄒ다 뉴씨야 무슴 년고로 화셩을 이대로록 증염ᄒ뇨 ᄎ후ᄂ 영 〃 부 〃 의 의를 긋츨거시니 평안니 살고 나의 박졍ᄒ믈 흔치 말나 소제 엄열흔 가온대ᄂ 이 말을 듯고 더욱 통훈ᄒ야 문득 눈물이 소스나니 셩이 홀일업기 유모를 불너 보호ᄒ고 구완ᄒ라 ᄒ고 기리 분탄ᄒ며 니러나오니 유뫼 나아가 붓드러 위로ᄒ미 구호ᄒ거놀 [203]

천홍이 홧김에 장주에게 죽으라고 소리를 치자, 장주가 진짜로 혼절한다. 이를 본 천홍은 너무 놀라 장주의 손발을 주무르며 간절히 구호하고 얼굴을 맞대고는 자신을 왜 이렇게 싫어하냐며 다시는 자신이 부부의를 강요하지 않을 테니 편히 살라고 말한다. 이것은 장주가 죽을 것을 걱정하는 마음에서 나온 말이다. 이 말을 들은 장주는 오히려 더 분한 마음이 들며 눈물이 난다. 이 장면은 부부간의 미묘한 애증 관계를 잘 포착한 부분이다. 원수처럼 쳐다보지도 않는 사람에게 끊임없이 짓궂게 괴롭히다가 더 이상 다가갈 수 없는 절망감을 느끼는 순간 그 사람을 위해 떠날 결심을 한다. 그러나 떠나는 사람의 마음이 편하지는 않다. 한편 너무나 싫다고 생각했던 사람이 정말 나를 놔 준다고 할 때 여자는 그 말이 더 섭섭하다. 미묘한 애증관계는 바로 주도권을 놓고 자존심 대결을 벌이는 부부 사이에서 자주 볼 수 있다. 이러한 애증은 유치하고

---

203) <제호연록> 권8, 99~100면.

반복되더라도 독자 입장 특히 '아내'의 입장에서는 가슴으로 공감할 수 있는 내용이다.

<제호연록>은 <화씨충효록>에서 보이고 있는 아내 중심의 시선뿐만 아니라 강개한 모친을 이해하는 모녀 사이의 정신적 연대감을 계승하고 있다. <화씨충효록>에서 양아공주는 자신을 모욕하는 첩들에 대해 일반적으로 선인형 여성 주인공들이 보이는 관용과 화해보다는 엄격한 징치의 모습을 보인다. 이것은 화진 등의 군자형 인물들에게 지나치다는 우려를 낳게 한다. 그러나 그 딸 장주만은 오히려 모친의 처지를 이해하고 흠모한다고 하면서 정혼자 천흥과 대립하고 있다. 이런 모습은 <제호연록>에서도 그대로 반복된다.

월이 야〃의 손을 어라만져 우러〃 우슨(눈) 갈오디 야애 쵀소겨랄 다려오시니 얼골도 곱고 위의도 긔특ᄒ디 히아의 눈의난 쵀부인이 어지〃 아야 뵈이난지라 야〃의 마암의ᄂ 엇더ᄒ시이잇ᄀ 학시 그 영오ᄒ믈 긔특이 넉여 어라만져 함소ᄒ거날 임부 구지져 왈 어린 아히 무슴 인ᄉ랄 아노라 젼악을 시비ᄒ나요 네 어미 쵀시의 더ᄒ니 싱심도 존말말나 월이 문득 면식을 변식ᄒ고 왈 모친이 일쪽 ᄉ오나미 업거날 조뫼 엇지 ᄉ오나ᄃ ᄒ신잇가 학시 갈오디 네 어미 ᄉ오납기ᄂ 무가너하라 다 기록ᄒ리요 월이 눈물을 홀이며 갈오디 모친이 부모게 불슌ᄒ미 업고 모든 모친을 싀지 아니 극히 어지라시거날 엇지 ᄉ나옵ᄃ ᄒ시며 만좌 듕 겨리 나믈ᄒ시냐요 조모와 야〃 겨리 니바라ᄒ시면 뉘 공경ᄒ리요 좌위 월아의 말을 듯고 각〃 안식을 고쳐 면〃 상고ᄒ며 칭탄ᄒ믈 마지 아니ᄒ고 학시 난ᄒ야 날오여 안고 눈물을 스스며 네 어미 다란 일이 ᄉ오납다 아야 나을 닉치고 불슌ᄒ니 이거시 읏듬 죄라 엇지 무죄ᄅ ᄒ나뇨 월이 디왈 야애 싀모친을 가닥이 어더 조화ᄒ시며 우리 모친을 바려게시니 모친 타시리잇가 게홍이 웃고 왈 딜아의 영민ᄒ미 진실노 히한ᄒ디 너모 빌월ᄒ

니 깃부지 아인 인물이로다 학시 점두왈 아제의 말이 극히 발은 소견이
로다ᄒ며 슬승이 안쳐 더옥 극이ᄒ니 임부인이 크게 염여ᄒ고 공은 만구
칭이ᄒ야 혼연이 나오라ᄒ야 도한 슬승 언져 ᄉ랑이 쳬〃ᄒ니 치시 그악
이 깃거 아니ᄒ고 아시 등이 월아의 말이 놀납고 경도방ᄌᄒ미 최시롤
용더 아니ᄐᄒ믈 졀치ᄒ더라204)

화천홍과 장주의 딸 월아는 아비의 손을 잡고 부친이 데리고 온 최씨
가 용모는 아름다우나 어질어 보이지 않는다고 말하며 부친은 어떻게
생각하느냐고 당돌하게 묻는다. 이때 임부인은 어린 아이의 질문을 막으
려는 의도로 '네 어미가 최씨보다 더 심하다'며 어른의 시비를 논하지
말라고 한다. 이때 월아는 갑자기 얼굴빛이 달라지며 자기 모친이 사나
운 적이 없었는데 할머니는 왜 자기 모친이 사납다고 하냐며 항변한다.
또한 임씨의 말에 동조하는 화천홍에게 자기 모친이 부모에게 불순함이
없고 모든 모친 즉 천홍의 다른 부인들을 시샘하지 않고 지극히 어진데
어째서 사납다고 하느냐고 따진다. 그리고 여러 사람이 있는 가운데 조
모와 부친이 공개적으로 모친을 나쁘다고 하면 누가 자기 모친을 공경
하겠느냐며 어른들의 불찰을 꼬집는다. 이에 천홍이 다른 이유가 아니라
자신을 내치며 받아 주지 않는 것이 모친의 가장 큰 잘못이라 하자 월아
는 부친이 다른 모친을 가득 얻어 좋아하면서 모친은 버려두고 있어서
생긴 일이라며 그 잘못을 아비의 호방함으로 돌리고 있다. 이 말에 천홍
은 그 기특함을 사랑하지만 옆에 있던 임씨는 걱정하고 최씨 등은 어린
아이의 말임에도 분하게 여기며 이를 간다.

이 모습은 <화씨충효록>에서 장주가 모친 양아를 위해 정혼자 천홍

---

204) <제호연록>, 권12, 31~35면.

의 말에 항변하던 것 이상으로 예리한 시선을 보이고 있다. 아이의 눈을 통해 어른들이 가지고 있는 편협함과 특히 모친의 입장에서 부친의 호방함에 대해 평을 함으로써 모녀간의 정신적 연대감을 더욱 강화하고 있다. 이러한 화소는 후에 최씨가 월아를 해칠 계교를 꾸미는 것과 맞물리면서 서사 진행상으로도 극도의 긴장감을 만들어내는 데 기여하고 있다.

<제호연록>은 처첩갈등의 양상에서도 <화씨충효록>의 영향을 받았다. 화천홍은 유소저 외에 세 명의 부인 주·반·최씨를 더 맞이한다. 이 중 주소저는 <화씨충효록>의 말미에서 결연을 암시했던 숙홍군의 딸이다. 그리고 최씨는 황실의 세력을 등에 업고 간악한 행태를 펼치는 인물이며, 반씨는 그 집안이나 내력은 알 수 없지만 최씨에게 부화뇌동하는 인물로 묘사되고 있다. 주소저는 원수 홍익명과 추연노의 모함으로 죄를 입어 촉 땅으로 유배를 떠난다. 그녀는 이미 한 차례 간인에 의한 모함으로 출거당한 적이 있다. 이 때 천홍이 주소저의 결백을 밝혀내고, 주소저를 맞이하려던 차에 다시 간인의 흉괴로 원찬하게 된 것이다. 간인의 배후에는 최씨가 있음을 알 수 있는데 그녀는 자객을 시켜 도중에 주소저를 살해하라는 지시를 내린다.

최씨는 등장 초기부터 화부의 재앙이 될 인물임이 직접적으로 드러난다. 최씨는 동렬의 주소저를 모함하여 원찬을 보내게 하고 살인을 교사한다. 그 다음으로 유소저의 원위(元位)를 빼앗고자 황제의 권위를 이용한다. 최씨는 동렬 간 뿐만 아니라 시누이 화옥교와도 갈등을 일으킨다. 시누이-올케간의 반목은 최씨가 화옥교의 미모를 꺼려하여 발생한다. 최씨는 화옥교에게 정혼자가 있다는 말을 듣고는 그 인연을 어그러지게 하기 위해 최귀비의 아들 조왕의 비로 천거하여 화소저로 하여금 황명에 의한 늑혼의 장애를 겪게 만든다.

이러한 최씨에 대해서 천흥은 처음부터 애정이 없었다. <제호연록>의 처첩갈등은 부부갈등의 원인으로 작용하지 않고 부부가 함께 극복해야 할 가란의 양상으로 등장한다. 처첩갈등이라고 하지만 실제로는 악첩이 일방적으로 만들어낸 악행으로 인해 한 때 집안에 소란이 발생한 것이며, 부부는 같은 입장에서 이것을 극복하거나 가란에 대처하고 있다.

<제호연록>은 <화씨충효록>의 직접적 영향 아래 이루어진 연작으로, 내용 면에서 가문의 문제가 아닌 부부 문제에 초점을 두고 있다. 일반적으로 처첩갈등이 부부갈등을 유발하는 것과는 달리 <제호연록>은 부부갈등이 선행하거나 중심을 이루고, 처첩갈등은 부수적으로 따른다. 또 악처 혹은 악첩은 부부갈등을 유발하지 못하고 오히려 그들에 대한 부부 양인의 시선은 동일하다. 이렇듯 <제호연록>은 혼사장애와 부부갈등을 중심으로 부부 사이에서 발생할 수 있는 미묘한 감정과 스쳐지는 상황에 대해 구체적인 묘사를 강화한 점에서 선행작 <화씨충효록>을 계승하고 있다고 하겠다.

3. 〈화씨충효록〉 연작의 양상

앞 장에서는 <창선감의록>과 <화씨충효록>의 관계를 개작형 연작이라고 규정한 선행연구를 바탕으로 그 양상이 대칭적임을 살펴보았다. 그리고 <화씨충효록>과 <제호연록>의 관계는 <제호연록>이 <화씨충효록>의 뒷부분을 이어 서사를 전개하며 선행작에서 보여주었던 부부 중심의 갈등을 구체화하여 계승하고 있다는 점을 고찰했다. 결과적으로 이 세 작품은 <창선감의록>-<화씨충효록>-<제호연록> 연작의 작품군으로 묶일 수 있다.

<창선감의록>의 후반부를 보면 모든 가문이 안정을 이룬 후 후손들

의 이야기가 요약적으로 제시되어 있다. 화진의 첫째 부인 윤씨는 천린, 천보, 천상, 천수의 네 아들을 두고 둘째 부인 남씨는 천웅, 천경, 천로의 세 아들과 명교, 옥교 두 딸을 둔다. 천린은 화춘의 아들로 입적되어 서평후 유성희의 딸과 혼인하였으며, 천보는 화진의 뒤를 잇는 사자(嗣子)로 계양공주와 혼인하여 부마도위가 되고 후에 태원왕(太原王)에 봉해진다. 그리고 남씨의 아들 천웅은 각로 서계의 손녀와 정혼하였으나 서각로가 죽은 후 서소저가 황자비로 간택을 받아 혼사에 위기를 맞이한다. 죽음을 맹세한 서소저는 계양공주의 도움으로 천웅과의 혼인을 완취한다. 남씨의 딸 옥교소저는 곽처사의 손자 곽선경과 혼인을 하고 명교는 각로 하춘해의 아들 성과 혼인을 한다. 서평후의 아들 현보는 각로 윤여옥의 큰 딸과 혼인을 한다.

<창선감의록>의 전체 서사를 수용하여 확대 개작한 <화씨충효록>에는 <창선감의록>이 간단히 언급 했던 후손들의 이야기가 구체화된다. 그러나 본격적인 후손의 이야기로 넘어가는 세대록의 형태를 띠지 않고 중심 가문을 이동하는 양문록의 양상을 보인다. 이때 무게 중심이 이동된 가문은 화진의 사돈이 될 유성희 가문이다. 유성희 가문의 이야기는 양아공주를 중심으로 치가가 이루어지는 모권 강화의 모습과 호방한 무인의 기질을 지닌 유성희가 부부관계에 있어서는 점차 공처가형 가장으로 변화하는 모습을 보여준다. 이러한 가정 분위기는 그들의 딸 장주소저가 군자의 절도 없는 호방함을 꺼려하는 강개한 성품이 되는 데 영향을 미친다.

이에 반해 천흥은 회과한 화예가 천흥을 자신의 죽은 아들 성흥의 환신(還身)으로 여기고 과애하여 성품이 호방하고 방자하게 된다. 두 사람의 성격 차이는 앞으로 있을 갈등을 예고한다. 그러나 막상 유성희 가문

의 이야기와 화천홍과 유장주의 혼전 갈등이 몇몇 일화를 통해 제시되다가 작품이 끝나버린다. 천홍과 장주가 혼인하는 과정뿐만 아니라 그 밖의 화부 자녀들이 혼사를 맺는 과정은 확인할 수 없다. 이러한 양상은 '자셔혼 사젹을 보려ᄒ시거든 화씨튱효록을 보시옵쇼셔'라는 세책본 <창선감의록> 필사기처럼 <화씨충효록>이 <창선감의록>의 사적을 자세하게 구현했지만 그 후의 이야기에 대해서는 충분히 서술하지 못한 아쉬움을 남긴다.

<제호연록>은 <화씨충효록>의 결말구조가 보이는 불완전성을 보완하고 있다. <제호연록>은 서두에서 <화씨충효록>의 내용을 요약하여 그 후편임을 명시하고 화부 후손의 이야기를 이어가고 있다. <제호연록>에는 화천홍[천린]과 유장주의 혼사 전후 이야기가 중심을 이룬다. 본전인 <화씨충효록>에 나왔던 위승상 부인에 대한 두 사람의 견해 차이를 다시 한 번 보여주면서 시작하는 천홍과 장주의 혼전 갈등은 주로 천홍이 장모인 양아공주의 강개함을 꺼려하는 것에 기인한다. 이들의 갈등은 장모의 기질이 배필이 될 장주에게 이어질 것을 걱정하여 초기부터 그러한 기질을 꺾으려는 주도권 대결의 양상을 보인다. 장주를 격동하기 위해 호방함을 과장하는 화천홍은 부부화합을 이루지 못하다가 셋째 부인 최씨의 등장으로 발생하는 가란을 함께 극복하면서 부부화합이 이루어질 것을 암시한다.

<제호연록>은 천홍과 장주의 혼인 과정에 얽힌 사건 외에도 남씨의 딸 화옥교와 곽선공의 손자 곽중희[곽선경]의 결연 과정에서 발생하는 여러 가지의 위기를 다루고 있다. 화옥교는 남씨의 용모를 이어받아 뛰어난 아름다움을 지니고 있는 것으로 묘사된다. 자신이 옥교소저보다 하등이 되는 것을 분하게 여긴 화천홍의 셋째 부인 최씨와 그 모친 원씨는

최귀비를 격동하여 정혼자가 있는 옥교를 귀비의 아들 조왕의 비로 맞이하게 한다. 조왕비 간택령이 내려지며 옥교와 윤여옥의 딸 옥빙이 입궐하게 되는데, 어린 옥빙은 권도로써 칭병하고 환가(還家)하게 되고 조왕비로 간택된 옥교는 궐내의 석귀인, 육귀인 등의 도움으로 탈신한다. 이후 남장으로 취운산 정심암을 찾아가는 과정에서 정혼자 곽중희를 위해 수절하는 기녀 조매횡과 조우하며 또 이부시랑 이연의 딸 관혜에게 청혼을 받기도 하는 등 여러 가지 상황을 겪게 된다.

<창선감의록>에서 언급한 유성희의 아들 현보와 윤여옥의 딸 옥빙의 혼사도 <제호연록>에서 구체화된다. 그 과정에서 황실에 의한 늑혼의 위기를 재치 있게 극복하는 윤소저의 모습 외에도 또 다른 위기가 언참(言讖)으로 암시되고 있다. 그러나 화진의 사자(嗣子) 천보와 계양공주의 혼사담, 천웅과 서소저의 혼사담, 명교와 하성과의 결연담은 생략되어 있다. 대신 서소저가 결연과정에서 겪게 되는 황실 늑혼이 옥교 소저의 혼사 장애요소로 삽입되어 변형된 형태로 계승되고 있음을 알 수 있다.

세 작품은 모두 화부를 중심 가문으로 이야기를 전개하고 있다. 화부의 종통을 잇는 화천홍을 중심으로 세 작품의 관련 양상을 보면 <창선감의록>은 천홍의 조상 대 특히 부친 대의 이야기를 중심으로 하며, <화씨충효록>은 부친 대의 자기 집안 이야기에 시각의 차이를 보이면서 처가가 될 유부의 이야기로 무게 중심을 옮겨 가고 있으며 <제호연록>에 와서야 천홍 대의 이야기가 본격화된다. <제호연록>은 <화씨충효록>의 후반부 일화를 반복하면서 작품을 시작하여 <화씨충효록>의 연작임을 명시하고 있으며, 작품 전반에 걸친 작가의 시선과 주제의식은 <화씨충효록>을 계승하고 있다. 그러나 후반부에 전개되는 서사적 내용은 <창선감의록>이 말미 부분에서 요약적으로 제시한 자손대의 이야

기를 구체화시킨 것임을 확인할 수 있다.

2) 〈화씨충효록〉의 소설사적 위상과 그 의의

1. 국문 장편소설의 세정소설적(世情小說的) 변모

17세기 중후반에서 18세기 전반기에 걸쳐 형성된 국문 장편소설은 양적 확산과 더불어 일정한 유형성을 지향하고 있다. 17세기 중후반에 창작되었을 것으로 추정되는 〈소현성록〉은 당대 최고 문벌인 옥소 권섭의 가문을 중심으로 향유 기록을 남기고 있으며 창작 또한 비슷한 계층에 의한 것으로 추정된다.[205] 이들은 17세기 예학의 발달과 문벌 형성의 사회적 분위기와 밀접한 관련을 맺고 있는 계층이다. 따라서 이들을 중심으로 창작되거나 향유된 소설 또한 이러한 사회적 분위기에서 자유롭지 못하여 가문 중심의 의식과 유교적 명분관을 강화하려는 경향을 나타낸다. 이들은 17세기적 문제의식을 상층의 시각으로 풀어내어 이상적인 사대부상과 가문의 질서를 확립하는 바람직한 방향을 제시한다.

그러기 위해 가부장권의 강화가 필연적이며, 황권마저도 사대부의 예론을 꺾을 수 없다는 자존의식을 보이고 있다. 〈소현성록〉은 가부장권의 정당성을 역설하면서 조화롭고 이상적인 가문의 이야기를 통해 동족 계층의 구성원들로 하여금 가문의 안정과 가부장적 질서의 강화를 위해 개인적인 욕망보다는 전체적인 위계에 순종할 것을 역설하고 있다. 이는 〈소현성록〉에 나타나는 계후갈등이나 처처갈등이 그 자체에 대한 문제의식보다 그것을 조화롭게 풀어가는 과정에 초점을 두는 것에서 알 수 있다. 그 과정에서 가문내의 결집을 위해 남성 가부장의 올바른 치가와

---

205) 박영희, 앞의 논문.

여성 인물의 바른 부덕을 설교하는 교훈성이 강화되고 있다.

18세기 전반에 창작된 것으로 추정되는 <완월회맹연> 또한 최상층의 보수적인 세계관과 공동 운명체로서의 가문에 대한 우월주의가 나타나며, 개인보다는 가문 우의의 관념을 드러내고 있다. 이는 장면전개의 확대를 통해 가족의 화합과 예에 대한 관심을 부각시키고 있는 것과 배타적인 혈연 질서를 중시하여 가문에 대한 자존의식을 공고히 하는 것에서 알 수 있다.[206] 또한 18세기 초반에 극성했던 당쟁에 대한 묘사가 구체적으로 나타나며, 당대 정치 현실로 인해 증폭된 순환론적 세계관이 반영되어 있다는 점에서도 확인할 수 있다. 한편으로 역사기록자적 서술자의 목소리가 강화되는 등의 특징을 보이고 있는데, 이것은 상층의 문화의식과 역사의식이 작품에 반영되고 있음을 알게 한다. 서사가 주로 가중사(家中事)에 초점을 맞추고 있고 심리분석이 강화되며 여성 현실에 대한 안타까움이 드러나는 등 여성적 특성이 강화되고 있는 모습을 통해 작품이 당대의 여성 현실과 정치 현실을 적극적으로 수용하고 있음을 알 수 있다.

형성기의 대표적 국문 장편소설인 <소현성록>과 <완월회맹연>은 가문 구성원 간의 이상적인 조화와 화합을 통해 개인보다는 집단을 우위에 두는 가문의식을 강조하고 있다. 이러한 경향은 작품이 생산되고 향유된 시대적 분위기와 향유계층의 의식을 반영한 것이다. 두 작품에서 나타나는 이상적 치가를 통한 가문의식의 강화와 당대 정치 사회 현실의 반영은 형성기 국문 장편소설의 공통적 특징이라 할 수 있다. 그러나 양자간에도 차이점이 확인된다. 그것은 가문 구성원에 대한 관심의 무게중심이 남성에서 여성으로 변화하고 있다는 것이다. 이러한 차이는 두

---

206) 정병설, 『<완월회맹연>연구』, 태학사, 1998.

작품이 산출된 시대적 간격에 의한 사회 변화나 작가층 내부의 의식 변화를 반영한 것으로 해석할 수도 있다.

이러한 변화는 18세기 중후반 이후의 국문 장편소설에서 구체적으로 확인할 수 있다. 이때는 국문 장편소설의 급격한 수적 증가와 더불어 작가와 독자를 포함한 향유계층의 확대가 일어난 시기이다. 이 시기의 소설은 가문의식을 공고히 하려는 전대 소설의 성격을 유지하려는 경향과 동시에 그것으로부터 자유로워지려는 경향으로 분화된다. 전대 작품에서 공고히 해온 집단적 가치체계를 유지하는 작품으로는 <유효공선행록>이 있다. 이 작품은 가문의식을 가장 잘 드러내는 계후갈등을 중심으로 서사를 전개하고 있으며, 가문의 창달과 번영을 위해 계후자의 자질 문제가 중요하다는 것을 역설하고 있다. 또한 이 작품은 명대 헌종과 효종조의 실존인물인 만귀비의 행적을 구체적으로 작품에 활용하여 역사지향적 소설을 추구하는 모습을 보이기도 한다.

가문의식은 희석되고 역사지향적 성격이 강조되는 작품도 등장한다. <옥원재합기연>의 경우는 송대 신·구법당이 대립하던 시기를 배경으로 하여 실존 인물들을 작품 속에 대거 등장시켜 정치적 대립 양상을 역사적 사실에 부합하도록 그려내고 있다. <옥환기봉>의 경우는 후한 광무제를 중심으로 한실(漢室) 부흥과정의 역사적 사실을 수용하며, 광무제와 곽후, 음후의 삼각관계를 다루고 있다. 이것은 『한서』나 『후한서』의 사실과도 부합하며 소설 <동한연의>와도 상당한 관련성을 가진다.[207]

다양한 갈래 분화의 양상 가운데 하나는 18세기 중반 이후 대중적 확산이 이루어진 영웅소설과의 교섭이다. <화산기봉>은 앞서 언급한 역사지향적 소설화의 경향과 영웅소설적 경향이 결합되어 나타난 대표적

---

207) 임치균, 「18세기 고전소설의 역사수용 일양상」, 『한국고전연구』8, 2002.

인 작품으로, 당나라 말기의 역사적 사실과 인물을 차용하고 거기에 영웅일대기 구조를 결합하는 특징을 보인다. 1736년에서 1786년 사이에 창작된 것으로 추정되는 <몽옥쌍봉연록>은208) 장편 영웅소설이라고 불릴 만큼209) 영웅소설의 구조를 국문 장편소설의 전통과 접목시키고 있다. 18세기 중후반 이후에 나타나는 국문 장편소설의 분화 양상은 이렇듯 전대 가문의식을 계승하거나 역사소설적 경향을 지향하거나 영웅소설화 경향을 보이는 등 다양한 모습을 드러낸다.

국문 장편소설이 후대에 분화되는 양상은 이 외에도 교양서적 특징이 강화되는 것과 세정소설적 성향이 두드러지는 것이 있다. <삼강명행록>은 125수에 달하는 한시를 삽입하여 한문학적 소양을 드러내며 상층의 문화를 간접적으로 체험하게 한다. <명행정의록>은 한시 외에도 지리서와 도학서 등을 대거 차용하여 상층 독자의 기호에 부합하도록 하고 있다. 이러한 창작 방식은 19세기에 활성화된 고증학적 학문방법인 차기체(箚記體) 저술방식과도 관련이 있다.210) 이것은 또한 소설 독자층의 분화와도 관련이 있는데, 전대에는 상층 위주였던 독자층이 19세기에 즈음하여 최상층에서 하층 비복까지 확대되면서 차별화된 전략으로 특정 계층의 눈높이를 맞추려는 노력이 필요했던 것이다.

이러한 눈높이 전략은 소설의 상업화와 더불어 보다 보편적인 대중을 지향하고자 변화를 꾀하게 된다. 그러한 분위기 하에 강화되기 시작한 것이 세정소설적 경향이다. 조선 후기에 창작되거나 향유되며, 장르 전통은 국문 장편소설 안에 있고, 변화하는 세태와 사회상에 대한 관심을

---

208) 지연숙, 「<몽옥쌍봉연록-곽장양문록> 연작 연구」, 고려대 석사논문, 1997.
209) 정병설, 「<몽옥쌍봉연록> 연구」, 『대전어문학』13, 대전대, 1996.
210) 서정민, 「<삼강명행록>의 교양서적 성격」, 『고전문학연구』28, 2005.

적극적으로 드러내며 통속적인 대중물로서의 특징을 보유하고 있는 세정소설의 특징은 <낙천등운>이나 <보은기우록> 등에서 발견된다. 이들은 모두 조선후기 작품으로 국문 장편소설의 전통 가운데 부부 중심담을 수용하고 있으며 상업적 세책본의 특징도 보유하고 있다. 변화하는 세태와 시정에 대한 관심은 <낙천등운>의 경우 물질 중시의 이익사회적 모습을 창기를 매매하는 성 매매와 고리대금업, 그리고 신분 상승에 대한 욕망을 중심으로 드러내고 있으며, <보은기우록> 역시 '재화와 욕망'의 두 축을 중심으로 당대의 모습을 묘사하고 있다.

<화씨충효록>은 이러한 세정소설의 계보를 잇고 있다. 국문 장편소설은 상층 사대부를 중심으로 창작되고 향유되었기 때문에 그들의 가치관에 부합하는 가문의식과 규범성이 작품을 공고하게 지배해왔다. 그렇기 때문에 장편 가문소설과 대중성 혹은 상업적 통속성의 문제는 함께 거론하는 것이 조심스러웠다. 더구나 고전소설에서의 대중성이나 상업성은 방각본을 위주로 거론되어 왔으므로,211) 필사본이 중심이 되는 국문 장편소설에 대한 논의는 자연스럽게 배제되는 경향이 있었다. 그러나 국문 장편소설은 이미 자체적으로 시대적 변화를 경험하면서 변모를 꾀하기 시작했다. 그러한 변화의 과정을 가장 잘 보여주고 있는 작품이 바로 <화씨충효록>이다. <화씨충효록>이 <창선감의록>의 증보판이라는 것과 '충효록'이라는 표제를 통하여 표면적으로는 규범소설의 전통 속에 있음을 강조하면서도 실제로는 규범의 일탈을 꾀하고 있기 때문이다.

<화씨충효록>은 작품이 향유되던 시대상을 37권이라는 방대한 분량 속에 자연스럽게 녹여내면서 작품의 당대적 흥미를 자극하고 있다. 국문

---

211) 이창헌, 「경판 방각본소설의 상업적 성격과 이본출현에 대한 연구」, 『고소설의 저작과 전파』, 1993.

장편소설이 보여줄 수 있는 다양한 흥미 창출의 방법 가운데 특히 세정의 모습을 적극적으로 반영하며, 동시에 대중적 인지도를 강화하기 위해 상층의 사대부들이 긍정적으로 여기는 규범적 소설을 표방하는 노련함을 보이기도 한다. 내적 구조에서도 갈등이 시작되는 부분에서 후속작을 소개하면서 끝맺는 결말구조를 시도한다. 이러한 점은 작품 외적으로 변화하는 사회상과 당대 사람들의 다양한 삶의 모습과 의식을 엿볼 수 있게 하며, 내적으로 그 시대의 소설이 취해야 하는 처신의 방식을 보여준다는 점에서 소설사 내외에 투영된 시대상을 반영한다는 의미를 지닌다.

<화씨충효록>은 도덕에 얽매인 인물들을 관념으로부터 자유롭게 함으로써 변화한 당대의 인간관에 부합하게 하였으며, 편력구조를 통해 당시의 인정물태를 경험하게 한다. 특히 부부 사이의 미묘한 애정 문제와 아내를 중심으로 하는 부부관계에 대한 소망을 세밀하게 묘사함으로써 당시의 여성 독자들의 로망을 담아내고 있다. 특히 <화씨충효록>에서 보이는 아내 주도의 치가는 지기(知己)로서의 부부관계를 소망하는 <낙천등운>이나 <보은기우록>보다도 진취적 모습을 보인다. 이러한 진취성은 개화기의 근대문학과 연결되는 지점이 된다. 실제 <화씨충효록>은 20세기 초반의 향유기록도 지니고 있다. 17세기 작품을 개작해서 20세기까지 읽힐 수 있었던 원동력은 바로 변화하는 시대를 잘 포착한 데 있다.

늘 외직만 하느라고 외방에 나가 있던 관원이 은퇴하고 두 아들이 사는 서울로 오지만 집이 좁고 식구가 많아 생활하기 불편하여 민망하게 여기더라는 화소는 당시 서울 생활의 모습을 단적으로 보여준다. <화씨충효록>은 '서울'에 대한 인식이 두드러지는데 이것은 주로 서울을 중심으로 향유되었기 때문일 것이다.212) 뿐만 아니라 작품의 배경이 명나

---

212) 서울에만 있었던 세책가에서 주로 유통되었음이 이를 방증한다.

라 가정연간이면서도 주인공 화진이 이인(異人)에게서 받은 병서 가운데 '임진란에서 승첩한 전투의 전법'을 기록한 책이 포함되어 있는 것과, 한양, 강릉, 동해 등 우리의 지명들이 빈출하는 것은 현재의 나를 중심으로 세상을 바라보는 사고가 무의식적으로 작품에 잠입했음을 보여준다. 이러한 주체적 사고는 근대성이 강화된 <채봉감별곡>이나 신소설 등이 조선의 서울 혹은 평양을 중심 배경으로 드러 내놓으며 근대적인 주체성을 반영하는 것과 유사한 맥락이라고 볼 수 있다. 또한 <화씨충효록>이 보여준 당대 관행화된 부패상에 대한 구체적 폭로와 아내의 위상에 대한 제고는 이후 20세기에 들어 사회비판적 성향이 강화된 활자본 고소설이나 인간에 대한 각성과 남녀 간의 주체적 결연이 중심이 되는 신소설류로 향하는 우리 소설사 자체의 성장 모습을 보여주는 단초라 하겠다.

2. 비판적 다시쓰기의 계승

국문 장편소설의 대표적인 창작 기법 중의 하나는 연작이다. 주인공 세대를 중심으로 한 본전과 그 뒤를 이어 후손들의 이야기를 하는 순수 연작 방식은 <소현성록>–<소씨삼대록>을 비롯한 삼대록계 소설이 대표적이다[213] 그 외에도 <몽옥쌍봉연록>–<곽장양문록>, <보은기우록> –<명행정의록>, <임화정연>–<쌍성봉효록> 등 다수의 작품들이 순수 연작의 형태로 존재한다. 연작을 통해 지지층이 확보된 소설 유형을 계승하는 것은 독자들에게 친숙함을 느끼게 할 수 있다. 송성욱은 반복형 연작이 생산되는 배경으로 당시의 대부분의 소설 독자들은 현대의

---

213) 삼대록계 소설은 <유효공선행록>–<유씨삼대록>, <성현공숙렬기>–<이씨삼대록>, <현몽쌍룡기>–<조씨삼대록>이 있다.

소설 독자들처럼 자기 반성적으로 소설을 향유하지 않았을 것이며, 따라서 사건이나 구조의 반복과 같은 유형성이 독자들에게 친숙감을 유발시키고, 홍미를 느끼게 할 수 있다고 하였다.214) 이것은 상업적 발상을 기반으로 한 것이다.

그렇다면 상업적 대중성을 지향한 <화씨충효록>이 당시 인기 있었던 연작의 방식을 취하지 않고 개작의 방식을 취한 것은 무엇 때문인가. 이것은 개작의 방식도 연작 못지않게 독자들에게 친숙하게 다가갈 수 있는 통로이기 때문이다. 더구나 <창선감의록>과 같은 작품은 남녀노소 귀천을 넘어 누구나 그 작품성을 긍정적으로 평가하고 있기 때문에 이 작품의 증보판이라는 명함은 대중 속을 파고드는 데 매우 유용했을 것이다. 그러나 단지 상업적인 목적만을 고려했다면 작가 입장에서는 연작의 방식이 훨씬 용이했을 것이다. 기존의 작품 전체를 수용하고 그 서사틀을 유지하면서 변개해나가는 것이 새로운 작품을 쓰는 것보다 더 복잡한 과정이기 때문이다. 이러한 수고를 아끼지 않고 개작의 방식을 택한 것은 다름 아닌 <창선감의록>의 작품 세계에 대한 비판적 의식 때문이다.

고전소설사에서 비판적 다시쓰기의 전통은 다양한 방식으로 계승되고 있다. <소현성록>의 소운성이 어리숙한 동서 손기를 조롱하는 장면에 대한 비판적 시각은 파생작 <영이록>을 낳았다. <옥환기봉>에서 보여지는 광무제와 곽후 문제에 대한 비판은 <취미삼선록>과 <한조삼성기봉>으로 나타난다. <취미삼선록>은 <옥환기봉>의 내용을 수용하면서 광무제의 무심한 남편의 모습을 확대하고 있다. 또 곽후에 대해서도 <옥환기봉>에서는 조협(躁狹)하고 투기가 심하여 남편의 애정을 독점하고자 하며, 폐출 후에도 음후와 광무제에 대한 원망과 한을 달래지

---

214) 송성욱, 앞의 논문.

못하고 비분강개하는 것을 강조한다. 반면 <취미삼선록>에서는 모친과 자식을 그리워하면서 눈물로 세월을 보내는 곽후의 고달픈 처지를 부각시켰다. <취미삼선록>의 작자는 <옥환기봉>에 드러난 광무제, 음후, 곽후의 모습과 태도를 수용하면서 자기의 의도에 부합하도록, 한 부분을 강조하는 방식으로 변용을 시도하였다. 이는 선행 작품을 남성 지배의 횡포라는 시각으로 재해석하면서 부족하거나 불만스럽게 여긴 부분을 수정하고 보완한 것이다.215)

<한조삼선기봉>은 <취미삼선록>과 마찬가지로 <옥환기봉>에 대한 비판적 시각을 드러내기 위해 창작된 작품이다. 동일한 작품을 대상으로 하였으나 비판의 방식은 차이를 보인다. <취미삼선록>이 <옥환기봉>의 인물 설정을 그대로 수용하면서 인물의 한 부분을 강조하는 방식을 취하고 자손들의 이야기도 같은 맥락에서 덧붙이고 있다면, <한조삼선기봉>은 아예 재생 모티프를 활용하여 인물의 역할을 바꾸었다. 남자도 여자의 입장이 되어서 똑같이 당해봐야 한다거나 자신도 남자로 태어나 살고 싶다는 소박한 소망을 재생모티프와 결합시킨 것이다. 이것은 <옥환기봉>에서 보이는 남성의 횡포에 대한 반발이라는 점에서는 <취미삼선록>과 유사하지만 해결방식은 일회적이며 작품의 성격도 흥미성을 강화하는 방향으로 흐르고 있다.216) 이들은 모두 선행 작품의 후속작이라는 측면에서 연작으로 논의될 수 있으나 앞서 말한 순수 연작은 아니다.

<여와전> 연작의 경우도 연작의 형태를 빌리고 있지만 순수 연작은 아니며, 여러 작품 속의 인물을 한 자리에 모아 놓고 평가를 시도하고,

---

215) 이승복, 「<옥환기봉>과의 관계를 통해 본 <취미삼선록>의 성격」, 『국문학연구』6, 2001, 182~188면.
216) 임치균, 앞의 논문.

또 그러한 평가에 불만을 느껴 새로운 속편이 창작되며 이어지는 작품이다.217) 이것은 인물로 대변되는 소설독자의 소설품평회 방식을 취하고 있어서 이본마다 이본 작가의 작품 평이 반영되기 쉽다. 그러나 한 작품에 대한 심도 있는 비판이라기보다 당시 유행하는 작품의 작중 인물에 대한 서열 매기기 수준의 비판으로 볼 수 있다.

<화씨충효록>은 비판적 다시쓰기의 전통을 잇고 있다는 점에서는 위에서 논의한 작품들과 유사하다. 그 가운데 단순히 일부분만을 가져와 변화를 꾀하거나 품평회를 여는 차원을 넘어 전작의 서사를 전체적으로 수용하여 새롭게 재해석했다는 점에서 <취미삼선록> 계열과 닮았다. 그러나 그 범위가 <취미삼선록>과 같이 남성폭력 등 한 부분에 한정되어 있지 않고 사회 전반에 걸친 규범성에 대한 문제제기라는 것과 소설의 전범이라 일컬어지는 <창선감의록>을 비판의 대상으로 했다는 점에서 과감하고 적극적인 태도를 읽을 수 있다. <화씨충효록>의 과감성은 <창선감의록>을 개작의 대상으로 삼았다는 것 외에 서술 과정에서 또 하나의 소설 경전인 <사씨남정기>를 재해석의 수단으로 사용하고 있다는 것에서도 잘 드러난다.

<화씨충효록>은 <사씨남정기>에서 유현의 유언 장면을 가져오면서 확대하고 있는데, 단지 양적인 변화뿐 아니라 원작과는 다른 의도를 드러내고 있다. 유현은 임종 시 유언으로 아들 유연수에게 사씨의 말을 따를 것을 당부하며, 사씨는 현숙하여 더 이상 경계할 바가 없다고 한다. 아들이 며느리보다 자질이 부족하기 때문에 며느리의 말을 따라야 문호가 보존될 것이라는 공개적 유언은 며느리의 도덕성을 부각시키는 효과와 더불어 가장이 될 아들의 입지를 흔드는 결과를 가져온다. <사씨남

---

217) 지연숙, 앞의 논문.

정기>는 사씨의 부덕을 강조하려는 의도가 강한 작품이다. 작가는 유연수 자체가 부족하거나 부도덕한 인물이라고 생각해서가 아니라 단지 사씨의 부덕을 강조하기 위해서 남편 유연수를 평가절하한 것뿐이다. 이는 앞서 유연수를 묘사할 때 뛰어난 용모와 재질로 어린 나이에 급제하고도 교만하지 않아 자진해서 10년 동안 출사를 미루었다고 한 것을 통해 알 수 있다. 이렇게 학문적으로나 도덕적으로 부족함이 없는 유연수이기 때문에 아버지의 유언을 듣고도 불쾌하게 여기거나 열등감에 반발하지 않는다.

이와 달리 <화씨충효록>은 유사한 장면을 구성하여 전혀 다른 의도를 드러내고 있다. 화예는 이미 한 차례 아버지로부터 적장자의 위치에 대해 위협을 받을 만큼 집안에서 불초하다는 평가를 받았다. 그리고 부인 임씨는 불초한 장자를 보완하기 위해 특별히 부덕이 뛰어난 인물로 화욱이 심사숙고하여 맞이한 며느리이다. 그러다 보니 배우자인 화예의 취향보다는 시아버지 화욱의 취향이 반영되어 혼인 초부터 부부가 화합하지 못한다. 화예와 임씨 사이에는 도덕적 우열이 확연이 존재하며 부인 임씨는 인품과 자질의 측면에서 화예의 우위에 있게 된다. 이러한 상황에서 부친 화욱이 가족들이 모인 임종 자리에서 화예를 불초하다고 말하고 부인 임씨는 경계할 것이 없는 완벽한 숙녀임을 인정한다. 더군다나 임씨의 말을 들어야 화예가 죄악에 빠지지 않는다고 공표하였다. 평소 부족한 덕성을 지닌 데다, 송죽헌에서 동생과 비교당하며 장자 위에 대한 위협까지 받았던 화예에게 이러한 상황은 더 이상 참을 수 없는 수치심과 반발심을 불러오게 된다. 결국 화예는 부친을 원망하며 틈 날 때마다 교씨를 찾아 즐기는 데 침혹하고 범한과 장평이라는 무뢰배를 사귀게 된다.

이 장면은 <창선감의록>에 보이지 않는다. <창선감의록>에서는 화예[화춘]의 성품이 원래 불인한 것으로 나오며 모든 악행은 그 본성의 악함에 기인한다. 그렇기 때문에 후에 나오는 갑작스런 개과와 용서는 당혹감마저 준다. 이에 대한 반발로 <화씨충효록>은 인물이 악행에 빠지고 다시 회과하는 과정을 작품 전반에 걸쳐 타당성 있는 논리로 재해석하고 있다. 이는 선악의 규범론에 입각했던 인간관이 변화하고 있음을 의미하며 좀 더 합리적이고 타당한 논리로 인간의 본성을 바라보려는 당대인의 의식이 반영된 결과이다. 이것을 위해 작가는 소설의 경전이라 할 수 있는 <사씨남정기>를 차용하고 있다. <사씨남정기>가 현숙한 며느리의 도덕성을 강조하기 위해서 사용한 화소를 <화씨충효록>은 화예가 더욱 불인한 행위를 하게 되는 과정을 개연성 있게 보여주려는 의도로 차용한 것이다.

이렇듯 <화씨충효록>은 전작의 서사를 전체적으로 수용하여 새롭게 해석하는 적극적인 모습을 보이고 있다. 그 과정에서 부분적이나마 동일한 규범소설인 <사씨남정기>를 활용하여 <창선감의록>의 규범적 인간관을 비판한 이이벌이(以夷伐夷)의 태도도 흥미롭다. <창선감의록>을 비판적으로 수용하면서 시대의 흐름에 맞게 19세기적 사회상과 변화한 사람들의 의식을 반영하였다는 점과 소설 가운데 경전으로 일컬어지는 <창선감의록>의 규범성을 당대의 시각으로 재해석 하였다는 것에서 작품의 의의를 찾을 수 있다.

동일한 유교철학의 전통 안에서 기존의 관념적인 주자학을 비판한 실학과 마찬가지로 동일한 소설의 전통 안에서 엄격한 규범소설을 재해석하고 있는 모습을 <화씨충효록>을 통해 발견할 수 있다. 실학이 성리학을 모태로 그 안에서 자성적 비판에 의해 발생한 것처럼 <화씨충효록>

은 규범소설의 전범인 <창선감의록>을 모태로 작품 내적 성찰과 반성을 통해 변화하는 사회의식을 담은 세정소설로 변모하였다. 물론 이러한 변화가 규범소설의 쇠퇴나 종식을 의미하지는 않는다. 실학이 등장한 이후에도 성리학적 관념론이 종식되지 않았고 심지어 현재에까지도 이어지는 것처럼 <창선감의록>에 대한 비판적 성찰과 그에 따른 결과물로서의 세정소설적 변모가 이루어졌다고 해서 관념소설의 위상이 무너지는 것은 아니다. 20세기 초까지도 <창선감의록>은 규범소설로서의 입지를 굳건히 하였다. 실학이 주자학적 전통을 계승하면서도 주자학을 극복하여 새로운 영역을 창도하고 이끌어 간 학문인 것과 마찬가지로 <화씨충효록> 역시 <창선감의록>을 계승하면서도 다시쓰기의 전통 속에서 새로운 영역을 확보하고 있다는 데에 의의가 있다.

6. 결론

본고는 19세기에 향유된 국문 장편소설 <화씨충효록>을 대상으로 하였다. 연구의 목적은 작품의 문학적 성격과 연작양상을 통해 작품의 소설사적 위상을 밝히는 데 있었다. 필자는 그동안 국문 장편소설의 연구가 주로 17세기와 18세기에 집중되어 왔다는 것에 문제의식을 지니고, 19세기에 집중적으로 향유된 <화씨충효록>의 작품론을 본격화했다.

작품의 형성배경과 창작과정에서는 17·18세기를 거쳐 쌓여온 국문 장편소설의 창작 관습과 변화된 중국소설의 경향을 고찰하였다. <화씨충효록>은 국문 장편소설 가운데 독자들에게 친숙한 화소를 이용하여 친근감을 느끼게 하고, 이를 새로운 상황과 결합시키는 방식으로 재구성함으로써 흥미를 배가하고 있다. 중국소설과 관련하여, 형성기 국문 장편소설은 연의류와 재자가인류의 영향으로 사실(史實)에 기반한 사건과 이념에 충실한 인물을 형상화했다. 그러나 연의류 이후에 발생한 세정소설류는 다양한 계층의 인간군상과 변화하는 사회상 등 인정물태에 대한 관심을 강하게 노정한다. 특히 부부 중심의 세계관과 인과응보적 구성은 후기 국문 장편소설의 성격과 좀 더 관련이 있다.

인물의 형상화와 서사 방식에서는 환경에 대면하는 인물의 형상화와 편력 구조에 의한 서사의 확대를 다루었다. <화씨충효록>에 나오는 인물은 그들이 처한 환경과 밀접한 관련을 맺으며 형상화 되고 있다. 이것은 인간적 고뇌가 심화되는 것과 세속적 욕망이 강화되는 것으로 나뉘어진다. 화진, 임씨, 화예, 계화 등은 <화씨충효록>에서 현(賢)과 불초(不肖) 그리고 충(忠)의 관념을 구현하는 인물들이다. 그러나 이들은 관념 속에 매몰되지 않고, 대면하는 환경에 따라 다양한 모습으로 변화함으로써 관념으로부터 자유로운 모습을 보인다. 이상적인 도덕군자와 요조숙녀로 설명되는 화진과 임씨도 때에 따라서는 화를 내고 눈물도 흘리며 원망을 드러낸다. 남의 잘못에 대해서는 교과서적인 충고를 하면서, 막상 자신이 유사한 일을 겪게 되면 분노하고 억울해 하는 화진의 태도는 현실 속에서 흔히 볼 수 있는 인간적인 모습이다. 악인으로 비방받는 화예의 경우도 아버지의 사랑을 받지 못하고 집안에서 인정받지 못함으로써 소외감과 열등감을 느끼며 엇나가는 과정과, 악행을 저지른 후에는 가책 속에서 괴로워하지만 처벌에 대한 두려움으로 더 큰 잘못을 저지르는 심리적 추이를 통해 단순한 악인의 양상을 벗어나고 있다. 충복(忠僕) 계화의 경우도 비복으로서 주인을 바라볼 때와, 장모로서 사위감을 고를 때, 그리고 여인으로 자신의 삶의 주인공이 될 때 그 양상이

다르게 나타난다.

유이숙, 난최, 춘파는 세속적 욕망이 강화되는 보조인물들이다. 이들은 주동인물을 보호하거나 조롱하는 보조인물의 전형성을 탈피하여 자기의 삶과 욕망을 실현하기 위해 노력하는 모습으로 형상화된다. 유이숙은 화진의 충성된 가신(家臣)이지만 화진이 공업을 이루고 아직 부인들과 재회하지 못해 외로울 때 자기 딸을 첩으로 천거한다. 그는 두 부인에게 근심거리가 될지 모르는 일은 할 수 없다는 계화의 말을 평소와 달리 한 마디로 일축하는 강경한 모습을 보인다. 이것은 자신의 문호를 홍기할 가장 좋은 기회이며, 그동안 자신이 화진을 구호한 것에 대한 정당한 대가이기 때문이다. 난최는 상황에 따라 철없고 무례하며 음란해 보일 수 있는 욕망과 노처녀의 순수함이 교차되면서 여성으로서 지니는 이성에 대한 욕망을 표출하고 있다. 춘파도 악인을 조롱하거나 선인을 지지하는 편 가르기의 구도를 초월하여 재산 증식에 대한 개인적 욕망을 가장 중요한 처세의 기준으로 여기는 노회한 여인의 모습으로 그려진다.

악인형 주동인물인 심씨의 경우, 유형화된 악인의 형상과는 별도로 개인적 물욕을 채우고자 하는 모습을 드러낸다. 심씨의 욕망은 윤씨와 남씨에 대한 가학의 형태를 띠고 있지만 실제로는 물욕 때문에 오히려 학대의 정도는 완화되고 있다. 이것은 악인이라는 관념적 틀에서 벗어나 인간 본연의 모습을 나타낸 것이며, 당시의 인심과 세태를 반영한 것이다. 이러한 인물 형상화를 통해 그동안 단선적으로 규정되어 왔던 소설의 인물들이 좀 더 현실의 인물과 가까워졌음을 확인할 수 있었다.

<화씨충효록>의 서사구조는 인물이 이동하는 과정을 따라 사건을 삽입하는 편력구조를 취하고 있다. 진채경은 경사에서 회람, 그리고 운남에 이르는 여정을 통해 수많은 사건과 인물들을 경험하며 다양한 삶의

모습을 목도하게 된다. 길을 나서며 주택을 임대하고, 상부에 소금을 공납하는 염한을 만나 그들의 고충을 알게 되며, 서난최와 같이 적극적인 욕망을 지닌 여성을 대면하고 과거 대작(代作)에 가담하기도 한다. 화진은 양주에서 경사－민주－촉－청성산－무이산－산동－연안부－동관－촉－소주－은주－경사－양주 등의 여정을 거치면서 여러 가지 사건에 개입하고 또 앞서 발생했던 사건을 해결한다. 편력구조의 전통은 중국의 신마고설에서 기원하며 초기 장편소설인 <구운몽>과 <사씨남정기>에서도 발견된다. <구운몽>은 양소유를 중심으로 8선녀와의 결연을 편력구조를 통해 이어갔고, <사씨남정기>는 사씨의 여정을 통해 고난을 극대화하고 있다. 후기 국문 장편소설 가운데는 <삼강명행록>과 <화씨충효록>이 편력구조를 차용하였다. <삼강명행록>은 여정에 따른 감회를 한시로 표현하여 교양의 확대를 추구한다. 이와는 달리 <화씨충효록>은 편력구조를 통해 경험의 확대를 꾀하고 있다. 또한 진채경을 찾아가는 윤여옥의 경로를 진채경과 시간차를 두고 어긋나게 함으로써 두 인물의 결연을 지연하고 윤여옥의 여정을 확장하여 자연스러운 서사의 확대를 가능하게 했다.

<화씨충효록>은 세정소설적 성격을 지닌다. 세정소설은 용어의 기원이 명말청초의 중국 인정소설(人情小說)에 있으며, '세상물정을 드러내는 소설'이라는 의미를 가리고 있다. 고전소설을 신성소설과 세속소설로 나눈 선행연구를 고려할 때 국문 장편소설은 주로 중간에 위치한다. 그러나 국문 장편소설의 편폭이 매우 넓기 때문에 그 안에 존재하는 작품의 경향을 규정할 또 다른 하위 개념이 필요하다. 따라서 신성소설에 가깝지만 신성성은 제거되고 규범성만 강하게 남은 것을 규범소설로, 세속소설보다 비판의식은 노골적이지 않고 표면적으로는 전대의 가치체계

를 옹호하면서 변화하는 세태를 담아내는 소설을 세정소설로 보았다. 세정소설은 대주제에 있어서는 선악에 대한 포상과 응징이라는 유교 이념과 공동 사회의 가치관을 지지하지만, 작품 내부의 서술에서는 이념에 대한 거부와 일탈이 노정된다. 또한 천상의 전생담과 운명에 따르는 인물의 고난과 극복의 과정은 작품의 존재론적 원리나 인식차원이 아니라 대중성을 지향하는 홍미소의 역할을 한다.

세정소설의 '세정(世情)'은 '세상물정(世上物情)'의 준말로 변화하는 인정과 세태에 대한 관심이 부각된다. 사회의 중심을 부부와 가정에 두고 가족 구성원 간 또는 그들과 주변 사람들과의 다양한 관계에 초점을 맞춘다. 그러나 대부분의 국문 장편소설이 가문과 가족을 중심으로 그들 사이에 발생하는 문제와 해결에 초점을 두기 때문에, 개념을 좀 더 구체화할 필요가 있다. 따라서 가문을 중심으로 유사한 사건을 반복하는 국문 장편소설의 특성을 공유하면서, 특히 사회에 대한 관심이 부각된 소설을 세정소설이라는 하위 장르로 구분하였다. 그런데 변화하는 사회상에 대한 관심은『삼국유사』나『금오신화』등에서도 나타난다. 그러나 논의의 범주를 지나치게 확대하는 것은 오히려 혼란을 야기하므로 이미 장르 전통이 확립되어 있는 문헌 설화나 애정전기류 등은 제외하였다. 정리하면, 세정소설은 시기적으로는 조선 후기에 창작되거나 향유되며, 장르 전통은 국문 장편소설 안에 있고, 변화하는 세태와 사회상에 대한 관심을 적극적으로 드러내며, 통속적인 대중물로서의 특징을 보유하고 있는 작품군을 말한다.

이러한 개념정의를 바탕으로 <화씨충효록>에 나타난 세정소설적 성격을 인정물태의 강화와 대중적 문예물의 지향이라는 측면에서 고찰하였다. 작품 속의 인정물태는 현실적인 경제관념의 반영과 관행화된 부정부패의 폭로, 단선적인 인간관의 극복과 아내 중심의 부부관계에 대한 지향으로 나타난다. 생계나 경제활동과 관련된 화소들은 작품에 현실적인 생동감을 부여하며 소설의 세계를 현실 세계와 닮아가게 한다. 이것은 이미 경제력이 삶의 중심이 된 사회상을 보여주고 있으며, 생활인이기도 했던 소설 향유층의 인식 속에 경제관념이 자리 잡고 있음을 나타낸다. 현실의 부정에 대한 폭로 과정에서는 작가가 날카로운 비판의 목소리를 표면에 드러내지 않고 간접제시를 통해 독자들로 하여금 부패한 관행을 목격하게 하여 사회 문제에 대한 객관적 시선을 드러내고 있다.

인간관의 측면에서는 인물에 대한 단선적인 평가를 극복하고 있다. 화예가 개과하여 복록을 누리게 되는 과정을 작품의 처음부터 주도면밀하게 진행하여 그가 악행을 저지르게 된 원인과 결과, 그 사이의 심리적 갈등까지 자세히 보여줌으로써 여러 가지 정황을 고려하여 인간을 평가해야 한다는 인간관을 제시하고 있다. 부부관계에 있어서는 아내를 중심으로 치가가 이루어지는 과정과 호방한 무인에서 공처가의 모습으로 변해가는 남성 인물을 통해 아내 중심의 부부관계를 소망하는 당대 독자들의 내면을 읽을 수 있었다.

작가는 작품 곳곳에서 당시 사회의 모습을 독자들에게 전달해줌으로써 소설이 단순한 허구가 아니라 독자가 사는 당대의 삶과도 맞물려 있다는 것을 보여주고 있다. 이것은 <화씨충효록>이 국문 장편소설들의 전통 속에 존재하지만 다른 작품과 차별화되는 지점을 '생활의 발견'이라는 측면에서 포착한 것이다. <화씨충효록>은 과거로부터 전해오는 유교적 교훈과 더불어 역동적이고 인간적인 현실에서 얻을 수 있는 즐거움을 동시에 추구하고 있는 작품이다.

<화씨충효록>이 지니고 있는 대중적 문예물로서의 성격은 작품 내

적·외적에서 모두 드러난다. 작품 내적으로는 서술의 차원과 서사 구조의 차원으로 나뉜다. 서술의 차원에서는 시대와 계층을 반영한 캐릭터의 창출, 구체적인 상황 제시와 그 상황에 직면한 사람들이 공감할 만한 심리의 묘사, 선정적인 글쓰기, 조보(朝報)와 같은 사실적 소재의 사용 등을 통해 독자들에게 친숙한 통속문학의 면모를 보인다. 서사 구조 차원에서는 후편 중심인물들의 갈등을 시작하면서 끝을 맺는 결말구조를 통해 독자의 지속적 관심을 유발하고 있다. 작품 외적으로는 대표적인 규범 소설 <창선감의록>을 개작의 대상으로 하여 친연성을 강조하고 독자층의 확대를 도모하고 있다. 이러한 전략은 당시의 지배적이었던 소설 배척론에 유연하게 대처하면서 대중화를 시도했던 상업적 문예물의 성격을 드러내고 있다.

<화씨충효록>의 연작 양상과 소설사적 의의를 고찰하였다. <화씨충효록>은 선행작인 <창선감의록>의 서사구조와 인물 등 작품 전체를 수용하고 있지만 다음과 같은 차이점이 있다. 첫째, 인간을 바라보는 관점에서 <창선감의록>이 규범적 측면을 강조했다면 <화씨충효록>은 인간적 측면을 강조한다. 둘째, 보응관에 있어서 <창선감의록>이 조상의 음덕에 대한 보응을 후손이 받는 도가적 승부관(承負觀)에 입각했다면 <화씨충효록>은 보응의 과정을 합리적으로 제시하여 응징과 개과에 타당성을 부여하는 현실적 보응관으로 변화했다. 셋째, 가족 문제에 있어서 <창선감의록>이 부자, 형제 중심의 수직적 질서를 강조한다면 <화씨충효록>은 부부 중심의 수평적 질서를 중시한다. 넷째, 세상을 바라보는 관점에 있어서 <창선감의록>이 가족과 가문, 조정 등 제도권 내부로 시야가 향해 있다면 <화씨충효록>은 변화하는 세정과 여러 계층의 현실적 삶 쪽으로 열린 시야를 확보하였다. 이상의 내용을 통해 <화

씨충효록>이 <창섬감의록>에 대해 대칭적인 양상을 취하고 있음을 확인할 수 있었다.

<제호연록>은 <화씨충효록>의 직접적 영향 아래 이루어진 작품이다. 이 작품은 집단 공동체로서의 가문의 이야기가 아닌 부부 문제에 초점을 두고 있으며, 일반적으로 처첩갈등으로 인해 부부갈등이 발생하는 것과는 달리 부부갈등이 선행하거나 중심을 이루고 처첩갈등은 부수적으로 따른다. 악처 혹은 악첩은 부부갈등을 유발하지 못하며 오히려 그들에 대한 부부 양인의 시선은 동일하다. 혼사장애와 부부갈등을 중심으로 부부 사이에 발생할 수 있는 미묘한 감정과 스쳐지는 상황에 대한 구체적 묘사를 강화한 점에서 선행작 <화씨충효록>을 계승하고 있다. 세 작품을 전체적으로 바라보면, <제호연록>은 <화씨충효록>의 후반부 일화를 반복하여 <화씨충효록>의 연작임을 명시하고 있고, 작품 전반에 걸친 작가의 시선과 주제의식도 <화씨충효록>을 계승하고 있음을 알 수 있다. 그러나 후반부에 전개되는 서사 내용은 <창선감의록>이 말미에서 요약적으로 제시한 자손대의 이야기를 구체화시킨 것임을 확인할 수 있었다.

마지막으로 국문 장편소설의 흐름 속에서 <화씨충효록>의 위상을 살펴보았다. 형성기 국문 장편소설은 가문 구성원 간의 조화와 화합을 추구하고 개인보다는 집단을 우위에 두는 가문의식을 강조하였다. 18세기 중반 이후는 이러한 경향이 분화되어 <옥원재합기연>과 <옥환기봉> 같이 역사소설을 지향하는 경향과 <화산기봉>과 <몽옥쌍봉연록>처럼 영웅소설을 지향하는 것으로 나뉜다. 또 한시 등을 차용하여 상층의 문화적 욕구를 충족시키는 교양서적 성격의 <삼강명행록>·<명행정의록> 등과, 대중의 눈높이를 맞추며 변화하는 세태에 대한 관심이 강화된 <낙천

등운>·<보은기우록>같은 세정소설적 작품이 등장한다. <화씨충효록>은 이 가운데 세정소설의 전통을 잇고 있다. 특히 아내가 주도하는 치가는 지기로서의 부부관계를 소망하는 <낙천등운>이나 <보은기우록>, 그리고 19세기 한문 단편소설 <포의교집>보다도 진취적 모습임을 살폈다.

<화씨충효록>은 고전서사의 전통 중의 하나인 비판적 다시쓰기를 계승하고 있다. 비판적 다시쓰기는 선행작에 대한 불만을 창작을 통해 해결하는 방식이다. 그 양상은 <소현성록>과 <영이록>의 관계처럼 한 인물에 대한 견해차를 파생작으로 해결하는 방식, <옥환기봉>과 <한조삼성기봉>같이 남녀의 역할 바꾸기를 통해 해소하는 방식, <여와전> 연작처럼 소설 속 등장인물을 품평하여 작품을 서열화하는 방식, <취미삼선록>처럼 선행작의 인물과 태도를 수용하되 한 부분을 강조하는 방식이 있다. <화씨충효록>은 선행작의 서사를 전체적으로 수용하여 새롭게 해석했다는 점에서 앞서 말한 작품들보다 적극적인 모습을 보인다. 또한 소설 가운데 경전으로 일컬어지는 <창선감의록>의 규범성을 당대의 시각으로 재해석 했다는 점에서 더 큰 의의를 지닌다.

이상 17세기 한문 장편소설 <창선감의록>을 19세기적 감각으로 새롭게 재해석한 <화씨충효록>의 문학적 성격과 연작 양상을 살펴보았다. 문학적 성격으로는 세정소설적 특징이 강화되고 연작 양상에서는 선행작에 대한 대칭적 시각을 드러냄이 밝혀졌다. 후속작 <제호연록>은 갈등의 시작 부분에서 종결되었던 <화씨충효록>의 서사구조를 완전하게 이어감으로써 세 작품을 하나로 아우르고 있음을 살폈다. 이들은 19세기 국문 장편소설사의 다양한 모습 가운데 하나로, 본 연구가 19세기 소설사의 지형도를 조금 구체화시키는 데 기여할 것이라고 생각한다.

그러나 아직도 미진한 부분은 남아 있다. <제호연록>의 이본이 모두 낙질이므로 세 작품 간의 비교를 더 치밀하게 하지 못한 점과 아직 실체를 확인할 수 없는 <수제월암록>에 대한 아쉬움은 계속적으로 관심을 가져야 할 과제이다. 본고에서 밝혔듯 이 두 작품은 세대록의 측면에서 볼 때 <창선감의록>을 잇고 있기 때문이다. 이들을 아울러 논의할 수 있을 때 19세기는 국문 장편소설사에서 더욱 의미 있는 시대가 될 것이다.

II

자유·낭만·여성에 대한 계도의 목소리

-〈구운몽〉의 개작소설 〈구운기〉

新增才子九雲記
總綱

卷一
西王母瑤池宴蟠桃　釋性真石橋戲明珠
咸寧縣性真投胎　衆隣舍潘轝說命
百花姑合席說功過　八仙娥同時降塵凡
華陰閨女唱和楊柳詩　紫虛真人傳授陰符經

卷二
楊解元獨占花魁　桂蟾月自擬月姥
假女冠鄭府彈琴韻　巧春娘粧閨諭弓影
說婚媾老司徒起怒　通關節太學士發誓
楊少游金榜羅壯元　鄭司徒花園迎嬌客

卷三

Ⅱ. 자유·낭만·여성에 대한 계도의 목소리

1. 들어가며

한문 장편소설 <구운기>는 김만중의 <구운몽>을 개작한 작품이다. 창작 시기가 19세기경으로 추정되고 있으니 원작과 개작 간의 거리는 한 세기가 넘는다. <구운기>에 대한 연구는 윤영옥 교수가 9권 9책의 영남대학교 소장본을 소개하고 번역서를 내놓으면서 본격화되었다.1) 연구 초기 <구운기>와 <구운몽>의 개략적인 비교가 이루어졌으나2) 곧 연구의 중심은 <구운기>와 중국소설과의 영향 관계로 옮겨졌다. 작품이 집서지서(集書之書)의 성격을 지니고 있으며, 집서(集書)의 대상이 중국소설임이 드러났기 때문이다. <구운기>에 삽입된 화소가 주로 청대 장편소설 <경화연>과 <홍루몽>에 기원하고 있음이 밝혀지면서 <구운기>는 국문학 연구자뿐 아니라 국내외 중문학 연구자에게도 흥미

---

1) 윤영옥, 「<구운기> 考」, 『조선후기의 언어와 문학』, 한국어문학회, 형설출판사, 1978 ; 윤영옥 역, 『구운기』(1~3), 형설출판사, 1982.
2) 윤영옥(1978), 앞의 논문 ; 육재용, 「<구운기> 연구-<구운몽>과의 대비 및 중국소설의 영향관계를 중심으로」, 서강대 석사학위논문, 1986 ; 정규복, 「九雲夢與九雲記之比較硏究」, 『중국학논총』6, 고대 중국학연구회, 1992.

를 불러일으켰다.3) 이러한 관심은 이후에도 계속 이어져 중국 재자가인 소설에서 그 화소의 기원을 찾아내는 데까지 나아갔다.4)

중국소설과의 친연성은 자연스럽게 작가의 국적문제에 대한 논쟁으로 이어졌다. 중국소설을 작품 창작에 능수능란하게 활용하였다는 점과 작품이 수준 있는 백화로 지어졌다는 사실이 작가의 국적문제에 논란거리를 제공한 셈이다. <구운기>의 권말에 기록된 '무명자첨산(無名子添刪)'이라는 기록이 무명자(無名子)를 호로 삼았던 윤기(尹愭;1741~1826)를 가리킨다는 논의도 있었지만5) 여항 문인 김진수(金進洙)의 『벽로집(碧蘆集)』에 실린 '墨鳶褻虎迄無休, 篇什叢殘盡刻舟, 豈但梅花空集句, 九雲夢幻九雲樓'라는 시구가 소개되면서 중국인 창작설이 부각되었다.6) 그러나 대개의 연구자들은 작가문제, 국적문제에 대해 신중한 태도를 보이고 있다.

<구운기>에 대한 논의가 비교문학적이고 작품 외적인 측면으로 기울어지면서 정작 창작의 근원이 된 <구운몽>과의 정치한 대비나 <구운기> 자체의 작품 세계에 대한 섬세한 분석이 이루어지지 않았다. 처음 <구운몽>과의 구체적 대비를 시도했던 육재용이 <구운기>의 특징으

---

3) 최용철, 「<구운기>에 나타난 <홍루몽>의 영향 연구」, 『중국어문논총』5, 고대중국어문연구회, 1992 ; 이경단, 「<홍루몽>이 <구운기>에 미친 영향」, 숙대 석사학위논문, 1993 ; 劉世德, 「論<九雲記>」, 『九雲記』, 江蘇古籍出版社, 中國 南京, 1994(최용철 역,~1995). 「<구운기>에 대하여 논함」, 『중국어문논총』8, 고대 중국어문연구회, 1995.

4) 趙冬梅, 「關于<九雲記>的作家問題及其與才子佳人小說」, 『중국학논총』12, 1999.

5) 윤영옥(1978), 앞의 논문.

6) 劉世德(1994), 앞의 논문. 김진수의 시구에 나오는 작품은 <구운기>가 아닌 <구운루>인데, 이 문제에 대해서도 논란이 있다. 이에 대해 최용철 교수는 <구운몽>이 10권 10책의 <구운루>로 개작되고 다시 9권 9책의 <구운기>로 필사되었다는 주장을 내놓기도 하였다. 최용철(1992), 앞의 논문, 53면.

로 정리한 내용들은 '백화체를 사용하고 <홍루몽>과 <경화연>을 차용하였다는 것, <구운기>라는 표제에서 보듯 역사적 기록물이라는 인상을 준다는 것, <경화연>의 영향을 받아 액자소설의 형식을 취하고 있다는 것, <삼국지연의>와 같은 중국 장회소설의 영향으로 화두사와 종결구를 사용하고 있다는 것, <구운몽>에 등장하는 토번의 침입을 일본국의 침입으로 대체했다는 것, 후반부의 스토리 진행이 느려지고 있다는 것, <서유기>와 <경화연>의 영향으로 서두에 서왕모의 반도연이 삽입되었다는 것, 장수하로 대표되는 적대자를 설정했다는 것, <구운몽>과 다르게 유교윤리에 따른 삶을 더욱 긍정하지만 종국에는 윤회사상을 배경으로 하는 불교사상을 내세우고 있다는 것, <구운몽>의 독자였던 작가가 불만을 느끼고 개작을 했다는 것, 해학성과 서민의식을 반영하고 있다는 것'7) 등으로, 작품 세계에 대한 관심보다 표면상 드러난 내용을 개괄적으로 설명하는 인상을 준다. 여기서 특징으로 꼽은 작품 간 '차이'는 <구운기>에 대한 중국소설의 영향을 강조하는 결과를 낳았다. 이 때문에 앞서 말한 비교문학적 논쟁이 야기되었다고 볼 수 있다. 피상적 차이와 영향관계에 대한 집중은 <구운기> 초기 연구에서 거쳐야했던 불가피한 상황이었다.

그사이 <구운기>에 대한 학술적 논쟁과 연구의 성과가 일정 축적되었다. 이제는 작품으로 돌아가 작품을 내밀이 검토해야 할 때이다. 작품의 화소를 어디에서 가져왔는가도 중요하지만 왜 그것을 가져왔는가, 그렇게 하여 만들어진 작품은 어떠한 세계를 구현하고 구축하는가에 대한 논의가 필요한 시점이다. 물론 작가와 국적 등 아직 풀리지 않은 문제가 있지만 이러한 문제는 유효한 자료가 나오기를 기다려 재론해도 늦지

---

7) 육재용(1986), 앞의 논문.

않을 것이다. 작가와 국적의 문제가 해결되지 않은 상태라 하더라도
<구운기>가 <구운몽>을 대상으로 개작한 작품이고 19세기 우리 땅에
서 읽혀졌다는 사실은 변함없다. 또 작가가 누구이든 <구운몽>을 <구
운기>로 재창작하였을 때는 나름의 이유와 구상이 있었을 것이고 그것
이 분명 작품 안에 구현되어 있을 것이기에 작가와 국적 문제로 작품세
계에 대한 논의까지 유보할 필요는 없다. 본고는 작품 속 여성인물의 형
상화를 중심으로 <구운몽>과 <구운기>의 '차이'를 살펴보고자 한다.8)
이러한 과정에서 <구운기>가 <구운몽>에 제시한 반론이 무엇인지 확
인할 수 있을 것이다.

2. 가문 구성원적 성격 강화 : 8선녀와 8부인

1) 낭만적 연인에서 위계적 처첩으로

<구운기>의 성진과 8선녀는 <구운몽>과 마찬가지로 남악 형산의
석교에서 만나 희롱한 죄로 인간 세상에 윤회한다. 그러나 양소유의 꿈
으로 처리되는 인간 세상의 삶에서 두 작품은 차이를 보인다. <구운몽>
은 양소유와 8부인의 '만남과 결연' 과정에, <구운기>는 만남과 결연 이
후의 양부(楊府) '생활'에 무게를 싣고 있는 것이다. <구운기>가 양부
생활에 대한 비중을 늘리고 있다는 점은 가족제도 내 인물들의 역할에
초점을 두고 있음을 의미한다. 이것이 재자가인의 낭만적 결연을 몽중
(夢中) 서사의 중심으로 삼았던 <구운몽>과 차별화되는 지점이다. <구

---

8) <구운몽>은 이가원 역주, 연세대학교, 1970을, <구운기>는 윤영옥 역주, 영남대학
　교, 2001을 기본 텍스트로 하였다.

운기>가 <구운몽>에 비해 몽중의 삶 즉 '유교윤리에 따른 현실적 삶'이 강화되고 세속화된 작품이라는 지적은[9] 이러한 특성을 포착한 것이다.[10] 작가는 개작과정에서 8선녀의 인물형상과 관계양상에 변화를 꾀하고 있다. 이에 대한 고찰은 <구운기>가 욕망하는 '현실적 삶'의 실체와 그것을 구현하기 위한 작가의 전략을 파악하는 데 유효할 것이다.

몽중의 세계 즉 현실적 삶에서 8부인의 신분은 크게 3등급으로 나눌 수 있다. 제1계층은 경상가(卿相家)의 제일등(第一等) 규녀(閨女)인 정경패와 황태후의 양녀 난양공주이다. 제2계층은 몰락한 양반이나 중인 혹은 양민의 딸로 궁인(宮人)과 기생(妓生)이 된 진채봉·계섬월·적경홍이며,[11] 제3계층은 변방 혹은 이계(異界)의 존재인 심요연과 백능파이다. <구운기>는 진채봉·계섬월·적경홍에 대해 집중적인 개작을 시도하고 있다. 제1계층과 제3계층의 여성인물에 대해서도 개작이 이루어지지 않은 것은 아니다. 인물과 사건 묘사가 전작에 비해 매우 상세하고 구체적이다. 그러나 기본 성격은 <구운몽>에서 제시한 것을 유지하고 있다.[12] 특이한 것은 가춘운이다. 가춘운은 향공(鄕貢)의 딸이니 본래 신

---

9) 육재용(1986), 앞의 논문.

10) 그러나 육재용은 작품에서 강화하고 있는 '현실적 삶'의 실체가 무엇이며 그것을 위해 작가는 어떠한 전략을 세우고 있는지는 분명히 밝히지 않았다.

11) <구운기>는 이들의 내력을 구체적으로 제시하고 있다. 진채봉은 화음현 知府의 딸이었다가 간신의 참소로 일가가 몰락하여 궁녀가 되었으며, 계섬월은 鄕貢과 驛丞을 지낸 부친이 죽자 返葬의 비용을 마련하기 위해 스스로 창가에 몸을 팔았고, 적경홍도 양가집 딸이었으나 어려서 부모를 여의고 奇男子가 아니면 인연을 맺지 않겠다고 하여 신하가 임금을 택하는 것을 본받아 스스로 몸을 청루에 의탁하였다. <구운기>, 6회, 78~81면.

12) 정경패는 엄격한 규범을 내재화한 상층의 규수이며 특히 음률에 뛰어나 假女冠으로 鄭府에 들어온 양소유의 거문고 음률을 논한다. 가춘운은 정경패를 평생 한몸처럼 따르려는 뜻을 지니고 정경패의 계획에 따라 귀신으로 粉하여 양소유를 속이면서 그와 인연을 맺는다. 퉁소에 뛰어난 난양공주는 정경패의 납폐를 물리려는 황태후의

분은 2계층에 속한다. 그녀는 12살에 정경패 집에 의탁한 뒤로 정경패와 생사고락을 일신처럼 하여 사실상은 노주(奴主)지만 정리상은 친생동기(親生同氣)처럼 지낸다. 이러한 가춘운은 제2계층의 신분이면서도 개작의 대상에서 제외된다. 이는 개작자가 전작 <구운몽>이 그려낸 가춘운의 캐릭터에 만족하고 있기 때문이다. 여기에서 개작의 의도를 짐작할 수 있다. 가춘운은 정경패에 대해 절대적 충정을 지닌 인물이다. 그녀는 양소유에 대한 여심보다는 정경패에 대한 충의에 기반하여 양소유를 섬긴다. 이와 달리 진채봉·계섬월·적경홍은 남녀 간에 존재하는 욕망과 사랑에 적극적인 인물들이다. 이렇듯 <구운기>가 전작에서 자유롭고 낭만적인 여인들로 그려졌던 인물들을 향해 개작의 칼날을 휘두르고 있음에 주목해야 한다.

진채봉은 양소유의 첫사랑이다. 양소유는 14, 5세에 과거를 보러 서울로 올라가다가 화주 화음현에서 진채봉을 만난다. 화음현은 산천물색이 화려하고 특히 버드나무가 아름다운 곳이다. 두 사람은 양류사(楊柳詞)를 주고 받으며 사랑을 시작한다. 그러나 운명은 얄궂어 만남을 기약한 날에 난리가 일어나고, 양소유는 산으로 피신을 한다. 결국 진채봉과 양소유는 서로의 얼굴만을 가슴에 품은 채 기약 없는 이별을 한다. <구운기>는 진채봉이 양소유에게 양류사를 전할 때의 심리와 책략을 구체적으로 서술하고 있다. 진채봉은 평소 자신의 재주에 걸맞은 기남자를 바라고 있던 차였다. 그래서 양소유를 보자 스스로 천거할 계책을 세운다. 그녀는 양소유에게 자신의 존재를 알리기 위해 화답시를 짓는데, 주목할

뜻을 돌리고 스스로 정경패와 동렬부인이 되고, 심지어 항렬을 정경패의 아래에 둔다. 심요연과 백능파 또한 <구운몽>에서와 같이 각각 변방의 자객과 동정용왕의 딸로 양소유의 영웅적 모습에 감복하여 기꺼이 그의 첩실이 된다.

것은 화답시를 지어 양소유 앞에 떨어뜨릴 때의 신중함이다. 진채봉은 행여 소유가 아닌 다른 사람이 자신의 시를 주울까 염려하여 낙관을 하지 않는다. 이는 타인에게 자신의 신분을 노출하지 않기 위한 것이다. <구운기>에서 채봉이 '규중처녀라 스스로 천거할 수도 없고 직접 만날 수도 없기'에 차선으로 화답시를 지어 양소유가 서 있는 길 위에 던진 것은 <구운몽>에서 '양소유의 이름과 거처를 알지 못하기 때문에 부모에게 먼저 아뢴 후 중매를 보내면 시일이 걸려 성사될 수 없을지도 모른다.'고 여기고 스스로를 중매한 것과는 다르다. <구운기>에서는 전작에서 진채봉이 유랑을 보내 객사로 직접 찾아가 양소유에게 자신의 뜻을 전달하게 한 매력적인 당돌함도 사라졌다. 진채봉은 행여 '소유가 주워 본다면 연분이 맺어질지도 모른다.'는 조심스러운 태도를 보일 뿐이다.

진채봉의 신중함은 스스로 규범을 내재화하는 모습으로 이어진다. 진채봉이 내재화한 규범이란 다름 아닌 절개이다. <구운몽>에서 소유는 진채봉의 유랑을 통해 채봉에게 다음날 찾아가겠다는 뜻을 전한다. 그 약속은 구사량의 난으로 어그러졌으나 채봉은 소유가 자신의 뜻을 받아들이고 인연을 맺는 데 합의했음을 알기에 양소유를 위해 절개를 지킬 명분을 갖게 된다. 그러나 <구운기>는 시를 주운 소유가 채봉에게 어떠한 의사표시도 하지 못한 상태에서 난리가 일어나도록 하였다. 양소유가 자신을 받아들일지 거절할지 모르는 진채봉에게 양소유를 기다릴 명분은 존재하지 않는다. 굳이 명분을 만든다면 그것은 채봉이 양소유에게 자신의 마음을 드러내 보였다는 것뿐이다. 단지 마음을 내보였다는 이유로 일생을 양소유에게 구속시키며 평생 절개를 지키겠다고 다짐하는 태도는 자신을 얽는 규범을 스스로 강화하는 것이다. 진채봉은 더 이상 이전의 당돌하고 발랄했던 첫사랑 연인이 아니다. <구운기>의 작가는 채봉을 규범에 스스로를 가두는 인물로 만들어버렸다.

　발랄함이 사라진 것은 진채봉만이 아니다. 뛰어난 시재로 선비들을 우롱하며 자신이 직접 연분을 선택했던 계섬월도 이전에 보였던 생기를 잃고 말았다. 진채봉과 헤어진 다음해 다시 과거를 보러 나선 양소유는 낙양을 지나다가 천진교 주루(酒樓)에서 열린 모꼬지에 참석한다. 그 모임에서 유생들의 시를 평하는 낙양의 명기 계섬월을 만나게 되고, 양소유의 시는 계섬월의 노래가 되어 두 사람의 인연이 이루어진다. 양소유와 계섬월의 인연은 <구운기>에서 주목해야 하는 부분이다. 전작에서 두 사람은 만난 그날로 운우지정을 맺는다. 그러나 <구운기>의 계섬월은 양소유에게 자신의 몸을 허락하지 않는다. 이는 지금 당장 양소유를 따를 수 없는 상황이기에, 후일 양소유가 자신을 찾을 때까지 몸을 깨끗이 하여 스스로 결백함을 증명하기 위해서이다. 양소유는 이러한 계섬월의 말이 논리적이고 사려 깊다고 탄복한다. 그리고는 더 이상 강요하지 않는다.[13]

　계섬월은 기녀이다. 향공(鄕貢)과 역승(驛丞)을 했던 아비가 죽자 반장(返葬)할 돈을 마련하기 위해 스스로 창가(娼家)에 몸을 팔았다. 기녀는 일반적으로 육체에 대해 자유롭다. 육례를 갖추어야 몸을 허락하는 사녀와는 다른 기준이 적용되는 계층이다. 육체가 예에 앞서는 것이 그들에게는 하등 문제가 되지 않는다. 그런데 계섬월은 자신이 선택한 양소유에게 훗날 육체적 결백을 인정받기 위해 첫날밤 운우지정의 욕망을 절제한다. 그녀가 인정받고 싶은 '육체적 결백'이란 다름 아닌 지조이다. 물론 기녀라고 하여 지조를 지키지 않는다는 뜻은 아니다. 기녀의 지조는 일반적으로 첫날밤의 결연 이후 스스로 절제하는 형태를 띤다.[14] 그

---

13) <구운기>, 6회, 83~83면.

럼에도 <구운기>의 계섬월은 왜 평생을 의탁할 양소유에게 육체적 결
백을 인정받고 싶었을까. 그녀가 말하는 육체적 결백이란 무엇인가. 이
것은 계섬월이 추구하는 바가 단순히 남녀 두 사람만의 범주에 국한되
지 않음을 의미한다. 섬월이 기약하는 훗날이란 바로 자신이 양부(楊府)
로 들어가는 날이다. 즉 양소유의 첩이 되는 날인 것이다. 여러 계층의
여인이 첩이 될 수 있는데 그 가운데 기생첩은 천첩에 해당한다.15) 노비
와도 같은 대접을 받는 기생첩은 그만큼 많은 혐의를 지닌 존재이다. 여
러 사람에게 노출이 되기 쉬운 기생이라는 신분이 이미 그러한 혐의를
내재하고 있다. 그렇기에 양부로 들어가는 날, 오로지 양소유 한 사람에
게만 자신을 허락했다는 증거가 필요한 것이다. 대개의 사대부 남성들이
'후사를 잇기 위함'을 명분으로 삼아 첩을 들이는데,16) 이때 후사란 당연
자신의 순수혈통이어야 한다. 혈통에 혐의가 있다면 그것은 첩으로 설
최후의 근거지를 상실하는 것이다. 계섬월이 운우지정을 포기한 것은 사
대부가 여인들보다 더 강도 높게 자신을 규범화시키지 않을 수 없었던
기생첩의 모습과 연결된다.

기생첩의 모습은 하북의 명기 적경홍에게서도 발견된다. 양소유는 하
북 절도사의 반란을 평정하고 돌아오는 길에 계섬월의 천거로 적경홍과
인연을 맺는다. 남장을 하고 따라와 양소유와 지기가 되고, 남장을 한
채 계섬월과 손을 잡고 수작하는 모습을 보여 양소유로 하여금 의구심
을 갖도록 만들기도 하며, 소유가 잠든 틈에 계섬월과 잠자리 바꿈을 함

---

14) 표면적 주제를 '열'로 파악하는 <춘향전>의 열녀 춘향이도 禮 이전에 몸으로 이도령
   과 약속을 한다. 절개는 그 후의 문제이다.
15) 황수연, 「조선후기 첩과 아내-은폐된 갈등과 전략적 화해」, 『한국고전여성문학연구』
   12, 2006, 356~365면.
16) 황수연(2006), 앞의 논문, 352~356면.

으로써 양소유를 당황하게 하는 설정은 전작의 적경홍이 갖춘 기녀로서의 생기발랄함을 보여준다. 그러나 <구운기>의 적경홍은 계섬월의 천거로 양소유를 만나 자신의 내력을 말하고 평생 소유를 따르겠다고 약속하지만, 몸만은 허락하지 않는다. 이는 창루에 몸을 의탁한 지 3년 동안 순결을 지켜온 경홍이 '당장 소유를 따라가지 못하는 상황이기에 훗날 온전히 결합할 때 혐의를 없게 하기 위해서'인 것이다. 계섬월과 적경홍 모두 첫날의 인연맺음을 사양하도록 변모했다는 사실이 <구운기> 개작의 중요한 지점이다. 기녀가 '훗날 온전히 결합할 때'를 위해 혐의를 없게 하고자 함은 육체적 욕망에 앞서는 더 큰 욕망이 그녀들 내면에 존재함을 보여주기 때문이다. 이는 다름 아닌 기녀 신분을 벗어나 양소유의 첩이 되는 것이다. 기녀는 양소유와 대등한 사랑을 나눌 수 있는 연인이지만 첩은 한 집안의 구성원이 되는 것이다. <구운몽>에서는 스스로 첩이 될 것을 인정하고 현숙한 정경패를 천거하는 정도만으로도 계섬월은 양부의 일원이 될 수 있었다. 그러나 <구운기>는 강화된 규범으로 그녀들의 육체적 결백을 강제한다. 육례를 갖추기 전에 육체를 허락하지 않는 현숙함을 기생첩들에게도 요구하는 것이다. 전작에서는 명분만 처첩일 뿐 기실 낭만적 연인으로서의 개성을 버리지 않았던 여성 인물이 <구운기>에서는 철저한 위계와 도덕적 결백을 준수하는 가문의 일원이 된다. 특히 기녀들은 처첩의 위계에 들기 위해서 자신들의 생래적 혐의를 씻어야 했다. 기녀에게 주어진 세상의 혐의에서 양소유도 자유롭지 않다. 그가 계섬월과 적경홍의 말을 듣고 첫날밤의 인연을 훗날로 미루고 있음이 이를 반영한다. 여러 가지 그럴 듯한 명분에도 불구하고 남성이 첩을 들이는 것은 생물학적 욕망 즉 육체적 욕망 때문이다. 그럼에도 <구운기>가 양소유로 하여금 자신의 육체적 욕망을 절제하고 계섬월과 적경홍의 육체적 결백을 칭찬하도록 한 것은 작가가 계섬월과 적경홍의 인물형상에 변화를 가한 의도가 무엇인지 짐작하게 한다.

8선녀의 인물형상에서 변개가 보이는 부분은 제2계층에 집중되어 있다. 몰락한 양반이나 중인 혹은 양인의 딸이었다가 궁녀와 기녀가 된 진채봉·계섬월·적경홍이 개작의 주 대상인 것이다. <구운기>는 전작에서 이들이 지녔던 생기발랄함을 절제하고 스스로를 규범화시키는 인물로 바꾸었다. 이는 궁녀나 기녀 신분에 대한 세상의 혐의를 반영한다. 이들 신분이 한 가문의 구성원으로 편입되는 것은 쉽지 않다. 그들은 일반 양반가 여인들보다 더 철저히 자기검열을 거쳐야 가문의 구성원이 될 수 있는 것이다. <구운기>의 작가는 일견 진채봉·계섬월·적경홍이 아무런 혐의 없이 양부(楊府)에 편입될 수 있도록 호의를 베푼 듯 보인다. 그러나 사실은 그녀들을 자신의 욕망을 절제하고 규범을 내면화하는 인물로 바꿈으로써 <구운몽>에서의 자유로움을 꾸짖고 있다. 더 이상 그녀들은 양소유의 낭만적 연인이 아니다. 그녀들은 스스로 위계질서에 편입되어 처첩의 분의를 지키는 정숙한 부인이 되었다. <구운기>는 개작을 통해 기생첩까지도 철저히 규범적 순수성을 인정받아야 가문의 일원이 될 수 있다는 작가의식을 드러내고 있다.17)

---

17) 제2계층에 속하는 궁녀와 기생에게 보다 엄격한 규범을 강요하는 것은 그들이 지니는 신분상의 경계성 때문일 것이다. 이들의 경계성은 단순히 양반과 천민 사이라는 의미가 아니다. 현실적 위계에서는 양반가 여성의 하위에 있지만 애정에 있어서는 그들 위에 설 수도 있는 존재라는 점에서 이들의 경계성은 위험을 내포하고 있다. 심요연과 백능파는 양소유와 만난 첫날 육체적으로 결합한다. 백능파의 경우 처음에 자신의 몸에 비늘이 있어 부끄럽고 남해왕의 아들이 언제 쳐들어올지도 모르는 상황이기에 양소유와 동침할 수 없다고 사양하였다. 그러나 양소유는 계섬월 때와는 달리 백능파의 뜻을 꺾고 인연을 맺는다. 변방과 이계의 존재는 최하층으로 분류되고, 혈통적으로 상층을 넘보거나 섞일 수 없는 뚜렷한 표지가 있기에 작가는 오히려 이들을 경계의 대상에 넣지 않고 그들에게 규범에서 자유로울 수 있는 관대함

2) 여성연대의 지음(知音)에서 가문연대의 지음(知音)으로

진채봉·계섬월·적경홍이 보다 엄격한 규범을 내면화하게 된 이유가 양부(楊府)에 편입되기 위한 것임을 앞서 보았다. 궁녀나 기생으로 최고의 벌열 가문에 편입되고자 하는 욕망은 당연하다. 양반에게는 물론 때로는 일반 백성에게조차 천시를 받는 기생에게 벌열가의 첩이 되는 것은 인생의 목표일 수 있다. <구운기>에서는 이들뿐만 아니라 최고 권력층에 속하는 정경패와 난양공주, 그리고 변방과 이계 출신인 심요연과 백능파까지 8사람 모두가 양부(楊府)의 사람이 되고자 한다. 그리고 그들은 자신들의 뜻대로 양부의 일원이 되어 같은 공간에서 만난다. <구운기>는 이들이 양부에서 살아가는 이야기를 확대해 보여주고 있다. 이들이 생활하는 양부는 황제가 영양공주와 난양공주를 위해 지어준 곳으로 일명 '공주궁'이라 불린다. 양부라는 실제 위에 공주궁이라는 명분을 더한 것은 어떤 의미인가. 이는 이곳이 여성의 공간으로 이미지화되고 있음을 의미한다. 여성의 공간이란 일견 여성이 주체가 되고 그들의 권리가 보장되는 곳으로 인식되기 쉽다. 물론 공주궁의 8부인은 자신들이 주체가 되고 협력자가 되어 집안의 대소사를 치른다. 그러나 이때의 주체성은 여성인물 개인의 인간적 가치를 구현하기 위한 것이 아니다. 이는 양부(楊府)의 번영을 위한 것으로 8부인은 스스로 양부의 가치를 내면화하고 이를 위해 자발적 연대를 형성한다.

8부인의 연대는 두 개의 사건에서 크게 부각된다. 하나는 대부인 유씨의 수연(壽宴)이고 다른 하나는 8부인의 교양생활이다.

을 베푼 것이 아닌가 한다.

왕모가 사는 珠宮貝闕은 요지의 가에 있다. 요지의 북쪽에는 세 개의 큰 殿閣이 있는데 중간의 것을 碧桃, 동쪽의 것을 靑), 서쪽의 것을 石鱗이라 한다. 세 전각은 전부 물건에 따라 이름 지은 것이다. 碧桃樹는 서지의 남쪽에 있는 것으로 높이가 거의 팔천 길이나 된다. 세상에서 말하기를 蟠桃의 씨가 땅에 떨어져 3천 년이 되어야 싹이 트고, 또 3천 년이 되어 꽃이 피고, 또 3천 년이 되어 열매를 맺고, 또 다시 3천 년이 되어야 비로소 익어 익기까지 모두 1만 2천 년이 걸린다고 한다. 큰 전각이 중간에 우거져 玲瓏함이 下界에서는 비할 바가 없다. 불가의 婆羅 廣寒殿의 丹桂나 夫三島의 珠林瓊樹도 오히려 미치지 못한다. 요지의 瑤水가 그 나뭇가지와 잎에 젖어들면 꽃봉오리가 玉의 精華를 띠어 신선의 나무에 유일한 冠이 된다. 그것이 맺은 반도를 하나만 먹어도 壽命이 하늘과 같으며, 만약 세 개를 먹으면 능히 만겁을 더 살 수 있다.

해마다 3월 초사흘 왕모의 성탄에 蟠桃宴을 열어 祝壽하는데, 다만 佛菩薩, 도조, 天尊, 상제 그리고 여러 大仙들만 청한다. 다른 仙官, 仙吏, 여러 섬이나 마을에 흩어져 있는 신선이나 斗牛宮의 二十八宿는 이 반도연에 참석할 수 없다. 때문에 東方朔은 매년 가만히 와서 반도를 훔쳐 먹었다. 그런데 올해는 벽도 번성해서 종전의 배가 열렸다. 그래서 흩어져 있는 여러 신선과 列宿들이 많이 청함을 받아 만겁 이래 가장 큰 잔치가 되었다. 이날 불조, 仙眞, 星官이 차례로 다 모였는데, 오직 상제가 뒤에 왔다. 멀리 바라보니 鸞車를 雍容해 오는데, 綠瓊輦을 부리고 紫雲盖를 펼쳤으며 星幢이 앞에 있고 羽葆가 뒤에서 옹위하고 있다. 먼저 도착한 신선들은 恭恭敬敬해서 멀리까지 나가 몸을 굽혀 맞이했다. 상제는 여래불조와 삼청도조를 동서향으로 마지하고, 여러 보살들은 동쪽에 서고 상제는 남향했다. 왼쪽은 昭位로 현무태제 이하 천존이 자리하고 오른쪽은 穆位로 靑華帝君 이하 모든 眞人이 자리했다. 서쪽에 남향해서 홀로 앉은 이는 南海大王이요, 북향한 두 자리에 왼쪽은 斗老天尊이요, 오른쪽은 九天玄女이다. 동향한 맨 윗자리는 鬼母天尊이 차지하고, 서향한 맨 윗자리는 天孫織女가 차지했다. 그와는 太美左夫人, 九

華安妃, 昭靈夫人, 觀香夫人, 月殿嫦娥, 南岳衛夫人, 魏元君, 許飛瓊, 段安香, 何仙姑, 麻姑, 樊夫人, 王太眞, 阮靈華, 周瓊英, 鮑道姑, 吳彩鸞, 百花仙女 등이 걸어서, 바람을 타고, 또는 불의 수레로 앞서거니 뒤서거니 해서 서지에 도착했다. 예를 행하고는 각각 축수하는 예물을 바치니 시종이 일일이 받았다. 왕모는 중간에 자리하고, 그 옆에 반도를 쌓아두고 하나씩 주는데, 상제와 삼청도조에게는 둘씩, 오직 석가여래에게는 세 개를 주었다. 곁들여 交梨, 火棗, 雪藕, 氷桃도 주었다. 하늘 푸주간의 성찬과 玉府의 신선술에다가 신선의 음악이 있으니 구름은 멎고 바람이 고요했다.18)

<구운기>는 1회 첫머리에 상당한 분량을 할애하여 서왕모의 요지연 장면을 삽입하였다. 서왕모는 화려하고 웅장한 궁궐에 살면서 먹으면 만겁을 살 수 있는 반도수를 가지고 있다. 그녀는 해마다 자신의 생일날 모든 대선(大仙)들을 초청하고 그들에게 반도를 나누어 준다. 그녀의 초청에 찾아오는 이들은 불보살, 도조, 천존, 상제 등의 대선으로 모두가 서왕모의 부름에 응하여 하례를 한다. 특히 올해는 여느 해와 달리 반도가 종전의 2배나 열렸기에 대선 아래의 여러 신선들도 그 잔치에 초대되었다. 그렇기에 이번 잔치는 유독 규모가 크고 번화한 것으로 그려지고 있다.

이 부분에 삽입된 서왕모의 요지연 장면은 중국 소설 <경화연>과 <서유기>의 영향으로 이루어진 것이다. <구운몽>에서도 서왕모에 대한 언급이 잠시 나온다. 가춘운이 자각봉에서 양소유를 처음 만났을 때 자신을 요지 왕모의 시녀라고 소개하는 부분이 그것이다. 그런데 <구운기>는 가춘운의 신분을 '왕모 낭랑의 시아'라고 하여 서왕모의 시녀임을 밝히고 있는 것 외에 별도의 장을 마련하여 서왕모 이야기를 확대하였

---

18) <구운기>, 1회, 10~12면.

다. 사실 서왕모 요지연은 중국뿐 아니라 우리나라에서도 익숙한 화소이다. <숙향전> 등 문학작품에서 쉽게 확인할 수 있는 것은 물론 조선 후기 이후에는 그것을 그린 <요지연도>가 널리 유행하였다. 작가의 국적이 어디이든 서왕모 이야기는 낯선 것이 아니다. 주의할 것은 서왕모 이야기를 왜 확대 삽입했는가에 있다.

서왕모의 요지연은 원시적 축제의 성격을 지닌다. 서왕모는 중국의 가장 서쪽 곤륜산에 산다고 하는 고대 동아시아 신화 세계의 중심 인물이다. 최초의 동양 신화서라 할 수 있는 『산해경』에서부터 등장하니 그 기원이 오램을 알 수 있다. 서왕모의 주된 업무는 생명을 관장하는 것이다.[19] 위 장면에서도 여러 신들에게 반도를 나눠주고 있는데, 이에 생명의 기원으로서의 서왕모 이미지가 드러나 있다. 그러나 <구운기>의 작가는 서왕모 요지연을 차용함에 있어서 왕성한 생명력이나 원시적 축제의 에너지보다는 그 웅장하고 화려함에 착안하였다. 요지연의 규모가 다른 때에 비해 2배 이상이나 된다는 설정은 이를 반영한다. 신들의 잔치로 대표되는 요지연, 그것의 거대한 규모는 인간 세상의 어떠한 잔치에 비할 바가 아니다.

瑤池會上	요지연 반도회에
我伴伴風列	나, 양양하게 참여하였네,
花亭景物	화정의 경물에
君且有容光	임, 빛을 내며 서 계시구나.[20]

---

19) 정재서, 『이야기 동양신화』, 김영사, 2010, 78~90면.
20) <구운기>, 26회, 330면.

대부인 유씨의 생일 잔치에 맞추어 양소유를 찾아온 계섬월이 유씨의 수연(壽宴)을 축하하며 부른 노래이다. 요지연은 <구운기> 첫 회에서 나온 이후 서사에서 자취를 감추었다. 그렇기 때문인지 기존연구에서는 요지연 장면이 <경화연>에서 차용된 화소라는 점 외에 어떠한 서사적 기능을 갖추고 있는지 언급하지 않았다. 서사적 맥락에서 본다면 첫 회의 요지연은 다소 뜬금 없는 설정일 수도 있다. 그러나 요지연 반도회는 유부인 수연(壽宴)에서 계섬월의 입을 통해 다시 등장한다. 대부인 수연(壽宴) 날은 계섬월이 처음으로 양부(楊府)를 방문한 날이다. 즉 수연(壽宴)이 만들어낸 이미지는 그녀가 본 양부(楊府)의 첫인상인 것이다. 그녀가 본 양부(楊府)의 잔치는 인간 세상의 잔치에 비할 수 있는 바가 아니다. 그래서 그녀는 자신이 참여하게 된 이곳을 요지연 반도회에 비유한 것이다. 그리고 그 중심에 빛나는 모습의 양소유가 있음을 보게 된다. 작가는 서왕모의 생일연인 요지연이 갖는 웅장함과 화려함을 차용하고 그것을 가문의 이미지와 결부시킨 후 그 위웅을 이제 막 가문의 일원이 된 계섬월의 자부심에 찬 눈으로 보게 한 것이다.

유씨의 수연(壽宴)은 서왕모 탄신잔치를 차용하여 만든 것이다. 잔치가 만들어낸 이미지는 곧 양부(楊府)의 이미지가 된다. 잔치는 양씨 가문의 번영과 안정을 상징한다. 모부인의 생일연이 양소유의 공명성취 이후 공고해진 가문의 위상을 대내외에 드러내는 역할을 하기 때문이다. 최고 반열의 승상과 공경대부들이 찾아와 하례하고 더구나 황제와 태후도 잔치 물품과 이원악 및 채단(綵緞)과 주패(珠佩) 등 수많은 하례품을 보내어 축하한다. 이 모습은 말 그대로 "일문은 영광으로 빛나고 동산 안은 고악소리에 하늘이 진동하며 춤추는 소매자락은 구름을 뒤엎을 듯"[21]한

---

21) <구운기>, 25회, 327면.

형상이다. 잔치는 가문의 권위를 드러내는 방식이다. 잔치를 통해 가문의 위상을 높이고자 함은 가문의식을 고양하려는 의도에서 비롯된다. <창선감의록> 등 가문소설의 성격을 지니는 작품의 대개가 결말에 대부인의 생일연을 배치하고 있는 것도 이러한 의도 때문이다.

> 영양이 말했다.
> "오늘이 그믐이라 太太의 壽辰이 며칠 남지 않았습니다. 온 집안이 禮物壽單을 마련하고 잔치를 준비해야겠습니다. 이것이 바로 우리들이 해야 할 제일 첫 번째의 孝敬인데 어찌 妹妹와 더불어 의논하지 않겠습니까."
> "저도 지금 이 일을 위하여 저저를 따라 왔습니다. 지금 아직도 며칠의 여유가 있으니 예물은 우리들 각자가 마땅히 자기 나름대로 하여 효성을 표하도록 하는 게 좋겠습니다. 당일 손님 청하는 일, 잔치 베푸는 일, 놀이를 구경할 곳 등을 어떻게 해야 할지 잘 모르겠습니다. 춘랑으로 하여금 살펴서 하도록 하는 게 좋겠습니다. 한 가지 일이라도 差錯이 없도록 해야 할 것입니다."[22]

유부인의 생일연은 단순한 잔치가 아니라 가문의 안정과 번영의 상징임을 앞서 보았다. 그러나 여기서 주목할 것은 생일연을 통한 가문의식 고양뿐이 아니다. 잔치는 가문구성원 특히 여성인물들의 연대의 성격을 확인하는 계기로 작용한다. 이는 <구운기>가 생일연의 준비과정을 새롭게 마련한 이유이기도 하다. 유부인 생일연은 그 성격상 일점 하자가 있어서는 안 된다. 가문의 구성원은 모두가 완벽한 생일연을 위해 합심해야 하고 연대를 공고히 해야 한다. 잔치 준비의 중심에는 8부인이 있다. 8부인은 대부인의 생일연을 마치 공동으로 추구해야하는 최고의 것

---

22) <구운기>, 25회, 326면.

즉 '공동선'으로 인식하며 일심단결한다. 황태후의 딸인 난양공주에서부터 정경패의 몸종이었던 가춘운까지 그 신분의 고하를 막론하고 그들은 대부인 생일연을 차착 없이 준비하는 것을 첫 번째 효경(孝敬)으로 손꼽고 있다. '한 가지 일이라도 차착(差錯)이 있어서는 안 된다.'는 말 속에는 이들이 이 일에 어느 정도의 가치부여를 하는지 알 수 있다. '일의 절차에 차착이 없다'는 것은 단지 실수를 경계하는 말이 아니다. 일을 준비하는 부인들의 마음이 일치되어야 함을 의미하는 것이다. 8사람이 한 마음이 되지 않으면 의사전달에 차질이 생길 것이고 그 결과 잔치를 준비하는 절차에도 문제가 생길 것이기 때문이다. 결국 생일연의 완성은 8사람의 완벽하고 공고한 연대 하에서 가능한 것이다. 부인들의 연대, 이것은 여성들을 위한 연대가 아니라 생일연의 완성을 위한 연대이다. 즉 가문의 번영과 위상을 위한 연대인 것이다.

　8부인은 지음이며 자매애로 맺어진 관계이다. 그러나 이들의 자매애는 그 성격이 전작과 다르다. <구운몽>에서는 평등한 여성연대를 지향한 자매애였다면, <구운기>에서는 가문을 위한 연대의 성격으로 바뀐 것이다. 앞서의 생일연에서 보인 8부인의 연대가 이것을 확인하게 한다. 8부인의 연대는 생일연뿐 아니라 여성들의 교양생활에서도 나타난다. 8부인의 교양은 수연(壽宴)과 더불어 가문의 번영과 안정을 나타내는 표지로 기능한다. 여기서 교양이란 문화활동의 의미를 넘어 부덕(婦德)을 포함하는 것이다. 이들 연대가 추구하는 부덕은 처첩간의 조화로운 생활이다. 처첩의 조화는 가문을 위태롭게 할 수 있는 위험요소를 제거하는 작업이다. 이들은 가문을 위해 개인적 욕망을 절제하고 조화로운 관계를 모색한다. 즉 처는 투기하지 않고 첩을 포용하며 첩은 위계질서에 순종하고 참람한 행동을 하지 않는다.

대부인의 생일연이 한창 무르익을 무렵 양소유의 새로운 여인들, 계섬월과 적경홍이 찾아온다. 이들은 기생출신으로 소유가 첩으로 맞이한 여인들이다. 모친 유부인은 진채봉과 가춘운이 잉어로 있는데 또 다시 바깥사람을 맞아들이는 것에 대해 꾸짖는다. 이때 난양공주는 "승상의 지위 공후에 계시고 공후로 일찍이 삼처육첩(三妻六妾)도 보통 있는 일이라 일컫습니다. 하물며 전날에 서로 상종하기를 허락하고, 오늘 또 문에까지 이르렀으니 어찌 다른 의논이 있겠습니까."23)라며 너그러운 도량을 보인다. 영양공주 또한 난양에게 "계랑은 일찍이 잘 아는 바입니다. 품모가 수려하며 총명하고 지혜롭기가 보통이 아니라, 창루의 인물과 비교해 이야기할 수가 없습니다."24)라고 하여 그 말을 돕고 있다. 이에 유부인도 지는 척 계섬월과 적경홍을 받아들인다.

남편의 첩을 포용하는 두 공주의 모습에 개인적 욕망은 전혀 존재하지 않는다. 오히려 공후라면 3처6첩도 허용할 수 있다고 말함으로써 축첩을 남편의 위상 곧 가문의 위상을 나타내는 표지로 인정하고 있다. 영양공주가 계섬월을 옹호하며 다른 창기들과는 다르다고 말한 것도 그녀 개인의 인격에 대한 칭송이라기보다 가문의 일원으로서의 자격을 언명한 것이다. 이처럼 두 공주가 보여주는 부덕은 기생첩을 인격적으로 대우하기 위해서라기보다 가문을 위해 하층의 첩들을 포용하여 한 팀으로 만드는 과정에서 발현된다. 8부인 사이에는 계층적 위계가 존재하지만, 동시에 이들이 한 가문의 일원이 되는 순간 이들은 양부(楊府) 이외의 사람들을 타자화하는 동질의식을 획득한다. 이것이 8부인을 묶어주는 힘이며 그녀들의 지음적 자매애을 형성하는 바탕이 된다.

---

23) <구운기>, 25회, 328면.
24) <구운기>, 25회, 329면.

8부인의 연대의식은 유사한 수준의 문예교양을 획득하고 향유하는 데서도 드러난다. 마치 '양부의 사람이라면 이 정도는 되어야지.'라고 말하듯 부인들의 문예교양 수준은 8명이 큰 차이를 보이지 않으며 양소유를 비롯한 사대부 남성에게도 버금간다. 영양공주는 친정집에서 보내온 소주(蘇州) 신눈다(新嫩茶)라는 차를 마시며 차에 대해 수준 높은 평을 한다. 난양공주는 여러 부인들을 불러 모아 미인시를 주제로 시회를 주관한다. 여러 부인이나 가족들이 모여 앉아 차를 마시거나 시회를 여는 것이 사대부가 여성들의 교양수준을 드러내는 생활문화의 하나임은 조선후기 생활사에도 적지 않게 발견된다. 즉 여성의 교양에 대한 요구는 가문의 품격과도 관련이 있는 것이다.[25]

<구운기>의 8부인이 소망하거나 혹은 그들에게 요구되는 교양은 처첩이 하나가 되는 방식이며 또한 양소유를 비롯한 집안의 가장들과 함께 어울려 화창할 수 있는 수준이다. 영양공주는 다른 처첩을 불러 모아 차를 마시며 다론(茶論)을 이야기한다. 그녀의 다론은 그 부친 정사도가 지은 『다계(茶誡)』에 대한 완전한 이해에 기초한 것이다.[26] 난양공주의

---

25) 대표적인 사례로 홍석주 집안을 들 수 있다. 洪原周(1791-?), <聯句>, 『幽閒堂詩集』, 『朝鮮朝女流詩文全集』3, 316~317면. 이 시는 조선 후기의 여류시인 洪原周가 1809년경에 지은 것이다. 이 시에는 홍원주 자신 외에 관찰사를 지낸 아버지 足睡堂 洪仁模와 여류시인인 어머니 令壽閤徐氏, 조선후기 대학자인 오라비 洪奭周와 洪吉周, 그리고 淑善翁主와 혼인하여 정조의 부마가 된 남동생 永明尉 洪顯周가 등장한다. 한 가족이 모여 시회를 열고 그 자리에서 공동으로 시를 창작하는 모습, 시와 술과 차 그리고 거문고가 어울어진 화목한 사대부 가정의 하루 저녁이 그 집안의 풍격을 드러낸다. 이들의 모습이 당대 양반 가문을 대표하지는 않더라도 당시 수준 있는 가문에서는 가족들이 모여 차를 마시고 그것을 품평하며 함께 시를 지을 수 있는 생활이 존재했음을 알 수 있다. 이것은 지체 있는 집안의 여성들에게 그것에 걸맞은 교양이 하나의 이상처럼 존재하고 요구되었음을 의미한다.

26) 진숙인이 말했다. "낭랑께서는 육경에 茶자가 없음을 기억하고 계실 것입니다. 외국에는 이 물건이 적기 때문에 名目이 흐릿함이 없습니다. 이제 사도 대인께서 이미

시회에도 8부인이 모두 참석한다. 이 시회는 앞서 양소유가 벗들과 낙유원에서 벌인 시회의 수준에 버금가는 것이다.27) 8부인은 자신들끼리의 시회(詩會) 이후, 다시 양소유와 함께 소화(笑話)를 이야기하는 자리도 마련한다.28) 8부인이 갖추고 있는 교양은 가문이 요구하는 일정 수준의 문예 취향으로, 부인들끼리는 물론 가장인 양소유와도 함께 향유할 수 있는 수준의 것이다. 이는 교양생활을 통해 형성된 여성들 간의 지음 관계가 가문의 번영을 완성시키는 요소로 기능하고 있음을 드러낸다. 이처럼 <구운몽>에서 보였던 평등한 여성연대적 지음 관계는 이제 가문구성원의 자격을 획득한 이들이 추구하는 가문연대적 지음으로 변모하였다. <구운몽>의 8부인은 모두가 같은 근본, 즉 8선녀로서의 평등한 관계를 지향하거나29) 가부장적 중심담론에 대항하며 여성의 욕망을 드러

저작하신 바 있으니 낭랑께서는 반드시 깊이 아실 것입니다. 그것을 한둘 이야기하셔서 저희들로 하여금 그 대략을 알게 해 주십시오." <구운기>, 31회, 400면.

27) "무릇 시란 寫景이나 詠物을 물론하고 앞 사람들이 이미 다 읊은 것이니 과거를 본뜬다는 것이 새롭고 기이함이 없는 것입니다. 일찍 들으니 승상께서 낙유원에서 시를 짓는데, '菊'으로 실제로 하고 虛字, 問, 憶, 種 등의 글자로 열두 가지로 만들어 읊어 옛사람의 낡은 투에 빠지지 않았다 합니다. 이제 우리고 이 예를 따라 한 개의 실제에 한 개의 허자 景을 더 보태면 앞사람들의 낡은 투를 면할까 합니다. 이러면 흥취가 있지 않겠습니까?" <구운기>, 32회, 414면.

28) 일가친척이 모인 제삿날, 자녀들이 짓다 그만두었던 <소씨명행록>을 형제 숙질이 함께 앉아 도와주며 완성했다는 李匡師(1705~1777) 가족의 이야기도 상층가족의 공동문예향유 취향을 보여준다.

29) 정길수는 <구운몽>을 사대부 중심의 '보편주의'가 적용된 작품으로 보며 정경패와 난양공주의 평등한 관계는 이를 반영한 것으로 보았다. 또한 나머지 6부인에게도 보편주의가 적용되는데, 정경패가 선두에 서서 여덟 여성의 신분 차이를 허물어뜨리고 모두가 같은 근본을 가진 평등한 존재임을 선언하는 장면이 이 때문에 필요하다고 하였다. 사대부가의 여성이 공주와 대등하거나 우월하고, 나머지 6명의 여성까지도 평등한 존재로 인정하는 생각은 8부인이 모두 8선녀의 화신이라는 설정 덕분에 큰 저항감 없이 받아들일 수 있게 된다는 것이다. 정길수,『구운몽 다시읽기』, 돌베개, 2010, 84~85면. 그러나 <구운몽>의 보편주의 이면에도 차등의 질서가 존재하고 강

내는 주변부의 목소리로 기능하는[30] 연대를 형성했다면 <구운기>의 8 부인은 가문내 위계를 준수하고 본분을 지키는 연대, 가문의 질서 즉 가부장적 질서에 종사하기 위한 연대를 형성한 것이다. 8선녀는 사라지고 온전히 8부인만 남은 것이다.

3. 가부장 체제 강화의 논리 : 화론(花論)과 정연(情緣)

<구운기>의 8부인은 규범화된 모습을 보이고 있고, 그들 사이의 친밀함은 가문을 위한 연대임을 살펴보았다. 작품을 개작하는 과정에서 인물의 형상이나 인물 간 관계에 모색된 변화는 작가의 의도를 반영한다. <구운기>의 작가는 <구운몽>의 발랄함을 최소화하고 규범적 측면을 강화함으로써 가부장적 질서를 공고히 하고자 한다. 그것을 위해 가부장제에 위협이 될 만한 요소를 견제한다. 작가가 우려하는 요소는 하나로 귀결되지 않는 <구운몽>의 주제 즉 유불도의 서로 다른 세계관이 함께 존재하는 주제적 다양성 가운데, 유교적 규범에 대한 일탈로 이어질 수 있는 원심적 요소들이다. <구운기> 작가의 개작 의도는 작품을 가부장 중심의 질서에 보다 더 충실하게 만드는 것이다. 그 결과 유교적 삶으로 인식되는 몽중의 세계는 확대되고, 후반부의 불교적 깨달음과 각몽 부분은 축소되었다. 무엇보다도 도교적 색채가 짙은 서왕모의 요지연을 일부러 끌어들여 가문창달과 위상을 드러내는 데 기여하도록 한 것에서 유

요됨은 물론이다.
30) 김문희, 「<구운몽>의 중층적 담론 연구」, 『한국고전여성문학연구』10, 2005, 231~266면.

교질서를 수호하고자 하는 작가의식의 공고함을 엿볼 수 있다.

가부장 체제의 논리를 강화하는 데 여성의 자세를 문제 삼고 중시하는 것은 당연하다. 남성 중심의 가부장 사회는 여성들의 희생에 기반하기 때문이다. 가부장적 질서를 지탱하는 여성의 희생이란 기실 자신의 욕망은 절제하고 남성의 욕망만을 합리화하는 것이다. 남성의 욕망 가운데 기본이 되는 생물학적 욕망을 사회 질서로 편입하여 합법화한 것이 축첩제도이다. 축첩 제도는 한 집안에 한 명의 남성과 여러 명의 부인이 동거하는 생활 형태를 만든다. 유교윤리는 이들의 관계를 자연스럽게 군신관계로 치환시킨다. 국가를 보존하기 위해 모든 신하가 한 사람의 임금에게 일심으로 충성을 다해야 하는 것처럼 부인들은 가문을 위해 남성을 중심으로 하나가 되어야 한다. 이때 신하는 자신만을 신하의 반열에 두라고 말할 수 없다. 그러나 신하들 간에는 뚜렷한 품계를 두어 임금을 정점으로 하는 질서가 유지되도록 한다. 즉 남성에 대한 여성의 차등을 위해 여성들 간에 또 다시 차등을 만듦으로써 남성 중심의 질서는 더욱 공고해지는 것이다. 1품과 9품의 분위(分位)가 분명하듯 처와 첩의 분위도 분명해야 한다. <구운기>는 이러한 여성인물들 간의 차등적 질서를 화론(花論)과 정연(情緣)을 통해 합리화하고 있다. 이것이 궁극적으로 가부장제를 강화하려는 장치임은 당연하다.

<구운기>에서 성진은 육관대사의 명으로 천태산 연화봉 아래 남천문 밖 봉래로 가는 갈림길로 내려가서 서왕모의 요지연에 다녀오는 두모천존(斗姥天尊)과 남해대왕(南海大王)을 만나 사례한다. 그리고 남해대왕의 청에 못 이겨 수궁에 가서 술을 마신 후 돌아오는 길에 석교에서 8선녀를 만난다. 그녀들 또한 서왕모의 요지연을 다녀오는 남악(南嶽) 위원군(衛元君)을 기다리며 천태산 연화봉의 경치를 즐기는 중이었다. 길을 빌린다

는 명목으로 8선녀와 수작하던 성진은 그녀들에게 꽃잎으로 명주를 만들어 준다. 그 결과 성진이 인간 세상에 윤회하게 됨은 주지의 사실이다.

그렇다면 8낭자는 어떻게 하여 인세로 내려온 것일까? 왜 전세에서는 동등한 선녀였는데 인세에서는 그 출신이 달라지고 작품 내에서 자처하는 계층 또한 구분이 되는가. <구운몽>은 성진이 육관대사에게 꾸짖음을 받고 인간 세상에 떨어지는 과정에 대해서는 자세히 이야기하지만, 8선녀가 인세에 내려오기까지의 과정에 대해서는 단지 '육관대사가 부처의 깨끗한 땅을 더럽혔다고 위부인에게 알려 명부로 보낸 것' 정도로만 나와 있다.31) 이에 대해 <구운기>는 그녀들이 윤회로 접어드는 과정과 그녀들의 신분이 달라지는 이유를 구체화하고 있다.

부인은 여덟 선아를 불러오게 했다. 여덟 선아는 戰戰兢兢 恭恭敬敬하며 앞으로 나아 왔다. 부인은 호통을 친다.

"너희들은 觀에 있으면서 조심하라 했는데 무슨 일로 산을 쫓아 내려와서 연화봉 석교 위에서 육관대사의 도제와 희롱해서 仙家의 淸淨을 그르쳤는가. 수양한 도리가 이밖에 되지 않느냐?"

하니 여덟 선아는 깜짝 놀라 흰 옷깃을 여미며 붉은 입술을 열어 말했다.

"저희들은 감히 怠慢할 수 없어 원군의 구름수레가 돌아옴을 마중하기 위하여 남천문 밖에서 기다리려고 했습니다. 그래서 연화봉을 지나치다가 봄경치가 아름다워 잠깐 석교 위에서 쉬고 있었습니다. 그런데 그 성진이 갑자기 나타나 다리 아래 앉아서 길을 빌리기를 요구하고 꽃을 꺾어 다리 위에 던졌습니다. 그때 그 꽃이 화하여 여덟 낱의 明珠가 되었습니다. 저희들은 일시에 맑은 광채를 사랑하여 그것을 주워 가지고 곧 길을 떠났습니다. 그런데 어찌 그를 희롱할 리가 있겠습니까?"

"선가의 規範은 오로지 한 마음에 있고 일체의 聲色이나 물건은 사람

---

31) <구운몽>, 1회, 57면.

의 천성을 어지럽게 해서 그것이 한번 마음에서 일어나면 이것이 곧 회룡이다. 너희들은 어찌 이 모양으로 上界를 두려워하지 않고 죄를 지었느냐? 어찌 不老長生에 해가 없겠느냐? 너희들은 선가의 맑은 법을 얻지 못했으니 곧 下界로 내려가 너희들의 情緣대로 해라."

여덟 선아는 원군의 말을 듣고, 가슴을 바늘로 찌르듯이 비통해 嗚咽해 마지않으면서 호소했다.

"저희 제자들은 똑같이 낭랑의 슬하에서 한 덩어리로 자라 와 아직 한 번도 잘못을 저지르거나 애통해 본 적이 없습니다. 하루아침에 제자들로 하여금 어디로 가라 하십니까? 한 번 하계에 내려가면 어찌 다시 낭랑 슬하에 올 수 있겠습니까? 낭랑께서는 제자 여덟 사람의 마음을 널리 이해하시어 再三 용서해 주시기를 빕니다."

말을 잇지 못하고 구슬 같은 눈물을 흘려 내리고 있었다. 그러나 부인은 한마디 말도 하지 않다가 입을 열었다.

"너희들의 마음을 모르는 바는 아니나, 너희들은 결코 선가에 오래 있을 수 없다."

여덟 선아는 슬프게 지껄이면서 백화선에게 호소했다.

"화고낭랑이시어, 십분 主持하시어 우리들을 한번만 살려 구해 주십시오."

"나도 능히 너희들을 塵世에 내려가지 못하게 하지 못한다. 혹 어떤 자가 세상에 내려갈 때 나를 수고롭게 하기는 하나 다 送生眞人의 지시에 따를 뿐이지. 너희들은 내 말을 들어라. 너희들에게는 情緣이 두 가지 있는데, 좋은 인연이 情이고 나쁜 인연이 孼이다. 情緣은 쇠와 磁石과 같아서 만나면 곧 합해진다. 비단 사람이 강제로 갈라놓을 수 없을 뿐만 아니라, 하늘도 능히 합치지 못하게는 못하지. 孼緣은 마치 火石에 대한 쇠와 같아서 격렬하게 합해지기 때문에 孼이라고 말한다. 이는 곧 凡人들이 쉽사리 그 속에 빠지는 거야. 수도하는 仙家의 사람도 切行이 원만해야만 그 밖으로 벗어날 수 있는 것이다. 지금 선아들은 한 점의 어리석고 迷惑됨이 마음 가운데 일어난 때문에 한번 下界에 謫降하는 것을 면할 수 없이, 진세의 정연으로 너희들 갈 데로 가거라.”
　여덟 선아는 대답할 말이 없었다.[32]

　<구운몽>에서 성진의 윤회는 불교의 수행 계율을 어기고 불문을 적막하게 여기는 것에 대한 질책의 성격을 지닌다. <구운기>도 마찬가지이다. <구운기>에서 성진은 남해 수궁에서 술을 마셨을 뿐 아니라 선방(禪房)에 돌아와서도 8선녀의 모습을 잊지 못한다. 더구나 ‘인생은 한 때’라고 하면서 불교의 교리에 대해 회의한다.[33] 이에 대해 육관대사는 ‘진심(塵心)이 한번 일면 만사는 끝’이라며 송생진인(送生眞人)을 시켜 성진을 인간세상으로 내려 보낸다.

　<구운몽>의 육관대사와 위부인은 모두 각자의 제자를 거느리고 남학형산에 산다. 그러나 두 사람의 위계는 차등이 있다. 육관대사가 성진뿐 아니라 8선녀의 적강도 결정했다는 점, 위부인은 단지 그 사실을 통보만 받고 있다는 점에서 대사가 형산의 전체적 주재자이며 위부인보다 높은

---

32) <구운기>, 3회, 39~40면.

33) ‘丈夫로 천지간에 태어나서 孔孟의 글을 힘써 배우고 堯舜 같은 세상을 만나 사업이 당세에 융성해서 이름을 竹帛에 드리우며, 위로 효도하여 부모를 봉양하고, 아래로 室家를 먹여 살려 즐거움을 누리며, 부모를 영화롭게 하고 조상을 빛내며, 마누라에게 加資를 내리게 하고 아이들에게 蔭敍를 베풀게 하고, 侍妾 수백을 거느려 한번 불러 백이 응답케 함이 고금에 호걸이요, 뜻을 얻고 영화를 누림이라. 그런데 어찌하여 불교는 玄冥寂滅을 주로 해서 국가를 버리고 骨肉을 떠나, 비록 능히 上乘의 법을 깨달아 祖師의 法統을 전하고 參禪悟道의 길을 얻는다 하더라도, 마음을 밝히고 天性을 보는 공부가 어찌 五倫을 거슬리고, 이 땅에서 자취를 감추게 하지 않겠는가? 필경에는 인생은 一世요, 草生은 一秋인데 어찌하여 이 바른 길을 버리겠는가? 이는 가까운 것을 버리고 먼 것을 가지려고 하는 것이 아니라고 말 못하리라.’ 이렇게 생각하니 心猿意馬가 일시에 어지럽게 뛰어 마음을 다스려도 더욱 더해서 넋을 잃은 듯 가슴이 두근거려 눈을 감을 수 없고, 또 잠깐 눈을 붙이면 여덟 선아가 앞에 벌여 서서, 아름답고 향그럽고 웃고 말하는 양이 마치 한 발 자욱 앞에 있는 듯했다. <구운기>, 1회, 23~24면.

위계에 있음을 알 수 있다. 그러나 <구운기>는 성진과 육관대사가 사는 천태산 연화봉 밖에 별도로 '영진(嬴秦) 때 수련하여 도를 깨치고 상제가 내리는 직을 얻어 이 남악을 진수(鎮守)하게 된 여선 남악의 원군 위부인이'[34] 지배하는 세상을 만들고, 육관대사와 위부인의 위상도 바꾸었다. 신들의 잔치인 서왕모의 요지연에 육관은 참여할 수 없지만 위부인은 당당히 초대를 받아 참여했다는 점에서 전도된 위부인의 위상을 확인할 수 있다. 위부인이 우위에 선 초월계의 위계질서 하에서 8선녀의 일탈 행동에 대한 심판은 육관대사가 관여할 사안이 아니다. 이는 위부인의 관할 영역이다. 그런데 8선녀에 대한 위부인의 꾸짖음은 육관대사 때보다 더 준렬하다.[35]

위부인이 주장하는 8선녀의 죄는 '선가의 규범'을 어긴 것이다. 선가의 규범은 오직 마음에 달린 것이다. 어떠한 성색이나 물건에 의해서라도 사람의 천성이 어지럽게 되어서는 안 된다. 어지러운 마음이 한번 일어나면 이것은 곧 희롱이 되는 것이다. 8선녀는 그것을 알지 못하고 죄를 지어 불로장생을 이룰 수 없게 되었다. 그들에게 남은 방법은 하계로 내려가 각자의 정연(情緣)을 따르는 것뿐이다. 동일한 죄를 짓고 동일한 적강의 벌을 받는 성진에게 육관은 '뒷날 다시 만날 때가 있을 것이다.'[36] 라며 돌아올 여지를 남겨주지만, 위부인은 8선녀의 행실을 돌이킬 수 없는 것, 선가에 있을 수 없는 것으로 규정하고 있다.[37] 백화선고(百花仙姑)

---

34) <구운기>, 1회, 18면.

35) 이 부분을 여성 스스로 가부장적 규범을 내재화하는 것으로 볼 수 있다. 조선후기 『내훈』 등으로 표방되는 가부장질서의 여성내면화가 여성들 스스로에 의해 이루어지고 있으며 그것은 대부인이나 정부인등의 상층 여성들에 의해 하층여성들에 대한 엄격한 단속으로 구체화되고 있음과 관련이 있다.

36) <구운기>, 1회, 25면.

37) 남성의 바람은 풍류로 여성의 바람은 죽을죄로 인식되는 현실과 무관하지 않다.

마저 이제 정연(情緣)의 길로 들어서는 8선녀를 도와줄 수는 없다고 하며, 단지 그 정연에 좋은 인연과 나쁜 인연이 있음을 알려주고, 격렬하게 빠져드는 '얼연(孼緣)'을 경계할 뿐이다.38) 이렇게 8선녀는 선가의 규범을 깨뜨려 더 이상 선가에 머물 수도, 불로장생을 이룰 수도 없게 되었다. 남은 것은 하계로 적강하여 각자의 정연에 따라 사는 것. 그러면서 그 정연이 '얼연'이 되지 않도록 경계하는 것이다. 그런데 왜 이들은 각기 다른 신분으로 나뉘어졌을까.

백화선은 한쪽으로는 여덟 선아와 더불어 정연에 대해 이야기하고 또 한편으로는 위원군에게 청했다.

"방금 이 선아들은 謫下의 정연을 당했습니다. 小仙은 인간 세상에 百花가 피고 지는 것을 관장하고 있습니다. 지금 저들 여덟 眞魂을 데리고 昌明隆盛한 땅이나 富貴繁華한 곳에 가서 인간이 되게 하여 이들의 인연을 다하게 하겠습니다. 비유컨대 바람에 따라 꽃이 떨어져 혹은 비단자리나 혹은 수놓은 안석에 떨어지기도 하고, 혹은 진흙이나 더러운 웅덩이에 떨어지기도 하고 혹은 동산에, 혹은 수면에 떨어져 造化에 따라 夙緣을 다하는 것과 같습니다. 다만 저들 여덟의 육신은 모름지기 仙師께서 처리해 주십시오.."

"그야 당연하지요. 화고는 마음을 놓으시오."

"꽃의 성질의 아름다움은 마치 여자가 아름답게 꾸며서 얼굴을 기쁘게 하려고 함과 같습니다. 저는 공이 있는 자에게 상을 주고 허물 있는 자에게는 벌을 줍니다. 이것은 다 일시의 因果가 아님이 없습니다."

"꽃이 어찌 功過가 있어 상주고 벌하는 것이 그와 같습니까? 자세히 이야기 좀 해 주시오."

---

38) 여성에게만 '얼연' 즉 육체적으로 빠져드는 사랑을 경계하고 있는 것에 주목하자. 이때 얼연(孼緣)은 결국 얼(孼)의계급인 첩의 신분 즉 <구운기>의 8선녀 가운데 제2계급에 대한 경계임을 알 수 있다.

"원군께서는 모르시는군요. 어찌 꽃에 功過賞罰이 없겠습니까? 백화는 다 神을 가져 밑둥을 머금고 꽃받침을 토해 낼 아름다움을 드러내어 조금도 잘못됨이 없습니다. 이를 일러 功이라 합니다. 다음해 곧 雕欄 안이나 綉閨 앞에 옮겨 심어 깨끗한 흙을 덮어 재배하고 맑은 물을 대어 주면 시인의 題品이 되고 上客이 流連할 수 있게 합니다. 꽃은 날로 영화를 더해 장려됩니다. 만약 어긋남이 있으면 조사해서, 분별하여 벌주기를 청합니다. 그 가장 무거운 것이 나루나 정자나 驛館에 마구 심어져 사람이 마음대로 휘어잡아 꺾을 뿐 아니라, 진흙과 흙에 묻히어 말의 발과 수레바퀴에 짓밟히게 됩니다. 그 다음 무거운 벌은 벌이 다투고 나비가 시끄럽게 굴며 이리저리 날아 파고들며, 비가 때리고 서리가 재촉해서 곧 말라 떨어지는 것입니다. 가장 가벼운 벌이 深山窮谷에 귀양보내어져 靑眼을 만나기 드물고 紅顔 그 누가 보아주겠습니까? 시들어 떨어지는 소리만 듣고, 또 멋대로 묻혀 버리기도 합니다. 이러한 여러 가지 苦樂이 있습니다. 소선이 명을 받들어 오직 삼가고 감히 어기거나 늦잡칠 수 없습니다."

위부인은 선고의 花論을 듣고 찬탄을 금치 못했다.

"이 論辯은 상제께서 한 가지 사물도 등한히 만들지 않았다는 말에 꼭 맞군요."

"그렇지 않을 수 있겠습니까?"

이렇게 한가로이 이야기하다가 화고는 원군과 이별하고 여덟 선아의 진혼을 데리고 悠悠蕩蕩히 각처로 가서 인간세상에 보냈다. 여덟 선아는 정말 바람에 날려 떨어지는 꽃과 같이 宮殿樓榭에도, 歌場舞席에도, 水面, 岩谷에도 떨어져서 꼭 같지 않고, 각기 來生의 종신토록의 부귀영화와 한 때의 苦楚艱難을 가져 자연히 같지 않다. 남녀가 어찌해서 만나는가? 그것도 전부 정연에 의함이니 더 말하지 않겠다. 백화선고는 스스로 봉래로 돌아갔다.[39]

---

39) <구운기>, 3회, 40~41면.

백화선고는 꽃의 성질을 여성이 아름답게 꾸미고 얼굴을 기쁘게 하려는 것에 비유하면서 각각의 공과상벌에 맞추어 꽃의 품등을 나눈다. 좋은 것은 조란(雕欄) 안이나 수규(綉閨) 앞에 옮겨 심어 깨끗한 흙을 덮어 재배하고 맑은 물을 대어 주는 것이다. 그것은 시인(詩人)의 제품(題品)이 되고 상객(上客)이 사랑하는 대상이 된다. 가장 좋지 않은 것이 나루나 정자, 역관에 마구 심어져 사람이 마음대로 휘어잡아 꺾을 뿐 아니라, 진흙과 흙에 묻히고 말의 발과 수레바퀴에 짓밟히게 되는 것이다. 혹은 벌이 다투고 나비가 시끄럽게 굴며 이리저리 날아 파고들고, 비가 때리고 서리가 재촉해서 곧 말라 떨어지는 것이다. 그나마 가벼운 벌은 심산궁곡에 귀양 보내어져 청안을 만나기 드문 것이라 하였다.

이는 앞서 정연(情緣) 즉 인연의 좋은 것과 나쁜 것을 말하고 나쁜 인연에 빠지지 않도록 경계한 백화선고가 다시 화론(花論)을 빌려 8선녀의 적강 후 인세의 삶을 예언한 것이다. 상품의 꽃은 화려한 궁궐이나 단정한 반가(班家)의 규방에서 자라는 난양공주와 정경패라 할 수 있다. 그 이하의 것 중 그나마 그 죄과가 약한 것은 사람들이 쉽게 둘러볼 수 없는 암곡과 수면에 사는 심요연과 백릉파이다. 그리고 가장 하등의 것은 사람들의 손길이 쉽게 닿는 정자나 역관에 마구 심어진 존재 즉 궁녀나 기녀인 진채봉과 계섬월 그리고 적경홍이다. 백화선고의 말대로라면 후자의 세 사람은 얼연에 빠지기 쉽기에 더욱 경계하고 조심해야 한다.[40] 8선녀는 백화선고의 말처럼 바람에 날려 떨어지는 꽃과 같이 궁전누사(宮殿樓榭)와 가장무석(歌場舞席), 수면(水面)과 암곡(嵒谷)에 떨어진다. 그리고

---

40) 작가는 얼연에 빠지기 쉬운 신분으로 태어났으나 충의로 자신을 경계한 가춘운은 정경패와 동기처럼 살도록 하였다. 이점은 작가가 얼연에 빠지기 쉬운 자들에게 요구하는 경계의 방식이 철저한 규범화임을 알게 한다.

신분에 따라 각기 내생의 종신 부귀와 한 때의 고초간난이 서로 다르게 된다. 이처럼 전세에서는 동등한 선녀였으나 인세에서 그 신분과 출신, 자처하는 계층이 달라진 것은 각각의 공과상벌에 따른 것이다. 여성에 대한 신분적 차별을 화론(花論)을 빌려 합리화하는 방식은 낯설지 않다.

> 무릇 꽃들이 아름다움을 다투고 버들이 초록빛을 자랑하다가도 가을이 되면 쓸쓸이 떨어지는 것은 천지의 이치이니 뭐 아쉬울 게 있겠습니까? 이 꽃의 연하고 아름다운 모습은 사람들로 하여금 사랑하고픈 마음이 일 게 합니다. 그러나 궁궐에 나면 공자, 왕손의 눈길을 받을 것이고, 권세가에 나면 유명하고 벼슬 높은 이들의 사랑을 받을 것이나, 여항에 나면 시골아이, 떠꺼머리 목동에게 꺾일 것입니다. 같은 아름다운 향으로 어떤 것은 귀한 이의 사랑을 받고 어떤 것은 시골 목동의 사랑을 받으니 어찌 태어난 땅이 달라서 그런 것이 아니겠습니까? 이 때문에 애석하게 여기는 것입니다.[41]

19세기 서울, 중인 계층 여성의 사랑을 그린 <포의교집>에서 초옥이 자신의 신세를 한탄하며 내뱉는 말이다. 꽃이 피고 지는 것이 아쉬운 것이 아니라 동일한 꽃인데도 피는 장소가 달라 그 대우가 현격해지는 것이 애석함을 토로한다. 초옥은 화론으로 합리화되는 여성 신분의 차이가 부당하다는 것을 인식하고 있다. 이러한 인식이 그녀를 평생 불우하게 만든다. 평생 동안 지우(知遇)를 갈망하지만 결과적으로는 지기(知己)라 여겼던 이가 어리석은 이생이며, 이생에 대한 착각으로 시작한 사랑은 이생의 실체가 드러나면서 물거품이 된다. 이에 초옥은 또다시 절망한다.

---

41) <포의교집>, 13면. 조혜란, 「<포의교집> 여성주인공 초옥에 대한 연구」, 『한국고전여성문학연구』3, 2001, 206면.

그러나 8부인에게서는 초옥이 지닌 문제의식을 찾아보기 어렵다. 정경패와 같은 상층은 물론 초옥과 같은 처지라 할 수 있는 진채봉, 계섬월, 적경홍도 마찬가지다. 8부인은 전생에서 모두 동등한 신분의 선녀였다. 인간 세상에 내려오면서 비로소 그들의 신분이 나뉘어지고 처지도 달라진다. 그것에 대해 8명은 모두 별다른 불만을 표현하지 않는다. 주어진 신분이 기생이든 변방이나 이족이든 기꺼이 부인 간의 위계를 준수하고 첩으로서의 분의(分宜)를 지킨다. 신세를 한탄하기는커녕 오히려 스스로 절제하며 가문 구성원으로서의 자질을 획득하기 위해 출신 신분에 내재하는 혐의를 스스로 차단한다. 이것이 위계를 인정하면서도 여성 인물들 간의 '지음' 관계를 통해 보편적 평등을 추구했던 <구운몽>과[42] 분기되는 지점이다.

<구운기>는 화론(花論)과 정연(情緣)에 바탕한 신분 차별의 인과 논리를 위부인과 백화선고를 통해 이야기하고 있다. 8선녀가 동등하고 고귀한 신분이라는 것은 위부인과 백화선고의 준렬한 꾸짖음 앞에서 무의미해진다. 그들은 이미 전생에서부터 차등의 질서 속에 있었고, '선가의 규범'이라 명명되는 그 질서는 이미 위부인과 8선녀가 내면화한 자신의 가치였다. 이 가치는 8선녀가 성진과 석교에서 희롱한 것을 다시는 돌이킬 수 없는 죄로 규정할 만큼 엄격한 것이다. 이들이 말하는 '선가의 규범'이란 다름 아닌 질서화된 위계 즉 가부장적 체제이다. 위부인으로 표상되는 최상층 여성들은 가부장적 질서를 자신의 규범으로 여기며 이것을 다시 하층의 8선녀에게 강요한다. 이렇게 훈련된 가치는 작품 후반부에서 8선녀 스스로 다시한번 화론을 언급함으로써 재현된다. 화론이나 정연이 남성의 발화가 아닌 여성의 발화로 드러났다는 것은 여성이 규

---

42) 정길수(2010), 앞의 책, 84~85면.

범을 자발적으로 내재화하고 있음을 드러낸다. 그렇기 때문에 더욱 여성들은 이것에 대해 저항하거나 거부하기 어려운 것이다. 여기에서 <구운기>의 작가가 왜 육관대사보다 위부인의 위계를 높였는가에 대한 의문이 풀린다. 작가는 도가의 위부인을 육관의 위에 놓음으로써 전작이 지닌 불교 중심의 세계관을 약화시키고 다시 위부인과 8선녀를 유교적 질서의 수호자로 만들어 궁극적으로 가부장적 체제를 최상의 가치로 공고히 하고 있는 것이다.

4. 나오며

본고는 여성 인물을 중심으로 <구운기>에 나타난 개작 양상을 고찰하였다. 이는 제한된 지면에서 개작의 전 양상을 살펴보는 것이 사실상 불가능하기도 하지만 무엇보다 변화된 여성인물의 모습에서 개작의 의도가 분명히 드러나기 때문이다. <구운기>의 8선녀 형상에서 주목할 것은 기생과 궁녀 신분에 있는 진채봉·계섬월·적경홍이다. 이들은 전작의 재자가인적 연인에서 가문 중심의 규범을 구현하는 부인으로 변화했다. 이것은 적강 전 백화선고가 제시한 화론(花論)의 내용과 관련이 있다. 그들은 공과상벌의 인과론에 의해 가장무석(歌場舞席)에 태어난다. 정연(情緣)의 논리에 따르면 그들은 얼연(孼緣)에 빠지기 쉬운 존재들이다. 얼연이란 다름 아닌 육체적 욕망이 중심이 되는 인연이다. '얼'이라는 말에서 알 수 있듯이 8부인 가운데 이들은 첩의 신분에 속하는 계층이다. 백화선고는 특별히 8선녀에게 얼연에 빠지지 않도록 경계하고 주의했는데, 이는 궁녀와 기생으로 태어난 이들에게 더욱 절실한 것이었다. <구운기>의 작가는 선인(仙人)들도 한번 **빠지면** 극복하기 어려운 얼연의 운명을 타고난 진채봉 등으로 하여금 얼연을 극복하고 진정한 정연(情緣)으로 양소유와 결합하도록 하고 있다. 이는 남녀 간의 사랑을 위해서가 아니라 여성인물이 가문 구성원의 자질을 갖추도록 하기 위해서이다.

인간 세상에 적강하는 순간 각자의 공과에 따라 전혀 다른 장소에 떨어진 8선녀는 양부(楊府)에서 다시 만난다. 그곳의 생활은 그녀들이 공동으로 추구하는 이상을 드러낸다. 양부(楊府)를 공주궁으로 지칭한 것은 그곳을 여인들의 공간으로 이미지화한 것이다. 여기서 여성의 공간이란 여성을 위한 공간이 아니다. 오히려 공간을 위해 여성에게 더 많은 역할과 의무가 부여된다. 그들은 각각 위계 차이를 인정하고 그 안에서 자신의 분의를 지키며 화합하고 연대한다. 그 연대는 유부인의 생일연으로 구체화되는데, 위아래 모든 신분의 여인들이 합심하여 이루어내는 잔치는 가문의 안정과 번영 즉 가문의 공고한 완성을 상징한다. 그들 사이에 형성된 지음관계는 <구운몽>에서 감지되었던 여성들의 평등한 관계를 지향하는 연대가 아니다. 이들의 자매애는 가문을 위한 연대의 성격으로 변모한다. 그녀들이 일상에서 보여주는 교양 또한 가문의 구성원으로 갖추어야 하는 자질의 하나이다. 이들의 교양생활은 개인적이지 않으며 잔치와 마찬가지로 가문을 위한 연대로서의 성격을 띤다. 8부인의 교양은 처첩의 분위를 지키는 부덕과 동등한 수준의 문예 향유능력으로 구체화되는데, 이는 궁극적으로는 가문의 번영을 상징하는 표지로 기능한다.

이러한 측면을 고려할 때 <구운기>의 개작 의도는 분명하다. 작가는 <구운몽>이 지니는 다양한 삶의 에너지를 유교중심 체제의 강화에 활용하고자 한다. <경화연>과 <서유기>에 등장하는 서왕모의 요지연을 뜬금 없이 작품의 서두에 장황하게 늘어놓고, 도가의 선녀인 위부인의 위상을 육관대사보다 높인 것은 모두 유교적 질서를 공고히 하기 위해서이다. 특히 <경화연>과 <홍루몽>에서 차용한 화론과 정연의 논리는 이러한 의도를 더욱 분명히 한다. <경화연>은 '여성의 생활과 교육' 문제 그리고 '남녀간 평등한 교육'을 다룬 작품이고, <홍루몽> 또한 여성에 대한 관심을 서사화하려고 노력한 작품이라는 점에서 여성을 위한 소설로 읽히기 쉽다. 그러나 <경화연>이나 <홍루몽>이 외면적으로는 여성의 재주나 독립적 가치를 선양하는 듯하지만 이면에서는 여전히 공고한 가부장적 가치질서를 옹호하고 있다는 점은[43] <구운기>가 이들을 차용한 궁극적 의도를 일깨워준다.

이러한 <구운기>의 개작 의도는 같은 시기에 나온 개작소설 <화씨충효록>과 대비된다. <구운기>와 <화씨충효록>은 17세기 대표적 사대부 남성작가의 작품을 19세기에 개작했다는 점에서 공통점을 지닌다. 그러나 이들의 성격에는 일정 상거(相距)가 있다. <화씨충효록>은 규범소설의 전범으로 인식되던 <창선감의록>을 개작한 것이다. 개작 당시 유행하던 국문장편소설의 영향 아래 <창선감의록>에 있던 서(序)와 시참(詩讖), 그리고 본격적·정치적 의미의 군담과 정쟁담(政爭談) 등 사대부 취향의 문학 관습을 축소하고, 규방중심적 화소와 흥미소를 확대하였다. 작품이 지향하는 바는 '혈통중심주의에 입각한 종통의 확립'과 '가문의 안정과 유지'이지만, 이것은 <창선감의록>이 동일한 계후갈등을 다루었지만 혈통과 자질의 불일치가 빚어내는 가문의 위기를 자질론을 중심으로 해결하여, '가문의 창달과 번영'이라는 사대부적 시각의 가문의

---

43) 서경희, 「<경화연>의 여성인식과 <제일기언>의 수용방식 연구」, 『한국고전여성문학연구』5, 2002, 157~160면.

식을 지향한 것과 차이를 보인다.[44] 또한 여성 중심의 인간적 고뇌와 세속적 관심이 구체화 되고 무엇보다 가문 구성원으로서의 여성이 아닌 독립된 개체로서의 여성이 지닌 인간적 욕망이 두드러진다. 이는 사대부 남성작가의 작품에 대해 여성적 시각으로 발언하는 비판적 다시쓰기의 결과물이다.[45]

<구운기> 또한 비판적 다시쓰기의 하나이며 전작에 대한 발언을 담고 있는 개작이다. 새로운 작품을 창작하지 않고 이미 존재하는 작품을 대상으로 개작을 했다는 것은 개작자에게 뚜렷한 의도가 있음을 의미한다. 특히 이름이 세상에 널리 알려진 작품을 대상으로 할 때 그 겨냥하는 바는 심상치 않다. 이 때문에 <구운기>가 <구운몽>에 대해 보이는 태도는 기대와 호기심을 불러일으킨다. <구운기>는 <구운몽>에 등장하는 발랄한 재자가인에 대해 경계하고 계도하는 목소리를 담고 있다. 이는 동시기의 <화씨충효록>이 <창선감의록>의 규범에서 일탈하고자 하는 몸짓을 보이고 있던 것과 또 다른 모습이다. <구운기>는 조선후기 개작소설의 다양한 양상을 보여주고 있다는 점에서 의미가 있다.

---

44) 김수연, 「<화씨충효록> 연구」, 이화여대 석사학위논문, 1998, 58~83면.
45) 김수연, 「<화씨충효록>의 문학적 성격과 연작양상」, 이화여대 박사학위논문, 2008, 36~159면.

III

중국·전통 서사에 대한 한국 근대 대중의 목소리

－〈양축〉 설화의 개작소설 〈양산백전〉

Ⅲ. 중국·전통 서사에 대한 근대 대중의 목소리

1. 들어가며

<양축(梁祝)>설화는 5세기 경 위진남북조시대에 형성되었을 것으로 추정되는 중국의 대표적 고사(故事)이다.[1] 양산백과 축영대의 비극적 사랑을 다룬 <양축>은 1,600년 이상 전승되며 설화·잡극·탄사(彈詞)·보권(寶卷)으로 개작되었고, 현대에 와서도 영화·협주곡·발레 등 다양한 예술장르의 주요 소재가 되고 있다. <양축>은 중국뿐 아니라 한국의 설화·서사민요·서사무가·소설 등에도 적지 않은 영향을 미쳤다. 한국에서 <양축>과 관련한 논의는 소설 <양산백전>의 근원설화와 관련하여 시작되었다. 중국의 다양한 <양축> 전승 가운데 한국의 소설 창작에 직접적으로 영향을 미친 대상을 고구한 선행연구들은 관련 작품을 명대(明代) 풍몽룡(馮夢龍)의 『정사(情史)』와 『유세명언(喩世明言)』 등으로 초점화시켰다.[2] 이들은 <양산백전>을 번안소설적 성격을 지니는 것

---

1) <우랑직녀(牛郎織女)>·<맹강녀(孟姜女)>·<백사전(白蛇傳)>과 더불어 중국 4대 민간고사로 꼽힌다.

2) 김태준은 『정사』, 이명구는 『유세명언』을 주장했다. 김태준, 『조선소설사』, 학예사, 1939, 221면 ; 이명구, 「이조소설의 비교문학적 연구」, 『대동문화연구』5, 1968, 20면.

으로 보았는데, 후에 정규복은 기존 논의와 시각을 발전시켜 작품의 창작 소설적 성격을 강조하였다.3)

그밖에 작품의 내용과 구조, 주제의식 등 작품 내적 접근에 천착하거나 소설과 무가, 소설과 설화 등 장르 간 비교 및 영향관계에 관심을 둔 연구가 있으나, <양축>이 유입되거나 향유된 시기에 대해서는 문제삼지 않았다. 대부분 김태준이 영정조 대 <양산백전>이 형성되었을 것이라 추정한 것에 암묵적으로 동의할 뿐, 그 근원설화인 <양축>의 유입시기는 쟁점화하지 않은 것이다. 그러나 태생적으로 비교문학적 측면에서 논의될 수밖에 없는 <양산백전>을 본격적으로 논의하기 위해서는 <양축>의 구체적 유입시기가 전제되어야 한다. 다행히 최근 중국 쪽에서 이루어진 전승 과정에 대한 논의를 참고로 국내 유입에 대한 추론이 나오고 있다. 김영선과 김명은은 민간설화가 명대 강창문학으로 작품화된 후 사신과 역관을 통해 한국에 유입되었을 것이라는 추정을 내놓았는데,4) 아쉽게도 이들이 영향관계의 대상으로 놓은 <영대보권>(일명 <양산백보권>)은 모두 명청 이후의 것들로 조선후기에 향유되었다는 기존의 논의를 확인해줄 따름이다.

구전과 기록문학에 걸쳐 다양하게 전승되었다는 사실이 분명하면서도 막상 그것이 언제부터인지를 이야기하기 어려운 것은 해당 작품이 갖는 구전 설화적 성격 때문일 것이다. 그러나 말로 전승된 이야기이니 그것의 유입 시기를 확정짓는다는 것이 쉽지 않을 것이라는 생각이 오히려 전승 시기에 대한 연구자의 관심을 원천봉쇄하는 데 일정 부분 역

---

3) 정규복, 「<양산백전>고」, 『한중문학비교의 연구』, 고려대출판부, 1994, 198~212면.
4) 김영선, 「<양산백전> 연구」, 『청람어문학』4, 청람어문회, 1991, 50~51면 ; 김명은, 「<양산백전> 연구」, 한양대 석사학위논문, 1995, 5~11면.

할을 했으리라는 것 또한 부정할 수 없다. 중국에서는 이른 시기부터 <양축>에 대한 기록이 존재했는데, 이것이 국경을 넘을 경우 대개 문헌을 통해서일 가능성이 크다. 중국에서 구전으로 전승되던 설화라고 하더라고 국내로 들어올 경우 중국어로 된 구어를 듣고 외워서 다시 한국어 구어로 전달하는 것이 더욱 번거롭고 어렵기 때문이다. 양국 간 교류가 활발했던 조선후기의 상황을 보면 양국 문인들은 대개 필담을 주고받거나 중국에서 '들은 이야기'라도 이를 기록으로 남기는 것이 일반적이었다. 역관의 경우도 크게 다르지 않다.

　필자는 <양축>의 국내 유입시기와 유입 초기 설화의 유형과 특징을 살피고 그것이 후대 형성된 작품들에서 어떻게 계승되고 변모되는지 살펴보고자 한다. <양축>의 유입시기를 확정하고 전승된 실체를 확인하는 것은 <양축>의 국내 전승 양상을 체계적으로 분석하기 위한 기본 전제로, 이러한 작업이 이루어지진 후라야 <양축>관련 설화와 <양산백전>의 논의가 보다 구체적이고 타당하게 이루어질 것이기 때문이다. 이를 위해 우선 <양축>을 수록한 서목을 확인하고 그들이 국내에서 창작 혹은 향유된 시기를 통해 <양축> 유입의 하한선을 확정한 뒤 수록된 <양축>의 내용을 확인할 것이다. 그 다음으로, <양축>의 국내 전승 양상을 설화적 전승과 소설화 과정으로 나누어 살피면서 장르에 따라 어떠한 변화를 보이는지 고찰하고자 한다. 동시에 중국의 전승 자료를 비교 검토하여 유사한 시기의 유사 장르에서 양국의 전승이 어떠한 차이를 보이는지 살펴볼 것이다. 마지막으로 <양축>의 가장 한국적 형태라 할 수 있는 <양산백전>의 특징과 그것이 나타나게 된 원인을 활자본 시대 소설 대중의 기호와 관련하여 논할 것이다.

2. 양축설화의 국내유입 상황

중국에 남아있는 <양축> 관련 기록 중 가장 이른 것은 9세기 당대(唐代)의 것이지만 현존하는 것은 중국 절강성 영파시(寧波市) 천일각(天一閣)에 소장되어 있는 송대 은현지서(鄞縣志書) 『건도사명도경(乾道四明圖經)』이 가장 앞선다.5) 국내에서 <양축> 관련 자료로 가장 널리 알려진 것은 명대 풍몽룡(馮夢龍, 1574~1646)이 지은 『정사(情史)』이다. 『정사』는 <양축>이 실린 대표적 문헌으로, 현재 도광(道光) 28년(1848) 간행본이 규장각과 성균관대 등에 소장되어 있다.6) 이 사실로만 보면 우리나라에 <양축>이 들어온 것은 19세기 후반이 된다. 그러나 그보다 앞선 시기의 기록에서도 『정사』의 흔적을 찾을 수 있다. 장혼(張混, 1759~1828)은 자신의 문집인 『이이엄집(而已广集)』에서 '청보일백부(淸寶一百部)'를 열거하였는데 『정사』를 『태평광기』와 『고금소설』 사이에 나란히 두었다.7) 장혼이 살았던 시기를 고려하면 그가 읽었던 『정사』는 19세기 초반에 만들어진 명말 동계당 각본(東溪堂刻本)이나 가경(嘉慶)14년(1809) 간본(刊本)일 가능성이 크다.8) <양축>이 실린 또 하나의 대표 문헌 『선실지(宣室志)』는 중국의 경우 명대 초본(抄本)이 북경도서관에 소장되어 있고9) 한국의 경우는 중국 목판본이 규장각에 소장되어 있다. 그러나 유입

---

5) 周靜書 主編, 『梁祝文化大觀・故事歌謠卷』, 中華書局, 1999, 286면.

6) 명나라 도광(道光) 28년(1848)의 경륜당간본(經綸堂刊本)으로 첨첨외사(詹詹外史)의 평집(評輯)이 있는 13권 6책의 목판본이다. 민관동, 『중국고전소설의 전파와 수용』, 아세아문화사, 2007, 273면.

7) 장혼(張混), 『이이엄집(而已广集)』, 「잡저(雜著)」, <평생지(平生志)>, "淸寶 一百部 … 三國志, 太平廣記, **情史**, 今古奇觀, 三才圖會, 福壽全書, 文苑植橘."

8) 石昌渝 主編, 『中國古代小說總目』(文言卷), 山西敎育出版社, 2004, 347면. 명말본 『정사』는 현재 중국에서만 확인할 수 있다.

시기가 분명하지 않아 <양축>의 전래시기를 18세기 중반 이전으로 올려 잡기가 쉽지 않다.10) 그런데 여기서 잠시 『패해(稗海)』와 『유청일찰(留靑日札)』이라는 책에 주목할 필요가 있다. 『패해』는 명나라 회계(會稽)사람 상준(商濬)이 편집한 것으로, 중국에 만력(萬曆) 연간의 상씨 반야당 간본(商氏半野堂刊本)이 전해진다. 그 안에는 『박물지(博物志)』, 『서경잡기(西京雜記)』, 『대당신어(大唐新語)』, 『유양잡조(酉陽雜俎)』, 『선실지(宣室志)』, 『노학암필기(老學庵筆記)』 등 위·진·당·송의 문언소설과 잡저 70여 종이 수록되어 있다.11) 즉 『패해』는 『선실지』를 비롯한 여러 문언소설책을 수록하고 있는 일종의 유서(類書) 혹은 총서인 셈이다. 그런데 바로 이 『패해』가 16세기와 17세기 초부터 국내 여러 문인들의 기록에서 발견된다.

　　진종(眞宗) 때 상이 처음으로 위야(魏野)에게 사신을 보내어 부르니, 위야는 친구의 집 벽에 다음과 같은 시를 써 놓고 도망갔다.

　　달인은 녹위를 가벼이 여기고, 임천을 이웃하여 살아간다네.
　　벼루 씻으니 고기가 먹물 마시고, 차 끓이니 학이 연기 피해 가네.
　　한가로이 성대를 노래하며, 늙은 몸 세월 가는 것 한하지 않네.
　　한가히 사는 사람 생각해 보니, 도리어 내가 가장 편하네.
　　達人輕祿位, 居處傍林泉. 洗硯魚吞墨, 烹茶鶴避煙.
　　閑惟歌聖代, 老不恨流年. 靜想閑來者, 還應我最偏.

　　사신이 돌아와서 이 시를 아뢰니 상이 이르기를, "야(野)는 오지 않겠

---

9) 석창투, 앞의 책, 556면.
10) 민관동, 앞의 책, 17면.
11) 潘建國, 『古代小說書目簡論』, 山西人民出版社, 2005, 25면.

다." 하였다. 이에 앞서 당상이 충방(种放)이 사는 곳을 그리게 한 적이 있었는데, 이때에 위야가 사는 곳의 경치가 그윽하다는 것을 듣고는 또 그것을 그리게 하였다. 또 다음과 같은 시가 있다.

은자의 본성(本性)은 어두워지기 쉽고, 세상의 시비는 분별하기 어렵네.
아내는 심은 꽃 피는 것 즐기고, 아이는 풀 무성한 것 자랑한다네.
易暗馴麂性, 難辨鬪鷄情. 妻喜栽花活, 兒誇鬪草贏.

이 시는 한적(閒適)한 취미를 극진히 하였다고 하겠다.『패해(稗海)』[12]

위야(960~1019)는 초당거사(草堂居士)로 알려진 북송의 시인이다. 그는 평생을 섬주(陝州) 동교(東郊)의 초당에서 농사지으며 세상과 단절하고 살았다. 그럼에도 요국(遼國) 거란황제(契丹皇帝)가 사신을 보내 진종에게 그의 시집을 구해달라고 부탁하기도 하였으니 시인으로서의 명성을 알 만하다. 진종이 그를 아껴 벼슬을 주려 하였으나 그는 끝내 거절하고 초당을 떠나지 않았다.『패해』는 이러한 위야와 진종 간의 일화를 적고 있는데 허균이 이를 다시 '은둔'의 제목 하에 뽑아 적어 둔 것이다. 허균(許筠, 1569~1618)은『성소부부고(惺所覆瓿藁)』에『패해』및 여러 총서에 기록된 이야기를 주제별로 뽑아 기록하고 그 출전을 밝혀놓았다.[13] 이밖에도 김창협(金昌協, 1651~1708),[14] 박태보 (朴泰輔, 1654~

---

12) 허균,『성소부부고(惺所覆瓿藁)』,「한정록」(권1), <은둔(隱遁)>, "魏野, 當眞宗朝, 上初遣使召, 野題友人屋壁詩云, '達人輕祿位, 居處傍林泉. 洗硯魚吞墨, 烹茶鶴避煙. 閑惟歌聖代, 老不恨流年. 靜想閑來者, 還應我最偏.' 遂遁去. 使還以詩奏, 上曰, '野不來矣.' 先是, 上嘗圖种放所居, 野居有幽致, 又令圖之, 又有詩云, '易暗馴麂性, 難辨鬪鷄情. 妻喜栽花活, 兒誇鬪草贏.' 能盡閒適之味, 稗海." 번역은 고전번역원의 해석을 따랐다.

13) 위의 기록 외에「한정록」(권4) <퇴휴(退休)>,「한정록」(권6) <아치(雅致)> 등에도

1689),[15] 이익(李瀷, 1681~1763),[16] 박사호(朴思浩, 19세기),[17] 이규경(李圭景, 1788~1856)[18] 등이 『패해』를 접했던 경험을 기록으로 남겨두었다.

『유청일찰』은 명대 전예형(田藝蘅)이 편집한 잡조소설집(雜俎小說集)이다. 중국에 명대 융경(隆慶) 각본, 만력(萬曆) 각본이 남아있는데,[19] 이 책의 권21 '축영대' 조가 바로 <양축>고사이다. 이것은 다른 책에 기재된 것보다 이른 시기의 것이고 이야기의 윤곽도 갖추고 있어서 후대 매우 널리 전파되었다. 또한 권2 '부견양목란(復見兩木蘭)' 조는 후대 풍몽룡의 『고금소설』에 실린 <이수경의결황정녀(李秀卿義結黃貞女)>의 대본이 되었는데, 이것은 <양축>의 근원설화로 유력하게 논의된 바 있는 작품이다. 허균은 앞서 『패해』외 『유정일찰』에 대해서도 기록을 남기고 있고,[20]

『패해』에서 발췌한 기록이 있다.

14) 김창협, 『농암집(農巖集)』(권43), 「잡지(雜識)」 외편(外篇), "**近從人借看稗海書**, 乃明人蒐集漢唐宋以來說家, 爲一部書, 其中雖有神怪不經, 詼調不根, 近於汲冢齊東者. 然其逸事異聞, 名言嘉話, 可以裨史乘之闕, 備藝文之采, 而關名教助理致者, 不翅多焉, 亦足爲博雅之助矣."

15) 박태보, 『정재후집(定齋後集)』(권6), 「기사민절록(己巳愍節錄)」(하) 선생사실기략(先生事實記畧), "正宗大王弘齋全書日得錄曰, … 而**此說已載稗海**, 非西溪所刱之語 …."

16) 이익, 『성호사설』(권21), 「경사문(經史門)」 발해(渤海), "小說指扶餘爲東南, 恐東北之誤. 中國之東南, 何嘗有扶餘之名乎? **稗海中亦載此說**, 謂東夷中, 尤可信."

17) 박사호, 『심전고(心田稿)』(3), 「응구만록(應求漫錄)」 난설시감(蘭雪詩龕), "東國多畸人, 向所深悉, 近如朴貞蕤, 惠風二先生, 亦復矯矯不群, **前見稗海裁四家所著及淸脾錄云云**."

18) 이규경, 『오주연문장전산고(五洲衍文長箋散稿)』, 「인사편(人事篇)」 인사류(人事類) 괴상(乖常) 인사부생변증설(人死復生辨證說), "歷代志怪之士 … 新齊諧, **稗海等書**, 不可殫記.", 「시문편(詩文篇)」 논문류(論文類) 소설(小說) 소설변증설(小說辨證說), "**有稗海者**, 取古今稗官小說 …."

19) 석창투, 위의 책, 260~261면.

20) 허균, 『성소부부고』(권20), 「문부(文部)」 척독(尺牘), "王瓊尙書逸事四條, 乃見於何良俊四友叢說, 今錄上, 幸賜覽如何? **留靑日札, 乃田藝衡所述**, 筠曾借於賈郞中, 一覽而還之, 今無所儲矣. 所謂張·陸, 乃張洲陸檝, 非江陵張居正五臺陸光祖也. 諸

이덕무도 『유청일찰』을 읽었음을 밝히고 있다.21) 이로 보면 국내에서 <양축>이 읽힌 경로는 그동안 알려진 『정사』나 『고금소설』 외에 『유청일찰』을 통했을 가능성도 첨가되는 것이다. 이상의 『패해』와 『유청일찰』 관련 기록은 <양축>이 소설집뿐 아니라 총서본의 형태로도 국내에 유통되었으며, 특히 『패해』와 『유청일찰』 같은 유서(類書) 혹은 총서본은 이미 16세기 말이나 17세기 초부터 꾸준히 독서되었음을 알게 한다. 그렇다면 문언설화 형태의 <양축>의 유입시기도 16세기 말 전후로 앞당겨질 가능성이 있다. 그러나 한 가지 아쉬운 점은 앞서 언급한 기록들이 <양축>을 수록한 소설집이나 유서에 대한 독서기록이지 <양축> 자체에 대한 직접적 기록이 아니라는 점이다. 따라서 『선실지』·『정사』·『고금소설』·『패해』·『유청일찰』의 국내 유입 시기가 확정된다 해도 그것을 곧바로 <양축>의 유입시기로 확정하는 것은 조심스러운 일이다. 그렇기에 <양축> 자체에 대한 독서 기록을 남긴 자료의 가치는 남다르다.

『협주명현십초시』는 말 그대로 『명현십초시』에 협주 형식의 주석을 붙인 것이다. 『명현십초시』는 주로 8~9세기에 생존했던 중국 당나라와 한국 신라의 시인 30명의 7언율시 작품 총 300편을 수록한 시집이다.22) 『명현십초시』의 편찬시기는 대개 고려초 10세기 후반, 『협주명현십초시』는 고려후기인 14세기 전반으로 추정되고 있다. 현재 1452년에 밀양부에서 간행된 송첨수택본(松簷手澤本)이 남아있다.23)

惟鑑宣."
21) 이덕무, 『청장관전서』(권61), 「양엽기(盎葉記)」 공화(孥畫), "香祖筆記, 王士禎撰. … 分柑餘話, 王士禎撰, 閩中, 紙織畵山水, 花卉, 翎毛皆工, 設色亦佳. 或言近日始粉爲之, **余案留靑日札**, 嘉靖中, …."
22) 당의 시인 26명과 신라의 시인 4명의 시를 각각 10수씩 수록하였다.
23) 임형택, 「해제」, 『협주명현십초시』, 한국학중앙연구원 한국학자료총서39, 2009, 12 15면. 이 자료를 소개해주신 임형택 선생님과 귀한 자료를 기꺼이 제공해주신 한국학

『협주명현십초시』의 협주자는 '월암산인(月岩山人) 신인종(神印宗) 노승 자산(子山)'이다. 협주자의 서문 작성일인 '작악(作噩) 현월(玄月) 기망(旣望)'을 고증한 기존 연구에 따르면 이 책의 성립 시기는 대략 1300년 전후이다. 또한 현존본의 발문에서 1337년(忠肅王 復位 6년) 안동부(安東府)에서 간행된 사실을 기록하고 있어서 14세기 초엽 성립설에 확신을 더하고 있다. 임형택은 제반 사정을 고려하여 이 책이 1333년 혹은 1321년에 저술된 것으로 보고 있다.[24) 즉 『협주명현십초시』는 10세기 후반의 고려인이 만든 『명현십초시』에 14세기 초 고려인 승려 자산이 협주를 단 것으로, 고려조에 간행되고 15세기 조선에서도 중간하여 꾸준히 읽혀진 귀중한 문헌인 것이다.

본고에서 『협주명현십초시』를 주목하는 것은 그것의 성립시기 때문만이 아니라 협주가 지닌 풍부한 자료적 가치 때문이다. 『협주명현십초시』는 각 시구마다 주석을 달며 관련된 한중의 각종 고사와 서적을 원용하고 있는데, 그 가운데는 이미 일실된 것들이 많다. 협주자는 주석을 통해 이러한 서적들의 원문을 일부분이나마 확인할 수 있게 해준다. 이 중 당 나업(羅鄴)의 시 <협접(蛺蝶)> 주석에 바로 <양축>과 관련한 기록이 있다. 나비를 노래한 이 시의 '속설의처의화상(俗說義妻衣化狀)' 구에 부기된 <양산백축영대전(梁山伯祝英臺傳)>이 그것이다. 여기에서 협주자는 설창운문(說唱韻文)에 속하는 형태의 <양산백축영대전>을 원용하고 있는데, 그 내용에 <양축>고사의 전말이 담겨 있다.[25) 이로 보면

중앙연구원의 신익철 선생님께 이 자리를 빌려 감사드린다.

24) 임형택, 위의 글, 16면.

25) <양산백축영대전>의 구체적인 내용은 다음 장에서 살펴볼 것이다. 이밖에 15세기 김종직(1431~1492)도 자신의 시 <월명총(月明塚)>에서 <양축> 고사를 사용하고 있다. 김종직, 『신증동국여지승람』(권31), 「고적(古跡)」 <월명총(月明塚)>, '如今月

<양축>은 14세기 전반 이전 국내에 유입되어 조선 후기까지 문인들 사이에서 꾸준히 회자되고 기록되었음을 알 수 있다. 그 과정에서 민간으로 전파되어 서사무가나 설화로 계승되었고, 마침내 조선 후기 대중문학의 핵심인 소설로 거듭났다고 볼 수 있다.

3. <양축>의 전승 양상과 소설화 과정

1) 설화적 전승 양상

<양축>이 고려조에 유입되어 조선시대까지 꾸준히 향유되었음을 살펴보았다. 후대 전승과정에서 <양축>은 대개 고사로 사용되거나 설화·서사무가의 민간 구비문학 형태를 취하였다. 이들은 초기 <양축>의 모습과 성격, 특히 비극성을 고스란히 유지하였다. 그러나 본격적 소설로 개작된 <양산백전>에서는 <양축>의 비극성이 약화되고 있어 소설화 과정에 개입된 작가나 향유자의 의도를 짐작하게 한다. 정규복은 <양산백전>이 후반부에 재생과 군담을 삽입하여 해피엔딩으로 마무리하는 것이 한국의 독자를 의식하여 한국적 소설 체제에 맞춘 것이라 하였다.[26] 김영선도 <양산백전>의 개작이 우리 문학적 관습과 의식이 배어 있는 한국 고소설의 구성방식에 맞춘 것이며 내용에서는 애정문제에 대한 부자간 갈등과 극복을 다룬 것이라 하였다.[27] 이후의 논의들도 초점을 애정(추양대)에 두느냐 군담(양산백)에 두느냐에 따라 약간의 해석

黑狐狸嘯, 應是春魂化蝶飛.'(임형택의 위의 글, 17면에서 재인용)

26) 정규복, 앞의 글, 210~212면.

27) 김영선, 앞의 글, 17~73면.

차를 보이지만 궁극적으로 <양산백전>이 <양축> 고유의 비극성을 극복 혹은 제거하고 있음에는 동의하고 있다.[28]

그렇다면 <양축>이 <양산백전>으로 소설화되는 과정에서 비극성은 어떻게 극복되고 있으며, 극복의 의미는 무엇인가. 이를 위해 우선 국내에서 향유된 이른 시기 <양축>의 내용을 살펴보고 그것이 후대 설화에서는 어떻게 전승되며 마지막으로 <양산백전>에 와서는 또 다시 어떠한 변개를 거치는지 살펴보기로 한다. 그리고 <양산백전>과 유사한 시기에 중국에서 유행된 '보권'과의 비교를 통해 중국적 전승과 구별되는 <양산백전>의 특징을 살펴볼 것이다. <양축>의 가장 이른 국내 향유본은 앞서 살핀 『협주명현십초시』의 <양산백축영대전>이다. 이것은 <양산백전> 이전에 한국인이 접한 <양축>의 구체적인 모습을 제공한다. 본고에서 처음 소개되는 자료이므로 그 전문을 살펴보겠다.

  <양산백축영대전(梁山伯祝英臺傳)>

당나라의 기이한 일 많기도 많을사	大唐異事多祚瑞
어진 재사 양씨가 있었지.	有一賢才身姓梁
널리 배우면 귀해진다 늘 들었고	常聞博學身榮貴
서생들 과거장 찾는 것 매양 보았지.	每見書生赴選場
하릴없이 집에 있으면 끝내 무익하니	在家散袒終無益
선생 찾아 학당에 들면 참 좋으리.	正好尋師入學堂.云云
제 혼자 길을 가며 짝지도 없더니	一自獨行無伴侶
외딴 거친 마을에 마음마저 어릿어릿.	孤村荒野意恫惶
오가는 사람 없고 때도 뉘엿뉘엿	又遇未來時稍暖

---

28) 김경섭, 「양산백전에 나타난 애정담과 군담의 결합양상」, 『겨레어문학』37, 겨레어문학회, 2006, 117~138면.

보리수 나무 아래 비바람마저 썰렁해라.	婆娑樹下雨風涼
문득 보니 한 사람 뒤따라 이르는데	忽見一人隨後至
붉은 입술 흰 치아 고운 도령이라.	脣紅齒白好兒郎.云云
그이 말하길, "축영대라 하오"	便道英臺身姓祝
산백도 이름을 말하며 "저는 양가지요."	山伯稱名僕姓梁
서로 말하길, "고향을 떠나와	各言抛捨離鄉井
스승 찾아 유학을 배우고자 합니다."	尋師願到孔丘堂
두 사람 결의하여 형제가 되고	二人結義爲兄弟
죽으나 사나 잊지 않기를 약속하였네.	死生終始不相忘
열흘이 되지 않아 스승을 찾아 뵙고	不經旬日參夫子
시경·서경 수백 장을 읽었다오.	一覽詩書數百張
산백의 재주는 이육(二陸)29)을 넘고	山伯有才過二陸
영대의 명덕은 삼장(三張)30)보다 낫지.	英臺明德勝三張
산백은 그이가 여자인지 모르고	山伯不知它是女
영대도 남자라 꺼리지 않았네.	英臺不怕丈夫郎
어느날 밤 영대는 넋이 오락가락하더니	一夜英臺魂夢散
꿈속에서 또렷이 부모를 뵈었지.	分明夢裏見爺娘
깜짝 놀라 일어나니 마음은 뒤숭숭하여	驚覺起來情悄悄
고향에 돌아가 부모 뵙고 싶어졌네.	欲從先歸睹父娘
영대가 양산백에게 말하기를	英臺說向梁兄道
"저희 집은 임당에 있어요.	兒家住處有林塘
형이 뒷날 고향에 돌아가실 때	兄若後歸回玉步
옛정을 생각해 한번 찾아주세요."	莫嫌情舊到兒莊.云云
영대가 고향간 지 보름도 못 되어	歸舍未逾三五日
산백도 고향 생각이 사무쳤지.	其時山伯也思鄉
선생님께 하직하고 기로에 올라	拜辭夫子登岐路

---

29) 진(晉)나라의 육기(陸機)와 육운(陸雲) 형제.

30) 서진의 문학가 장재(張載), 장협(張協), 장항(張亢) 형제.

물 건너고 산을 지나 영대 집에 도착했네.	渡水穿山到祝莊.云云
영대가 사뿐사뿐 천천히 나오는데	英臺緩步徐行出
비단저고리에 봉황이 수 놓였네.	一對羅襦繡鳳凰
난향 사향 몸에 가득 향기롭고	蘭麝滿身香馥郁
몸가짐 아리땁기 세상 비할 데 없어라.	千嬌萬態世無雙
산백은 보고도 누구와 비슷하다 생각하다	山伯見之情似□
(비로소) 영대가 여자인줄 알았네.	□辨英臺是女郎
사랑에 빠져 문득 절구 하나 적었는데	帶病偶題詩一絶
'저 세상에서 그대와 부부가 되기를.'	黃泉共汝作夫妻.云云
이후로 (산백은) 상사병에 걸리더니	因玆□□相思病
몸이 죽고 혼도 흩어졌지.	當時身死五魂颺
장지는 월주 동쪽 한길이건만	葬在越州東大路
꿈을 타고 영대 찾아 침소까지 찾아왔지.	托夢英臺到寢堂
영대는 무릎 꿇고 서럽게 울부짖더니	英臺跪拜哀哀哭
먹먹한 마음으로 무덤에 술잔을 따라주네.	殷勤酌酒向墳堂
제문에 이르기를,	祭曰
"당신은 노비 되고, 몸도 벌써 죽었는데	君旣爲奴身已死
저는 이제야 그리워 당신 무덤가에 왔소.	妾今相憶到墳傍
당신, 넋이 없다면 저를 물리시고	君若無靈敎妾退
넋이라도 있다면 무덤 열어주소."	有靈須遣塚開張
말이 끝나자 무덤이 갈라지고	言訖塚堂面破裂
영대가 뛰어 들어 역시 죽었지.	英臺透入也身亡
마을 사람들 깜짝 놀라 허둥대고	鄉人驚動紛又散
부모는 뒤따라 옷을 잡아당기건만	親情隨後援衣裳
조각조각 뜯어진 옷 나비가 되고	片片化爲蝴蝶子
몸은 티끌 되니 아, 마음 아플시고.	身變塵滅事可傷.云云

<십도지(十道志)>
명주에 양산백의 무덤이 있다. 주: 의부 영대가 함께 묻혔다.
明州有梁山伯塚, 注, 義婦祝英臺同塚[31]

당나라 적 양산백은 재주 있는 서생으로 영귀함을 위해 학당을 찾아 가던 중, 역시 유학을 위해 남장을 하고 나선 축영대를 만나 형제의 의를 맺고 함께 수학한다. 그러던 어느날 축영대는 꿈에서 부모님을 뵙고 걱정하는 마음에 먼저 집으로 돌아가며, 양산백에게 자신의 집을 찾아오라고 당부한다. 축영대의 집을 찾은 양산백은 비로소 영대가 여자인 줄 알고 상사의 마음을 시로 남기고 죽는다. 죽은 후에도 산백이 꿈결 따라 영대를 찾아오자, 영대는 그의 무덤에 제를 올리며 무덤이 열리기를 기원한다. 무덤이 열리자 영대는 산백을 좇아 안으로 들어가고, 찢어진 옷자락은 나비가 되었다는 '가슴 아픈 이야기(事可傷)'가 <양산백축영대전>이다. 이 글의 형성 시기는 하한선이 『협주명현십초시』가 쓰여진 원대(元代) 초이다. 협주자는 『십도지』의 기록도 첨부하였는데, 이는 당대(唐代)의 문헌으로 현재 남아있지 않다. 『십도지』의 기록은 <양축>에 대한 중국 현존 최고본인 송대(宋代) 『건도사명도경(乾道四明圖經)』에도 보인다. 그러나 『건도사명도경』이 『십도지』의 주(注) 부분만 기록하고 있는 것으로 보아 협주자가 참고한 것은 『건도사명도경』이 아닌 원본 계열의 저본일 것이다. <양산백축영대전>의 기록을 통해 당시 국내에 전승된 <양축>의 경개를 확인할 수 있다.

---

31) 『협주명현십초시』, 위의 책, 258~259면. 표점과 글자 교감은 釋子山 夾注 · 査屛球 整理, 『夾注名賢十抄詩』, 上海古籍出版社, 2005, 176~177면을 따랐다.

[a] 영대는 상우씨의 딸이다. 남장을 하고 유학을 갔다가 회계에서 온 산백과 함께 지내며 공부했다. 산백의 자는 처인으로, 축영대가 먼저 돌아간 지 2년에 영대를 방문하고서야 여자라는 것을 알았다. 슬퍼하며 부모에게 혼인을 청하였으나 축영대는 이미 마씨의 자제와 정혼하였다. 산백은 후에 은령이 되었으나 병으로 죽어 무성 서쪽에 장사지냈다. 영대가 마씨의 집을 가는데 배가 묘소를 지나게 되자 바람이 일어 갈 수 없었다. 축씨는 산백의 묘가 있는지를 묻고 무덤에 올라 통곡하자 땅이 갈라져 축씨도 마침내 함께 묻혔다. 진(晉) 승상 사안이 표를 올려 그 무덤을 ‘의부총’이라 하였다.32)

[b] 의부총은 양산백과 축영대를 합장한 곳이다. 현의 서쪽 10리 접대원의 뒤에 사당이 있다. 옛날 기록에 두 사람이 어려서 함께 공부했는데, 3년이 되도록 양산백은 축영대가 여자인 줄 몰랐다. 그 순박함이 이와 같았다. 『십도사번지(十道四蕃志)』에 ‘의부 축영대가 양산백과 함께 묻혔다.’라고 한 것이 바로 이 일이다.33)

『선실지』([a])와 『건도사명도경』([b])에 나온 <양축> 관련 기록이다. 대략적인 형성 시기는 『선실지』가 앞서고 그 뒤에 『건도사명도경』과 <양산백축영대전>이 나왔을 것으로 추정된다. 그러나 국내 유입시기에 있어서는 현재까지 이들이 <양산백축영대전>보다 앞선다는 사실을 방

---

32) 『선실지』, <의부총(義婦冢)>, “英臺, 上虞氏女. 僞爲男裝遊學, 與會稽梁山伯者, 同肆業. 山伯字處仁, 祝先歸二年, 山伯訪之, 方知其爲女子. 悵然有所失, 告其父母求聘, 而祝已字馬氏子矣. 山伯後爲鄞令病死, 葬鄞城西. 祝適馬氏, 舟過墓所, 風濤不能進. 問之有山伯墓, 祝登號慟, 地忽自裂陷, 祝氏遂幷埋焉. 晉丞相謝安, 奏表其墓曰, 義婦冢.” 路工, 『梁祝故事說唱集』, 上海古籍出版社, 1985, 5면.

33) 『乾道四明圖經』, “義婦冢卽梁山伯祝英臺同葬之地也. 在縣西十里接待院之後, 有廟存焉. 舊記謂, 二人少嘗同學, 比及三年, 而山伯初不知英臺之爲女也. 其樸質如此. 按十道四蕃志云, 義婦祝英臺與梁山伯同冢, 卽其事也.” 『양축문화대관·고사가요권』, 286면.

증할 자료가 없다. 내용은 전체적으로 비슷하나 『건도사명도경』은 순박함과 의로움에 방점을 두고 있고, 『선실지』는 비극성을 강조하고 있다. 중국의 초기 <양축>은 도덕성과 비극성이라는 두 가지 경향으로 전승 양상이 나뉜 듯하다. 국내에 유입된 <양산백축영대전>은 축영대의 '의부'적 성격을 지우고 그 자리를 애절함으로 메우고 있어, 도덕성보다는 비극성을 부각시키는 쪽에 서 있다. '사가상(事可傷)'으로 압축되는 『협주명현십초시』의 <양산백축영대전>를 통해 '가슴 아프고 슬픈 이야기'가 국내 유입 초기 <양축>의 핵심적 성격이며, 전파와 전승의 동원이었음을 알게 한다.

> 양산백과 축영대는 모두 동진 사람으로 양산백은 회계인이고 축영대는 상우인이다. 양산백과 축영대는 일찍이 함께 공부하다가 축영대가 먼저 고향으로 돌아갔다. 양산백은 후에 상우를 지나다가 축영대를 찾아 비로소 여자인 줄 알게 되었다. 돌아가 부모에게 고하여 장가들고자 하였으나 축영대는 이미 마씨의 아들과 정혼하였다. 양산백은 슬퍼하며 어찌할 바를 모르다가 3년 후에 은령이 되었으나 병으로 죽으면서 청도산 아래에 장사지내달라고 유언하였다. 이듬해에 축영대는 마씨에게 시집을 가다가 청도산 아래를 지나는데 바람과 파도가 크게 일어 배가 더 나아가지 못했다. 축영대는 양산백의 무덤에 이르러 실성 통곡하다가 무덤이 홀연히 갈라지자 뛰어들어 죽었다. 마씨가 그 사실을 조정에 알리고 승상 사안이 '의부'로 봉할 것을 청하여 축영대는 '의부'가 되었다. 화제(和帝) 때에 산백이 다시 나타나 영이한 공로를 발휘하여 '의충'에 봉해지고 유사가 은현에 사당을 세웠다. 『영파지』에 보인다. 오중에 화호접이 있는데 귤충이 변한 것이다. 사람들이 노란 것은 양산백이라 하고 검은 것은 축영대라 한다. 세상에 전하기를 축영대가 죽은 후 그 집 사람들이 양산백의 무덤에서 옷을 태우니 옷이 불 속에서 두 마리 나비로 변했다고 한다. 모두

호사가들이 지은 것이다.[34]

이것은 『정사』 '축영대' 조의 기록이다. 『정사』는 풍몽룡의 또 다른 저작인 『고금소설』·『경세통언(經世通言)』·『성세항언(醒世恒言)』의 주요 소재원이며,[35] 명청대 중국의 다양한 <양축> 전승에 지대한 영향을 끼친 문헌이다. 따라서 그 안에 실린 '축영대' 조는 <양축>의 중국내 전승 경향을 대표한다고 볼 수 있다. '축영대'조는 축영대의 '의부'적 성격을 계승하면서 양산백의 '의충'을 첨가하였다. '화접(化蝶)' 화소가 첨가되었으나 호사가가 지은 것으로 일축하여, 비극성보다는 도덕성을 강조하고 있다. 이로 보면 『정사』본 <양축>은 그 자체의 문학적 전승력보다는 『정사』 내 수록된 다양한 이야기의 하나로 전승되었다고 볼 수 있다.

[c] <양산복과 수영대>

[이복순] : 그 머스마를 남자애를 놓으모(낳으면) 내가 사우로(사위로) 보고, 니가 딸로 놓으믄 내가 며느리를 보고, 서리(서로) 언약을 딱 했는 기라. [청중 : 이기 옛날 이바구거든.] 언약을 딱 해 놓이꺼네, 고리(그렇게) 말이다, 마, 저 며늘, 참 딸 딸로 낳았으믄 저쪽에 말이다 보낼 낀데, 그 인자 아들 낳아 놓이꺼네 이 집에는 며늘(며느리를) 볼라 카이 뭐 또, 똑같이 아들로 낳았다 캐 가지고. 그거 인자 저 집에 서리 사돈하기 실부버서

---

34) 馮夢龍, 『情史』, 浙江古籍出版社, 1998, 212~213면, "梁山伯·祝英臺, 皆東晋人. 梁家會稽, 祝家上虞, 嘗同學. 祝先歸, 梁後過上虞尋訪之, 始知爲女. 歸乃告父母, 欲娶之, 而祝已許馬氏子矣. 梁漲然若有所失. 後三年, 梁爲鄞令, 病且死, 遺言葬清道山下. 又明年, 祝適馬氏, 過其處, 風濤大作, 舟不能進. 祝乃造梁冢, 失聲哀慟. 忽地裂, 祝投而死. 馬氏聞其事于朝, 丞相謝安請封爲義婦. 和帝時, 梁復顯靈異效勞, 封爲義忠. 有事立廟于鄞云. 見 『寧波志』. 吳中有花蝴蝶, 橘蠹所化. 婦孺呼黃色者爲梁山伯, 黑色者爲祝英臺. 俗傳祝死後, 其家就梁冢焚衣, 衣于火中化成二蝶. 盖好事者爲之也."

35) 『고대소설총목·문언권』, 347면.

(싫어서) 하는 소리지, 가시나 둔 집에서. 서리 사돈하기 실버서. [청중 : 김정승 딸일끼다] 그렇기. [청중 : 이정승은 아들을 놓고] 응. [청중 : 김정승은 딸로 낳았인께] 응, 그래 가지고 인자, 마, 요걸 똑 머스마겉이 키았어. 머스마겉이 키아 가, 대 대나무로 가지고 요래 대롱을 해 가지고 여자 … 꼭 찡가(끼워) 가, 그래 오줌을 시영(시합)을 해도 이기 마이긴, 멀기 …. [청중 : 여자가 많이 나와] 그래서 인자, 거어(거기) 안 치았다(시집을 안 보냈다) 말이다. [한 할머니가 와서 양산복 수영대 이야기를 하라니까] 근데 고고 지금 이바구 안 하나? [잠시 이야기가 중단되었다]

　[권연조] : 그래 가 시집감시러 …. 마, 질가(길가)에 가서 묻어 돌라 캤어(남자가 먼저 죽어 길가에 묻어 달라고 하였고, 여자가 시집가면서 그 무덤 옆으로 가려고 할 것이라는 것을 줄여서 말한 것이다). 질깡가에 묻어 놓으라 카이께네, 묻어 놓인께네, 이거 가매 타고 가는데. [아주 목에 힘을 준 음성으로] 밤물 처매로 마 몇 번, 밤물 처매를 물로 들이가, 자꾸 들이 가, 밤물로, 까아만 밤물로, 마, 시집감서 밤물처매로 해 가 들이가지고, 고래 입고 가이, 그래 갔는데, 그 미(묘)가 탁 깨지 가지고, 미가 턱 깨지가, 그, 수영대가, 미가 턱 깨져 버리 가, 고 가매채가 짝 뿌리지자 고 소르르 드가 뿌고, 죽어 뿌고. 그래 인자, 그 수영대가 죽을 적에 [읊조리면서]

나는 죽어서 나비되고, 너는 죽어서 꽃이되고, 너와나와캉 숨질때꺼정 살아보자.

　너는 죽어 낡이되고, 나는 죽어 칡이 되고, 나와나와 살아보자.

　카며 요리 숨겨뻣다. [청중 : 칡이 퐁퐁 감이보자] 칡이 칭칭 감아보자. [청중 : 오월이라 단오날에 장핏물에 만내보자] 응, 그래 그 그 그기 그기 참 좋은데, [청중 : 수영대 이바구라. 이바군데 …] 이바군데 …. [청중 : 바로 말을 못해서] [청중 : 그런데 대야 대야 수영대야 그걸 …]

　[노래] 대야대야 수영대야, 복아복아 샹산복아, 한서당에 긁을 읽어 남자여자 몰랐더노[36)]

[d] <ᄌᆞ청비와 문국성 문도령>

　ᄌᆞ청비가 우물가에서 빨래하고 있는데 문국성문도령이 서울 글 공부하러 가다 그 옆을 지나게 되어 마실 물을 청하게 된다. ᄌᆞ청비는 버드나무 잎까지 함께 훑어놓고 물을 떠주는데 문도령은 ᄌᆞ청비의 마음씨가 나쁘다고 책망한다. ᄌᆞ청비는 물을 급히 먹다가 체하면 병이 나서 글공부할 수 없다고 하여 버드나무 잎을 띄운 이유를 밝히면서 자기 오빠와 함께 글공부를 가도록 요청한다. 급히 집에 달려온 ᄌᆞ청비는 부모들의 만류에도 불구하고 오빠의 옷으로 남장하고 서울로 함께 글공부를 간다. 서울에서 글공부하면서도 한방에서 지내게 되나 항상 경계를 지어 잠자리를 정하는데, 그러던 어느날 오줌을 누워 열두 기와집을 넘기는 내기를 하는데 문도령은 못넘기나 ᄌᆞ청비는 꾀로써 넘긴다. 공부 또한 자청비가 잘하게 되어 ᄌᆞ청비는 문도령보다 먼저 돌아오게 되고 문도령은 나중에야 돌아오게 된다. ᄌᆞ청비는 돌아와 부모들의 뜻에 따라 결혼하게 되는데, 마침 그날 문도령이 돌아오다 ᄌᆞ청비의 결혼을 보고서는 상사병으로 죽게 된다. ᄌᆞ청비는 삼년 동안 치마를 장물에 담갔다가 말리기를 거듭하던 어느날 남편과 함께 친정을 가다 문도령 무덤을 지나게 되는데 그 무덤이 가운데로 갈라지면서 ᄌᆞ청비는 무덤 속으로 들어가게 되고 ᄌᆞ청비의 치맛자락으로는 흑나비, 백나비, 청나비가 된다는 얘기다.[37]

---

36) 밀양군 산내면 설화이다. 1981년에 채록되었다. 채록자는 "앞에 '액운애기'라는 서사민요를 부르고 그것을 풀어서 이야기하자, 그와 비슷한 비극적인 내용인 이 이야기를 먼저 이복순씨가 구술하다가, 권연조씨가 받아서 구술하면서 노랫말을 읊조리거나 노래로 부르기도 하였다. 마지막 부분은 전승이 온전하게 되지 아니한 듯했다. 이것은 어릴 때에 언니들에게서 들었던 것이라 한다. 이것을 이 마을과 다른 마을에서도 들었으나 전승상태가 좋지 못하였다. 원래 유명한 이야기가 있어서 거기에서 민요가 파생한 것인지, 혹은 서사민요가 설화로 이야기되는 것인지 아직 분별할 수가 없다. 여하간 옛날에 부녀자들 사이에 인기 있었던 것인 듯했다."라고 부기하였다. 정상복·유종목, 『구비문학대계』8-8, 경상남도 밀양군편(2), 한국정신문화연구원, 1983, 677~679면.
37) 제주도 설화이다. 1981년에 채록되었다. 인용부분은 채록자들이 정리한 줄거리이다. 김영돈·현용준·현길언, 『제주설화집성』(1), 탐라문화총서(2), 제주대학교 탐라문화

밀양군 설화([c])와 제주도 설화([d])이다. 이들은 국내에서 전승되는 대표적 <양축> 설화로, <양축>의 애정 비극과 그 후일담으로서의 ‘화접’ 화소를 수용하고 있다. 특히 후반부의 ‘화접’ 화소에 대해『정사』에서 ‘모두 호사가들이 지은 것이다(蓋好事者爲之也)’라고 평한 것과 달리 밀양군 설화에서는 두 사람의 죽음을 애도하는 측면이 강화되었다. ‘나는 죽어서 나비되고, 너는 죽어서 꽃이 되고, 너와 나와캉 숨질 때꺼정 살아보자. 너는 죽어 낡이 되고, 나는 죽어 칡이 되고, 나와 나와 살아보자.’라는 민요조의 읊조림에는 못다한 사랑에 대한 간절한 소망이 담겨 있다. 또한 이어지는 청중의 노래 ‘대야대야 수영대야, 복아복아 샹산복아, 한 서당에 긁을 읽어 남자여자 몰랐더노’는 양산복이 수양대가 여자인 것을 몰라보아 둘의 연분이 어그러진 것에 대한 안타까운 마음을 표현하고 있다. 이야기가 끝난 뒤 청중들이 이 노래를 함께 불렀다는 사실은 향유층이 <양산복과 수영대> 설화의 핵심을 두 사람의 이별과 죽음에 두고 있음을 알게 한다. 살펴본 바와 같이 한국의 <양축> 설화도 근간은 비극적 사랑에 있다. 비극적 사랑이란 ‘사랑과 죽음’의 결합체이다. 사랑과 죽음은 배우지 않아도 알게 되는 기쁨과 두려움의 대상이다. 원천적 행·불행의 근원이 되는 사랑과 죽음은 다양한 인간관계 속에서 여러 형태로 삶을 지배한다. 인류의 삶은 예나 지금이나 이 두 가지에서 자유로울 수 없다. 국내 <양축>의 설화적 전승력도 인류 보편의 정서인 사랑과 영원한 삶의 문제인 죽음이 만나 만들어낸 애절함에 있다 할 것이다.

연구소, 1985, 328~331면.

[〈양산백전〉의 서사흐름]

	양산백	추양대[38]
탄생	선동의 적강으로 태어남	선녀의 태몽으로 태어남
	어려서 준수하고 총명함	어려서 지혜가 영오함
	부친의 명으로 학업을 위해 운향사로 감	자원하여 학업을 위해 운향사로 감
만남	양산백과 추양대는 운향사에서 만나 산사 객실에서 동숙함	
	양산백과 추양대는 종신언약을 하고 옷을 바꿔 입음	
사랑	양산백은 추양대의 기골이 여자 같은 것을 보고 잠 못 이루고 애를 태움	
	잠든 추양대의 손과 얼굴을 만지며 애를 태우고 여자임을 알기 위해 내기를 청함	
	잠든 추양대의 가슴을 열어 만져 보고 기뻐함	
	공부에 전념하지 못하고 남녀의 관계를 애걸함	
이별	추양대가 자신의 성화에 못 이겨 먼저 집으로 돌아가자 침식을 잇지 못함	양산백의 학업 집중을 돕고 부모의 허락을 받기 위해 돌아감
	추양대 집을 찾아가 양대의 정혼 사실을 듣고 집으로 돌아옴	부친이 신생과 정혼하고 양산백과의 연분을 허락하지 않자 그 뜻을 양산백에게 전하고 죽을 각오를 함
	추양대에 대한 그리움에 학업과 침식을 폐하고 병이 듦	산백의 죽음을 예감하고 신행을 청하며 부모와 영결함(꿈)
죽음	추양대의 혼인 소식에 운남산 황렴고개에 묻어 달라 유언하고 죽음	신행길에 양산백의 유서를 읽고 무덤에 치제하다가 따라 죽음 *심생의 질투와 각성
환생	양산백과 추양대의 혼령이 방장산에서 옥제의 허락을 얻어 환생하게 되고 전생에 두 사람이 외통하였다가 적강하게 됨을 들음	
	무덤에서 두 사람이 무지개를 타고 나와 환생함	
혼인	추상서가 자기의 잘못을 후회하던 중 양산백과 추양대가 돌아오고 혼례를 치름	
	양생의 집으로 신행을 가 그간의 일을 아룀	
입신 양명	오랑캐가 침범하자 인재를 뽑기 위해 설과하고, 양산백이 문무장원함	

---

38) 〈양산백전〉의 여주인공 이름은 추양대이다.

	병부상서 왕균의 군대가 패하여 사로잡 히고 위홍만 살아 도망 옴	
	급제 후 여가를 얻어 고향에 돌아온 산 백이 어명으로 대원수가 되어 상경함	
	양산백이 서달을 벌하고 돌아옴	
승천	양산백과 추양대가 80에 승천함	

2) 소설화 과정

『협주명현십초시』에서 보듯 <양축>의 한국적 전승은 주로 비극성에 초점이 맞춰져 있었고, 그것은 설화 전통 속에서 계승되었다. 그러나 조선후기에 오면 전승 양상에 분화가 일어나는데, 소설이 그 변화를 주도했다. 설화가 초기본이 지닌 비극성을 함유한 채 그것을 전승력의 중추로 삼아 이어가고 있는 한편, 소설은 <양축>을 수용하면서 과감히 그 '중추적 전승력'에 변화를 시도했다. 그렇다고 작품을 지배하는 비극성을 무조건 제거한 것은 아니다. 작품을 구조로만 볼 때 <양산백전> 또한 여전히 비극성을 작품의 정점에 두고 있다. 그러나 구체적 개작 양상에 나타나는 두 가지 특징이 설화적 비극성을 약화시켜 작품 전반의 정조를 크게 바꾸고 있다.

<양산백전>의 서사흐름을 살펴보면 두 가지 특징을 발견할 수 있다. 하나는 추양대의 정체가 드러나는 시기이며 다른 하나는 재생(환생)과 그 후의 공명(군담)이다. 추양대의 정체가 드러나는 시기가 <양축>과 달리 산사에서 수학을 하던 기간 중이라는 점은 선행연구에서 이미 지적되었다. 그러나 확인 시점의 변화와 그 과정에서 내기화소가 첨가된 것 외

에 주목할 것은 구체적 내용과 묘사상에 발생한 변개이다. 정체 확인 시기의 변화는 단순히 사건을 옮겨 배치하는 것에 그치지 않고 정체 확인 과정과 그로 인한 필연성에 대한 서사적 배려를 요구하기 때문이다.

양산백은 추양대와 동거수학을 시작한 순간부터 끊임없이 추양대의 정체를 확인하는 데 몰두한다. 남장을 하였지만 추양대의 기골이 남자 같지 않은 것을 보고 품게 된 의구심은 양산백의 신경을 온통 추양대의 행동과 태도를 관찰하는 데 집중하게 만든다. 그는 밤이 깊도록 잠을 이루지 못하고, 잠든 추양대를 바라보며 '이런 아내를 만난다면 평생 즐겁고 황홀하게 지낼 텐데'라며 간절한 마음을 드러내기도 하고, 잠든 그녀의 손을 잡고는 '이렇게 연약해서야.. 바람에 날아갈 듯하네.'라며 애지중지한다. 그러다가는 '소원을 이루지 못하면 노심초사로 속절없이 황천객이 될 텐데'라며 상사의 마음이 죽을 것 같은 고뇌로 바뀐다. 그는 또다시 잠든 추양대의 얼굴을 어루만지며 마음 가득 애지중지해 한다. 양산백의 손길에 놀라 깨어난 추양대가 매몰차게 하여도 오히려 간절함과 의혹이 더해져, 밤새 잠을 이루지 못한다.

양산백은 추양대의 모든 말과 행동을 여성스러움과 결부시키며, 끊임없이 추양대를 시험하고 떠보지만 추양대는 끝내 자신의 정체를 드러내지 않는다. 그러다 결국 잠든 추양대의 가슴을 열어 만져보고 여자임을 확인한 양산백은 들뜬 마음을 진정하지 못한다. 그러고는 옷을 벗고 추양대의 이부자리로 다가가 '날씨가 더우니 옷을 벗고 자자'며 접근한다. 이에 추양대는 어쩔 수 없이 자신의 정체를 인정하였지만, 부모의 허락 없이 남편을 맞을 수 없다는 이유로 엄준하게 거절한다. '다시는 말을 붙이기 어려'울 정도로 냉담하게 반응하는 추양대의 모습에 이제는 '그대가 배반하면 나는 다른 곳에 장가들지 않을 것이고, 그대로 인하여 원

귀가 될 것이니 모름지기 잘 생각하여 허락해 달라'며 애걸한다. 추양대
는 결코 배반하지 않겠노라 다짐하고 그가 학문에 전념할 수 있도록 밤
에 몰래 집으로 돌아간다. 그러나 한번 사랑에 빠진 남자가 사랑하는 여
자와 관계 맺을 기회를 잃고 공부를 이룬다는 것은 어불성설이다. 밤낮
으로 추양대를 그리다 결국 추양대를 찾아 나선 양산백은 양대가 심상
서의 아들과 정혼했다는 사실을 듣고는 상사로 인해 불멸의 날을 지내
다가 결국 병을 얻어 죽는다.[39]

중국의 경우 <양축>의 소설적 전승형태를 지닌 명청대『고금소설』본
은 '남장을 한 축영대와 양산백이 3년 간 동문수학한 후 헤어지고, 후에
축영대를 찾아온 양산백은 비로소 영대가 여자임을 알고 상사병으로 죽
게 되며, 영대도 산백의 무덤에 들어가 죽어 나비가 되었다.'라는 기본
줄기에 영대의 유학을 말리기 위해 '남녀칠세부동석'을 들고 나오는 올케
에게 석류꽃을 들고 '절개를 지키지 못하면 이 꽃이 시들 것이라'는 맹세
를 첨가했다. 축영대는 3년 후 귀가하여 만발한 석류꽃을 보이며 올케에
게 자신의 절개를 다시 한 번 확인시킨다.[40] 즉『고금소설』은 서사적으
로 확대되고 세밀화 되었지만 축영대의 의부적 성격이나 남녀관계를 모
르는 '순박함'을 유지하고 있다. 청대 탄사(彈詞)의 한 종류인 목어서(木
魚書)『모란기(牡丹記)』'영대수화(英臺綉花)' 조에서도 축영대는 자신의
유학을 반대하는 부모에게 모란꽃을 두고 정절을 맹세한다. '학규엄금(學
規嚴禁)' 조에서도 동학 기간 중에 영대의 신분이 드러나지 않으며 오히
려 두 사람은 엄격한 규율 하에서 공부하는 것으로 서술되어 있다.[41]

---

39) 이상의 인용 부분은 <양산백전>, 5~8면.
40) 풍몽룡,『고금소설·이수경의결황정녀(李秀卿義結黃貞女)』,『양축문화대관·고사
　　가요권』, 287~289면.
41) <모란기>,『양축문화대관·곡예소설권』, 185~243면.

  <양산백전>이 <양축>의 틀을 수용한 전반부에서 시도한 세밀한 변개의 핵심은 '죽을 만큼 사랑하게 된 과정을 보여주는 것'이다. 즉 개작과정에서 애정부분 화소가 매우 섬세해지고 있는데, 이는 뒤에 나오는 '죽음'을 전제하고 있는 것이다. 사실 『고금소설』이나 『모란기』처럼 3년간 수학을 마칠 때까지 여자인 것을 눈치 채지 못하다가 후에 축영대의 집을 찾아가서야 여자인 것을 알고 사랑에 빠졌다는 것은 사랑 때문에 죽게 되었다는 간절함을 확보하지 못한다. 오히려 <양산백전>같이 보채고 달래는 간절한 애정공략을 통해 무르익은 연정이 전제되었을 때 양산백의 상사와 죽음도 타당성을 지닌다고 할 수 있다.

  <양산백전>은 후반부에 재생화소와 적지 않은 분량의 군담이 첨가되었다. 이러한 특징은 환혼설화가 등장하는 명대의 보권과 관련지어 논의되기도 하였다.[42] 기존 연구에서 비교 대상으로 삼은 <영대보권>의 특징은 다음과 같다. 첫째, 축영대가 양산백의 무덤으로 들어간 이후 마씨가 명부에 가서 염왕에게 소송을 제기하고, 염왕은 3인을 모두 환생하게 하는 판결을 내린다. 둘째, 환생한 산백과 영대는 순조롭게 결혼하여 장원급제하고 일품부인이 되며, 집에 불당을 지어 염불수행하여 백세 수를 유지하고 자손이 번창하게 된다.[43] <영대보권>이 재생 이후의 삶을 다루었다는 점은 <양산백전>과 유사하지만, 전체적으로는 불교수행을 강조하고 있어 보권의 장르적 성격이 분명히 드러난다. 즉 <영대보권>은 불교 전파를 위해 당대 인기 있는 설화인 <양축>을 수용하여, 천수를 누리고 자손을 번창하게 하려면 '염불수행'을 해야한다는 메시지를 전하고 있는 것이다. 강한 종교적 색채는 오히려 서사적 맥락에서의 개연성

---

42) 김명은, 앞의 논문, 9~13면.
43) 澤田瑞穗, 『增補寶卷の研究』, 東京 國書刊行會, 1975, 172~173면.

을 약화시킨 측면이 없지 않다.

세월이 여류하야 무사이 즐기더니 초공의 부〃ㅣ 홀연 득병하야 연하야 긔세하매 평북후ㅣ 레를 갓초와 선산에 안장하고 추씨로 더부러 삼년을 극진히 밧든 후 무한히 질길 새 이자일녀를 두엇스되 장자의 명은 우학이니 십오세에 문과장원에 쌔혀 한림학사에 이르고 그 처 윤씨는 례부시랑 윤명필의 녀오 차자의 명은 윤긔니 십칠세에 등과하야 이부상서로 잇고 그 처는 왕시니 병부상서 왕군의 쌀이오 녀아의 명은 난혜니 태상경 리공의 자 필선의 처ㅣ 되엿더라. 세월이 여류하야 북평후의 나히 팔십이러니 일일은 부부ㅣ 자녀등을 거나려 주배를 날려 석사를 말삼하며 즐기더니 공중으로서 풍악소래 나며 점〃 갓가히 들니더니 선관 이인이 구름 속으로서 나려과 공의 부부를 향하야 절하며 왈 그대 등은 인간행낙이 그간 엇더하뇨 아등 이인은 옥제긔 신이하는 선녀ㅣ러니 옥제에 명을 밧자와 그대 이인을 다리러 왓나니 밧비가자 하거늘 북평후ㅣ 답례하고 왈 존선은 뉘신지 모로거니와 우리는 범인 육신이라. 엇지 감히 상천하야 선경을 더레리잇가 선관이 소왈 그대 풍진에 골몰하야 우리 이인을 몰나 보거니와 우리 이인을 쌰러가면 자연 알것이 잇스리라 하더니 문득 상운이 자옥하며 향풍이 진동하더니 이 두 선녀와 북평후 네 사람의 가는 바를 아지못하너라 자손 등이 이에 허장하고 삼년 상을 극진히 맛치니 자손은 일로좃차 게게승승하고 명환이 대대로 쩌나지 아니하니라 차시ㅣ 긔이하고 괴이하고 희귀하고 공전절후한 일이기로 자서히 긔록하노라[44]

위 인용문은 <양산백전>의 대단원 부분이다. 양산백과 추양대는 부모가 세상을 떠나고 자식들이 각각의 가정을 이룬 후, 평화로운 노년을 보내다가 함께 승천한다. 대단원은 죽음과 재생 후 바로 이어지지 않는

---

44) <양산백전>, 52~53면.

다. 재생한 양산백은 추양대와 가정을 이루고 추양대의 내조 하에 문무과에 장원하며 외침으로 인한 국란을 타개하는 등 혁혁한 공적을 세운다. 작품이 이 과정을 위해 할애한 분량은 적지 않은데, 이는 전반부에서 애정을 성취한 두 사람이 사회적으로 인정받는 과정에 대한 배려이다. 전반부에 비해 적은 분량 속에서 오히려 더욱 현모양처다운 모습을 구현하는 축양대와 북평후라는 최고 지위에 오르기까지의 양산백의 활약상을 제시함으로써 세속적 부귀영화를 기반으로 한 해피엔딩의 대단원이 자연스럽게 연결된다. 군담을 중심으로 펼쳐지는 이 부분에서 앞서 살펴본 <영대보권>과 <양산백전>의 차이가 나타난다. 양산백과 축영대가 애절한 사랑으로 죽었다가 재생한 직후 불교적 수행에 전념하고 그 수행의 결과로 자식들이 번성하게 되는 보답을 얻는 <영대보권>은 즉각적이고 주술적인 불교관, 즉 포교에서 일반 대중의 마음을 사로잡기 위한 기복신앙적 불교관을 드러내고 있다. 그러나 <양산백전>은 사랑을 쟁취한 후 공명을 이루어가고, 그 대가로서의 세속적 안정과 부귀영화를 누리게 되는 과정을 통해 대단원을 향한 서사적 필연성을 확보하고 있는 것이다.

4. <양산백전>과 대중의 기호

　<양산백전>은 대중소설이다. <양산백전>은 현재 판각본 3종과 활자본 6종이 남아있다.[45] 판각본과 활자본으로 유통되는 소설은 독서대중을 의식하며, 대중적 취향에 민감하고 발 빠르게 반응한다는 특징이 있

---

45) 김영선, 앞의 논문, 3~9면.

다. 또한 판각본(활자본)이 유통되던 시기는 교육 수혜자의 증가로 인해 독서층이 확대된 반면 일제의 검열 등으로 창작이 위축되고 작가가 부족한 상황이었다. 당시 소설 출판을 주도한 서적상들은 대개가 영세한 수준이었는데, 이들은 일정한 이윤을 보장받기 위해서 새로운 이야기보다 익숙한 이야기, 그러면서도 사람들이 좋아하는 이야기를 선호했다. 서구의 영향으로 새로운 형식의 창작이 이루어지고 있는 상황에서 다시금 고소설 출판 붐이 일어났던 것은 이러한 이유이다.46) <양산백전>이 천 년 이상 사람들의 심금을 울려온 <양축>을 개작의 대상으로 삼은 것도 같은 맥락으로 이해할 수 있다.47)

설화 단계의 이야기를 상업적인 소설로 만들기 위해서는 우선 소설한 편에 해당하는 기본 분량을 확보해야 한다. 작가는 그 분량을 어떻게 채울 것인가를 고민하게 되는데, 이때 중요한 것은 대중의 기호를 파악하는 것이다. 그렇기에 소설의 내용이 독자의 요구(기호)에 따라 달라지기도48) 한다. 독자의 요구가 항상 직접적일 필요는 없다. 서적상이나 고용 작가들은 이전의 독서 관례나 판매 실적을 통해 독자들의 기호를 가늠하고 예측하기 때문이다. <양산백전>이 소설화되는 과정에서 나타난 개작 양상도 출판 주체가 이해한 '대중의 기호'가 고려된 것이라 할 수 있다. <양산백전> 개작상 특징을 한 마디로 요약하면 '세밀한 염정과 통쾌한 군담의 결합'이라 할 수 있다.

---

46) 구활자본으로 발행할 소설 목록을 선정할 때 이미 상업적 성패가 검증된 방각본을 참고한 것 또한 같은 이유이다. 이주영, 『구활자본 고전소설 연구』, 46~68면.

47) <양산백전>이 구활자본 목록에 재선정되었다는 것과 1915·1916·1917·1920·1925년에 걸쳐 연속 출판이 되었다는 것은 작품의 서사가 갖는 매력을 보증한다.

48) 조동일은 이러한 부분을 해명하려는 시도가 필요함을 지적하였다. 조동일, 『동아시아문학사 비교론』, 서울대출판부, 1993, 228~259면.

차야에 밤이 깁도록 글을 익다가 각각 취침할 새 추생은 잠이 깁히 들엇
스되 생은 잠을 일우지 못하고 내심에 헤오되 내 이튼 처실을 맛나면 평생
을 쾌황이 지내리로다 마음에 자연 애중하야 침석을 갓가히 하고 가만히
집수 탄완 제 이갓치 연약하야 바람에 날이일 쯧하기 만일 소원을 이루지
못하면 노심쵸사하야 속절업시 황천객이 됨을 면치 못하리로다하고 인하
야 손을 드러 옥면을 어루만저 만심 애중하야 하더니 … 생이 생각하되
만일 남자 갓트면 엇지 그리 매몰하리오하고 생각이 점점 간절하야 백년가
약을 매지리라 하고 전전 반칙하야 잠을 이루지 못하고 날이 장찻 발거날
… 생이 유의하야 보매 남자의 거조ㅣ 아니믈 보고 차후로는 더욱 황홀하
야 아모리 할 줄 모로더니 임의 황혼이 되매 석식을 파하고 다시 글을
읽으며 문의를 강론하야다가 생추다와 내 그대를 아모리 보나 태도ㅣ 만으
니 맛당이 금야에 인연을 매저 백년을 동락하이 엇더하뇨 … 소저 잠을
깁히 들거날 생이 가마니 가삼을 열고 만저 본즉 설부옥골이 완연한 녀자
ㅣ 분명한지라 불승대회하야 마음을 안정치 못하야 내심에 생각하되 제
임의 녀재일진다 가히 타문을 유의치 못하려니와 제 마음을 아모커나 시험
하야 보리라 하야 의복을 해탈하고 금니에 나아가 소저를 깨여 왈 춘일
일기 심히 훈렬하니 그대는 옷을 벗고 날과 동숙함이 조흐리로다 … 생이
이에 애걸왈 그대 만일 구약을 배반하면 생은 취처치 아니하리니 일이
이에 밋치면 부모의 불효될 쑨 아니라 나는 그대로 하야 원귀되면 그대에
게 무엇이 유익하뇨. 모로미 깁히 생각하야 허락하라[49]

<양산백전>이 <양축>과 구분되는 특징은 죽음 전 서사에서 드러나
는 섬세한 인물(심리) 묘사이다. '산사의 밀실에서 일어나는 소년과 소녀
의 사랑이야기'는 그 자체로 독자들에게 매력적인 화소가 된다. 소년이
남장한 소녀와 같은 공간에 살면서 그녀의 정체를 확인하고 사랑에 빠

---

49) <양산백전>, 5~8면.

지는 이야기는 오늘날 영화나 드라마에서도 선호하는 내용이다. 사춘기 소년이 처음 여인을 알아가는 과정에서 보이는 맹목적인 집착과 비이성적인 몰입, 어린아이 같은 투정과 '가슴 만지기'를 통한 정체 확인 등에서 독자는 추체험을 바탕으로 작품에 몰입하게 된다. 동시에 유사 관음에 의한 쾌감을 느끼기도 한다. 이것은 밀실에서 일어나는 '남녀지사'에 대한 내밀한 묘사가 성적 개안기에 대한 회상과 육체적 관계에 대한 상상을 교묘히 결합하고 있기 때문이다.

익일 평명에 량원수ㅣ 진문을 대개하고 대호 왈, "적장 서달은 내 말을 드르라. 여러날 상지함은 회심하여 항복하게 함이어날 네가 종시 항복지 아니하니 우리 장졸을 수고케 하미라. 오날날 결단코 승부를 결하라 하나니 너는 빨리 나와 나의 칼을 바드라." 하는 소래 산악이 움작이는지라. 차시 서달이 차언을 듯고 불승대로하여 창을 두루며 내다라 원수를 취하며 교봉 수합에 불분승부러니 문득 냥원수가 거즛 패하여 다라나거늘 서달이 승승장구하여 군사를 이르여 진을 뷔우고 급히 대군을 모라 원수의 뒤를 짜라 명진에 다다라 물미듯시 치더니 명진 중으로셔 일시에 고조납함하며 수미를 응하여 막자르는지라. 서달이 수미를 차리지 못하야 엄살하다가 형세가 이치 못하믈 보고 급히 군사를 도로혀 본진을 바라고 다라나더니 탐매 잇서 보하되 채를 명진에서 쌔아서 웅거하엿다 하거늘 서달이 이 말을 듯고 낙담상혼하여 급히 본진으로 도라가지 못하고 급히 대군을 재촉하여 산벽 소로로 닷더니 문득 일성 포향에 정동은 왕충이오, 정서는 마익이오, 정남은 황흠이라, 사면 복병이 일시에 내다라 엄살하니 고각함성은 천지 진동하고 긔치창검은 일월을 희롱하더라. 서달이 평생 힘을 다하야 대적할 새 죽엄이 뫼갓고 피 흘너 시내를 이루엇더라. 원수ㅣ 대대군마를 동하야 좃기를 급히 하니 서달이 능히 저당치 못하야 궁 긔치중을 바리고 불분동서하며 닷더니[50]

죽음 전 서사가 섬세한 심리묘사에 장점이 있다면 후반부의 군담은 호쾌한 스토리 전개에 강점이 있다. 이것은 당시 상업적으로 흥행에 성공한 소설군이 반영된 것이기도 하다. 판각본(활자본)이 당시 가장 유행하는 소설 유형을 모델로 하는 것은 상업적 흥행을 보증해주기 때문이다. 영웅적 주인공 양산백이 문무장원을 거쳐 대원수 왕균이 실패한 서달의 정벌을 지략과 용맹으로 이루어내는 스토리는 당시 영웅 군담류에 익숙해져 있는 독자들에게 가장 안정적으로 접근할 수 있는 방법인 셈이다. 애정소설 가운데 가정 내 갈등이 중심인 <숙영낭자전>에서도 군담이 덧붙여진 이본이 존재한다는[51] 사실은 흥행 보증수표로 기능했던 당시 군담의 위상을 알 수 있게 한다.[52]

또한 군담의 삽입은 작품의 전반부에서 충분히 표현하지 못한 '선악 대립의 구조'를 보충한다. <양산백전>의 주지를 '친자갈등'이나 '자유연애사상의 승리' 등으로 보는 입장에서는 양산백과 추양대의 자유연애를 가로막는 장애물로 부모 세대(사회 제도)를 설정하고 이들 간의 갈등을 부각시킴으로 해서 '기존 세대나 당시의 사회 제도'를 '악'에 준하는 대상으로 여기게 하지만, 실제 <양산백전>에서는 부모 세대나 사회 질서를 '악'으로 규정하고 있지 않다. 이것은 아들이 상사병으로 죽어가자 친히 청혼 하러 먼 길을 달려갔다가 추양대가 혼인한 사실을 알고 돌아올 때 양상서가 짓는 한숨이나, 딸의 죽음 후 애통해하며 후회하는 추상서의 눈물을 통해 알 수 있다. 더욱이 혼인 후 양산백과 추양대는 당시

---

50) <양산백전>, 46~47면.

51) 최래옥 66장본이 그렇다. 김일렬, 『숙영낭자전 연구』, 역락, 287면.

52) 군담이 주 요소인 영웅소설은 방각본의 주류를 이루었고, 구활자본 시대에도 10회 이상 출간된 작품들 가운데 다수를 차지하였다. 이주영, 『구활자본 고전소설 연구』, 월인, 1998, 107면.

사회에서 인정하는 존재로서의 지위를 획득한다. 양산백은 입신양명을 통해 충효를 구현하고 추양대는 내조와 공양을 통해 절효를 실천하는 것이다. 결과적으로 충효 이데올로기 체제 속으로 이들의 사랑이 포섭되는 것을 보면 이 작품의 무게중심이 진정 '친자갈등'에 놓여있는가라는 점에 대해 고민하게 된다. <양산백전>이 서술과 묘사에서 지배적 가치관보다는 인간의 성정을 우위에 두고 있는 것은 분명하나 서술상의 특징과 주제적 지향은 구분해서 보아야한다.

　다시 '선악대립 구조의 보충'으로 돌아가자. 대중의 기호는 통속적 흥미에 기반한다. 통속적 흥미를 자극하는 기본적인 요소 중 하나는 싸움이다. 그 싸움은 누구의 편에 서지 않고 그저 구경하는 것만으로도 즐겁다. 변사또를 등장시킨 <춘향전>을 비롯하여 수많은 대중소설이 단순하다는 비난을 무릅쓰고 극단적 악인을 내세워 단선적인 선악구조를 취하는 이유가 그것이다.[53] 우리는 마음 놓고 처단할 악인에게서 통쾌함을 느낀다. 상업적 고소설에서 기존 세대나 사회 질서는 비판의 대상 혹은 개혁해야 할 대상은 될지언정 통쾌하게 처단할 악인이 되기는 어렵다. <양산백전>의 군담은 싸움 화소와 악인 캐릭터를[54] 통해 즐거움과 통쾌함을 배가하는 기능을 한다.

---

[53] 물론 선악구조 속에 감춰진 작가의 진지한 사회 고민은 별도로 한다. 여기서는 구조 자체가 환기하는 흥미에 초점을 둔다.

[54] 서달이 진정한 악인인가는 별도의 문제이다. 여기서는 작품 내에서 응징대상으로 설정되고 있다는 것에 주목했다.

5. 나오며

비극성을 주된 정조로 하는 불멸의 사랑이야기 <양축>은 천 년 이상 전승되었다. 한국의 경우를 보면 14세기 전반에 유입되어 설화적 전통 속에서 계승되다가 조선 후기 소설로 개작되었는데, 그 과정에서 죽음으로 끝났던 슬픈 이야기가 재생 후 세속적 부귀공명을 누리는 행복한 이야기로 변하였다. 동시에 서사적 완결성도 갖추어졌다. 일반적으로 소설의 독서대중은 정제되고 완결된 구조를 선호한다. 그것은 무질서한 연결이 아닌 소설적 인과성과 개연성이 전제된 완결성이다. <양산백전>은 죽음 전 서사에 애정화소를 보완하고 죽음 후 서사에 군담화소를 첨가하여 각각 죽음에 이르는 과정과 대단원으로 이어지는 단계에 타당성을 확보하였다.

<양산백전>에서 죽음 전 서사는 왜 이들이 죽을 수밖에 없었는가를 납득하게 한다. 죽음은 간절함이다. 특히 사랑 때문에 죽는다는 것은 죽을 만큼 사랑하는 감정이 공감될 때 타당성을 확보한다. 양산백과 추양대가 3년 동안 함께 지냈다고 해도 학업에 열중할 뿐 동성 이상의 감정이 존재하지 않았다면, 문득 상대가 이성임을 알았다고 해도 금방 죽도록 사랑하는 감정이 생기지는 않을 것이다. 죽고 싶도록 사랑하게 된 과정이 없이는 뒤따르는 죽음의 비극성도 약화된다. 재생 후에 삽입된 군담도 이러한 맥락에서 해석할 수 있다. 군담으로 넘어가면서 규방 안의 현숙한 아내, 어진 며느리로 분하는 추양대와 전장의 영웅으로 활동영역을 넓혀가는 양산백의 모습은 두 사람이 사회적으로 인정받는 과정을 보여준다.[55] 전반부에서 인간적 애정에 매몰되어 사회적 인정이 결핍되

---

55) 후반부에 오면 추양대의 비중이 축소되지만 양산백의 영웅적 활약은 현부 추양대의

었던 두 사람은 세속적 성취를 통해 사회적 인정까지 획득한 것이다. 이 것은 양산백과 추양대의 '80세 복록'이 완성되는 기반이 되며 덕분에 작 품은 완전하고 행복한 대단원으로 끝날 수 있게 된다. 작품이 개연성에 기반한 서사적 완결성을 추구한다는 것과 적강이나 승천 같은 비현실적 요소를 수용하는 것은 별도의 문제이다. 비현실적 환상성을 인정하는 것 이 서사적 개연성을 무시해도 좋다는 것을 의미하지 않기 때문이다. <양산백전>이 꿈이나 적강과 같은 환상요소를 수용하면서 죽음과 재생 의 전후 서사에 합리성을 부여하려고 한 것에서 당대 소설 향유층의 요 구가 무엇인지 확인할 수 있다.

<양산백전>이 <양축>을 수용하여 소설화하는 과정에서 작가(개작 자)가 주목한 것은 좀 더 소설다운 면모이다. '소설다움'은 대중의 기대 와 기호에 부응하는 것이다. 그것은 대중적 흥행을 관건으로 하는 판각 본 소설의 특징이기도 하다. 따라서 당대 독자들에게 익숙하면서도 그들 이 흥미롭게 접근할 수 있는 기재를 마련하는 것은 소설창작에서 중요 한 문제이다. 동서고금을 막론하고 사람들이 가장 선호하는 '이야기 거 리'는 사랑과 전쟁이다. 두 가지는 인간의 양면적 속성을 나타낸다. 시선 을 안으로 하여 내밀하게 들여다봐야 하는 섬세한 애정 추구는 진정한 인간임을 인정받고 싶은 마음이다. 밖으로 자신을 끝없이 팽창시켜 입신 양명의 공업을 이루는 것은 사회적 지위를 획득하고자 하는 사회적 존 재로서의 욕망이다. <양산백전>은 이 두 가지 욕망의 서사를 결합함으 로써 대중성을 획득하려 하였다. 그 결과가 '세밀한 염정과 통쾌한 군담

내조를 기반으로 한 것이다. 이것은 출정에 앞서 부모를 걱정하는 양산백에게 "오아 는 가사를 염려치 말나. 현부ㅣ 재가하니 우리 노래에 평안함이 반석과 갓홀지라. 조곰도 괘렴치 말고 대공을 세워 성녀하심을 덜고 개가를 불너 수히 환가하야 노부의 바람을 위로하라."(<양산백전>, 40면)는 양상서 부부의 말에 집약적으로 드러난다.

의 결합'이다. 소설적 완결성을 지향하면서 내밀한 욕망과 호쾌한 군담을 결합한 것은 당시 독서 대중의 기호를 반영한 것으로 볼 수 있다. <양산백전>은 '사람들로 하여금 미안하지 않을 만큼의 도덕적 위반을 맛보게 하고, 그들의 울적한 마음을 시원스레 풀어주는 것'을 대중을 위한 자기 역할로 삼았는지도 모른다. 또한 이것은 설화적 전승에 머물던 <양축>이 소설세계로 진입하기 위해 취한 전략이기도 하다.

부록

[〈창선감의록-화씨충효록〉 내용 대교표]

	현토본 〈창선감의록〉		낙선재본 〈화씨충효록〉
回	孝子贊歸計 雙玉定佳緣	권 1	증선악화복 창선감의록
1 ①	서사 · 창작동기	1	
②	화운과 부인 소씨 죽으나 아이는 수중에서 7일간 죽지않다. [천우신조]		
2 ①	7세손 화욱과 심, 요, 정 삼부인. 장자 춘은 어리석음. 요부인이 조세. [화부소개]	2	화운의 7대손 화욱과 심, 뇨, 정 삼부인. 성부인이 가권 돌봄.
3		3	화공이 무후하다가 심부인 생남(예).[1] 의기양양하여 가권을 넘보고 뇨, 정부인 질욕.
4		4	뇨씨 여아낳고 실망·심부인 조롱에 병되어 임종. 조부인 오라비와 여동생이 상치름.
5 ①	공이 옥린 꿈 꾸고 정부인이 생자(진). 성부인에게 가권을 맡김. 심씨는 투심을 지니나, 동치 못함. 진이 3-4세에 효경 묵송.	5 ①	정부인 생남.
②	공이 엄숭의 秉政으로 국사가 그릇됨을 탄식. 진이 권하여 고향에 돌아갈 뜻을 정함.	②	
③	춘이 이미 임소저와 혼례. 절미하지 못함을 불쾌.	③	경옥 불민하여 공이 어진 임씨 가려 뽑음. 경옥 임씨의 불용함 염하여 시비 홍장과 사통.

---

1) 字는 경옥.

6 ①	소흥에 도착. 공이 아들·조카로 상춘정에서 시 짓게함. 춘의 시 보고 亡家者라하고 진에게 수행 배우라함. [상춘정 사건]	6 ①	송죽헌 화계에서 아들로 글짓게 함. 경옥의 글 보고 학업에 정진안하면 종사의 선후를 바꾸겠다 함. 형옥이 화공의 낙향을 권함. [송죽헌 사건]
②	상춘정 일로 심씨 전정이 위태할 줄 알고 정씨 모자와 태강 원망. 임소저가 춘의 패려무륜을 간하나 고치지 않음. 박명을 한하고 정이 없어 無子.	②	경옥이 심씨·임부인에게 정씨모자 참소하니 임부인 간하나 꾸짖자 입다뭄. 성부인이 공의 언사가 禍의 근본이라 여김.
7		7	임씨가 옥골영자를 낳음.
8 ①	우연히 윤혁(중회) 만남. 윤시랑이 윤남 兩소저로 청혼. 신물 홍옥천·청옥패. [진의 정혼]	8 ①	공이 양주 백낙천으로 낙향. 이부시랑 윤혁 만남.
		권 2	
②		②	윤공이 양녀로 청혼. 경옥이 재취의 뜻 보임. 형옥이 홍옥채·청옥현을 제로 맹약시 지음.
2 回	魁婦售禍心　亂子吐淫情		
③	태강과 유성양 내년 봄으로 정혼.	③	태강과 유선양 정혼. 성홍(경옥의 子)은 형옥을 부친보다 더 따름.
9 ①	정부인, 화공 기세.	9 ①	정부인 기세. 경옥이 여막에 안 있고 침실에 오니 임씨 불용. 시비배 등과 희롱. 경옥이 교씨와 사통. 재취삼기 약속.
②		②	정씨 조기 후, 화공 홀연 득병. 유공부자에게 빙선을, 성부인에게 진아 남매 부탁.
		권 3	
③		③	화공 기세. 화공 일기 지나고 유공부인이 아자의 기일 늦어져 다른 데 취처함을 권하나 유공부자 화소저 사랑함.
④	성부인 구가에 가면서 춘 경계. 심씨 모자가 공자 혹장하고 가두니 임씨 구호.	④	성부인 구가에 감. 심씨 패악 심함. 태강을 장형에, 형옥 때려 두골 깨짐.
10①	유광록(성양의 父)이 화소저 걱정하여 결복날 즉시 길일 잡아 성례.	10①	삼년상 마치고 성부인이 가권을 임부인에게 주고 태강이 유문에 혼인.
②		②	성홍이 아비의 불인함 알고 형옥에게 학문. 임부인도 성홍에게 아비 따르지 말고 숙부 따르라 가르침.

11①	춘이 간교 비례한 범한·장평 사귀고 미인 희망여 조녀와 사통.	11①	경옥이 교씨 취함 고하니 성부인이 승낙하여 교씨 맞이함.
②	진과 성생이 산동으로 감.	②	형옥과 성생이 산동으로 감.
3回	回棹青城山 招魂洞庭湖		
12①	<初에> 윤시랑이 남어사로 이웃. 부인 조씨 쌍옥 꿈꾸고 남녀 쌍아(여옥·옥화) 낳음. 남공부인 한씨 신몽 꾸고 생녀(채봉).	12①	산동 윤혁이 남표와 함께 엄숭과 대적. 부인 조씨 신몽 얻고 쌍개 남녀 낳음.
		권 4	
②		②	남어사 채봉(광염) 낳음.
13	자현암 니고 청원 탱화 보시를 청함. 소저의 용광보고 변색. 한부인이 탱화와 백금채단 보시.	13	청원이 시주 바라니 부인이 관음상을, 소저는 관음찬을 씀. 청원이 남소저와 남어사 부부의 앞날 액화 말함.
14①	남공이 엄숭의 죄 적은 소 올림. 악주에 안치. 동정호에서 엄숭의 보낸 자들로 부인과 투강.	14①	남어사 엄숭 펌논하여 찬적당하고 윤공자 간하여 윤시랑 낙향. 남어사 부부와 계앵모 수적이 재물 탐하여 투강.
②	곽선공이 떠내려오는 남공부부 구함. 선공이 10년 액 이르고 함께 가기 청함.	②	
③	남소저 청장선아가 상군낭낭의 명으로 와 전생 업원으로 일시 곤액 겪으나 10년 후 영락 예언. 한 노구가 진가 여아와 숙세지연 있으니 의탁하라 함.	③	남소저 꿈에 이비에게 전생 천상일과 이생 앞날을 듣고 윤시랑 찾으란 말을 듣다.
④	진부에 의탁. 윤시랑 만나 양녀 되고 부모의 초혼제 지냄. 진부인·진소저·남소저 함께 윤부로 감.	④	진부에 의탁. 윤시랑 양녀됨. 망혼제 하는데 여승과 도인이 남공부부의 생존과 고초가 천상, 전생 죄 때문임 말하고 십년액 후 상봉 예언. 윤남소저를 이비에 비유, 한 군자 섬길 것을 말함.
⑤		⑤	윤공이 남소저와 산동 감. 윤공자가 속으로 남소저 흠모.
4回	桂亭各言志 蓮橋獨行義	권5	
15①	총계정에서 三소저 시지음. 진소저 시참. [三소저 7언절구 1수씩]	15①	채전당에서 공자·양소저 시 지음. 공자 남소저 보고 쾌사한 뜻 두었다가 남매지의 깨닫고 자성.양녀의 이비의 뜻 있음.
②		②	윤공이 화공 부자 만나 정혼하고 신물 받아온 이야기 요약.

③	공자 자주 진소저 접하나 소저 냉엄. 기국 청하여 장난.	③	진부인과 진소저 산동에 옴. 공자가 바둑두다가 희롱의 뜻 보이니 진소저 불승통한해함. 윤공자 시참.
④	시랑이 화진과의 정혼을 이르고 신물 줌.	④	윤공이 양녀의 신물, 시 주니 부인은 따로 택서하지 않음을 불열. 화공부부 기세함 듣고 윤공은 슬퍼하고 부인은 두 딸 한 곳에 정혼함 탓함.
⑤	三소저 화영정에서 꽃 희롱. 윤공자 시참.	⑤	
16	엄숭의 가자 조문화가 진공에 청혼하여 거절당함. 양석 시켜 모함. 진소저 거짓 허혼하여 진공 면사, 운남정배.	16	양도독이 진공 참소 양참정이 진공 위태한 때를 타 진부인에게 청혼. 진소저가 간하여 허락. 진공이 소저의 허혼을 듣고 득병. 운남정배. 진소저 자결 결심.
		권6	
17①	진소저 남복하고 윤공자에게 천거하고자 백련교에서 백한림의 청혼 받음.	17①	시비 낭아가 남복입고 회람 가기 청하고, 시골서 벼슬하러 온 장주사에게 집세 놓고 길떠남.
5回	君子迎淑女 妖妾結凶客		
②	진소저 회남 도착. 처사와 공자남매 운남에 감.	②	
③	윤부에 보낸 진소저 편지에 종신 부모할 뜻 밝힘. 백소저 만났음과 유념하라 부탁	③	진소저 보낸 서찰에 자결의 뜻 보고 양소저 슬퍼함. 윤공자 삼년뒤에 취처함을 결심. 진처사와 청운이 양가의 화 피해 어람 땅 안보산에 은거.
④	윤공이 백경의 청혼 편지 받고 의아. 윤소저가 진소저 편지 보이고 백소저 천거하는 뜻 아룀. 윤공이 공자의 뜻 헤아려 거절의 답서함.	④	윤공부처 타 곳에 취처하려하나 공자가 신의로 이.삼년 기다리고자함.
⑤		⑤	삼년 지나 공자가 취처치 않음 걱정하고 윤공이 어진 여자 구하여 백공 여아와 정혼.
⑥		⑥	백한림 일가 장원각에 머뭄.부인과 질녀 취란이 있는데 윤공자가 취란의 박색 보고 백소저인 줄 알고 취처하지 않을 것 다짐.
18①	성생과 화공자 윤부에 옴. 마을 북쪽 별당에 묵음. 행례함.	18①	성생과 화생이 윤부에 당도. 백한림의 장원각에서 머무름. 행례함.

		권7	
②		②	윤생이 백소저의 박색을 이르니 타곳에 매파 보내는 소문 냄. 백공의 노하나 백소저 일부종사의 뜻 강하여 공자 회심을 기다림.
③		③	경옥이 범한. 장평과 화상서 거처하던 백화헌에서 음란히 놀다. 성부인이 책해도 오히려 냉소. 임씨는 성흥에게 숙부 따르라고 경계.
④	형옥부부 화부에 이름. 심씨, 양부인 용모보고 흉한 마음 먹음.	④	화진 일행 당도. 경옥이 양소저 본 후 찾지 않고 양소저같은 미인 얻기 희망하니 교씨 앙분.
⑤	진과 성,유생이 급제. 일방이 엄숭에게 배하나 장원한 진만 안가니 숭이 원 품음.	⑤	진과 성,유생 급제. 엄숭이 화생 보고 사위삼고자 취처여부 알아봄.
19	성생 부임시 성부인도 감. 심씨 진이 경사로 올라가면 상춘정 원한 갚을 수 없다하니 춘이 치사 권함. 진에게 악식을, 양부인에게 침선 등 고역시킴.	19	성생 부임시 성부인 떠남. 심씨모자 패악 심함. 양소저 노역시키고 형옥부부 별거시킴.
20①	춘이 조녀를 소실로 맞이함. 춘이 심씨에게 임씨의 투심 고하여 내치자하나 심씨 정들었다하여 거절.	20①	
21	조녀와 범한이 계교내어 한림이 삭탈 서인, 남부인이 소실로 강등됨. 조녀 남부인 신물 앗음.	21	범한의 계교로 화진이 삭탈되고, 남씨 소성이 됨.
22		22①	윤공자 회람에 가 단공에게진처사의 은둔과 진처사 찾아온 고생 애기 듣다.
		②	고생(진소저) 회람 가던 중 초현에 하룻밤 머뭄. 주인 서한의 딸 난최 진소저보고 반하여 계교를 내어 진소저의 행니와 나귀 앗아 묵게함.
		③	서한이 고생의 글보고 감복하며 아들을 대작하여 등용하기를 바람
		④	난최 단장하고 고생이 혼자있는 외당에 나오니 진소저 모른채함.
		권9	
		⑤	난최가 서당에 와 가약을 청하니 진소저가 책함. 난최가 위협하니 낭아가 예로써 맞겠다 위유.

		⑥	서생(서귀) 향시에 300냥주고 50재함. 과일에 진소저가 3장 써주어 등문시키고 작별.
		⑦	진소저 처사의 고우 단도 만나 의탁. 단공이 진소저를 서랑 삼으려함. 고금, 시사에 박달능통하여 단생들이 엄사로, 형제지의로 섬김.
		⑧	운남에 부임하는 서귀 따라 진도독의 적소 찾음.
		⑨	진제독 부부 적거생활과 자녀상봉 요약 제시
		⑩	진처사와 청운 여남땅에 은거. 송암선생 순언박의 녀 취처, 잉태 5,6월에 청운이 운남에 감. 진소저, 부모 상봉. 남복으로 종신 부모 결심.
		권10	
		⑪	난죄를 창운의 재취로 맞음. 양부인 생남.
23		23	곽선생이 신몽 꾸고 남공부부 구함. 10년 인연 있음의 몽사 말함.
6回	慈悲觀世音 意氣都御史		
24①	조녀 남부인에게 일 부리며 청옥패 빼앗고 훼욕.조녀가 참언. 심씨 양부인 때려 각각 가둠.	24①	심씨모자 형옥 박대, 자결 요구. 심씨와 교씨, 남시의 여공 기이함을 보고 재촉.
②		②	경옥이 윤남같은 미색 원하니 장범이 남씨 취할 것 부추김. 남씨를 심씨 옆방에 옮겨 엿보며 사모
③		③	시비 난향·경향이 형옥 흠모. 성홍이 항상 같이 있음 꺼려 임씨 모자와 형옥 참소. 홍과 형옥 침.
④	계앵이 욕하는 조녀의 음행 들어 냉소.	④	교씨가 남씨 조롱. 계앵이 분해 교시 출신 무시.
		권11	
⑤		⑤	교씨가 계앵 내쫓을 것 참소하나 경옥이 구호 그 뜻 알아 싸우고, 더욱 남씨 즐욕.

⑥		⑥	형옥의 심회·형옥부부의 운수·심씨 모자의 불인, 박대. 서술자 요약 제시.
⑦		⑦	형옥이 윤씨 처소에서 함께 지냄. 경향 등이 문밖에서 막고 내당에 참소하니 부부를 철편으로 침.
		권12	
		⑧	학사는 성홍 모자가 구호. 윤소저 상처는 약없이도 쉽게 나음.
		⑨	경옥이 남씨 노주 흠모. 계앵 희롱하며 교씨 박대. 교씨 남씨 노주에게 욕하며 구타.
25①	조녀가 남소저에게 독든 죽 보내 자결케 함.	25①	남씨 능욕 당함에 자결.
②	막충 시켜 버리게 함. 충이 정신 잃음.	②	범장 계교로 남씨를 간부와 도주했다 소문내고 버림. 소충이 명주사 앞에서 시체 잃음.
③	관세음이 현몽하여 청원이 남씨 구함. 계앵과 남복하여 청원 따름.	③	관음의 현몽으로 청원이 남씨 구함. 상춘·계앵으로 보현암에 의탁.
④	난향이 심씨에게 남씨 야반도주했다 함.	④	
⑤	한과 조녀 사통. 한이 화진 형제 죽일 계교 세움.	⑤	범장이 형옥 죽이고 윤씨 엄부에 바칠 계략 냄.
⑥	죽우당 앞 거인으로 누급이 화진 살해 실패.	⑥	
⑦		⑦	교씨 남소저 방에서 홍옥천을, 심씨가 임씨에게 준 윤씨 신물을 졸라 앗음.
26①	자객 들어 蘭香 죽고 南氏부부가 沈氏 죽이려한 편지 발견. 沈氏 노하여 고발. 한이 장초 보고 참소 꾸며 관부로 가져감.	26①	누급이 학사 침소에서 잘못 성홍을 죽임. 경옥은 범장의 계교로 형옥 정소.
		권13	
②	知府가 告狀 보고 무고임을 아나 한림이 자인.	②	지부가 형옥의 용모·풍채보고 모함받음을 의심하여 하옥.
27①		27①	꿈에 백두노옹이 진과 홍의 운액이 전생과보임·홍이 후에 아자됨·경옥 망함·전생에 천상진군임을 말함.

②	한이 옥졸에 은자 주어 毒害 꾀함.	②	경옥이 후회·불평. 범한이 은자 받아 챙기고 옥리 악초 꾀여 진 죽이게 함.
28①		28①	임씨 홍의 화 생각하고 자결. 심씨모자 구호.
②		②	임소저 꿈에 홍이 來事 말하고 자결 막음. 경옥이 위로. 교씨 불순하니 심씨모자가 소대.
29①		29①	유대경(이숙)이 옥중의 화생 구호.
②	한림 乳娘 桂花 화부에서 쫓겨나 府中 富人 劉爾叔의 처 됨.	②	화생유모 계화 걸식하다가 유이숙네 의탁. 삼파모녀가 청하여 계화와 이숙이 부부되고 생자.
③	이숙이 한림을 구호함.	③	
④	都御史 夏春海가 진의 군자다움에 감복. 王謙 시켜 무고 벗으라는 편지 보내나 진이 칭사.	④	하어사가 진의 비범함 흠모 탄복. 소인의 모함받음을 의심하나 진이 죄를 자인.
		권14	
⑤	한이 崇에 行賂. 숭이 죄인을 경사로 올림. 이숙과 왕겸이 따름. 천자께 주하니 상이 刑部尙書 鄭弼에게 嚴覈하라함.	⑤	하어사가 왕겸시켜 제신에게 서찰 보내고 화생을 경사로 이송. 화생에게 서찰 보냄. 왕겸과 이숙이 따름.
7回	才子畵翠眉 閨女保紅點		
30①	張平이 춘에게 범한과 조녀의 간통 이르고 엄태상에게 윤씨 바칠 계교냄.	30①	범장이 경옥에게 권솔하여 경사로 가 윤씨를 엄부에 바치라 함. 임씨는 남음.
②	윤공자가 계화에게 화부의 난과 장평의 계교 듣고 一計를 냄. 윤씨와 옷을 바꿔 부인을 내보냄.	②	윤공자가 양주에 와 계화에게 화부일 들음. 윤공자 남매 상봉 공자가 여화하는 계교냄.
③	윤씨 산동으로 감.	③	윤소저 뉴선이(이숙의 녀)와 정이 연연. 고향에 가 부모와 상봉.
		권15	
④		④	임씨가 화 알리려 가니 용모는 같으나 거지가 윤공자임 알고 윤씨의 탈신을 기뻐함.
⑤	춘이 조녀의 음사 들은 뒤로 소대, 반목.	⑤	경옥이 교씨 박대, 임씨 후대하니 교씨가 범한 만나 계교 얻고 동침. 새벽 이별함에 눈물 뿌림.

⑥		⑥	한이 경사가며 누굽에게 임씨 죽이라 함.
⑦		⑦	화부가 경사로 오고 경옥이 경사에 하옥됨.
⑧		⑧	숭이 진의 죄 주하나 정공·서각노가 소인의 모함 받음이라 함. 상이 엄숭을 증염하고 서각노를 예우하시니 발노치 못함. 상이 자세히 살피게 함.
⑨		⑨	범장이 행뢰를 빌미로 경옥의 재물 나눠 가짐. 한은 교씨가 자기를 소대할까하여 경옥도 죽이고 세번에게 벼슬얻어 교씨와 살고자 장평도 속임.
⑩	조녀 윤씨에게 엄부 총희됨 비꼬니, 공자 조녀의 賤女됨 이르고 뺨치며 심씨에게 고한다하니 조녀 애원.	⑩	교씨가 윤씨에게 엄부에 보내짐 말하니 윤씨는 교씨 뺨치고 고소하리라 함. 경옥이 누설함을 대노해 꾸짖고 침.
⑪	심씨모자·윤씨 경사로 가고 조녀 남다.	⑪	
⑫		⑫	윤공자가 세번의 총 얻어 화부에 보원하리라하고 가니 심씨 모자 초조번민.
		권16	
31①	윤씨 엄부에 가니 世蕃이 보고 기뻐함. 윤씨 세번에게 화진 구하면 섬기겠다 함.	31①	윤생이 엄부에 옴. 세번이 윤생 보고 탄복. 생이 화생 구함과 육례로 맞이함을 자결로 요구.
②	여옥이 월화 보고 변복하여 속임이 군자의 도 아님을 꺼리다가 후에 희롱하여 자신이 윤씨 아님을 밝히려 결심.	②	윤생이 세번의 필매 월화의 절미함 사랑하여 후일 소희삼음을 생각함.
③		③	하어사가 왕겸 시켜 형옥에게 서찰로 한 계교 이름. 형옥이 갑자기 발악·실성.
④	심씨는 80대 치고 화진은 평생유배 보냄.	④	형옥을 촉에 정배. 경옥을 장 70대에 처함.
⑤	세번의 명으로 월화가 여옥과 동침. 월화가 여옥을 피화시키고 후일 약속.	⑤	윤생이 세번에게 청하여 엄씨와 동침. 홍점은 지키고 후에 합환 약속하고 엄부 나옴.
8回	驛店得烈士 仙洞訪丈人		
32①	진의 발행에 王謙 母가 왕겸에 당부. 범한이 李小·裵三 에게 도중 하수 청함.	32①	범한이 형옥 해하기를 또 권하나 경옥이 응치 않으니 홀로 채관 이숙과 배삼 사귀어 하수 청함.
		권17	

②	**화산역**에서 왕·뉴가 병나니 채관이 죽이기 모의. 한 장사가 한림에게 읍하니 兪聖禧(秀昌)다.	②	정배 도중 명주 땅에서 이숙·왕겸이 앓으니 채관이 죽이기 도모함. 한 사람이 이 도모를 듣다.
③		③	뉴성희(계창)는 청덕현 사람. 조상이 개국 공신으로 후백된 뉴총희. 아비가 가산을 탕진. 십세 전 부모 죽고 외구에게 의탁. 집 나와 됴공수 휘하에 그 재질 인정받아 대장이 됨. [인물소개]
④		④	유성희 화생 보고 현자임 알고 채관의 모의와 자신의 의기 말하니 화생이 칭복·결의 형제 맺음.
⑤	성희가 부르니 이소 등이 직고. 성희가 개국공신 兪通海의 자손임과 초년 불우를 말함.	⑤	뉴성희가 위협하니 채관이 직고·형옥의 개유로 회과.
⑥		⑥	촉중에 이르러 하처 정함. 모형등에게 글 써 왕겸에게 주어 채관과 보냄.
⑦		⑦	경옥이 앓고, 범장과 교씨 재물 취함. 경옥이 전사 후회. 경옥이 교씨의 음행 의심하니 한과 교씨가 경옥 해할 계교 논함.
⑧	세번이 윤씨 찾아 雪恥하고자하나 엄숭이 자신의 실권을 일러 소문나지 않게함.	⑧	엄씨 부자 한에게 월화의 홍점이 본전되어 있으니 소문내지 말고 윤씨 찾으라 함.
⑨	월화가 모친 홍씨에게 사실 고함. 홍씨 홍점보고 공자의 인자다움 감탄. 엄숭이 듣고 기뻐함.	⑨	
33		33	윤공자가 숙부댁에 머물러 과거 준비 중 건너편 대저택 사이의 백소저 보고 흠모.
34①		34①	임씨 꿈에 성홍 나타나 화 알리고 남복하여 산동으로 가라 함.
		권18	
②		②	임씨·설고·윤씨 유랑이 남복하고 길 떠남. 도중에 성홍의 영백이 도움. 산동 윤부에 머뭄.
③		③	누급이 경섬을 임씨로 잘못알고 죽임.

④		④	심씨모자 임씨 그리워하고 전일 박대를 후회. 범한이 양참정에게 재물로 의탁할 계교 내니 교씨가 홍옥천, 청옥패 줌.
⑤		⑤	범한이 신물을 양생에게 주니 양생이 발천 약속.
⑥		⑥	성생·뉴생이 임기 과만하여 경성에 옴.
35①	공자가 암자에 숨어 있다가 명년에 장원급제. 엄부에 이르니 숭은 기뻐하고 세 번은 놀람.	35①	여옥 장원급제. 엄부에 들르니 승상이 사랑, 태상은 의아해함. 월화가 공자 보고 넋 잃고 지냄.
②	백학사가 白蓮橋 일을 물으니 장원이 진소저의 행위임을 밝힘. 백한림이 極疏하여 진공이 면사. 윤공자 진·백소저와 성례.	②	
36①		36①	한이 거금 쓰려하니 평이 의심. 한이 평을 제어할 계교내어 양생에게 평과 경옥을 모함하고화부를 나옴.
②		②	성어사가 집앞을 지나나 들리지 않거늘 경옥은 수괴하고 심씨 노함. 교씨는 야반도주함.
③		③	평이 은상자 반을 도적하여 하어사에게 진의 친구라하고 경옥과 한의 죄 밝히고 고향으로 감.
④		④	경옥·범장 잡으라 하나 달아나고 경옥만 잡힘.
⑤		⑤	한과 교씨 화부 은상자 훔쳐 산동 하남으로 감.
⑥		⑥	경옥이 발명하고 왕사 뉘우침.
37①		37①	달원이 침략하니 양도독이 투항. 척세관 보내 달원 잡고 양문을 주륙. 왜적 창궐하니 됴경약으로 막게함.
②		②	유성희가 진을 위해 경옥의 형벌 늦추기를 청하니 정공이 허락.
		권19	
③		③	성희가 서상국에게 진 추천. 상이 죄사하고 됴경약 군중에 백의종군케 함.

④		④	적의 괴수 서산해는 어려서 이인 만나 풍운지우 부르는 도술 배움. 교지국과 왜국 사이에 서안국을 세우고 스스로 태평대왕이라 함.
38①	한림이 배소에 이름. 浣花溪林亭에 쓰인 시에 南子平 이름 보고 郭仙公 집으로 감. 진과 남공 상봉. 남씨 고초와 淸遠이 구하여 촉에 옴을 이름.	38①	진이 촉중 거닐다가 한 정자의 글 보고 청성산 운수동에 올라 곽선생과 남표를 만남. 남공 부부 꿈에 선승이 남소저 살아 있음과 진이 사위임을 알림.
9 回	白衣赴廣南 丹符破妖賊		
②	한 노인이 上仙이라 칭하며 진에게 환약을 주니 偏母와 孤兄 두고 자기만 신선이 되어 갈 수 없다함. 노인이 감동하여 앞일 예언. 六韜를 講하고 지도와 丹符 한 장 줌.	②	화생이 악호 만나 해를 입으려 할 때 은진인(송형선생)이 구하고, 천상의 전생과 지상곤액을 이름. 병서와 조화를 가르치고 부적과 지도주어 보냄.
		권20	
③	한림이 처소에 오니 유성희가 와 해적 徐山海의 창궐·한림 천거하여 조서 받음을 말함.	③	화생이 백의 종군하라는 조서 받고 성희와 떠남. 도중 풍랑만나 배가 산동에 닿아 육로로 감.
39①	춘이 범한을 냉대하니 소흥에 가 재물 훔쳐 조녀, 蘭秀와 도망.	39①	
②	장평이 윤씨 도망감 듣고 화부에 와 춘 속여 재물 빼앗음.	②	
③	여옥이 범장 잡으란 방 내니 평이 첩 계향에게 登聞鼓 치게하고, 자기는 진의 벗으로 가장해 춘의 모자와 한의 죄 고하는 고장 써냄. 여옥이 장평임을 알고 잡음.	③	
④	춘이 잡힘. 삼인이 범한과 조녀에게 죄 돌리니 범한, 조녀 잡으라는 방 내림.	④	
⑤	유성양이 경성 가다가 한림 만나 춘의 옥사 알림. 한림이 장원이 자기 마음 안다면 형 위한 일을 할 거라 함.	⑤	
⑥	여옥이 정공에게 청하여 형옥 온 후로 춘의 형을 미루게 함.	⑥	
40①		40①	윤공자 급제하여 말미얻어 산동에 옴. 윤장원이 길에서 화생만나 윤부에서 묵다. 윤소저와 상봉.

②		②	생의 꿈에 홍이 나타나 명년에 뵙겠다 함. 윤씨 꿈에도 홍이 린 타고 자기 침니에 드러 뵘.
41①		41①	장원이 엄녀와 장하미인 취할 뜻 보이니 시랑은 방자무행(규수회롱·월장규시)을 꾸짖고 의심하니 공자가 주표로 시험하여 결백을 보임.
②		②	윤부 환경. 임소저는 화부로 감.
42①		42①	유시랑부인이 잠시 화부 가사를 선치하나 시랑이 책하고 구고가 자주 부르니 가사가 파산됨.
②		②	유시랑이 모와 동기만 생각하고 가부의 정사 생각지 않는다하니 부인이 도리로 불인지언을 탓함. 시랑이 효우를 칭복하고 화부에 감을 허락.
43①	춘이 전사 자책. 심씨도 형옥의 효심 보니 시랑이 극애함이 당연하다하고 자기 죄를 꼽아 자책하니 유부인이 위로.	43①	임씨 화부에 돌아와 그간 고초와 진의 공 세워 형 구하겠다는 효우지극한 말 전함. 가사 정비하고 옥바라지 함.
		권21	
②		②	취선당 수선해 머물게하니 시랑이 아이 넷 낳은 후 비로소 동상 대우 받는다 하니 심씨 수괴. 자녀의 봉양으로 심씨 회복하고 천선. 경옥에게 글 써 형옥의 지우 전하니 경옥이 감격.
44①		44①	여옥이 비로소 장하미인이 백소저임을 알고 백한림에게 부친 노기 풀어 허혼하기를 채촉. 백공이 허락.
②		②	조정이 이때 엄숭이 퇴하고 서상국의 장중에 있음. 하춘히, 윤여옥, 백경이 운남 사신으로 감.
45①	한림이 富州에 이르러 趙公遂, 戚繼光 등으로 산해군을 물리침.	45①	진이 산해군을 물리침.
10回	元戎拜皇詔　美人投匕首		
②	조공수의 첩서 받으시고 상이 기뻐하시며 진을 대원수 삼는 등 논공행상을 함.	②	도공의 승첩이 도착하니, 상이 기뻐 진을 대원수 삼으시고 이부인에게 직첩 내림.

46①		46①	화원수, 오도 장수를 모아 교지에 이르니 방관 마철이 문을 닫고 자신의 왕께 보하여 영 기다리니 제장은 노하여 치자 하나 원수는 그 뜻을 칭복하고 머무는 동안 민폐 없도록 명함.
②		②	조공수 휘하 소장 민번이 들에 임자없는 돗을 잡아먹고 물은 즉 값을 주었다 함. 한 노고가 돗을 잃고 우니 원수 장중에 명하여 잡아 먹은자 가려 50장 치고, 은자로 노고에게 값치름.
47①	원수가 제장을 이끌고 안남 국경에 이르니 黎陳興이 나와 맞음.	47①	교지왕이 마철의 성중에 나가 친히 원수를 맞음.
		권22	
②	안남왕이 장수를 추천하여 보냄.	②	교지 각지에 명하여 군병, 장수 모으고 양초 준비하여 원수께 보냄.
③		③	민번의 장체 중하고 장독이 심하여 전진에 종사치 못함을 이르니 원수 직접 가 보고 곪은 것을 친히 따 치료하니 군사들이 칭복하고 죽음으로 따름.
④	산해군을 파함.	④	산해군을 파하고 산해를 생금함.
⑤	원수가 天象을 보고 자객이 장중에 오나 범하지 못함을 예견. 한 미인(李八兒)이 비수 들고 나타나 산해가 보냄을 이르고 투항. 원수가 미인에게 항복 촉구하는 수서 써주어 보냄.	⑤	
11回	義士逢好逑 孝子副至願		
⑥	원수가 산해군을 파하고 유성희가 산해를 참하다.	⑥	
48①	안남국 왕녀 陽阿公主 舞嬌가 姿容絶世하고 기질 뛰어나 천하 영웅 따르기를 생각더니, 유성희 보고 마음에 두거날 왕후가 그 뜻 알고 왕에게 전함. 왕이 청혼하고 行禮.	48①	교지왕의 장녀 양아공주가 남자의 기상 있고, 녹녹한 사람의 배필되길 꺼리고 영웅호걸의 짝되길 원하여 간택시 스스로 발안에서 봄. 유성희의 풍채보고 섬기기를 다짐하고 왕에게 고함. 왕이 청혼하고, 행례.
②		②	성희가 시험삼아 회첩 많아 편치 못할까 하니 공주는 가내 화평은 군자의 공평정대함에 있다하고 첩의 기질에 따라 태사와 주왕부인의 법을 행하겠다 함. [복선]

③	조공과 원수가 伯兄仲父의 예로 新人의 敬謁받음.	③	도공과 원수가 숙질과 형제의 의로 공주와 상례함.
④	三日 여가 후 발행. 공주는 명년 왕의 입조시에 함께 오기로 함.	④	원수 등은 군명으로 명일 발행하고 공주는 내년 왕의 입조시에 오기로 함.
49①		49①	운남 다녀오는 길에 윤사인이 진공 적소에 감. 소저는 부모 뫼시고자 자신의 소식 모른다하라 함.
		권23	
②		②	여옥이 진공부부에게 속아 슬퍼하다가 우연히 소저의 처소를 알게 됨.
③		③	진소저 부모 뫼심을 이유로 취가 거절. 여옥이 손잡고 정 토로. 소저는 업수이 여긴다 하여 불열.
④		④	백공 부인이 진제독의 표매됨. 진공이 백한림에게 혼인 주선 부탁.
⑤		⑤	소저, 공자의 언어 패만을 한함. 진공이 개유하여 경사로 감.
50		50	윤부인 생남. 소홍과 같음. (名 천홍, 兒名 환이)
51①		51①	엄승 여옥을 동상 삼고자하나 발설 못함. 홍씨 복자에게 월화의 액수있음 듣고 별원에 피우시킴.
②		②	상이 엄가의 당 내침. 애매히 원적간 남표·유연수 등 신백. 남씨 복위. 엄승 회과.
52	촉땅 蔡伯貫이 반란함. 상이 조서보내 남정의 공을 치하하고 촉정을 명하니 사은 上表하고 심씨에게 수서 씀.	52	동관에 호적이 이러남. 상이 교지내려 공을 치하·호적 정벌 명함. 도경략에게 부적주어 서산해 처형 지켜보라 부탁.
53①	남어사가 한림과 이별후 촉땅을 두루 다니다 資賢菴에 이르러 남씨와 청원 찾음을 고하니 니고가 禪堂으로 청함.	53①	남공이 남씨 찾아 다니다 깊은 암자에 이름. 노화상이 나옴.
		권24	
②		②	남씨 꿈에 관음이 인간고초 끝남·태황산을 복호암자로 창개하면 재앙소멸 자손창대함을 이름.

③	남어사 부녀 상봉. 청원이 남복입고 자신과 함께 가자 함.	③	남공 부녀 상봉. 청원이 삼십여년전 뉴씨가 남복피화했다가 夫 진가의 찾음 입어 갈 때 놓고 간 남복주며 입고 함께 가자함.
④	한부인과 남씨 상봉.	④	한부인과 남씨 상봉.
54①		54①	월화 별원 있다가 집이 망하니 암자에 의탁. 노유랑이 백소저 시아되기 권함.
②		②	백·진씨 월화 사랑함. 백부 부인은 월화의 절미함 꺼려 아들과 윤랑에 보이지 않게함.
③		③	월화가 패가 유리·여옥의 일을 말하니 진씨 주선 약속함. 백공이 엄씨를 주달하려하나 백씨 고수의 아들 순에 비겨 간하여 무홀케 함.
		권25	
④		④	여옥 진·백씨와 성례. 공자 자기의 신의 지킴 자랑하니 진씨는 엄씨의 수절·공자의 신의 어김 말함.
⑤		⑤	됴경약이 경사에 와 산해를 참하려할 때 산해 요술로 도망가려하나 진이 준 부적으로 참함.
12回	饗士錦官樓 策功文華殿		
⑥	심씨 회과 후 태강 애중. 원수의 수서 보고 참괴.	⑥	심씨모자 회과하고 진을 기다림.
55	원수 측 안정 후, 남공이 와 엄부의 적몰 과정과 원수 덕에 衆議에 제수 받음 칭사. 남씨와 상봉.	55	원수 호적 괴수 이통을 베고 성희에게 군사 맡기고 남씨 찾으러 청성산에 감.
56①		56①	이통의 노략으로 곽선생, 남어사가 거처 옮김. 이에 원수 산중 암자 돌다가 청원 만나 남공부녀와 자신의 진액 듣고 재현암 중축을 태수에게 청함.
②		②	원수 태수에게 남공 찾기 청함. 남공부녀와 상봉.
57①	남공이 선공의 예언(선공의 孫子가 초년 액이 있으나 원수가 구함) 전함.	57①	곽선생이 자기 자손과 원수 자손이 인연 있음과 후사를 부탁.
②	성부인 모자가 찾지 않으니 심씨 참괴.	②	

58①		58①	소주지부가 준 예물 중 원수의 빙물있음을 의아.
②		②	온주 지부가 미녀 보내니 성희가 그 중 취란을 몰래 군중에 둠.
59	범한이 누급·난수·조녀와 달아나 변성명하고 방탕히 지냄. 누급이 한을 죽여 바치고 살기 도모. 부윤이 모두 잡아 원수께 보하고 신물을 찾아 줌.	59	범한이 변성명하고 교씨·경화·누급과 방탕히 살다. 누급에게 교사하나 진이 화를 피하고 한의 무리를 잡음.
		권26	
60①	천자가 친히 나와 원수 맞이함. 원수 형의 죄로 청죄하니 천자가 방면.	60①	원수 형의 은사 청함. 왕이 형제 불목의 이유 물으니 성어사가 화상서가 장자 바꾸기로 책함을 말함. 왕이 위의로 불목함은 당연하다 하고 화예 은사.
②	춘이 귀가. 원수 화부에 와 청죄하니 심씨 모자 원수 은덕 이르고 참회.	②	원수가 본가에 와 불초·불효와 범한. 교씨 잡음 말함. 심씨 회과하고 형옥의 효우 칭사.
③	諸相과 諸將의 작위 올림.	③	상이 형옥을 동국공에, 諸將에 봉작.
④		④	진이 옥에 교자 드려 경옥 태우고 뒤에서 따름. 경옥 진의 효우 칭사. 교씨·범한 도망감 듣고 절치.
13回	孝婦返舊堂 恨女成好緣		
⑤	범한·조녀가 장평과 함께 형 당함에 심씨 조녀에게 수죄하니 조녀 심씨모자의 우매로 대꾸.	⑤	
61	진이 윤부에 이르러 조혼으로 재앙 일었다 함. 부인에게 천도 지켜 영화로이 거하지 말라함.	61	윤부에 들러 아자 보고 기이함이 성홍 같아 척연.
		권27	
61①		62①	남공부부와 남씨 청원에 사은, 불전에 비숙수례.성도태수가 원수의 청으로 재현암 증축.
②		②	남씨 이비 생각하고 소상강에 이르러 하례. 도인이 남씨의 고거사와 금사 읊어 인간 윤회 이르고전생과 내세의 다시 만날 기약 읊음.
③		③	황릉묘로 가 이비 탑하에 사례. 전각 고치고 중수.

④		④	남공이 경사에 이름. 윤부에서 남공이 화진의 내왕없음을 물으니 효우에 극진함 때문이라 함.
⑤		⑤	화상서 형의 환후와 질아의 원수 갑지 못함에 윤부에 자주 가지 못함.
63①	경옥이 윤·남씨 맞기 권하니 임씨 오지 않음을 이유로 사양. 심씨모자 임씨맞아 사죄.	63①	임·뉴소저가 심씨에게 윤·남씨 부르기를 청하니 면목없어 진의 뜻 따른다 함. 화상서는 형 완쾌·홍의 讎報·사묘와 숙모 뫼셔온 후 부른다 함.
②		②	성어사가 경옥의 회과 듣고 심부인 현알.
③		③	진씨가 윤·남에게 상서 들르지 않음을 웃으니 양소저는 오히려 부를까 두렵다함.
		64①	상서 고향에 가던 중 한 고을에 안삼낭이란 자와 얼굴이 같은 자가 있어 서로 간부라하여 투옥한 송사를 들음. 상서 요괴로운 약값에 대해 논하는 자를 잡음.
		②	장평이 은자 훔쳐 변성명하고 산서에 주인함. 이웃 안삼낭의 처 조계취 연소미려하여 통하고자하나 거절하니 개용단 사 안삼낭이 쌀 무역하러 간 틈에 조씨 속임. 삼낭이 와 다투다가 투옥.
		③	도인이 요괴로운 약을 판 사실을 부인하자 성어사 깨워 의논.
		권28	
		④	성어사가 도인의 몸 뒤져 환약 발견. 상서 어사가 요괴로운 약 만짐을 탓하고 회면 회단 두 환을 제외하고 태우라 함. 성어사 그 고지식함을 꾸짖다.
		⑤	시동 만뇌 약을 태우는 체하고 감춤.
		⑥	상서와 어사가 환약으로 요인이 장평인 줄 알고 잡음. 삼낭이 부인의 실절을 개의치 않고 돌아감.
		⑦	상서 일행이 양주에 이름.
		⑧	뉴대경이 금의환향하니 계화와 아들 겸이 치하.

65①		65①	성홍의 장사지냄. 범장을 목쳐죽이고 심통을 **빼여** 영상위에 놓고 흠향케 하고 안장.
		②	교녀가 목숨을 빌자 상서가 실절을 가장 튼죄로 여겨 죽이고, 살인을 불안히 여겨 좋은 땅에 안장.
		③	임씨 홍의 장사 후 두문불출하니 경옥이 침소에 찾아 자책 회과하고 동침.
		권29	
		④	花府가 경사로 가려할새 뉴이숙이 녀아 선아 드리기를 청하니 상서 구사지은을 생각하여 허함.
		⑤	천자 조서를 받들어 화국공 사묘에 치제.
66①		66①	상서 윤·남씨에게 *婦德* 폐함을 책하여 자가에 대한 원망을 미리 막으려하니 윤씨는 순종하나 남씨는 거절. 상서 노하여 감.
		②	상서 남씨와 부부지의 맺으며 달래고, 자주 남·윤부에 감.
		③	상서 교자보내어 부인을 맞고자하니 윤씨 순종, 남씨 거절.
		권30	
		④	상서가 노하니 남공이 남씨 책하니 마지 못하여 정실로 권귀하면 따르겠다 함.
		⑤	상서 모부인께 양부인 부르기를 청하고 예부에 통하여 남씨 혼서를 고쳐 보냄.
67①	심씨 윤·남씨 맞아 사죄. 신물 주며 지성으로 대함.	67①	심씨 수서 받고 양부인이 돌아오니 심씨 회과하고 맞이함. 환아보고 임씨는 홍을 생각.
		②	환아를 경옥의 양자로 줌.
	심·화·윤·남씨 모여 윤학사가 윤부인으로 꾸미고 조녀 때린 일로 담소.	③	일가 화락. 상서와 경옥이 환아 하는데로 두니 환아의 천품이 미진한 바 없으나아 비만큼 겸공치 않고 문득 방자함이 있음.
	진이 가묘 뫼시러 귀향 청하니 상이 불윤·成儁을 보냄. 심씨 사죄하고 성부인을 청함.	④	

	경옥이 폐인 자처. 하춘해가 천거하여 大理評事 제수하나 불응.	⑤	
		⑥	화상서 뉴씨를 맞이함.
68①	<선시에> 홍씨가 월화의 혼인 재촉. 엄숭이 실절할 사람 아니라며 거절. 홍씨 병사. 숭이 패하니 월화 養濟院으로 피함.	68①	월화가 백부 심당에 거하여 가문의 운명과 윤학사의 무신을 한하여 불의에 귀의코자함. 백소저 위로하고 윤부에 들임을 약속.
②	백씨 乳娘이 월화 데려다 삶. 백씨가 청하여 봄. 윤씨 嚴女인줄 알고 장원의 전일사 말하니 백씨가 윤씨에게 엄녀 구함을 청함.	②	백씨가 엄씨 맞기를 권하니 여옥이 백씨의 현철함을 칭사하고 주선 부탁.
③	윤시랑이 엄씨 들이기 꺼리니 화진이 청하고 하춘해가 주하여 상이 소실삼음을 허함. 성례함.	③	화상서 엄씨 맞기를 극청하니 윤시랑이 허함. 화상서가 청하여 하상서가 상께 주하니 상이 엄씨의 절을 아름다이 여기고 죄 사하여 혼인케함. 성례.
14回	上壽沈夫人 策功夏閣老		
④	성부인 심씨모자의 개과 칭복하고 京師에 옴.	④	
⑤		⑤	상이 상서의 공노를 표하여 봉작 잔치내림.
		권31	
69①		69①	유성희에게 상이 엄부와 노비전답 사급하나 화려하여 사양. 상서가 조공과 외구의 은혜갚음으로 함께 지내라하며 사양을 만류.
		②	유사마가 조공 부부와 그 필녀를 모시고 숙질의 예로 공경 화락.
		③	교지왕과 양아공주가 수서로 왕후 탈상까지 귀의치 못함·숙녀로 배필을 맞기를 청함·공주의 잉태함을 전함.
		④	취란이 가사를 마음대로하나 유사마는 알지 못함.
		⑤	유사마가 외구 취생부부와 가묘를 뫼셔 경사에 옴.
		⑥	유사마 공주의 덕을 그리워하니 상서가 상께 주하기를 약속.

70①	상이 魏國公 致祭 명하고 심·임씨에게 직첩 내림. 심씨 壽宴을 내리니 안남왕이 양아공주 참석.	70①	상이 명하신 심부인 대연날에 조정 각 신들이 경옥의 위의 보고 전일과 다름을 탄복.
		②	숙흥군 부인 뉴씨가 환아보고 감탄하며 자기 여아와 쌍됨을 말함.
71		71	중금선이란 기녀를 유사마가 데려감.
72①		72①	화상서 숙흥군 궁에 가 여아 요쥐 보고 그 상에 재앙있음을 차탄. 요주 기이하나 가인의 박복함을 들어 자부됨을 원하지 않음
②		②	상서가 양아공주 부르기를 청하니 상이 윤허. 백료가 경옥의 회과가 기이함을 일컫고 표장하기를 주하니 상이 등국공에 임명.
73①		73①	취란이 사마의 양회 총애를 시기하여 구욕하니 양회가 참소하나 사마가 취란을 극총한고로 취란이 양양.
②		②	취란이 도공 애첩 뉴선 등과 교우 맺고 취생부처 공경하니 난을 후대하나 도소저만 취란의 간악을 알고 불열.
③	심부인이 자녀로 더불어 살며 만년 향복.	③	
④	화진 入朝 수년에 天眷이 날로 융성, 가내 蕭雍.	④	화진의 치국.치가와 화부의 화락함 요약.
74	심씨 윤씨子 天麟을 임씨의 양자삼음. 임씨 二子낳으나 위의 바꾸지 않음.	74	임씨 생자. 승상이 치하하고 환아로 질자 삼음을 권하니 경옥이 굳게 환아의 장자 됨을 주장.
		권32	
75①		75①	경옥이 화초를 미록이 망치니 시노를 부르나 웅치 아니하고 만틈이 못들은 척하여 경책하니 만틈이 공의 전과를 일러 참욕한대 성공자가 듣고 중치함을 간하나 그릇 들은 것이라 덮어두고 홀로 탄식.
②		②	승상이 성공자의 말을 듣고 시노들을 중치. 공이 내쳐진 만틈부자를 구호하니 일가 비복이 그 어질음을 칭탄.
76①		76①	교지국왕과 공주 이름. 사마가 공주와 상견하고 여아(장주)를 보고 기이함을 애중.

		②	화·윤·하공 등이 와 여아의 기이함을 칭탄.
		③	교지왕이 떠남. 사마가 공주와 장주를 극애하니 팔아와 금선이 수절을 슬퍼하고 취란은 원망이 극하여 인사 않으니 공주는 취란의 존재를 모름.
		④	란이 사마의 박정함과 공주 즐욕하니 사마 노하나 과거의 정 생각해 과책하지 않음.
		⑤	유모가 취란의 존재와 방자함 말하니 공주 불열하나 먼저 발치못함. 사마는 공주를 더욱 공경.
		⑥	공주 가중 요인 염려하여 가도를 엄히함. 교지왕이 노태원.왕손씨.오씨 보내 공주를 보필케함.
		⑦	화·윤공이 와서 노태원 보고 아름다운 신인 얻으물 하례.
77①	남씨 계앵에 보은코자하니 진공이 앵을 放籍하고 왕겸과 혼인 시킴.	77①	승상이 전일 왕겸의 공을 잊지 못하여 계앵으로 가연 맺어줌.
②	晉公이 서,하각노와 협심. 뛰어난 제신들로 嘉靖末年에 治化彬蔚.	②	
78①	상이 엄숭의 저택을 성희에게 사사. 진공이 사치 경계하니 성희가 사치한 것 없앰.	78①	취란이 총집하던 가권을 노생과 왕손씨가 총찰하고 의식이 부족하니 절치하여 홍섬·춘악 등으로 원망하고 계교 꾸밈.
	성희 이팔아가 투항한 이야기하니 공주가 팔아가 자기 시녀였음 말하고 소실 삼기 권함.	②	사마가 취란의 자탄가사 듣고 처소에 가니 란이 교언영색으로 간장을 녹임. 공주에게 란의 얘기 하니 공주는 엄정히 가도를 바로 잡을 뿐, 투기하지 않음을 말함.
		③	취란이 공주를 현알하고 그 위의에 놀라 자탄. 홍섬·춘악 등이 개용단과 개심단의 계교를 이름.
		④	사마가 취란에게 가고자하나 공주의 안색이 살펴 가지 못하니 공주가 장부의 용졸을 책함.
79①		79①	유사마가 환아 보고 기특이 여겨 장주로 짝맺음을 청하니 승상이 흔연해함.

		②	경옥과 심·성부인이 일마다 환아를 기특타하나 윤남은 아이의 방자해짐을 걱정하여 묵묵무언함.
		권33	
		③	내당 시녀 홍랑이 장주의 아비 사로잡음과 화부에 청혼한 얘기 듣고 홍섬에게 전함. 취란이 장주 해할 계교 세움.
80		80	팔아 등이 장주의 태생을 의심하는 말 듣고 공주가 견욕당하여 자결코자하니 사마가 양녀를 죽이려함. 조공과 화승상이 개유하야 고향으로 보냄. 승상은 공주의 맹렬함과 사마의 과격함을 불열.
81①		81①	홍섬등이 만노의 어미에게 개심단·개용단 구함.
		②	홍낭이 개심단 탄 차를 내오니 사마가 마시고 며칠 앓다.
		③	취란을 보고 싶은 마음에 처소에 가니 난이 사마를 유혹·공주를 참소 사마의 공주 박대가 심함.
		④	도소저 혼인함에 공주와 형제지의 맺음.
		⑤	홍섬이 공주 없앨 계교 내고, 난이 공주와 노생 필적 익히고 두 장 글을 써 하나를 홍낭에게 주어 지시. 공주 만삭이 됨.
		⑥	사마가 노생 있던 자리에서 공주와 상사하는 내용·장주가 노생의 소생임·함께 달아남 모의하는 글을 발견.
		⑦	사마가 장주를 발로 차고 흉언 발하니 공주도 노기 등등하여 냉소. 공주 사마의 혼미를 탄식하고 초옥에게 위태시 장주 업고 도망가라함.
		⑧	도공의 권유로 노생을 내치고 공주는 가두어 해만후 처리하려 함.
		⑨	노생 구툭하고 공주를 가두라하나 공주 냉소하고 자결. 사마 자신의 복중혈육을 생각하고 구완.

		⑩	춘파의 계교로 취생부처를 달래어 인심 모으고, 춘학이 홍낭에게 독약주어 공주 모녀 해하게 함.
82①		82①	공주가 영자 낳다. 공주가 홍낭이 한 무리 임을 짐작하고 왕손씨 불너 홍낭 등의 계교에 방비하게하고 남매를 보호함.
		②	사마가 공주와 자녀의 죽음을 재촉함. 공주 가 도소저에게 아들을 부탁하여 후일 사마 가 깨달으면 사마에게 보내고 아니면 교지 왕에게 보내라하고 자신은 죽을 결심을 함.
		권34	
83①		83①	도소저 단소저에게 공주 수말을 말하니 단시랑이 듣고 윤장원에게 부탁하니 장 원이 허함.
		②	화진이 노태원 만나 자제들의 사부로 삼 아 화부에 은거케함.
84①		84①	홍섬이 일계를 내어 춘악을 공주로 변장 시켜 취생부부를 다치게함. 공주가 이일 을 듣고 장주를 화가로 보내고 자신도 남 복하여 유부를 떠남.
		②	사마가 칼들고 공주 처소에 오나 자취 없 으니 분해함.
85①		85①	장주가 화부에 의탁하니 화부 부인들이 아낌. 환아 등에게 남매지의로 지내라하 니 환아가 경색.
②		②	공주 일행이 사찰에 은거하니 니고들이 젊은 수재라 친히하고 수월이란 승은 떠 날까 두려함.
		권35	
③		③	사마가 점점 난의 간악함을 깨닫고 취란 은 약을 구하지 못함.
86①		86①	윤상서가 산경치 구경 중 암자에서 이생 보고 그 기상을 흠모 교도되기를 청하나 이생이 거절.
②		②	공주 암자에 묵으매 니고들이 흠모하여 교언영색으로 마음을 시험하나 친함이 없고 우순의 도에 잠심.

87①		87①	화진이 이생을 보고 공주인줄 아나 아는 체 못함. 윤상서 몰래 화부에 오기를 청하니 공주 허함.
②		②	가중이 점점 이생이 머뭄을 아나 승상 명이 엄하여 근접 못하나 환아가 보고자 함.
88①		88①	사마가 취란 내칠 생각하나 란이 어진체 하여 섬기니 취생과 조공이 사마에게 란의 어짐을 말함. 사마가 내칠 뜻을 그침.
②		②	사마가 가중란을 말하니 윤상서가 개용단과 개심단의 사용을 의심하고 지난날 요약처리한 바를 의심하니 승상이 깨닫다.
③		③	승상이 장주를 시험하여 그 기특함을 보고 화부 일가가 애중하니 식부삼음을 말함. 환아의 방자함을 승상이 경계함.
		권36	
89①		89①	환아가 장주의 빼어남을 흠모하나 기질이 녹녹하지 않음을 꺼려하고 부친이 자신의 배승이라 칭찬하니 방자한 부인이 될까 염려함.
②		②	환아가 옥교와 장주가 위승상 부인이 투기하여 황제 징치코자하나 기의 당당함에 오히려 작위내린 고사를 읽음을 보고 꾸짖고 장주모의 투심을 은근히 꾸짖어 장주가 장래 투심먹음을 꺽으려함. 장주 위승상 부인 흠모함을 밝히고 어미 비난한 듯한 언사에 분노.
③		③	승상 장주를 기특히 여기고 공자의 넘나미 미련하여 타일 불합을 걱정. 부인이 장주의 기질 셈으로 화목지 아닐까 걱정.
90		90	사마가 홍섬·춘악이 숙소 규찰하다가 도망가는 것 잡아 문책하여 전일 요술부림을 알고 취란을 죄주려 가니 란이 발악하여 죽이고져 하나 조공이 만류함.
91①		91①	환아와 성생이 이생의 처소에 들어감. 이생이 양아공주임을 알고 용모와 풍채 흠모하나 녹녹한 여자 아님을 불편히 여김. 공주도 그 뛰어난 자질을 감탄하나 호방함을 나쁘게 여김.

		②	승상이 공자가 명 어김을 알고 크게 꾸짖음.
		③	윤상서에게 공주의 은신을 알림.
92①		92①	윤상서와 단시랑이 유사마 아자를 안고 나와 부모가 버린 이가의 자식이라하여 사마를 놀림. 윤시랑이 아자임을 알려주니 사마 지난날을 수괴함.
		권37	
②		②	윤상서가 형옥이 국사일로 없는 틈에 유사마를 잠시 기롱코자 화부로 불러 이생의 처소에 감.
93①		93①	사마 이생의 모습이 양아공주 같음을 의심하나 이생의 언동이 엄숙하니 어쩔줄 몰라함.
②		②	승상이 사마에게 이생이 공주임을 일컫고 장주와 상봉케 함.
94①		94①	공주 사마를 보고 새로 노기가 나서 집으로 돌아가지 않음을 다짐. 장주가 오니 모녀 상봉하여 기쁜 중 장주가 화상서의 말로 귀가를 청함. 공주가 돌아가나 사마의 가모 소임은 안하겠다 함.
		②	사마가 가중을 정쇄하고 친히 공주를 맞음.
		③	공주 향벽·식음 폐하니 사마가 진정으로 사죄.
		④	승상이 만노를 잡아 요약 감추어 판 것 증치. 남은 약을 소화함.
		⑤	교지왕이 오니 공주 일어나 부녀 상봉. 사마가 지난일을 사죄하고 공주 달래어 주기를 청함.
		⑥	승상이 노생을 화부 제자들의 스승되기를 청하니 사마가 허락.
		⑦	공주는 왕이 돌아간 후 자결코자 결심.
		⑧	장주가 부모 화해시킴을 청하니 왕이 명하고 사마가 사죄·간청하나 공주는 사마의 혼암함으로 다시 이런일이 없음을 믿을 수 없다함.

95①		95①	사마가 공주 앞에서 란을 머리 베어 죽이고 시비등도 효수. 왕이 늦게 알고 책함.
		②	공주가 란에 대한 분은 풀렸으나 사마의 분이 남아 구정을 잇지 못함. 왕이 책하니 마지못해 구정을 잇고 가도를 정비.
96		96	화승상이 취란 죽임을 듣고 불쾌히 여기고 장주에게 모친 여풍이 있을까 불열해함. 환아도 이로부터 장주소저 절제할 뜻을 둠.
97①		97①	교지왕 떠남. 유사마와 공주 백수동낙하고 삼자일녀 둠. 취생부처 망하니 상장을 지극히 하고 제사를 끊이지 않음.
②	윤공이 子婿로 즐기다 엄숭 보고 맞아 술과 옷을 줌. 진공이 악부 심덕으로 장원 자손이 번창하리라 함.	②	
③	世宗皇帝 賓天. 隆慶二年에 천자가 특례로 尙父라 칭함. 또 빈천하시니 진공, 하각로에게 어린 천자 보필을 명함.	③	
98①	太監 馮保가 張居正과 결탁하여 諸臣을 제거코자 함. 진공이 新陵 享官으로 가 있는 때를 타 許先이 태후와 천자에게 하춘해 모하여 삭탈관직시킴.	98①	
②	진공 등이 간하니 천자 깨닫고 풍보 등을 장출하고 하각로의 관직을 회복함. 천하가 하공이 화공구함과 화공이 하공 구함을 탄복.	②	
99①	金山의 도적 馬芳枝 토벌하고 그 세자 善慶을 사로 잡음. 진공이 선경이 郭璋의 子로 적장의 양자됨을 알고 곽선공의 말을 깨달아 데려옴. 남공이 친육같이 사랑.	99①	
②	진공이 천하 자임한 지 오십년에 천자 倚重, 백성이 애모. 論者가 郭汾陽·韓魏公·諸葛에 비겨 칭송.	②	화승상 치국 십년이 요순같고 그 지혜와 효경 뛰어남.
00①	자손번성	00①	자손번성
②	심씨 향복 삼십년하고 終. 진공이 정부인 상과 같이 함. 성부인도 수 누리고 기세.	②	윤공과 단어사 부부 80에 종. 심부인 성부인은 70에 기세.
101	진공 팔십에 두 부인과 소홍에 돌아오니 童顔이 쇠하지 않고 풍골은 신선같음.	101	
102	후기	102	후기

참고문헌

Ⅰ.남성·가문·규범에 대한 일탈의 목소리

<낙천등운>, 『한국고대소설총서』, 이화여자대학교 한국어문학연구회, 1971.

<소문록>, 『필사본고소설전집』 12·13, 아세아문화사.

<오륜전전>

<완월회맹연>, 서울대학교 출판부, 1~12.

<육미당기>, 『필사본고전소설전집』1.

<일락정기>, 『필사본고전소설전집』5.

<제호연록>, 단국대 율곡도서관 소장.

<제호연록>, 연대본 A.

<제호연록>, 연대본 B.

<제호연록>, 한국학중앙연구소.

<창선감의록>, 이래종 역, 고려대학교 민족문화연구원.

<창선감의록>, 한남서림, 『구활자본고소설전집』33.

<채봉감별곡>, 박문서관본.

<천군연의>, 『天君演義』, 형설출판사, 1982.

<청백운>, 『필사본고전소설전집』24.

<화시통효록>, 37권 37책, 구 장서각본

<花氏忠孝錄>, 한국정신문화연구원 한국학자료총서 시리즈 『낙선재본 고전소설 자료집』1~5, 2004.

<金甁梅>

<西遊記>

<水滸傳>

<醒世姻緣傳>

『국역 조선왕조실록』, 민족문화추진회
『論語』
『孟子』
『太平經』
『易傳』
『禮記』
蔡濟恭,『樊巖先生文集』
金萬重,『西浦集·西浦漫筆』, 통문관, 1974.
洪萬宗, <旬五志>,『洪萬宗全集』
李宜顯,『雲陽漫錄』
李贄,『焚書』
趙泰億,『謙齋集』
司馬遷,『史記』
許筠,『惺所覆瓿藁』
洪義福, 박재연·정규복 교주,『제일기언』, 국학자료원, 2001.
모리스 꾸랑, 이희재 역,『韓國書誌』, 일조각, 1994.

N. 프라이, 임철규 역,『비평의 해부』, 한길사, 1991.
권순긍,『활자본 고소설이 편폭과 지향』, 보고사, 2000.
김기동,『한국고전소설연구』, 교학연구사, 1983.
김일근,『친필언간총람』, 경인문화사, 1974.
김태준,『증보조선소설사』, 학예사, 1939.
나병철,『한국문학의 근대성과 탈근대성』, 문예출판사, 1996.
소재영 외,『한국고소설론』, 아세아문화사, 1991.
송성욱,『조선시대 대하소설의 서사문법과 창작의식』, 태학사, 2003.
송진영,『명청 세정소설 연구』, 한국학술정보(주), 2005.
임치균,『조선조 대장편소설 연구』, 태학사, 1996.
정길수,『한국 고전장편소설의 형성 과정』, 돌베개, 2005.

정병설, 『<완월회맹연>연구』, 태학사, 1998.

조동일, 『소설의 사회사 비교론』2, 지식산업사, 2001.

______, 『한국문학통사』3, 지식산업사, 1984.

조희웅, 『고전소설 문헌정보』, 집문당, 2000.

______, 『고전소설 이본목록』, 집문당, 1999.

魯迅, 『中國小說史略』

齊裕焜, 『中國古代小說演變史』, 敦煌文藝出版社, 2002.

강전섭, 「언문칙목녹 소고」, 『한국서사문학사의 연구』Ⅴ, 중앙문화사, 1995.

김경미, 「말미기록을 통해 본 장편대하소설」, 『한국가문소설연구논총』Ⅲ, 1999.

______, 「주자가례의 정착과 <소현성록>에 나타난 혼례의 양상」, 『한국고전연구』제
    13집, 2006.

김수연, 「<화씨충효록> 소재기원과 작품화 양상」, 고전연구학회 발표요지, 2007.

______, 「<화씨충효록>연구」, 이화여대 석사논문, 1998.

김영진, 「조선후기 명청소품 수용과 소품문의 전개 양상」, 고려대 박사논문, 2003.

김종철, 「장편소설의 독자층과 그 성격」, 『고소설의 저작과 전파』, 1994.

김진세, 「낙선재본 소설의 국적문제」, 『한국문학사의 쟁점』, 집문당, 1986.

박영희, 「<소현성록>연작 연구」, 이화여대 박사논문, 1994.

______, 「장편가문소설의 향유집단 연구」, 한국고전문학회 편, 『문학과 사회집단』, 집
    문당, 1995.

박일용, 「<현몽쌍룡기>의 창작방법과 작가의식」, 『장서각 낙선재본 고전소설 연구』,
    2005.

박재연, 「윤덕희의 소설경람자」, 『문헌과 해석』19, 태학사, 2002.

______, 「조선시대 중국 통속소설 번역본의 연구」, 한국외국어대 박사논문, 1993.

박정규, 「조선왕조시대의 전근대적 신문에 관한 연구-朝報와 그 유사물의 특성을 중
    심으로」, 서울대 박사논문, 1983.

서동훈, 「한국 대중소설 연구」, 계명대 박사논문, 2002.

서정민, 「<명행정의록> 연구」, 서울대 박사논문, 2006.

송성욱, 「<옥원재합기연>과 <창난호연록> 비교 연구」, 『고소설연구』12, 2001.

______, 「17세기 소설사의 한 국면-<사씨남정기>, <구운몽>, <창선감의록>, <소현

성록>을 중심으로」, 『한국고전연구』8집, 한국고전연구학회, 2003.

______, 「18세기 장편소설의 전형적 성격」, 『한국문학연구』4호, 2003.

______, 「대하소설의 연작 유형에 대한 시론」, 『국문학연구』, 1999.

송진영, 「세정소설에 나타난 인과응보적 서사구조」, 『명청 세정소설 연구』, 2005.

신선희, 「古小說에 나타난 富의 具現樣相과 그 意味」, 이화여대 박사논문, 1991.

심경호, 「조선후기 소설고증(1)」, 『한국학보』56집, 일지사, 1989 가을.

엄기주, 「<창선감의록> 연구, 성대 석사학위논문, 1984.

이다원, 「<현씨양웅쌍린기>연구」, 연세대 석사논문, 2000.

이래종, 「<창선감의록>의 원본과 조술본에 대하여」, 『고소설사의 제문제』, 1993.

이문규, 「조선후기 서울 시정인의 생활상과 새로운 지향 의식」, 『조선후기 서울의 사
회와 생활』, 서울학연구소, 1998.

이상택, 「<보월빙연작>의 구조적 반복원리」, 『한국고전소설의 이론(Ⅱ)』, 2003.

______, 「고전소설의 세속화 과정」, 『한국 고전소설의 이론(Ⅰ)』, 새문사, 2003.

______, 「대하소설의 작자층」, 『한국 고전소설의 이론(Ⅱ)』, 새문사, 2003.

이원주, 「고전소설 독자의 성향」, 『한국학논집』3, 계명대, 1975.

이윤석 외, 『세책 고소설 연구』, 혜안, 2003.

이지영, 「<창선감의록>의 이본 변이 양상과 독자층의 상관관계」, 서울대 박사논문,
2003.

이지하, 「<옥원재합기연>연작 연구」, 서울대 박사논문, 2001.

______, 「인물형상화 방식을 통해 본 <창란호연록>의 통속성」, 『한국문화』34, 2005.

임치균, 「<청백운>연구」, 『장서각 낙선재본 고전소설 연구』, 2005.

______, 「<한조삼성기봉>연구」, 『장서각 낙선재본 고전소설 연구』, 2005.

______, 「연작형 삼대록 소설연구」, 서울대 박사논문, 1992.

임형택, 「17세기 규방소설의 성립과 <창선감의록>」, 『동방학지』57집, 1988.

장효현, 「장편가문소설의 성립과 존재 양태」, 『정신문화연구』44집, 1991.

______, 「전기소설연구의 성과와 과제」, 『민족문화연구』28호, 1995.

전성운, 「장편 국문소설의 변모와 영웅소설의 형성」, 고려대 박사논문, 2000.

정명기, 「세책본소설에 대한 새 자료의 성격 연구」, 『고소설연구』19집, 2005.

______, 「세책본소설의 유통양상-동양문고 소장 세책본소설에 나타난 세책장부를 중
심으로」, 『고소설연구』16집, 2003.

정병설, 「옥원재합기연 작가 재론」, 『관악어문연구』22, 서울대, 1997.

______, 「조선후기 장편소설사의 전개」, 『한국고전소설과 서사문학(上)』, 1998.

정병욱, 「낙선재문고의 목록 및 해제」, 『국어국문학』,44·45합집, 1969.

정재량, 「<醒世姻緣傳> 연구」, 성균관대 박사논문, 1997.

정창권, 「장편여성소설연구」, 고대 박사논문, 1999.

조성윤, 「조선후기 서울주민의 신분 및 직업구성」, 『조선후기 서울의 사회와 생활』, 서울학연구소, 1998.

조윤형, 「<채봉감별곡> 연구」, 한국교원대학교 박사논문, 2005.

조재희, 「조선후기 서울기생의 妓業 활동」, 이화여대 석사논문, 2005.

조혜란, 「<소현성록>연작의 서술과 서사적 지향에 대한 연구」, 『한국고전연구』제13집, 2006.

조희웅, 「낙선재본 번역소설 연구」, 『국어국문학』62·63합집, 국어국문학회, 1973.

지연숙, 「<소현성록>의 주변과 그 자장」, 『한국문학연구』4, 2003.

______, 「<여와전> 연작의 소설비평 연구」, 고려대 박사논문, 2001.

진경환, 「<창선감의록>의 작품구조와 소설사적 위상」, 고대 박사논문, 1992.

차충환, 「<화씨충효록>과 <제호연록>의 연작관계 고찰」, 『어문연구』33, 2005.

최길용, 「가문소설계 장편소설의 형성과 전개」, 『국어국문학연구』, 1995.

______, 「연작형 고소설 연구」, 전북대 박사논문, 1989, 10면.

최남선, 「조선의 가정문학」, 매일신보, 1938, 『육당최남선전집』9, 현암사, 1973.

최수현, 「<보은기우록>의 구성과 갈등구조 연구」, 이화여대 석사논문, 2005.

한길연, 「대하소설의 의식성향과 향유층위에 관한 연구-<창란호연록>·<옥원재합기연>·<완월회맹연>을 중심으로」, 서울대 박사논문, 2005.

한상권, 「서울시민의 삶과 사회문제-18세기 후반 京居人이 올린 上言·擊錚의 분석을 중심으로」, 『조선후기 서울의 사회와 생활』, 서울학연구소, 1998.

Ⅱ. 자유·낭만·여성에 대한 계도의 목소리

<九雲夢>, 이가원 역주, 연세대학교출판부, 1970.

<九雲記>, 윤영옥 역주, 영남대학교출판부, 2001.

『幽閒堂詩集』, 『朝鮮朝女流詩文全集』3.

김문희, 「<구운몽>의 중층적 담론 연구」, 『한국고전여성문학연구』10, 2005.

김수연, 「<화씨충효록> 연구」, 이화여대 석사학위논문, 1998.

______, 「<화씨충효록>의 문학적 성격과 연작양상」, 이화여대 박사학위논문, 2008.

서경희, 「<경화연>의 여성인식과 <제일기언>의 수용방식 연구」, 『한국고전여성문학연구』5, 2002.

유광수, 「<구운몽> : '자기망각'과 '자기기억'의 서사」, 『고전문학연구』29.

유병환, 「<구운몽>의 구조와 소설미학적 실상」, 『고전문학연구』35.

劉世德, 「論<九雲記>」, 『九雲記』, 江蘇古籍出版社, 中國 南京, 1994. (최용철 역, 「<구운기>에 대하여 논함」, 『중국어문논총』8, 1995.)

육재용, 「<구운기> 연구-<구운몽>과의 대비 및 중국소설의 영향관계를 중심으로」, 서강대 석사학위논문, 1986.

______, 「<구운기> 연구의 현황과 문제점 검토」, 『영남어문학』28, 1995.

______, 「<구운기>에 미친 <경화연>의 영향」, 『중국어문논총』21, 1992.

임형택, 「동아시아 서사학 시론-<구운몽>과 <홍루몽>을 중심으로」, 『대동문화연구』40, 2002.

장 예, 「서왕모의 한국문학적 수용 양상」, 대구대 석사학위논문, 2008.

정규복, 「九雲夢與九雲記之比較硏究」, 『중국학논총』6, 고대 중국학연구회, 1992.

정길수, 『구운몽 다시읽기』, 돌베개, 2010.

정재서, 『이야기 동양신화』, 김영사, 2010.

趙冬梅, 「關于<九雲記>的作家問題及其與才子佳人小說」, 『중국학논총』12, 1999.

조혜란, 「<포의교집> 여성주인공 초옥에 대한 연구」, 『한국고전여성문학연구』3, 2001.

조희웅, 「고전소설 연구 낙수 수칙-<상서기문>·<구운기>·<연당전> 등에 대하여」.

최용철, 「<구운기>에 나타난 <홍루몽>의 영향 연구」, 『중국어문논총』5, 1992.

황수연, 「조선후기 첩과 아내-은폐된 갈등과 전략적 화해」, 『한국고전여성문학연구』12, 2006.

Ⅲ. 중국·전통 서사에 대한 근대 대중의 목소리

<양산백전>, 『구활자본고소설전집』26, 인천대학민족문화자료총서, 은하출판사, 1984.

<양산백전>, 『방각본고소설전집』2.
석자산 協註, 『협주명현십초시』, 한국학중앙연구원, 2009.
김창협, 『농암집』, 국역연구원 사이트.
박사호, 『심전고』, 국역연구원 사이트.
박태보, 『정재후집』, 국역연구원 사이트.
이규경, 『오주연문장전산고』, 국역연구원 사이트.
이익, 『성호사설』, 국역연구원 사이트.
장혼, 『이이엄집』, 국역연구원 사이트.
허균, 『성소부부고』, 국역연구원 사이트.
정상복·유종목, 『구비문학대계』8-8, 경상남도 밀양군편(2), 한국정신문화연구원, 1983.
김영돈·현용준·현길언, 『제주설화집성』(1), 탐라문화총서(2), 제주대학교 탐라문화연구소, 1985.
周靜書 主編, 『梁祝文化大觀·曲藝小說卷』, 中華書局, 1999.
路工, 『梁祝故事說唱集』, 上海古籍出版社, 1985.
石昌渝 主編, 『中國古代小說總目』(文言卷), 山西敎育出版社, 2004.
馮夢龍, 『情史』, 浙江古籍出版社, 1998.
釋子山 夾注·査屛球 整理, 『夾注名賢十抄詩』, 上海古籍出版社, 2005.

강경애, 「<양산백전>의 설화적 모티프 연구」, 신라대 교육대학원 석사학위논문, 2005.
김경섭, 「양산백전에 나타난 애정담과 군담의 결합양상」, 『겨레어문학』37, 겨레어문학회, 2006.
김경희, 「중국 양축고사의 한국적 수용양상」, 서울대 석사학위논문, 2004.
김명은, 「<양산백전>의 연구」, 한양대 석사학위논문, 1995.
김영선, 「<양산백전> 연구」, 『청람어문학』4, 청람어문회, 1991.
김일렬, 『숙영낭자전 연구』, 열락, 1999.
민관동, 『중국고전소설의 전파와 수용』, 아세아문화사, 2007.
박진태, 「중국 양축설화의 수용과 변용」, 『한국어문학회』75, 2002.
부길만, 『조선시대 방각본 출판 연구』, 서울출판미디어, 2003.

유병익, 『한국서사문학의 재생화소 연구』, 보고사, 2000.

이인복, 「한국문학과 죽음」, 『한국문학에 나타난 죽음』, 예림기획, 2002.

이주영, 『구활자본 고전소설 연구』, 월인, 1998.

조현회, 「세경본풀이의 연구」, 경기대 석사학위논문, 1989.

정규복, 「<양산백전>고」, 『한중문학비교의 연구』, 고려대출판부, 1994.

주림, 「한국 <양산백전>과 중국 <양산백과 축영대>의 비교 연구」, 대구대 석사학위
    논문, 2009.

최두식, 「축영대고사와 양산백전」, 『건국어문학』9・10.

潘建國, 『古代小說書目簡論』, 山西人民出版社, 2005.

澤田瑞穗, 『增補寶卷の硏究』, 東京 國書刊行會, 昭和50年(1975).

찾아보기

김수연(金秀燕)

이화여자대학교 국문학과에서 고전소설 연구로 박사학위를 받았다. 중국 산동이공대학
교 초빙교수와 북경대학교 방문교수를 지냈고, 지금은 이화여자대학교에서 강의하고 있
다. 문학을 통한 소통과 치유에 마음을 두고, 동아시아 고전학의 정립을 화두 삼아 공부하
고 있다. 저서와 역서에 『매천야록』(공역, 2005), 『금오신화 전등신화』(공역, 2010), 『중
국 고소설 목록학 원론』(2010) 『한국 서사문학에 나타난 삶과 죽음』(공저, 2010) 등이
있고, 「〈취유부벽정기〉의 경계성에 대하여」(2009), 「『금오신화』의 구조미학 – 상위相違
와 소통疏通의 '유遊'」(2010), 「소통과 치유를 꿈꾸는 상상력, 〈숙향전〉」(2011), 「〈만복사
저포기〉의 '입산채약'과 비극성 재론」(2011) 등 다수의 논문이 있다.

ssusenwha@hanmail.net

한국서사문학연구총서 20
조선후기 소설개작과 서사의 소통

2011년 11월 8일 초판 1쇄 펴냄

저　자 김수연
발행인 김흥국
발행처 도서출판 보고사

등록 1990년 12월 13일 제6-0429호
주소 서울특별시 성북구 보문동7가 11번지 2층
전화 922-5120~1(편집), 922-2246(영업)
팩스 922-6990
메일 kanapub3@chol.com
http://www.bogosabooks.co.kr

ISBN 978-89-8433-946-0　93810
ⓒ 김수연, 2011

정가 18,000원